LA PROPHÉTESSE

DU MÊME AUTEUR
CHEZ LE MÊME ÉDITEUR

Séléné
African Lady
Australian Lady
Les Vierges du paradis

B a r b a r a   W o o d

LA PROPHÉTESSE

Roman

Titre original : *The Prophetess*
Traduit par Régina Langer

ISBN 2-258-04479-0

Pour Carlos

PROLOGUE

Ils la suivaient, elle en était sûre.

Mais il n'était plus temps de se cacher. La course contre la montre venait de commencer. Il fallait à tout prix trouver le septième manuscrit avant qu'il ne tombe entre leurs mains. Il s'agissait d'un document d'une valeur inestimable permettant d'accéder à des secrets puissants issus du fond des âges. Déjà, plusieurs personnes avaient perdu la vie pour lui.

Catherine regarda par le hublot du 747 et contempla le bouclier de nuages qui lui cachait la terre. Sans doute devaient-ils déjà survoler New York. Silencieusement, elle adressa une prière à l'avion : plus vite... plus vite...

Un magazine reposait sur ses genoux. Sur la couverture datée du mois de décembre 1999 s'étalait un titre imprimé en gros caractères : L'HEURE DE LA FIN DU MONDE VA-T-ELLE SONNER ?

Nous abordons le Nouveau Millénaire, pensa Catherine, et voilà que, moi aussi, je dois affronter mon Armageddon personnel... Trois semaines plus tôt, alors qu'elle était encore plongée dans son travail d'archéologue, elle n'aurait jamais imaginé un tel rebondissement. Et puis un beau jour, alors qu'elle suivait la piste d'une légende ancienne, elle était tombée accidentellement sur une étonnante découverte qui l'avait contrainte à changer d'identité, d'apparence, puis à vivre cachée, luttant pour protéger sa vie.

Son propre Armageddon, ou celui de l'humanité tout entière ?

La réponse était écrite dans le septième manuscrit.

Quand elle sentit que le 747 entamait enfin sa descente sur New York, le cœur de Catherine bondit sous l'effet de la crainte et de l'excitation. Bientôt, tout serait terminé... Bientôt, elle verrait la fin d'un cauchemar commencé vingt-deux jours plus tôt – littéralement par un « *bang* »..

PREMIER JOUR

Mardi 14 décembre 1999

Sharm el Sheikh, sur le golfe d'Aqaba

L'explosion se produisit à l'aube.

Elle ébranla toute la région avoisinante, brisant le silence matinal en déclenchant des avalanches fracassantes le long des falaises arides. Les oiseaux perchés sur les palmiers-dattiers s'envolèrent à tire-d'aile pour s'en aller planer au-dessus des eaux bleues du golfe.

Le Dr Catherine Alexander s'éveilla en sursaut et jaillit hors de sa tente. La main en visière pour se protéger du soleil levant, elle contempla le chantier qui s'étendait devant elle. Lorsqu'elle vit les énormes machines éventrer le sol, un cri de colère s'étrangla dans sa gorge. Ils avaient pourtant promis de l'avertir avant de faire sauter les charges. Et voilà qu'à présent ils creusaient beaucoup trop près de la tranchée où elle effectuait ses fouilles ! Le dynamitage pouvait en quelques secondes ruiner des mois de travail...

Laçant hâtivement ses bottes, la jeune femme cria une série d'ordres brefs à son équipe dont les membres émergeaient les uns après les autres de leurs tentes, encore engourdis de sommeil.

– Vérifiez les tranchées ! Assurez-vous que les poutres tiennent bien ! Je vais avoir une petite conversation avec notre voisin...

Tandis qu'elle s'élançait en courant sur le sable, elle vit

les bulldozers se diriger vers les brèches percées par la dynamite. Furieuse, elle se mit à jurer entre ses dents.

Jour après jour, mois après mois, de nouvelles stations balnéaires poussaient les unes après les autres tout le long du rivage oriental de la péninsule du Sinaï. Elles s'égrenaient sur les courbes de la côte jusqu'à l'horizon, grappes d'hôtels géants, énormes constructions blanches et monolithiques se découpant contre le ciel bleu sombre, transformant cette région désolée en un nouveau Miami. Catherine savait que, d'ici peu, il ne resterait plus aucun espace libre pour des fouilles archéologiques. C'est ce qu'elle avait essayé d'expliquer aux bureaucrates du Caire, tandis qu'elle les suppliait en vain d'arrêter les travaux jusqu'à ce qu'elle en ait fini avec ses propres recherches. Mais, au Caire, personne n'était disposé à prendre en considération les revendications d'une femme, surtout lorsque celle-ci avait déjà réussi à obtenir à grand-peine, quelque temps plus tôt, une autorisation pour effectuer des fouilles à cet endroit...

Catherine courut en direction des baraquements préfabriqués qui abritaient l'équipe des ingénieurs et des ouvriers.

– Hungerford ! cria-t-elle de toutes ses forces. Vous m'aviez promis !

Bon sang, elle n'avait vraiment pas besoin de ça en ce moment. Le département des antiquités la harcelait déjà suffisamment, s'intéressant d'un peu trop près à son chantier de fouilles. Ils n'allaient sans doute pas manquer de découvrir d'ici peu la véritable raison de sa présence sur ces lieux. Pire encore, ils comprendraient sans tarder qu'elle leur avait menti depuis le début. Pour couronner le tout, il y avait cette lettre de la Fondation arrivée la semaine dernière, l'informant que son autorisation de fouilles ne serait pas renouvelée et que les vivres allaient lui être coupés. A moins, évidemment, que Catherine ne soit en mesure de produire des résultats positifs dans les plus brefs délais...

Je suis pourtant si près du but, pensa-t-elle avec amertume tout en tambourinant aux portes des baraquements. Je *sais* que je suis sur le point de trouver le puits !

Qu'on me laisse seulement faire mon travail encore un petit moment !

– Hungerford ! Où êtes-vous donc ?

Une soudaine agitation dans son dos l'amena à se retourner. Elle vit alors, dans la lueur du soleil levant, les ouvriers d'Hungerford se précipiter vers le lieu de l'explosion. La jeune femme observa les hommes qui se rassemblaient au pied d'une falaise encore à demi voilée par des nuages de poussière. Ils gesticulaient et s'apostrophaient en désignant un objet brandi par l'un d'entre eux. Catherine sentit son estomac se serrer. Elle avait déjà assisté à de semblables scènes lors de fouilles menées en Israël et au Liban...

A chaque fois que quelque chose d'*important* avait été découvert !

Alors, elle se mit à courir dans leur direction, sautant par-dessus les pierres, contournant les éboulis de grosses roches, pour s'arrêter enfin, essouflée, près du groupe d'ouvriers. A cet instant précis, Hungerford arriva à son tour en se frayant un chemin au milieu des hommes.

– Ça va, ça va, lança-t-il à la ronde. Qui vous a dit d'arrêter votre travail ?

Les Arabes se mirent à parler tous en même temps. Puis l'un d'entre eux lui tendit ce qui ressemblait à un vieux lambeau de papier jauni.

– Qu'est-ce que c'est que ce truc-là ? fit Hungerford en fronçant les sourcils.

– Vous permettez ?

Catherine, d'un geste prompt, lui prit le papier des mains. Autour d'elle, les ouvriers l'observaient en silence.

Les yeux de la jeune femme s'élargirent. C'était un fragment de papyrus...

Sortant une loupe de la poche de son blouson de toile, elle l'étudia de plus près.

– Jésus ! s'exclama-t-elle soudain.

Hungerford grimaça un sourire.

– On blasphème maintenant, Doc ?

– Non ! Regardez ! C'est écrit ici ! Vous voyez ce mot ? Cela signifie « Jésus » en grec !

Les yeux de Hungerford se fixèrent à leur tour sur le mot qu'elle indiquait. *Iesous.*

– Qu'est-ce que ça peut bien vouloir dire ?

Catherine tourna et retourna le papyrus entre ses doigts. Il était d'une belle couleur miel, couvert de caractères noirs et bien formés qui semblaient antérieurs au grec moderne. Venaient-ils de tomber sur l'une de ces découvertes majeures dont rêve tout archéologue ? Cela semblait trop beau pour être vrai...

– C'est probablement l'œuvre de quelque mystique du IVe siècle, murmura-t-elle, songeuse. A l'époque, ces collines étaient peuplées d'ermites et d'ascètes en tous genres. En cette fin de l'empire romain, le grec était la langue la plus couramment employée.

Hungerford contempla la région désolée qui s'étendait autour d'eux. Rien que des falaises déchiquetées, se profilant avec une âpre précision dans la clarté du soleil levant. Le vent qui ne cessait de souffler semblait avoir encore forci. Les deux Américains et les ouvriers arabes crurent percevoir dans l'air un étrange sifflement, comme un jet de vapeur montant de la ligne des rochers. Hungerford reporta son attention sur le fragment de papier.

– Est-ce que ça vaut quelque chose ?

Catherine haussa les épaules.

– Cela dépend de l'âge exact du papyrus et... (elle leva les yeux vers lui)... de ce que dit le texte.

– Pensez-vous parvenir à le déchiffrer ?

– Il faut que je l'emporte dans ma tente pour l'étudier de plus près. L'écriture est effacée et le papyrus rongé par endroits. La fin semble avoir été déchirée... Il faudrait trouver la suite.

– Très bien, fit Hungerford, en soulevant son casque pour passer ses doigts dans son épaisse tignasse rousse.

Il se tourna vers ses hommes et cria :

– Cinq livres égyptiennes au premier homme qui déniche un autre morceau de ce papyrus ! *Yallah !* Au travail !

Ils commencèrent à chercher sur le lieu même de l'explosion, dans les décombres de calcaire et de schiste, et quand l'un des ouvriers aperçut quelque chose qui dépassait d'un bloc de pierres, tous se jetèrent dessus.

Mais il apparut que c'était seulement la première page

du *Times International,* une édition datée de deux jours, probablement charriée là par le vent depuis l'un des hôtels voisins. Catherine déchiffra le titre de la une : LA FIÈVRE DU MILLÉNAIRE – *la fin du monde sonnera-t-elle dans vingt jours ?* En dessous s'étalait une photo de la place Saint-Pierre de Rome couverte d'une foule de fidèles venue pour prier et veiller jour et nuit, dans l'attente du moment fatidique où le monde entrerait dans les toutes premières secondes de l'an 2000 – c'est-à-dire dans moins de trois semaines à présent...

Un peu plus tard, les ouvriers exhumèrent les restes fort abîmés d'une cordelette de chanvre ainsi qu'un fragment de tissu. Lorsque Catherine étudia l'entrelacs usé des fils, son estomac se noua. C'était ancien... *très* ancien...

Elle regarda une nouvelle fois le papyrus et le mot *Iesous* qui l'intriguait tant. Je suis certaine qu'il s'agit là de quelque chose de capital, pensa-t-elle. Levant les yeux vers les ouvriers groupés en cercle autour d'elle, elle sentit son pouls s'accélérer :

– Il faut débarrasser toute cette zone au plus vite !

Ils savent, se dit-elle. Elle et Hungerford allaient devoir garder un œil sur ces hommes. Sinon, la nouvelle de leur trouvaille se répandrait en moins de vingt-quatre heures. Tous les Bédouins à la ronde viendraient alors planter leurs tentes sur le site pour le dépouiller de ce qui pouvait, de près ou de loin, représenter un vestige précieux du passé afin de le revendre, ensuite, au marché noir. La chose s'était déjà produite maintes fois.

– Dr Alexander !

Elle se retourna pour voir le surveillant du chantier, un Egyptien du nom de Samir, s'approcher en courant.

– Désolé, docteur, dit-il en anglais, mais je dois vous avertir : certaines parois ont été endommagées et la tranchée n° 6 s'est effondrée.

– Un mois entier de travail ! gémit Catherine en lançant un regard furieux en direction de Hungerford.

L'homme lui avait été antipathique depuis l'instant où elle l'avait vu débarquer, deux mois plus tôt, avec son matériel et son équipe. Ce jour-là, il l'avait toisée d'un regard appréciateur en lui disant: « Qu'est-ce qu'une jolie fille comme vous fait dans un endroit pareil? Vous ne vous sentez pas un peu seule? » Elle lui avait rétorqué qu'elle était là pour travailler et qu'avec ses quinze assistants son sentiment de solitude était plus que relatif.

Hungerford ne s'était pas laissé facilement démonter. « Voyons, avait-il insisté, vous savez bien ce que je veux dire. Un beau brin de fille comme vous a besoin de la compagnie d'un homme. (Il lui avait adressé un clin d'œil.) A bon entendeur, Doc... Vous et moi pouvons nous offrir quelques instants de détente... »

La « détente » en question consistait, pour Hungerford, à l'emmener boire un verre au bar de l'hôtel Isis, un établissement voisin plutôt miteux où Catherine appréciait parfois de se rendre en compagnie de l'un ou l'autre de ses assistants. Mais la seule idée de s'y retrouver avec Hungerford lui était insupportable. Elle n'aimait pas sa manière de ricaner constamment ou, encore, de frotter d'un air satisfait son estomac proéminent qui débordait par-dessus l'énorme boucle en argent de sa ceinture. Il cherchait toujours à ramener la discussion sur les fouilles qu'elle avait entreprises, faisant preuve à cet égard d'une curiosité plutôt envahissante. « Alors? lui demandait-il souvent, dites-moi la vérité. Cherchez-vous les tablettes des Dix Commandements? Ou quelque chose d'approchant? » Catherine, naturellement, répondait toujours évasivement. Elle n'avait nulle intention de lui révéler la véritable raison de sa présence dans ces lieux.

En réalité, elle n'en avait rien dit non plus aux autorités du Caire. Tout ce que l'administration égyptienne savait, c'était que les recherches de Catherine tournaient autour d'une vague piste concernant « Moïse ».

Il s'agissait là d'une élémentaire prudence. Difficile, en effet, de ne pas imaginer la réaction des autorités si elles avaient su que le véritable objet des recherches de Catherine n'était pas Moïse mais sa sœur, Myriam, la prophétesse...

– Alors, insista Hungerford en pointant vers le papyrus un doigt taché de nicotine. Vous pensez que ce bout de papier peut avoir un rapport avec ce que vous cherchez?

La jeune femme contempla le fragile petit fragment qui reposait dans sa main. Elle en tâta le grain grossier, notant la coloration manifestement très ancienne. Cet étonnant document était-il lié d'une manière quelconque à la prophétesse Myriam ?

Elle offrit son visage à la caresse fraîche et tonique du vent qui charriait des senteurs salines venues du golfe. Mais aussi, hélas, d'autres effluves moins poétiques, et plus modernes : les vapeurs des moteurs Diesel et la fumée dégagée par un tas de détritus en train de se consumer. Catherine essaya de s'imaginer quels parfums avaient bien pu flotter ici plus de trois mille ans auparavant, lorsque le peuple d'Israël avait traversé cette contrée... A quoi ressemblait la couleur du ciel, en ces temps lointains ? Et le vent ? Soufflait-il aussi fort qu'aujourd'hui, le voyait-on gonfler les voiles des bateaux, jouer avec la longue tunique portée par Myriam ce fameux jour où elle avait eu l'audace de se dresser contre son frère tout-puissant en demandant : « Est-ce que le Seigneur ne s'adresse qu'à toi ? »

Mais il était temps de revenir au présent. Saisissant le regard de Hungerford posé avec insistance sur son décolleté, elle s'aperçut alors qu'elle n'avait même pas pris le temps, en se levant à la hâte, d'agrafer tous les boutons de son chemisier.

– Il faut que j'examine ce papyrus, dit-elle en se détournant. En attendant, demandez à vos hommes de poursuivre les recherches.

– A vos ordres... patron.

Hungerford éclata d'un gros rire qui alla se fracasser contre la roche des falaises. Catherine haussa les épaules et regagna son campement pour y retrouver son équipe composée d'étudiants et de volontaires américains. Ils étaient déjà au travail et tentaient d'étayer les tranchées endommagées par le dynamitage. C'est une bonne équipe, pensa la jeune femme. Dommage que la plupart d'entre eux repartent bientôt pour les fêtes de Noël. Certains n'étaient pas sûrs de revenir, et ce manque futur d'effectifs devenait préoccupant. A l'avènement de la nouvelle année, ce ne serait pas seulement une décennie toute neuve que l'on allait fêter mais, surtout, le nouveau siècle et, avec lui, le nouveau millénaire. Malheureusement, cette date signerait également pour Catherine la fin des fouilles. Il lui faudrait sans doute fermer le chantier d'ici peu.

Pourquoi ne parvenait-elle pas à faire comprendre aux dirigeants de la Fondation qu'il était vital pour une majorité de gens de recevoir une nourriture spirituelle, un message qui redonnerait un sens à leur existence? Si je trouve le puits, si je réussis à prouver que Myriam était bien ce que je crois, alors la Bible retrouvera un sens nouveau.

La jeune femme entra dans sa tente et entreprit de se rafraîchir la figure avec un peu d'eau. Levant les yeux, elle saisit son reflet dans le petit miroir accroché au-dessus de la cuvette. A trente-six ans, son visage portait déjà les stigmates de longues années passées sous le soleil brûlant d'Israël et d'Egypte. De fines ridules cernaient ses yeux et un hâle permanent colorait son teint, lui prêtant ironiquement un air d'éternelle bonne santé, ce genre de bonne mine arboré par les femmes du monde qui passent leur vie au bord d'une piscine ou sur les courts de tennis. On disait souvent en plaisantant qu'une archéologue devait commencer à s'inquiéter de sa mine lorsqu'un touriste demandait, en pénétrant dans la tombe où elle travaillait : « Laquelle des deux est la momie ? »

– Cathy, ma fille, dit-elle à son reflet dans le miroir, il est temps que tu t'occupes de toi si tu ne veux pas faire la fortune d'un chirurgien esthétique d'ici dix ans...

Elle s'essuya soigneusement le visage et le recouvrit d'une crème hydratante. Il était grand temps de revenir au papyrus...

Après avoir dégagé un espace dans l'amas d'objets hétéroclites encombrant sa table de travail, elle releva le rabat de toile qui obscurcissait l'une des fenêtres de la tente. Aussitôt, un rayon de soleil vint éclairer une photographie agrafée au-dessus du bureau. C'était un cliché de Julius souriant à l'objectif, si séduisant avec ses cheveux noirs, sa barbe bien soignée et ses yeux sombres au regard pénétrant.

Le Dr Julius Voss était entré dans la vie de Catherine voilà deux ans, lors d'un séminaire organisé à Oakland. Médecin spécialisé dans les maladies de l'Antiquité, il avait présenté une étude sur la fréquence exceptionnelle des fractures de l'avant-bras relevées sur les squelettes égyptiens, notamment de femmes. Selon lui, il s'agissait de blessures occasionnées par des coups portés sur une victime levant les bras pour se protéger. C'est à ce moment-là que Julius avait fait la connaissance de Catherine. L'attirance, réciproque, avait été quasi instantanée.

« Pourquoi, Cathy ? »

Elle croyait entendre à nouveau sa voix, comme s'il se trouvait là, sous la tente, à ses côtés. « Pourquoi ne veux-tu pas devenir ma femme ? Tu sais très bien que je ne t'obligerai jamais à te convertir à la religion juive. »

Elle lui avait répondu que ce point ne la préoccupait nullement et que d'ailleurs, après une enfance étouffante sous le carcan d'une éducation catholique sévère, elle avait eu son content de religion pour le restant de ses jours. C'était pour d'autres raisons qu'elle ne voulait pas l'épouser. Des raisons qui n'avaient rien à voir, non plus, avec l'amour qu'elle lui portait.

Ecartant doucement Julius de ses pensées, Catherine reporta son attention sur le papyrus. Elle examina attentivement les lignes de caractères grecs, et n'y décela pas de seconde mention de Jésus.

Pouvait-il y avoir un rapport entre ce document chrétien et la prophétesse de l'Ancien Testament sur les traces de laquelle Catherine était venue jusqu'au Sinaï ? S'agissait-il d'un indice capital révélant que ce lieu de fouilles était bien le bon ? Dans ce cas, c'était probablement une ancienne oasis habitée par les Hébreux. Et c'était là que Myriam avait eu l'audace de se dresser contre son frère et d'entamer contre lui une âpre lutte pour le pouvoir.

La jeune femme se dirigea vers une étagère et y prit un livre publié en 1764. Il s'agissait d'une traduction anglaise des Mémoires d'un marin arabe du xe siècle, Ibn Hassan, dont le bateau s'était échoué en 976 de notre ère sur un rivage inconnu. Lorsqu'elle avait découvert cet ouvrage, Catherine avait relevé une phrase particulière mentionnant « le Pays de Sin », et elle s'était demandé s'il ne s'agissait pas du Sinaï. Elle avait rapproché certaines indications obscures du texte arabe avec d'autres informations recueillies dans l'Ancien Testament, étudié des cartes astronomiques – le texte indiquait que l'étoile Aldebaran se levait au-dessus du pays natal d'Ibn Hassan. Tout cela, ajouté aux légendes et aux traditions des Bédouins de la région, l'avait amenée à une conclusion : c'était probablement dans ce lieu où poussaient aujourd'hui des stations balnéaires en béton que le marin avait fait naufrage. Sur ce rivage où, écrivait-il, « les Bédouins venaient abreuver leurs troupeaux au *Bir Maryam* ».

Le puits de Myriam...

En réalité, la quête de Catherine avait commencé bien plus tôt encore, alors qu'elle n'était âgée que de quatorze ans. Les religieuses de son collège catholique avaient projeté pendant la Semaine Sainte une série de films inspirés d'épisodes bibliques. Parmi eux, la fameuse superproduction de Cecil B. DeMille, *Les Dix Commandements,* un classique tourné en 1956. Alors que les autres adolescentes, habituées aux effets spéciaux de films tels que *Star Trek* ou *Star Wars,* n'avaient cessé de rire et de s'agiter, Catherine, elle, s'était sentie profondément troublée par ces images. Les personnages dominants de ces histoires étaient des héros masculins de dimension surnaturelle : Moïse, Samson, Salomon, tous des figures mythiques au cœur noble et bon. Les femmes, elles, s'en tiraient moins brillamment. Tantôt séductrices diaboliques, tantôt madones écrasées par d'implacables destins, elles étaient cantonnées aux seconds rôles.

Cette seule constatation suffit à éveiller chez Catherine, malgré son jeune âge, une curiosité qui avait rapidement tourné à l'obsession. Très logiquement, elle avait décidé, plus tard, de choisir une carrière d'historienne et de se spécialiser dans le domaine de l'archéologie biblique. Plus elle avait avancé dans ses recherches et plus elle avait été convaincue que les sables des dunes antiques recelaient d'autres trésors que le tombeau de

Toutankhamon ou les manuscrits de la mer Morte. Puisqu'on ne trouvait pas de véritable trace d'héroïnes féminines dans les Saintes Ecritures, il fallait creuser le sol pour y dénicher de nouveaux secrets.

Malheureusement, l'archéologie, tout comme le domaine de l'érudition biblique, est un terrain dominé par les hommes et défendu âprement par une vieille garde qui non seulement tolère à peine la présence d'une femme dans son bastion, mais s'offense de tout assaut contre le rempart de ses préjugés solidement établis. Cinq ans plus tôt, Catherine avait demandé au département des antiquités du Caire l'autorisation de procéder à des fouilles. Sans méfiance, elle avait alors expliqué qu'elle désirait se livrer à la vérification d'une théorie selon laquelle Myriam avait partagé avec son frère Moïse la conduite du peuple hébreu sur le chemin de l'Exode. L'autorisation lui avait été refusée après des mois de tergiversation, de pots-de-vin, de retards en tous genres.

La leçon avait porté. Un an plus tard, Catherine était revenue à la charge, cette fois pour demander l'autorisation de rechercher le puits de Moïse. Le permis de fouilles lui avait été accordé sans délai.

Revenant à l'instant présent, la jeune femme ouvrit le livre d'Ibn Hassan pour y relire un passage auquel elle avait peu prêté attention jusqu'ici. Aujourd'hui, cependant, il éveillait en elle un vif intérêt.

« Cette nuit, écrivait l'auteur, je me suis éveillé, et j'ai contemplé la plus merveilleuse des visions, une vision d'une beauté si sublime, d'une blancheur si pure que je m'en suis trouvé comme aveuglé. L'apparition me parla avec la voix d'une jeune femme. Elle me conduisit à un puits et me demanda de le remplir, d'abord avec de la terre glaise puis à l'aide de pierres. Ensuite, elle me dit de fabriquer une ancre avec des roseaux et de la placer sur le puits. " Si tu fais cela pour moi, Ibn Hassan, me déclara l'ange, alors je te révélerai le secret de la vie éternelle. " »

Une ancre faite de roseaux... Il s'agissait probablement d'un symbole rattaché au christianisme, bien plus ancien que celui de la Croix.

Catherine reporta son regard sur le texte d'Ibn Hassan.

« C'est ainsi que me fut octroyée la clé de la vie éternelle. Moi, Ibn Hassan Abu Mohammed Omar Abbas Ali, après avoir été sauvé de ces lieux solitaires et rendu à ma famille, je m'adresse à vous âgé maintenant de cent vingt-neuf ans, en excellente santé et assuré de vivre éternellement grâce à ce don qui me fut accordé par l'ange. »

Catherine fronça les sourcils. Elle avait négligé cette phrase lors des précédentes lectures, jugeant que ce grand âge ne pouvait être qu'une affabulation de l'auteur. Mais, à présent que ce fragment de papyrus venait d'être découvert, il fallait reconsidérer les choses dans leur ensemble.

Elle se concentra une nouvelle fois sur la trouvaille faite par les hommes de Hungerford, particulièrement sur deux mots grecs qui lui avaient sauté aux yeux : *zoe aionios*. La vie éternelle...

Existait-il un lien quelconque entre ce fragment – qu'elle datait à peu près du IIIe siècle après J.-C. – et les hallucinations d'un marin naufragé sept cents ans plus tard ? Et, si cette hypothèse se confirmait, en quoi ce papyrus pouvait-il être relié à la vie de Myriam, la prophétesse ?

En dehors des souvenirs d'Ibn Hassan, Catherine n'avait réussi à dénicher dans les textes aucune autre mention du puits de Myriam. Mais, au cours de ses recherches, elle avait découvert un ouvrage écrit en 1883 par un égyptologue allemand, le professeur Kruger, décrivant une expédition dans le désert du Sinaï. Le camp avait été établi sur la côte, à l'est du monastère de Sainte-Catherine, près d'un puits appelé *Bir Umma* – le « puits de la Mère ». Une nuit, les hommes de l'expédition avaient été assaillis par de terribles cauchemars et Catherine nota avec étonnement que ces rêves ressemblaient de très près à ceux d'Ibn Hassan. Dans les deux cas, on y faisait abondamment mention d'une apparition féminine, belle et impérieuse. Catherine s'était alors demandé si la similitude entre ces songes signalait que, dans les deux récits, le lieu était le même.

La dernière information qui l'avait conduite à fouiller à

cet endroit précis provenait de l'Ancien Testament. Il s'agissait d'un passage du Livre de l'Exode, 13, 21 : « Et Yahvé marchait avec eux le jour dans une colonne de nuée pour leur indiquer la route, et la nuit, dans une colonne de feu, pour les éclairer, afin qu'ils puissent marcher de jour comme de nuit. La colonne de nuée ne se retirait pas le jour devant le peuple, ni la colonne de feu la nuit. »

Bien d'autres chercheurs, avant Catherine, en avaient conclu que cette « colonne de nuée » n'était rien d'autre que la fumée d'un volcan. Si l'on n'en comptait pas sur la péninsule du Sinaï, on en trouvait sur la partie orientale du golfe d'Aqaba, en Arabie saoudite, dans une région appelée le pays de Midian. En somme, avait conclu Catherine, puisque le mont Sinaï est situé sur le rivage *occidental* de l'Arabie, rien de plus normal que les Hébreux aient été guidés par la fumée d'un volcan se dressant au-dessus du rivage *oriental*, de l'autre côté du golfe.

En venant dans cette région, Catherine s'était attendue à y retrouver les traces de l'Exode et, aussi, de la prophétesse Myriam. Mais certainement pas un papyrus mentionnant le nom de Jésus !

Quel lien pouvait donc bien exister entre ce fragment et l'ange apparu à Ibn Hassan ? En quoi, également, pouvait-on relier ces événements avec les cauchemars de l'équipe de Kruger et les légendes locales des Bédouins affirmant que cette région était hantée ?

La jeune femme écouta les sons qui lui parvenaient à travers la toile de tente : le vent du matin qui se levait sur le golfe couleur d'aigue-marine, les cris et les appels des hommes de Hungerford triant les déblais à la recherche d'un autre fragment.

Moi aussi, comme Ibn Hassan, comme les hommes de l'équipe de Kruger, j'ai fait ici d'étranges rêves, se souvint Catherine. La nuit dernière, par exemple... Mais non... Ce n'était pas un rêve. Seulement un ancien souvenir revenu la hanter inexplicablement. *Méchante petite fille !* répétait inlassablement une voix, *tu seras punie !*

Comme elle saisissait la loupe pour se remettre à la traduction du texte grec inscrit sur le papyrus, Catherine entendit soudain des cris s'élever au-dehors. Elle se rua aussitôt hors de la tente.

Ils avaient trouvé quelque chose.

A proximité du lieu de l'explosion, les hommes de l'équipe venaient de mettre au jour ce qui ressemblait à l'entrée d'un tunnel. Catherine se laissa tomber sur les genoux pour examiner la brèche. Son cœur battait à tout rompre.

Avant d'ouvrir la première tranchée, Catherine avait d'abord exploré le terrain en s'appuyant sur les techniques géologiques utilisées par les ingénieurs des travaux publics. Elle en avait conclu qu'il devait y avoir à cet endroit une formation souterraine tout à fait inhabituelle, probablement une sorte de tunnel. Aussitôt, elle avait dressé une carte quadrillée du sous-sol et commencé à creuser. Après une année de travail, ils n'avaient encore rencontré aucun vestige d'occupation humaine. Mais, au troisième niveau des fouilles, l'équipe était tombée sur une couche calcaire et, finalement, avait découvert l'entrée d'un tunnel.

Debout, à présent, au seuil de cet étroit passage, Catherine tentait d'en déterminer le tracé. Apparemment, il semblait se diriger horizontalement dans le sous-sol vers l'endroit que Hungerford venait précisément de dynamiter, dégageant une nouvelle section de ce tunnel. Le boyau devait poursuivre son tracé vers l'escarpement rocheux qui se dressait un peu plus loin.

Mais où se terminait-il?

Il n'y avait qu'une façon de le découvrir.

Catherine noua une corde autour de sa taille, saisit une torche électrique et se coucha sur l'une des palettes équipées de roues que l'équipe utilisait pour évacuer les déblais.

Elle fit une pause avant de se lancer dans le passage sombre et étroit, rempli de poussière et de fins débris.

Comme il ne fallait pas compter sur la stabilité de la roche, ébranlée de surcroît par les explosions ordonnées par Hungerford, Catherine et son équipe étaient convenus d'un signal : une secousse donnée à la corde et ils la ramenaient instantanément à l'air libre.

Au préalable, elle crut bon de prévenir Hungerford de faire le compte des hommes de son équipe et de veiller à ce qu'ils ne s'éloignent pas. Ils savaient tous que de nombreux autochtones avaient édifié des fortunes au marché noir avec les manuscrits de la mer Morte et de la grotte de Nag Hammadi...

Catherine s'avança lentement en poussant sur ses coudes, veillant à garder la torche électrique pointée vers le tunnel apparemment sans fin creusant la roche friable. A plusieurs reprises, elle dut s'arrêter, le cœur battant, victime de multiples avalanches de sable qui lui coupaient le souffle. Au bout de quelques instants, elle crut même que la galerie allait s'effondrer et l'ensevelir. Luttant contre la panique, Catherine s'efforça malgré tout de poursuivre, aussi prudemment que possible, son équipée. Les parois étaient si rapprochées qu'il lui fallait rentrer la tête et serrer les épaules pour se frayer un passage sur le calcaire râpeux. Elle regretta de ne pas avoir échangé son short kaki contre un jean solide. Mais, coûte que coûte, elle s'obligea à avancer, plus que jamais déterminée à découvrir ce qu'il y avait à l'autre extrémité.

Malgré la roche composite très dense, le tunnel ne devait probablement pas être le produit de travaux humains mais la conséquence de quelque fissure naturelle creusée dans le calcaire. Peut-être à la suite d'un tremblement de terre ou, encore, sous la lente érosion de quelque source souterraine...

Il faisait très froid. Pourtant, Catherine se mit à transpirer. Ses dernières nuits avaient été hantées par les visions d'Ibn Hassan et de l'expédition Kruger, mais aussi par un cauchemar au cours duquel elle était enterrée vivante. Une prémonition ? Cette idée la traversa comme un courant glacé et elle se mit à frissonner violemment.

C'est alors qu'un obstacle apparut, lui coupant la

route. Pointant le faisceau de sa torche, Catherine aperçut une sorte de corbeille, partiellement enfouie dans la roche. Après un rapide calcul, la jeune femme estima avoir parcouru près de quinze mètres depuis l'entrée du tunnel où Hungerford et ses hommes relâchaient lentement la corde qui assurait sa sécurité. Examinant attentivement le panier qui bloquait le passage, elle le saisit et tenta de le déplacer, provoquant une nouvelle pluie de sable sur sa tête. Les yeux fermés, le souffle court, elle attendit dans l'angoisse puis, quand ce fut fini, dirigea une nouvelle fois sa lampe devant elle.

Le tunnel continuait.

Serrant le panier sous son menton, Catherine recommença à faire rouler lentement le chariot. La galerie déboucha soudain sur un conduit circulaire qui remontait jusqu'à la surface. De près de six mètres de diamètre, il semblait bouché à son extrémité. Il s'agissait d'une maçonnerie typique de l'âge de bronze. De larges dalles de silex non taillées recouvraient ses parois.

Avait-elle découvert le puits de Myriam?

Catherine dirigea sa torche vers le fonds du puits, priant pour ne pas céder au vertige. Elle aperçut des débris pierreux dont certains paraissaient récents, comme si le dynamitage avait provoqué un éboulement partiel. Le faisceau de lumière capta soudain un reflet blanc. Le cœur battant, la jeune femme se pencha pour mieux voir.

Le rayon tremblotant effleura les roches de schiste et éclaira un crâne humain.

Le Mage arracha la robe de pourpre qui recouvrait les épaules de la jeune femme, l'abandonnant, nue, à la clarté lugubre de la lune.

Le silence se fit parmi les hommes assistant à la scène. Tous admiraient cette femme si belle qui leur faisait penser à ces statues blanches, froides, aux formes parfaites, que l'on voyait orner la place du marché. Mais cette femme-ci avait une abondante chevelure noire retombant en cascade jusqu'au creux des reins, une chevelure humaine recouvrant un corps tremblant de peur.

Mains et pieds liés, elle se dressait avec dignité devant ses tortionnaires qui, intimidés, baissèrent alors les yeux. Leur chef, celui qui contemplait la scène les poings serrés, ne semblait, quant à lui, pas du tout impressionné par la bravoure de sa victime. Il avait essayé par tous les moyens de la faire parler. Il l'avait menacée, enfermée, affamée, mais sans porter atteinte directement à son intégrité physique. Cela, l'Empereur ne l'aurait jamais accepté.

Oui mais, à présent, ils n'étaient plus dans l'enceinte de la ville. La situation avait changé. Ils l'avaient amenée jusqu'à cet endroit désolé, aux confins de la terre, afin de pouvoir lui arracher son secret. Avec pour seuls témoins les serpents et les scorpions...

Ils avaient chevauché longuement et péniblement pour atteindre ce lieu désert : six hommes à cheval galopant sous la lune comme poursuivis par une horde de démons, laissant loin derrière eux les légions de l'Empereur. Puis ils s'étaient arrêtés sur un ancien rivage où des falaises déchiquetées se dressaient contre le ciel constellé d'étoiles – un lieu vide, oublié de tous, uniquement peuplé de fantômes et d'esprits.

Les hommes avaient entendu parler du puits dans les Saintes Ecritures – un puits profond qui, selon la légende, avait autrefois permis aux Hébreux de subsister durant les quarante années de leur errance dans le désert. Alors, attachant le panier au bout d'une corde, comme leur chef le leur avait ordonné, les hommes l'avaient descendu au fond du puits en murmurant incantations et prières. Puis ils avaient amené la femme devant le Maître.

« Dis-moi où est le septième papyrus », avait murmuré ce dernier.

Mais la femme n'avait pas répondu. Quand le Maître vit dans ses yeux verts luire l'étincelle du défi, il perdit patience et se mit à frémir d'une rage terrible. Il était le dernier d'une longue lignée de mages et il savait que les jours de sa puissance étaient comptés. Avec le septième papyrus, il aurait pu accomplir des miracles, stopper la marche inexorable du monde vers sa fin, obtenir la vie éternelle pour lui-même et pour ses descendants. Cette femme possédait la clé de ce divin mystère. Pendant des années, il avait suivi la trace de ce papyrus et, à présent, l'heure ultime de cette longue quête était arrivée.

Le silence du désert plana longtemps sur eux. Puis le Maître dit gravement : « Qu'il en soit ainsi ! » avant de faire un large geste en direction de ses hommes.

Ils se tournèrent vers la jeune femme, posant leurs mains rudes et grossières sur sa peau immaculée. Le désir empourprait leurs visages tandis qu'ils passaient une corde sous ses bras pour la descendre aussi doucement que possible au fond du puits.

« Je ne veux pas que tu sois blessée. Ta mort doit être la plus lente possible, lui dit le Mage. Je veux que tu connaisses cette sombre prison pendant longtemps, très longtemps. Que tu te souviennes de chaque pierre, de chaque grain de poussière, de chaque ombre. Quand le soleil sera haut dans le ciel et dardera ses rayons sur toi, tu seras dans une fournaise. La nuit, le vent glacé te fera trembler jusqu'aux os et tes dents s'entrechoqueront. Une soif épouvantable te torturera, la solitude te rongera, une solitude plus terrible que la mort elle-même. Tu appelleras, tu supplieras, mais personne ne t'entendra, sauf peut-être quelques vautours qui guetteront le moment de fondre sur ton corps pour en arracher la chair des os. »

Le Mage fit un pas vers la femme en brandissant la baguette emblématique de sa haute fonction religieuse, une baguette qui avait inspiré la crainte à des centaines de milliers d'hommes mais qui, pourtant, n'avait nul effet sur la jeune femme.

« Une dernière fois, murmura le Mage. Où est le papyrus ? Si tu me le dis, tu es libre. »

La femme demeura silencieuse.

« Alors, dis-moi au moins si le septième papyrus contient réellement la formule magique de la vie éternelle. »

Pour la première fois depuis qu'elle était leur prisonnière, elle parla. Sa réponse ne fut qu'un soupir : « Oui. »

Le Mage poussa alors un cri terrible et leva son poing vers le ciel. « Si je ne peux avoir ce secret, alors personne d'autre ne l'aura ! »

Ses compagnons se saisirent de la jeune femme et la firent descendre dans le puits, centimètre par centimètre. La rude corde sciait sa chair tendre. Et, lorsque l'obscurité eut englouti sa fraîcheur et sa beauté, le Mage frappa la margelle de pierre du puits de sa baguette d'or et cria vers les étoiles : « Par le pouvoir de cette baguette qui me fut remise par mon père et, avant lui, par son père et ainsi de génération en génération depuis le temps où l'Esprit immortel habitait cette terre, je maudis cette femme et les six livres que j'ai enfouis avec elle, afin que ces secrets demeurent à jamais cachés. Que personne ne les trouve, ne les lise et ne les mette en pratique ! Et que celui qui désobéira à cet ordre soit maudit ! »

Un cavalier solitaire chevauchant un cheval noir apparut sur le rivage et fit halte à quelque distance du campement afin de ne pas être entendu. Il mit pied à terre puis, courant rapidement et en silence, il s'approcha des hommes endormis et leur trancha la gorge un à un, de sorte qu'aucun n'eut le temps de crier. Puis il pénétra dans la tente du Mage pour y chercher sa bien-aimée. Mais il ne vit que le vieil homme endormi et posa la lame du couteau sur sa gorge. Quand le Mage s'éveilla, ses yeux se remplirent soudain de résignation. Il dit au cavalier : « Jamais tu ne la retrouveras et jamais personne ne parviendra à la sauver. Car si je ne peux avoir le secret, personne ne l'aura... »

Dans sa douleur, le jeune homme coupa la gorge du Mage et regarda son sang rougir le coussin de satin. Puis il quitta le campement à la recherche de la femme qu'il aimait.

Il chercha tout le long du rivage, au creux des profondes tranchées des oueds crevant les falaises. Puis, comme il ne trouvait toujours rien, il pencha la tête en arrière pour interroger les étoiles.

Soudain, un son rompit le silence de la nuit. Trébuchant dans l'obscurité, il trouva enfin le puits, et appela. Une plainte lui répondit. Alors le cavalier retourna prendre une corde au campement et revint en hâte la rouler autour d'une grosse roche avant de se laisser descendre dans le puits.

Là, tout au fond, il trouva le corps encore chaud de sa bien-aimée. Elle venait juste d'expirer.

Le cavalier hurla sa douleur, et son cri se répercuta sur les parois rocheuses du puits, jusque loin dans le cosmos. Saisissant son poignard, il coupa la corde qui le reliait au salut. Et il demeura là, tenant son amour dans ses bras, en attendant la mort.

« Tu n'auras pas péri en vain, mon aimée, dit le cavalier en pleurant, car j'ai fait le serment qu'un jour les rouleaux enfouis ici avec toi retrouveront la lumière et révéleront leur message à la face du monde. »

– Eh bien, dit Hungerford, quelle valeur représente donc cette trouvaille? Je veux dire en dollars, évidemment. Un musée serait-il disposé à acheter ce bout de papyrus?

– Il le paierait cinq millions, au moins, répondit Catherine en secouant la poussière recouvrant ses vêtements et ses cheveux.

Malgré la réconfortante caresse du soleil, elle ne parvenait pas encore à dissiper la terreur éprouvée dans l'obscurité de la galerie.

– Cinq millions! s'exclama Hungerford, sidéré.

– Ou peut-être même cinq cents fois plus. A moins que cela ne se compte en milliards...

Comprenant qu'elle se moquait de lui, Hungerford se renfrogna.

– Ça va, ça va. Je posais juste la question, voilà tout.

– Ecoutez, lança Catherine avec irritation, je n'ai pas la moindre idée de ce que vaut ce fragment de papyrus. Laissez-moi donc le temps de l'étudier!

Elle se tourna vers l'entrée du tunnel et ajouta rêveusement:

– Ce crâne... Il faut que je retourne là-dedans pour l'examiner de plus près.

– Et qu'est-ce que vous faites de *ça?* dit Hungerford en désignant le panier exhumé de la galerie.

– VIIe ou VIIIe siècle, je suppose, si l'on en juge par la méthode de tressage. C'est sûrement du post-bizantin.

– Ouvrez-le!

Mais Catherine recula, et se mit hors de portée des mains avides du Texan.

– Non. Les objets scellés doivent être ouverts en présence de témoins crédibles. Je vais téléphoner au Caire et contacter le département des antiquités. Ils enverront bien quelqu'un. (Elle lui jeta un regard sévère.) Vous feriez mieux de vous abstenir de travailler à cet endroit, jusqu'à ce qu'un représentant du gouvernement égyptien l'ait inspecté.

– Ça va, ne vous énervez pas. Je vais mettre mes hommes sur cette autre section, là-bas. De toute façon, il faut la nettoyer pour y installer des courts de tennis. Si vous trouvez quelque chose d'autre, tenez-moi au courant, hein ?

– Hungerford, je ne me soucie que de vous...

Il s'esclaffa, lui adressa un clin d'œil et s'éloigna.

Ouf! pensa Catherine en regagnant sa tente. Mais elle n'était pas très sûre que Hungerford ait été convaincu par ses mensonges. En tout cas, elle le souhaitait de tout son cœur. Sinon, la nouvelle d'une importante découverte se répandrait rapidement et le site risquait d'être pillé. Cette seule pensée la fit frissonner. Ce serait trop stupide de se voir déposséder du fruit de longues et épuisantes recherches. Plus tôt elle préviendrait le Caire, mieux elle s'en porterait.

Après avoir disposé le fragment de papyrus sous une lampe puissante, elle l'examina à la loupe. Cela ressemblait au début d'une lettre...

De Perpetua, votre sœur,

J'adresse mes salutations à la communauté de mes sœurs résidant dans la maison d'Aemelia, notre chère et révérée...

Catherine fronça les sourcils. Le mot suivant l'intriguait : διακονος...

Diakonos !

Il s'agissait sans doute d'une erreur de lecture. Catherine avait déjà rencontré la mention de *diakonos* – diacre – dans certains textes, mais il n'était naturellement question que de diacres masculins. Une femme aurait dû être qualifiée de *diakonissa*, diaconesse. C'était impensable.

Elle lut et relut la phrase. Il ne semblait pourtant y avoir aucun doute : Perpetua faisait allusion à une femme du nom d'Aemelia...

Le front barré d'une ride perplexe, Catherine poursuivit sa lecture :

... Ce que je désire vous communiquer est un message si étonnant que ma main tremble tandis que je vous écris ces lignes. Mais, au préalable, apprenez que ce n'est pas ma voix qui s'adresse à vous mais celle d'une sainte femme du nom de Sabina qui est venue à moi dans les circonstances les plus miraculeuses. Toutefois, il me faut vous avertir : lisez cette lettre dans le plus grand secret, de crainte d'exposer votre sécurité et même vos vies.

S'agissait-il donc d'un texte si important? L'esprit enfiévré, Catherine se mit à fouiller ses étagères, en quête d'un dictionnaire. Les bruits du dehors lui parvenaient à travers la toile en nylon de la tente : Samir demandant à la ronde si l'on n'avait pas vu sa truelle, un étudiant éclatant de rire, des bribes de musique sortant d'un petit transistor portatif branché sur une station de radio de Jérusalem. Mais Catherine, trop accaparée par ses recherches, n'y prêta nulle attention.

Tandis qu'elle s'apprêtait à s'emparer d'un lexique, ses yeux tombèrent sur la tranche d'un livre qu'elle ne connaissait que trop bien : *Guide pour la lecture du Nouveau Testament grec*, par le Dr Nina Alexander. Une petite photo de l'auteur apparaissait sous le titre de l'ouvrage. Le cœur serré, Catherine contempla ce visage féminin jeune et ouvert, ces grands yeux verts pétillants d'intelligence. C'était le visage de sa mère lorsqu'elle était encore une brillante linguiste. Avant d'être contrainte de récuser ses thèses, au vu et au su de toute la communauté scientifique. Elle la revoyait encore à la fin de sa vie, si fragile, si démunie, petit corps épuisé gisant sur un lit d'hôpital. « Ils avaient raison, Cathy, lui avait-elle murmuré, je n'aurais jamais dû aller si loin sans avoir de preuves assez solides... »

Oh Maman, pensa Catherine, ils t'ont persécutée, humiliée, détruite. Mais peut-être réussirai-je un jour à te venger. Quand je trouverai cette fameuse preuve qui t'a tant manqué...

Chassant ces souvenirs douloureux, elle feuilleta le lexique et trouva enfin la référence qui l'intéressait : « *Diakonos*, en grec : serviteur. Traduit aujourd'hui par " diacre ". Dans l'église primitive, les *diakonai* – littéralement, ceux qui transmettent les ordres du roi – baptisaient, prêchaient et procédaient aux cérémonies de l'Eucharistie. Dans le contexte du Nouveau Testament, ce mot peut donc prendre aussi le sens de " prêtre ". »

La respiration de Catherine s'accéléra. *Aemelia... diakonos...* Un texte mentionnant le nom de Jésus...

Une femme prêtre ?

Impossible.

Et pourtant... Refermant le lexique, la jeune femme s'empara d'un autre ouvrage, et l'ouvrit à une page comportant un tableau d'équivalences alphabétiques. Comparés au tableau, les caractères grecs du manuscrit de Perpetua pouvaient sans aucun doute être datés du IIe siècle de notre ère. A cette époque, pourtant, si l'on se référait à l'histoire officielle de l'église romaine, les femmes n'étaient aucunement autorisées à occuper les fonctions de diacre.

Catherine referma le livre et comprit alors les implications considérables de sa découverte. J'ai peut-être enfin trouvé la preuve que ma mère a tant cherchée, songea-t-elle avec excitation.

Il était grand temps d'agir. Hâtivement, elle rangea le fragment de papyrus dans un petit coffre dissimulé sous son lit de camp, en même temps que le panier découvert dans la galerie. Puis, saisissant les clés de la Land Rover, elle regarda l'heure et fit un rapide calcul mental. Il devait être un peu plus de minuit sur la côte ouest de l'Amérique. Elle devait aller téléphoner depuis l'hôtel Isis. A Julius, bien sûr, en Californie, mais aussi à Daniel, au Mexique. Elle devait aussi se procurer l'horaire des prochains vols quittant l'Egypte, et demander à Samir de surveiller attentivement la tente pendant son absence.

A son retour, elle entreprendrait une dernière exploration du tunnel...

– Elle a trouvé quelque chose, c'est sûr, dit Hungerford à son contremaître en fouillant dans le ramassis de pelles et de cognées empilées contre sa caravane. Je l'ai compris à la manière dont elle tenait ce vieux panier. On aurait juré qu'il contenait des bijoux précieux...

– Qu'est-ce que vous allez faire? demanda l'homme qui se tenait près de lui.

Hungerford sélectionna une grande pioche et brandit l'outil comme un fer de lance.

– Elle a dit qu'elle voulait retourner encore une fois dans le tunnel... (Il ricana et reprit :) Il peut se produire de drôles de choses, vous savez... Ce terrain est tellement instable! Un de ces prochains jours, notre chère Alexander devra comprendre une fois pour toutes que le métier d'archéologue peut se révéler parfois *très* dangereux...

– Erica! Erica! Viens... Allons, dépêche-toi!

Saisissant sa femme par la main, Havers l'arracha littéralement de sa chaise.

– Miles! J'étais en train de...

– Il faut absolument que tu voies cela, ma chérie. Dépêche-toi!

Il traversa le corridor à pas si rapides qu'Erica dut courir pour rester à sa hauteur.

– Je te garantis une sacrée surprise! lança Havers d'une voix si forte qu'elle partit se fracasser en une volée d'échos contre les murs blancs de leur maison de Santa Fe.

Erica se mit à rire. Comme toujours, même si l'on n'avait pas la moindre idée de ce que Miles avait encore bien pu dénicher, son enthousiasme fiévreux était communicatif. Depuis trentre ans qu'elle était son épouse, elle ne se souvenait pas de s'être ennuyée un seul instant.

Ils traversèrent un *portal* meublé de coffres espagnols anciens et de sièges en osier et débouchèrent dans une vaste cour intérieure où un chauffeur s'appliquait à polir une Corvette ZR-1 marron – l'une des vingt-trois Corvette de la collection d'Havers. Toujours au pas de course, le couple franchit un second *portal* tout en longueur où se trouvaient exposés divers objets issus de l'artisanat Zuni Pueblo. Sortant enfin de la maison, Miles et Erica longèrent le terrain de golf privé de dix-huit trous où s'affairaient des domestiques chargés de débarrasser le terrain de la neige tombée quelques heures plus tôt.

Les sandales de Miles Havers égrenaient leurs claquements sonores sur les dalles *saltillo*, un son familier pour tous les occupants de la propriété. A cinquante-deux ans, Miles était un ardent jogger et possédait une condition physique remarquable. Mais sa femme Erica, la cinquantaine mince et éthérée, peinait pour garder l'allure. Ses pas effleuraient à peine le sol tandis qu'ils contournaient la fontaine espagnole du XVe siècle, rapportée de Madrid et reconstituée pierre par pierre.

Erica comprit enfin où Miles l'entraînait : à la serre. Ils parvinrent devant la porte verrouillée et il composa le code de sécurité permettant d'actionner la serrure. Essoufflée, sa femme jeta un coup d'œil en direction des montagnes Sangre de Cristo, à l'ouest. En ce jour glacial de décembre, leurs cimes couvertes de neige se découpaient, magnifiques, contre le ciel d'un bleu intense. On avait un jour expliqué à Erica que cette couleur du ciel, si caractéristique du Nouveau-Mexique, était due à une sécheresse exceptionnelle de l'air. *Sangre de Cristo,* le sang du Christ... quel nom étrange pour des montagnes, pensa Erica. Un vent froid se leva soudain et souleva ses cheveux blond cendré coupés court. Elle frissonna en scrutant les alentours du golf. On ne les voyait pas. Mais elle savait bien que les vigiles étaient là, tapis quelque part. Miles les avait engagés pour surveiller l'enceinte de la propriété, un immense terrain de près de 2 500 hectares. En raison de l'affluence récente de visiteurs dans la région de Santa Fe, Miles préférait renforcer leur sécurité. A l'approche du nouveau millénaire, la région était devenue une sorte de lieu mystique pour des tas de gens.

En prévision de l'an 2000, le monde entier se préparait

à affronter des tremblements de terre ou autres cataclysmes effroyables, des légions d'anges et des armées sataniques. Même Hollywood était devenue une ville fantôme depuis que toutes les stars de cinéma, terrifiées par la date fatidique, s'étaient retirées dans des zones géologiquement plus fiables que la côte : le Wyoming, le Montana, ou encore, sur le littoral est, à Manhattan.

Mais Erica Havers, au contraire, voyait approcher cette échéance en toute sérénité. Elle attendait avec foi et ardeur ce qu'elle espérait être une véritable épiphanie, tant individuelle que collective. Durant toute cette année 1999, elle avait consacré l'essentiel de son temps à préparer la « réception du siècle », une immense réunion de quelque mille invités conviés à assister à ce qui devait se révéler – du moins selon ses plans – une sublime manifestation de la Grande Convergence.

Les portes électriques de la serre émirent un léger bruissement en s'entrouvrant, et une bouffée d'air chaud et humide enveloppa le couple. Miles prit la main d'Erica tandis qu'ils pénétraient dans cet espace tropical créé de toutes pièces à 600 mètres au-dessus du niveau de la mer. Ils parcoururent les rangées de semis et de boutures, de bourgeons et de plantes grimpantes, avant d'atteindre le cœur de la serre, là où Miles cultivait avec amour ses orchidées rares.

Il s'arrêta et, soudain ému, murmura quelque chose qu'Erica ne comprit pas. Puis elle aperçut la fleur... un cœur de pétales d'un beau pourpre sombre rehaussé par des feuilles d'un vert lumineux et tendre. Portant la main à sa poitrine, elle s'exclama :

– Oh, Miles ! Elle est magnifique...

– *Zygopetalum Blue Lake*, annonça-t-il fièrement. La lutte a été dure, mais elle a survécu.

Erica avait été témoin des efforts répétés et patients que son mari avait dû déployer pour obtenir cette espèce très rare d'orchidées. Depuis le jour où il avait acheté un bulbe à un pépiniériste californien, il n'avait cessé de travailler, sans relâche, pour l'amener à une floraison épanouie. Il lui était même arrivé de dormir ici, dans la serre, pour veiller sur son « bébé ».

– Ils m'avaient dit que ce serait impossible, ajouta Miles, et pourtant j'y suis arrivé. Tu vois, Erica, c'est la preuve qu'avec de l'opiniâtreté nous pourrons mettre un terme au pillage indécent des forêts tropicales. Ici, aux Etats-Unis, dans des conditions rigoureusement contrôlées, il est désormais possible d'obtenir l'éclosion de plantes parfaites. Et donc de laisser la jungle en paix.

Erica l'observa tandis qu'il parlait avec ferveur, ignorant l'atmosphère étouffante de la serre. Cette passion, elle la lui connaissait depuis toujours. C'était cela qu'elle aimait le plus en lui : son courage, sa persévérance, son idéalisme.

Elle l'enveloppa de ses bras et le serra contre elle.

– Tu es merveilleux, Miles...

Parfois, elle pensait avec un peu d'étonnement à l'incroyable chemin qu'ils avaient parcouru ensemble depuis l'époque où, étudiants marginaux, ils s'étaient rencontrés à Woodstock alors qu'ils dansaient, nus, sous la pluie. Ensuite, ils avaient parcouru le pays dans un bus Volkswagen couvert de peintures psychédéliques. Comme elle était loin, cette époque ! Miles incarnait à présent l'image même de la réussite sociale et économique. Il était devenu l'un des leaders de l'informatique. Son réseau, Forbes, lui avait assuré un empire qui pesait maintenant près de 10,5 milliards de dollars. Même si personne ne connaissait exactement l'étendue de son champ d'action, un récent article du *Time* avait affirmé qu'il était « Internet fait homme ». Toute la planète, écrivait le journaliste, était sous son influence.

Le « bip » attaché à sa ceinture sonna.

– Oui ?

– Un appel téléphonique pour vous, monsieur. Urgent.

– Vous savez que je déteste que l'on me dérange ici. Qui est-ce ?

– On ne me l'a pas dit, monsieur. L'appel vient du Caire.

Les yeux de Havers brillèrent. Il se tourna vers Erica.

– Désolé, ma chérie, mais il faut que je le prenne. Tu ne m'en veux pas, j'espère ?

Elle lui sourit tendrement.

– Pas du tout. Il faut que je rentre pour décider du menu de ce soir. (Elle l'embrassa sur la joue). J'adore cette orchidée.

Lorsque les portes se furent refermées et automatiquement verrouillées derrière elle, Havers s'approcha du téléphone mural, composa un code. Quand il entendit la voix de son correspondant, il se contenta d'un bref « Parlez ».

Il écouta un instant, parfaitement immobile.

– Un fragment ? dit-il enfin. Et vous êtes certain qu'on y mentionne le nom de Jésus ? A-t-on trouvé d'autres rouleaux ?

Tandis que son interlocuteur répondait, ses mains se refermèrent lentement pour former deux poings compacts. Il éprouva un léger vertige... une sensation familière mais qu'il n'avait pas ressentie depuis longtemps.

Depuis six mois, en fait. Depuis cet autre appel de Taïwan lui annonçant que le précieux bulbe de *Zygopetalum Blue Lake* pouvait lui être vendu pour une somme exorbitante. Ce type d'orchidée qu'il recherchait fiévreusement depuis longtemps était, en réalité, interdit à l'exportation et sa cueillette par conséquent très risquée.

Il avait accepté, naturellement, et, pendant les nuits suivantes, il s'était retourné dans son lit sans trouver le sommeil tant l'impatience le rongeait. Enfin, le bulbe était arrivé par l'intermédiaire d'un passeur à son service, un horticulteur californien. Et maintenant la récompense de tant d'efforts se trouvait là, sous ses yeux, une fleur d'une beauté inexprimable, un incendie de couleurs chatoyantes et sensuelles. Elle n'existait que pour lui, fragile joyau dans cet univers tropical privé, dans ce petit paradis qu'il n'avait conçu que pour son seul plaisir.

– Un panier ? s'exclama-t-il soudain en fronçant les sourcils. Les autorités ont été averties ? (Il écouta un instant.) Je vois... Trouvez-le et rappelez-moi.

Il raccrocha et composa rapidement un autre code.

– Appelez Athènes, ordonna-t-il sèchement. Dites à Zeke que j'ai besoin de lui parler immédiatement.

L'attente dura moins de cinq minutes et l'appareil grésilla de nouveau. Havers fit un bref compte rendu de la situation et conclut :

– Laissez tomber ce que vous faites à Athènes et allez à Sharm el Sheikh. Partez maintenant. Je veux savoir s'il existe un rapport quelconque entre le panier et le fragment de papyrus. Cherchez aussi si d'autres rouleaux ont été mis au jour. S'il y en a, *je les veux*, compris ? Soyez discret mais obtenez-les par tous les moyens. Je repète : *tous* les moyens. Et, comme toujours, ne laissez aucun témoin derrière vous...

– Allô, señor ? cria Catherine dans le combiné. J'essaie depuis trois heures de joindre le Dr Daniel Stevenson. Nous avons été coupés. Son camp se trouve à... Allô ? *Allô ?*

Elle contempla le téléphone d'un air dégoûté.

– Oh *non* ! Encore une fois ! Ce n'est pas possible !

Dépitée, elle regagna le hall. M. Mylonas, le chef réceptionniste, lui jeta un regard interrogateur.

– Pas de chance, marmonna Catherine en secouant la tête. Je ne parviens toujours pas à obtenir la communication pour le Mexique...

Elle resta là un instant, indécise, se mordillant les lèvres. Dix heures s'étaient écoulées depuis que le dynamitage ordonné par Hungerford avait exhumé le fragment de papyrus. Dès à présent, pourtant, la nouvelle de la découverte devait avoir fait le tour de la planète...

Tandis qu'elle scrutait d'un regard nerveux l'entrée de l'hôtel, la jeune femme s'imagina voir des espions tapis un peu partout, silhouettes anonymes tassées dans les fauteuils, échangeant des propos anodins avec les touristes en sirotant un café turc ou, encore, lisant les journaux arabes et français sous les branches luxuriantes des palmiers en pot. A moins qu'ils ne se soient glissés dans l'équipe de plongeurs sous-marins qui se dirigeaient, là-bas, vers le quai privé de l'hôtel.

– Alors, Doc ? On téléphone ?

Elle se retourna vivement et vit l'encombrant Hungerford lui sourire de toutes ses dents, un sourire qui tenait d'ailleurs plutôt de la grimace. Sa haute silhouette se découpait sur la piscine couleur d'émeraude qui scintillait sous les derniers rayons du soleil couchant.

– Le département des antiquités va envoyer quelqu'un sur le site, mentit Catherine.

Les yeux bruns du Texan scrutèrent son visage.

– Naturellement ! dit-il enfin en se mettant à rire. Dites, que penseriez-vous d'un bon petit verre au bar, pour fêter notre trouvaille ?

– J'attends un appel téléphonique.

– Bien sûr, bien sûr, opina-t-il en clignant de l'œil.

Puis, toujours en riant, il tourna les talons pour gagner le bar où un spectacle de danse du ventre venait juste de commencer.

Catherine n'aimait pas les manières de Hungerford et ses clins d'œil faussement entendus ne lui disaient rien qui vaille. Avait-il déjà appelé quelqu'un ? Etait-il en train de négocier la vente secrète du papyrus ? Il devenait de plus en plus urgent de mettre le fragment et le panier hors de portée de tous ces chacals en les faisant sortir d'Egypte cette nuit même.

Une seule personne pouvait l'aider.

Pendant le trajet qui la conduisait à l'hôtel, Catherine avait eu le temps de réfléchir. Ce qu'elle projetait était à la fois illégal et contraire à l'éthique scientifique. Au minimum, cela pouvait ruiner sa réputation et, au pire, la conduire au fond d'une prison égyptienne, où elle risquait de croupir un bon moment. Impossible de demander à Julius de s'impliquer dans une entreprise aussi hasardeuse.

Restait donc Daniel. Catherine savait qu'il aimait le danger et que sa loyauté demeurait, même après toutes ces années, sans égale. Dès leur première rencontre, il y avait bien longtemps de cela, elle avait deviné qu'il serait toujours pour elle un véritable allié. Elle n'avait que dix ans alors, et était une petite fille terrifiée adossée contre un mur de la cour de récréation, humiliée par les quolibets d'un groupe d'écoliers qui hurlaient, en lui montrant le poing, que sa mère irait rôtir tout droit en enfer. Brusquement, un garçon de petite taille s'était jeté sur eux. Un peu plus tard, il entraînait Catherine loin de ses persécuteurs. Ce petit garçon courageux, c'était Daniel Stevenson.

Depuis lors, ils avaient toujours été présents l'un pour l'autre à chaque fois qu'une épreuve bouleversait leur vie. Daniel était aux côtés de Catherine quand elle avait perdu sa mère. Et plus tard, lorsque, âgée d'à peine vingt-trois ans, elle avait perdu le goût de la vie, c'était lui encore qui l'avait tirée de l'abîme.

Daniel... le seul qui ait peut-être véritablement compris pourquoi elle s'était éloignée de la foi de l'Eglise.

Souvent, la nuit, elle rêvait de lui, car il faisait partie intégrante de son passé. Danno... le gentil Danno, le seul garçon de l'école qui ne s'était pas moqué d'elle quand on l'avait hissée, debout, sur une chaise de la salle de classe, un écriteau autour du cou.

Elle jeta un coup d'œil à sa montre. Au Mexique, il était près de huit heures du matin. Connaissant bien les habitudes de travail de Daniel, Catherine savait qu'il n'allait pas tarder à quitter le camp pour se rendre sur le terrain de fouilles où il se livrait depuis quelque temps à d'importantes recherches. Il serait alors hors d'atteinte pendant les dix prochaines heures, ou même davantage. Il fallait absolument qu'elle le joigne d'ici là.

Mais comment?

– La voilà! Je l'ai!

La voix excitée de Daniel déclencha une vraie tempête d'échos contre les pierres de la chambre funéraire.

Rapidement, il tapa quelques mots sur le clavier de son ordinateur. *Vous la voyez, Dallas? Avez-vous reçu l'image?*

La réponse ne tarda pas à apparaître sur l'écran de contrôle. *Nous la voyons, Dr Stevenson. Félicitations.*

Daniel éteignit sa lampe Coleman et augmenta la luminosité de l'écran de son ordinateur pour obtenir une image plus nette. Pas de doute, il avait réussi. Il la tenait enfin, sa preuve. Les anciens Mayas étaient bien les descendants des survivants du continent perdu de l'Atlantide...

Si seulement Cathy était là pour partager cet inoubliable instant avec lui ! Cathy... la seule à ne pas s'être moquée de lui quand il avait commencé à soutenir publiquement que les Mayas descendaient en droite ligne des anciens Minoens échoués sur les rivages du Yucatan après la destruction de l'Atlantide. Pendant les interminables semaines qu'il avait passées dans ces salles souterraines étouffantes, rendu presque sourd par le ronflement incessant du générateur, il avait bien cru perdre courage. Mais Cathy l'avait soutenu moralement en lui écrivant et en lui téléphonant constamment. Pas un seul instant elle n'avait douté de la valeur de ses travaux. Et pourtant, malgré une brillante thèse de doctorat en sciences et de patientes études sur la datation des objets de l'âge de bronze au moyen des techniques de thermoluminescence, Daniel n'avait rencontré, tout au long de sa pénible quête, que quolibets et mépris de la part de l'ensemble de ses pairs. « Balaie leurs préjugés, Danno, aimait à répéter Cathy, renverse leurs idoles ! Mais, surtout, apporte des *preuves*. Sinon, même si tu te tues à la tâche, il n'en restera rien.. »

Il se mit à rire à gorge déployée et sa voix résonna contre les murs écaillés et humides de la tombe. La preuve, il l'avait là, devant ses yeux, sur l'écran de son moniteur. Des années de recherches et d'explorations incessantes, à scruter les photos aériennes, à enfourner des tonnes de données dans des ordinateurs, jusqu'à ce qu'il finisse par repérer ce curieux tertre au cœur de la jungle mexicaine. Après deux années de pénibles travaux d'excavations, l'endroit avait livré son secret : il s'agissait bien d'une tombe maya, un site de sépulture royale jusqu'alors totalement inconnu.

A contrecœur, les collègues de Daniel s'étaient vus contraints d'applaudir ce qu'ils jugeaient encore avec dédain comme un simple coup de chance. Les railleurs furent cependant définitivement réduits au silence lorsque Daniel découvrit dans cette tombe une extraordinaire peinture murale représentant non pas les habituelles silhouettes massives et inertes que l'on voit sur les peintures de Bonampak, mais des personnages agiles, sveltes, de longs cheveux noirs flottant sur leurs épaules, avec, déjà, le crâne allongé et le front plat qui devait caractériser par la suite l'art figuratif maya. Pour Daniel, c'était la preuve éclatante de la justesse de sa théorie sur l'Atlantide.

Mais il y eut d'autres preuves, encore bien plus parlantes. Après avoir frotté les couches calcaires qui recouvraient une autre paroi de la tombe, il avait mis au jour une fresque consacrée aux serpents, les précurseurs du serpent à plumes qui allait devenir ensuite l'une des représentations divines les plus importantes des empires toltèque, aztèque et maya. On avait peint à même la roche des figures humaines tenant dans chaque main un serpent, images que l'on retrouvait fréquemment représentées dans l'art minoen.

Enfin, sur la troisième paroi de la sépulture, Daniel découvrit une scène qui l'avait lui-même étonné. Evoquant des œuvres aztèques ultérieures, la fresque montrait des êtres humains accroupis ou étendus sur le dos. De leurs bouches sortaient de mystérieux tourbillons semblables à des boucles de rubans que les archéologues spécialistes de l'art aztèque considéraient comme des représentations de la parole ou de la respiration. Mais Daniel en tira une interprétation toute personnelle. Selon lui, il s'agissait de personnes représentées *sous l'eau.* Toute la paroi, affirmait-il, relatait l'histoire de la grande catastrophe qui avait englouti la civilisation de l'Atlantide, disparue sous la mer.

La survivance de ce thème maritime se retrouvait, des siècles plus tard, dans les fresques de Bonampak, et même jusqu'au VIIIe siècle de notre ère. Des prêtres, des nobles portaient d'étranges costumes rappelant la carapace d'un homard, des coiffures en forme de poulpes, de queues de poissons ou d'algues. Pourquoi, soulignait Daniel, une société vivant dans la *jungle* évoquerait-elle ainsi une imagerie issue de *l'océan*, sinon parce que ses ancêtres venaient d'une civilisation maritime ?

Il avait installé son camp à côté de cette tombe nouvellement découverte et s'était mis immédiatement au travail après s'être aménagé une sorte de laboratoire cybernétique équipé d'un vieux Thinkpad IBM, d'un modem et d'un téléphone cellulaire qui le reliaient à tout instant à ses collègues de Dallas et de Santa Barbara, ainsi qu'à de multiples banques de données. Il put ainsi transmettre des images des peintures murales mayas et les superposer avec d'autres issues de l'art minoen, mettant en évidence leurs extraordinaires similitudes. Certains détails étaient même pratiquement identiques !

Mazel Tov ! fut le message que l'équipe de Santa Barbara adressa par ordinateur à Daniel. *On prépare le champagne !* écrivit le laboratoire de Dallas. Un bip résonna, indiquant que la batterie de l'ordinateur portable s'épuisait. Daniel diminua l'intensité de l'écran et pianota sur le clavier : *Merci... ! Le caviar est pour moi...*

Il éteignit le portable et se laissa aller contre le dossier de son siège. Un silence total régnait à présent dans la sépulture. Daniel écouta un instant le martèlement incessant de la pluie au-dehors et, bien vite, son exaltation retomba. Il était seul, en proie au choc de sa découverte, et n'avait plus qu'un seul désir : pouvoir communiquer réellement avec quelqu'un. Si seulement Cathy était auprès de lui pour célébrer l'événement... Mais il n'avait pour toute compagnie qu'une photographie d'elle fixée à l'intérieur du couvercle de son portable. Il l'avait mise là pour voir son visage chaque fois qu'il travaillait. C'était un vieux cliché pris lors de la remise des diplômes au Heart High College. On y voyait Cathy éclatant de rire en faisant un large signe du bras en direction de l'objectif.

Un souvenir lui revint en mémoire, à la fois douloureux et rempli d'une infinie tendresse. Il avait seize ans. Cathy l'avait trouvé blotti derrière les gradins du stade, pleurant à chaudes larmes. Elle l'avait entouré de ses bras en lui murmurant des mots de réconfort et il avait respiré son parfum, senti la douce chaleur de son corps. A cet instant, il était tombé éperdument amoureux d'elle. Catherine n'en avait rien su et le considérait toujours comme un ami – le meilleur, sans doute, mais un ami seulement. Vingt ans plus tard, elle n'avait toujours rien deviné de cet amour secret.

« Julius m'a demandé de l'épouser », avait-elle écrit un

jour à Daniel. Il n'en avait pas été surpris, mais cette nouvelle lui avait cependant déchiré le cœur. Pour lui, Julius, malgré ses quarante-six ans, avait tout d'un septuagénaire. Il formait avec Catherine un couple plutôt disparate et beaucoup s'interrogeaient sur cette curieuse alliance. Daniel avait sa petite idée sur la question tout en se gardant d'en rien dire à quiconque.

Il soupira, les yeux toujours fixés sur la photographie. Eh bien, marie-toi, Cathy, pensa-t-il tristement. Il y a des choses plus terribles à endurer.

Quoique, en y réfléchissant bien, il se demanda ce qui, pour lui, pouvait bien être pire que ce malheur-là...

L'idée lui vint d'un seul coup. Elle savait comment joindre Daniel.

Elle était partie avec lui au Chiapas, un été, pour l'aider à cartographier cette région qui, selon lui, cachait encore une tombe maya. Elle se souvenait qu'il consacrait toujours une heure de sa journée à se connecter sur Internet, pour prendre connaissance de son courrier électronique. C'était par ce moyen qu'elle allait entrer en contact avec lui.

La jeune femme se dirigea une nouvelle fois vers la réception. Elle connaissait bien l'hôtel Isis et s'y rendait quotidiennement pour y relever son courrier, et y acheter des provisions quand le temps lui manquait pour se rendre à Sharm el Sheikh. Un jour, elle avait fait plus ample connaissance avec Mylonas, le réceptionniste, un veuf de soixante-dix ans. Ils avaient pris le thé ensemble et sympathisé.

– Monsieur Mylonas, me serait-il possible d'utiliser l'ordinateur de l'hôtel, juste pour quelques minutes?

Le vieil homme eut un sourire entendu.

– Ma foi, pourquoi pas? Il y a quatre ans, M. Papadopoulos, le directeur, m'a dit : « Mylonas, il est temps de moderniser cet hôtel... » Et il a commandé un ordinateur à Athènes. Le problème, c'est que ni lui ni moi ne savons nous servir de cet appareil. Mlle Hassan non plus, et Ramesh sait seulement taper quelques lettres sur le clavier avec deux doigts. Depuis plusieurs mois, pas un seul client ne l'a utilisé et voilà qu'aujourd'hui, c'est l'ordinateur le plus demandé de la côte!

Catherine lui jeta un regard surpris.

– D'autres personnes s'en sont servies?

– M. Hungerford, votre ami américain...

La jeune femme tiqua.

– Et qui d'autre?

– Un nouveau client est arrivé cet après-midi. Il est justement devant l'ordinateur en ce moment...

Devant la mine déconfite de Catherine, le réceptionniste esquissa un sourire d'excuse.

– Peut-être pourriez-vous essayer au Sheraton ou au Gulf Hilton?

Elle secoua la tête, déçue. Pas le temps de courir ailleurs. Daniel ne restait jamais connecté sur le réseau plus d'une heure et il était actuellement huit heures et demie au Mexique. Elle avait juste le temps d'entrer en contact avec lui avant qu'il quitte le camp.

Après un court moment de réflexion, elle salua brièvement Mylonas et se dirigea vers le bureau, à l'arrière du bâtiment. Par la porte restée entrouverte, elle aperçut une petite pièce encombrée d'un mobilier démodé, de vieux téléphones à cadran, d'une machine à écrire mécanique. Des calendriers islamiques et occidentaux tapissaient les murs et des spirales de papier tue-mouches pendaient aux palmes du ventilateur accroché au plafond. La secrétaire chargée des réservations était absente, Ramesh aussi. Mais un homme était assis devant l'ordinateur, occupé à taper sur le clavier.

Grand, les épaules larges, il avait une allure presque militaire avec sa chemise noire à manches courtes glissée dans un jean très ajusté. Catherine observa sa nuque énergique, ses cheveux coupés très court, ses jambes longues et musclées. Il se dégageait de cet inconnu quelque chose de magnétique.

– Excusez-moi, lança Catherine depuis le seuil. Je me demandais si...

Il se retourna. Elle vit un visage rude, à la peau hâlée, éclairé par des yeux bleus et un sourire extrêmement séduisant. C'est alors seulement qu'elle remarqua le col montant de la chemise. Ce n'était pas un militaire... mais un prêtre.

Légèrement embarrassée, la jeune femme s'éclaircit la gorge et reprit :

– Je me demandais si l'ordinateur était libre...

– Je suis en train de consulter mon courrier électronique et je crains que l'appareil ne soit inaccessible pour quelque temps.

– Combien de temps ?

– Environ deux heures...

Elle se raidit.

– Deux heures ? Pourquoi si longtemps ?

– Vous savez, cet ordinateur fonctionne à la vitesse d'un escargot...

Le sourire que lui adressa le prêtre ne lui fut d'aucun réconfort. Elle consulta sa montre en réfrénant un mouvement d'impatience avant de tourner brusquement les talons et de s'éloigner sans un mot. De retour à la réception, elle demanda à Mylonas d'appeler l'hôtel Sheraton, pour demander s'il y avait un ordinateur de libre. Tandis qu'il s'exécutait, la jeune femme pianotait nerveusement sur le rebord du comptoir. Elle n'avait pu se résoudre à demander une faveur à un prêtre...

– Désolé, fit Mylonas en raccrochant après une brève conversation. Leurs lignes sont également toutes occupées. Retournez donc au bureau et servez-vous des téléphones du service réservation. Peut-être aurez-vous plus de chance, cette fois.

De la chance... Il allait lui en falloir beaucoup, songea Catherine tandis qu'elle se dirigeait à nouveau vers le bureau. Cette fois, la petite pièce était déserte. Jetant un coup d'œil à l'ordinateur, elle vit avec irritation les mots suivants inscrits sur l'écran : *Durée de téléchargement estimée : 1 h 27 min.*

Elle se saisit d'un téléphone pour tenter de joindre Caucun par liaison radio mais, tandis qu'elle attendait la communication, une angoisse de plus en plus oppressante l'assaillit. Juste avant de quitter le campement, elle avait demandé à Samir de surveiller sa tente mais, à bien y réfléchir, son assistant ne serait certainement pas en mesure de rester vigilant chaque seconde de la journée. Il fallait agir, et vite.

Il y eut un grésillement dans le combiné, puis une série de cliquettements et de bruits divers.

– Allô ? cria-t-elle. *Allô ?*

Une voix lointaine lui répondit enfin.

– Je cherche à joindre le Dr Stevenson, reprit Catherine, savez-vous s'il... Allô ?

La communication fut coupée.

Etouffant un juron, elle raccrocha violemment.

– Quelque chose ne va pas ?

La jeune femme se retourna d'un bloc et aperçut le prêtre sur le seuil, silhouette puissante et élancée se découpant sur le hall de l'hôtel illuminé par les derniers rayons du soleil couchant. Il entra, remplissant toute la petite pièce de sa formidable présence. Il doit bien approcher du mètre quatre-vingt-dix, pensa Catherine. Agé d'une quarantaine d'années, si l'on en jugeait par le léger reflet gris qui éclaircissait la masse drue de ses cheveux bruns, son corps n'en semblait pas moins étrangement juvénile et souple, comme s'il avait mystérieusement échappé à la marque du temps.

– Ce qui ne va pas, c'est que j'ai un besoin urgent d'utiliser un ordinateur et qu'il n'y en a aucun de libre, expliqua-t-elle en maîtrisant mal sa mauvaise humeur.

– Pourquoi ne l'avez-vous pas dit plus tôt ?

– Parce que je n'aime pas demander quoi que ce soit à un prêtre.

La réponse avait fusé avant même qu'elle ait pu se contrôler.

Il lui lança un regard surpris puis, avec un hochement de tête entendu, se dirigea vers le bureau, s'assit devant l'ordinateur et tapa rapidement sur le clavier. Moins de deux minutes plus tard, il se levait et passait devant la jeune femme en disant :

– Voilà. Il est à vous.

Elle le regarda sortir en silence puis s'installa à son tour devant le clavier et commença à taper l'adresse électronique de Daniel.

Daniel venait à peine d'achever sa dernière transmission lorsqu'il lui sembla entendre un bruit inhabituel à l'extérieur. Légèrement surpris, il se tourna vers le seuil de la tombe au moment où son assistant entrait en trombe en hurlant :

– Il faut sortir d'ici ! *Tout de suite !*

– Qu'est-ce que...

– Les rebelles ont envahi le camp ! Je n'ai eu que le temps de sauter dans la jeep. Bon sang, dépêche-toi !

Daniel referma bruyamment le couvercle de son portable, l'emmitoufla sous sa capuche en plastique et se précipita dehors sous la pluie au moment où des coups de feu claquaient au-dessus de leurs têtes.

Le bateau noir insubmersible rasait les flots dans un parfait silence. Il atteignit le rivage avant que la lune n'entame sa course au-dessus du golfe, baignant alors le paysage de sa languide pâleur. Vêtus de combinaisons noires, les deux occupants de l'embarcation coupèrent le moteur à l'approche de la grève. Quand ils eurent touché le fond sablonneux, ils se glissèrent sans bruit dans l'eau et remorquèrent le bateau sur la plage.

Tout était sombre et désert à cette heure froide de la nuit. Le premier des hôtels de tourisme qui étincelaient, là-bas, contre le ciel nocturne, se trouvait à bonne distance. Mais les hommes continuaient à rester en alerte. La nature particulière de leur mission les obligeait à opérer dans la plus totale clandestinité.

Ils avaient une heure pour localiser leur objectif...

Le vent qui s'était levé pendant la nuit hurlait tout autour de la tente comme si tous les djinns – les démons du désert – cherchaient à s'y glisser. Catherine contemplait pensivement le panier posé sur le bureau. Elle avait décidé de l'ouvrir dès qu'elle serait certaine que tout le monde, au campement, serait plongé dans le sommeil.

Heureusement, quelques heures plus tôt, elle avait enfin réussi à joindre Daniel. Il l'avait rappelée d'un poste militaire avancé – une émeute faisait rage autour de lui. Et il avait prononcé ces mots magiques : « J'arrive ! »

Il lui faudrait toutefois près d'un jour pour la rejoindre. Et Catherine, durant ce laps de temps, devait être extrêmement vigilante. Sa tension était telle qu'elle craignait que ses nerfs l'abandonnent. Les sifflements lugubres du vent, dehors, ne faisaient rien pour arranger les choses...

Quant à ce fameux panier... quels secrets renfermait-il ? Catherine l'examina d'un peu plus près. L'objet n'était pas très grand, à peine plus qu'un classique panier de pique-nique. L'extérieur était sale et abîmé. La trame se défaisait par endroits et la cordelette qui le liait semblait se désintégrer d'heure en heure depuis qu'elle avait été exposée aux rayons du soleil. Mais on pouvait espérer que ce qui se trouvait à l'intérieur était toujours intact et probablement bien protégé.

Aemelia, notre chère et révérée diakonos...

La jeune femme se leva et se dirigea vers la petite lucarne pour jeter un coup d'œil au campement. Des lumières brillaient encore dans deux des tentes et l'on pouvait entendre des murmures de voix échangeant des propos à voix basse. Plus loin vers le sud, les feux du campement de Hungerford trouaient de petits points blancs l'étendue sombre de la plaine.

Revenant à sa table de travail, Catherine s'empara d'une loupe pour examiner l'enveloppe externe du panier. Un minuscule fragment végétal attira son attention : un échantillon de flore qui éveilla sa curiosité. Elle savait qu'en quittant l'Egypte le peuple hébreu avait emporté dans sa course des graines et des boutures dans l'espoir de réussir à les replanter dans le sol de la terre promise. Catherine avait consacré une partie de ses études à rassembler et identifier de multiples échantillons botaniques séculaires. Certaines de ces plantes provenaient exclusivement de régions très délimitées, ce qui lui avait ainsi permis de situer avec précision l'origine de poteries exhumées dans le Sinaï, dont elle avait immédiatement identifié le dessin : celui d'un spécimen floral caractéristique des rives du Nil. De là, elle en avait conclu qu'il s'agissait d'objets artisanaux israélites probablement abandonnés lors de l'Exode.

Cependant, le spécimen qu'elle avait sous les yeux était d'une nature fort différente...

Elle s'absorba dans la lecture d'un ouvrage de paléobotanique et un long moment s'écoula tandis que, dehors, le vent continuait de soulever furieusement le sable du désert. Non loin de là, deux hommes avançaient silencieusement dans la nuit et se rapprochaient du campement.

– *Origanum ramonense*, murmura Catherine après avoir relu plusieurs fois la page qu'elle venait de consulter.

Pas d'erreur... la feuille, les fins poils sur la tige et le calice, la corolle en parfait état... il s'agissait, d'après le livre, d'une plante qui poussait sur les hautes montagnes du Néguev central.

A plus de trois cents kilomètres d'ici !

Elle contempla de nouveau le mystérieux panier et sentit le rythme de son pouls s'accélérer. Pourquoi, des siècles et des siècles plus tôt, avait-on pris le soin d'emballer aussi précautionneusement cet objet pour l'enterrer ici ? Et à qui appartenait donc ce crâne aperçu au fond du puits ? Quelqu'un avait-il été intentionnellement enfermé dans ce trou avec le panier ? Et, dans ce cas, pour quelle raison ?

Lisez cette lettre dans le plus grand secret, de crainte d'exposer votre sécurité et même vos vies.

Elle ne pouvait pas attendre davantage.

Saisissant une pince fine et des ciseaux, Catherine se mit au travail. Elle enleva soigneusement l'enveloppe extérieure du panier, coupa la cordelette et écarta les couches superposées de vieux tissu avec la précision d'un chirurgien fouillant une blessure.

Le vent gémissait et secouait la tente, envoyant des giclées de sable et de gravillons contre sa toile. Sous la clarté montante de la lune, le campement baignait dans une lumière livide, presque irréelle.

A l'aide des ciseaux, Catherine fendit la dernière couche de tissu et contempla enfin le contenu du panier.

Elle se figea, médusée.

Le spectacle de danse du ventre touchait à sa fin et Yasmina, la danseuse, ondulait entre les tables en encourageant l'assistance à glisser quelques billets dans son costume. Dans le hall, deux soi-disant touristes américains réservaient leurs chambres pour la nuit. Ils payèrent d'avance en liquide et ajoutèrent à la somme un fort pourboire afin de faire oublier au réceptionniste le fait qu'ils n'avaient pas de passeports. Puis l'un des deux se glissa dans la cabine téléphonique et composa rapidement un numéro. Après s'être assuré d'un coup d'œil que personne ne pouvait l'entendre, il ne prononça qu'une seule phrase :

– Nous y sommes. Tout peut commencer.

Le cœur battant, Catherine regardait fixement le panier. Plusieurs rouleaux de papyrus parfaitement conservés et enroulés dans une fine toile de lin avaient été enfouis au fond de la corbeille.

La jeune femme respira profondément pour se calmer et, d'une main délicate, exercée par des années de maniement d'objets anciens et fragiles, elle entreprit de dégager le premier rouleau.

Une fois installés dans leur chambre, les Américains fermèrent la porte à clé et se mirent à installer leur centre temporaire d'opérations. Ils avaient apporté dans leurs sacs des télescopes à infrarouge NV-100 de fabrication russe, des torches électriques amphibies, des couteaux de plongée SEAL Team 2000, un stabilisateur d'images laser Swarovski, des pistolets laser d'une puissance de 200 000 volts et un instrument de navigation Scout GPS capable de localiser n'importe quel point du globe dans l'instant.

Les deux hommes sortirent ensuite des cartes détaillées du littoral du golfe d'Aqaba et de l'Arabie saoudite, ainsi que des photos par satellite Landsat du sud du Sinaï, du canal de Suez et de la mer Rouge.

Ils étaient prêts à entamer leur mission.

Catherine enclencha la touche de son magnétophone à microcassette et se mit à dicter :

– Le premier livre est constitué de feuilles de papyrus collées et pliées en accordéon. Il comporte vingt feuillets écrits au recto.

Tandis qu'elle dépliait sa fragile trouvaille, le vent redoubla de vigueur, fouettant de ses assauts furieux la plaine alluviale. Les Bédouins avaient surnommé ces hululements sinistres « les Sanglots des âmes perdues » et, ce soir, Catherine songea en réprimant un frisson qu'elle se serait bien passée de cet accompagnement sonore.

Rejetant ses longs cheveux auburn en arrière, elle sortit sa grande loupe et rapprocha la lanterne du manuscrit. Mot après mot, elle s'appliquait à en déchiffrer la première phrase lorsqu'un bruit se fit entendre à l'entrée de la tente.

– Qui est là ? lança-t-elle en réprimant une onde de panique.

Comme personne ne lui répondait, elle posa sa loupe et alla soulever le panneau de toile ouvrant sur l'extérieur. Tendue à l'extrême, elle scruta la nuit dense et profonde. Le camp était plongé dans le sommeil. Un coup de vent apporta avec lui le tintement des clochettes d'un troupeau de chèvres et le bêlement anxieux d'un chevreau. Le désert luisait sous une lumière étrange, surnaturelle.

Catherine écouta à nouveau et, cette fois, identifia le bruit qui l'avait alertée. On marchait à quelques mètres de là, sur le tapis de gravillons qui recouvrait la piste. Saisissant vivement sa torche électrique, la jeune femme s'aventura d'un pas au-dehors et dirigea le faisceau de la lampe en direction du champ de fouilles. Au premier regard, elle n'aperçut que les tranchées et les cordes de sécurité agitées par le vent.

Puis elle le vit. Silhouette furtive sous la lune. Un rôdeur.

– Que faites-vous là ? cria-t-elle en braquant sa lampe sur l'intrus.

C'est alors qu'elle reconnut le prêtre qui lui avait cédé sa place au clavier de l'ordinateur, un peu plus tôt.

– Hé, vous m'aveuglez ! lança-t-il en levant un bras pour se protéger les yeux.

– Vous êtes sur un domaine privé, dit Catherine, d'une voix un peu moins agressive.

– Désolé. Je ne pensais pas déranger. Je désirais juste jeter un coup d'œil.

La jeune femme baissa sa lampe et il put enfin discerner son visage.

– Oh, vous ! Le pirate de l'ordinateur ! (Catherine tiqua à cette pointe d'ironie. De quoi se mêlait-il, celui-là ?) Avez-vous pu joindre votre correspondant ?

Elle vit qu'il lui jetait un regard appuyé et prit soudain conscience de sa tenue, un short ultra-court et une chemise entrouverte... Le vent emmêlait ses longs cheveux et les lui rabattait sur son visage.

Pendant qu'elle tentait maladroitement de refermer son chemisier, le prêtre s'avança à sa rencontre.

– Michaël Garibaldi, fit-il en tendant la main.

Ignorant le geste, elle répliqua, d'une voix qu'elle espérait aussi décourageante que possible :

– Ce n'est ni le lieu ni l'heure pour se promener, vous ne croyez pas ?

Si elle avait espéré le mettre mal à l'aise, elle en fut pour ses frais. D'une voix sereine, il répondit :

– On m'a dit, à l'hôtel, qu'il y avait un chantier de fouilles dans les parages, et cela a attisé ma curiosité. Vous travaillez ici ?

– C'est *mon* chantier. Mais, encore une fois, il me semble que ce n'est guère le moment de jouer les touristes.

– Je n'arrivais pas à dormir. Vous non plus, apparemment.

Tout en parlant, il jeta un coup d'œil intrigué par la fente de sa tente.

– Je suppose que vous êtes le Dr Alexander... A l'hôtel, on raconte que vous avez trouvé quelque chose d'intéressant aujourd'hui.

– Nous n'avons encore aucune certitude, précisa

Catherine sèchement. J'attends l'arrivée d'un représentant du gouvernement égyptien avant de poursuivre mes recherches.

Il approuva de la tête.

– Si j'étais à votre place, je me montrerais prudent, moi aussi. Je me souviens d'avoir lu quelque chose à propos d'une découverte archéologique, près de Bir el Dam. Cela s'est su immédiatement et, dès le lendemain, il y avait des tentes partout sur le site. En une semaine, l'endroit avait été complètement dépouillé.

Tout en l'écoutant, Catherine vit que les rafales de vent plaquaient le tissu noir de sa chemise contre son torse, révélant la ligne parfaite de ses muscles. Des yeux bleus et pénétrants l'examinaient avec gravité.

Irritée, elle détourna le regard.

– Ecoutez... Le terrain est très instable, ici. Vous feriez mieux de vous en aller.

Il fit mine de ne pas avoir entendu.

– J'arrive juste de Jérusalem et j'ai décidé de prolonger un peu mes vacances pour voir le Sinaï avant de rentrer chez moi. (Il observa une courte pause avant d'ajouter :) Chez moi, c'est à Chicago, au cas où cela vous intéresserait.

Comme elle ne répondait pas, il lui demanda :

– Pourquoi est-ce que j'ai le sentiment que vous ne m'aimez pas ?

– Père Michaël...

– Je vous en prie, coupa-t-il avec un sourire. Appelez-moi Mike.

– On m'a appris à user d'un titre précis quand je m'adresse à un religieux, fit observer froidement la jeune femme.

– Je vois...

Pendant quelques secondes, elle eut l'impression que son beau visage s'assombrissait.

– Et moi, rétorqua-t-il d'une voix douce, on m'a appris à dire merci lorsque quelqu'un me rendait un service.

Catherine se mordilla la lèvre.

– Je suis désolée, père Michaël. Croyez bien que j'ai

apprécié votre gentillesse. Plus tard, je vous ai cherché pour vous remercier, mais M. Mylonas m'a dit que vous étiez en ville. Avez-vous pu charger votre e-mail ?

Le sourire séduisant apparut à nouveau sur les lèvres du prêtre.

– Oui... Au bout de quelques heures...

Catherine entendit le vent gronder en s'engouffrant dans les gorges encaissées des environs. Elle pensa aux papyrus exposés, vulnérables, sur sa table de travail.

– Il est tard, dit-elle. Bonsoir, mon père.

– Puis-je vous demander quelque chose ?

Comme elle ne répondait pas, il enchaîna :

– A l'hôtel, vous m'avez dit que vous n'aimiez pas dépendre d'un prêtre...

– Cela n'avait rien de personnel.

– Je me posais la question parce que, parfois, ceux qui ne sont pas familiers du catholicisme...

– J'ai été élevée dans la foi catholique, mon père. Et j'ai suivi un enseignement religieux pendant douze ans. Mais, par la suite, j'ai quitté l'Eglise.

– Je vois... (Il y eut un silence.) Eh bien, bonsoir, fit-il en lui tendant la main.

Cette fois, elle la prit et sentit des doigts fermes se refermer autour des siens. Quand elle leva les yeux, ce fut pour croiser un regard intensément bleu, un regard qui la troubla bien plus qu'elle ne l'aurait voulu. Elle se sentit brusquement reliée à lui par quelque inexplicable affinité, et cette révélation l'effraya et l'excita à la fois.

Il soutint son regard un peu plus longtemps que nécessaire et dit tranquillement :

– Dr Alexander, quel que soit ce que vous recherchez, j'espère que vous le trouverez.

Puis il s'éloigna et elle le regarda disparaître progressivement dans la demi-pénombre, encore troublée par cette incompréhensible émotion qui l'avait envahie en lui serrant la main. Comme elle se retournait pour regagner sa tente, son œil entrevit au bord de la tranchée de fouille quelque chose qu'elle n'avait pas remarqué auparavant : une vilaine forme sombre, tapie, qui obscurcissait les étoiles. Avec horreur, elle réalisa qu'il s'agissait d'une tente de Bédouin.

Elle n'était pas là au coucher du soleil.

– Nous y sommes, monsieur Havers.

– Parfait, dit Miles dans le téléphone cellulaire, tout en marchant hors de portée d'oreilles indiscrètes.

L'appel était arrivé en pleins préparatifs de Noël et toute la famille s'agitait joyeusement autour de lui.

Tout en écoutant le rapport de Zeke, il observait Erica en train de mener les opérations tandis que leurs petits-enfants accrochaient guirlandes et boules sur les branches de l'énorme sapin qui dominait le salon. Les plus petits disposaient la crèche au pied de l'arbre et Jessica, trois ans, demanda :

– Mais où est le Petit Jésus ?

Erica la prit dans ses bras en riant pour l'embrasser.

– Il arrivera le matin de Noël, ne t'inquiète pas.

Miles sourit à cette scène puis, tournant le dos, poursuivit tranquillement sa conversation téléphonique :

– Quand vous rencontrerez votre contact, agissez rapidement. Pas de marchandage. Ou il conclut l'affaire, ou vous vous débarrassez de lui. Une fois les objets en votre possession, faites en sorte de quitter le pays dans les vingt-quatre heures.

Il sentit à nouveau s'éveiller en lui la puissance et la voracité du tigre, l'hôte terrible et secret qui l'habitait depuis ce fameux jour où sa vie avait basculé – il y avait des années de cela. Quand le tigre s'agitait ainsi dans les tréfonds de son être, il avait l'impression d'accéder instantanément à des forces souveraines qui lui accordaient le pouvoir sur toutes choses et une intuition redoutable.

– Maintenant que j'y pense, reprit-il après une pause, je préférerais que vous vous montriez plus expéditif. Débarrassez-vous de votre intermédiaire, quoi qu'il arrive. Je ne veux pas qu'il subsiste le moindre témoin.

Puis il raccrocha et le tigre, tout au fond de lui, remua la queue.

DEUXIÈME JOUR

Mercredi 15 décembre 1999

La Land Rover approchait en cahotant du chantier de fouilles de Catherine Alexander. Daniel aperçut une colonie de tentes éparpillées sur le sable, au milieu d'un inextricable chaos de voitures, d'autobus, d'ânes. Une foule d'Arabes et de touristes de tous poils grouillait sur le site.

Bon sang ! Que se passe-t-il ici ? pensa-t-il en écarquillant les yeux. Au téléphone, Catherine ne lui avait pas dit pourquoi il devait la rejoindre d'urgence en Egypte, et Samir, l'homme qu'elle avait envoyé à l'aéroport de Sharm el Sheikh, ne s'était pas montré plus explicite.

La Land Rover freina et il vit Catherine émerger de l'une des tentes en clignant des yeux dans le soleil couchant.

– La Fayette, nous voilà ! lança-t-il gaiement en agitant le bras.

– Danno !

Elle courut vers lui et ils s'étreignirent un long moment, aussi émus l'un que l'autre. Daniel savoura cet instant avec délice, heureux de sentir contre lui ce corps souple et tiède, de respirer le parfum de ces beaux cheveux auburn.

Puis ils se détachèrent l'un de l'autre et s'examinèrent.

– Tu as une tête épouvantable, lança Daniel en fronçant les sourcils. Je te serais très reconnaissant de m'expliquer ce qui t'arrive.

Elle se mit à rire en ébouriffant tendrement ses longs cheveux blonds attachés à la diable en un catogan des plus fantaisistes. Il était couvert de poussière de la tête aux pieds et c'est à peine si l'on pouvait encore déchiffrer l'inscription qui barrait le devant de son tee-shirt : *Ma vie n'est qu'une ruine. Normal : je suis archéologue...*

– Tu ne vaux pas mieux, rétorqua-t-elle, amusée. (Puis, le prenant par la main, elle l'entraîna vers sa tente.) Viens, laisse tes bagages dans la voiture. Je t'expliquerai...

– Mais, Cathy...

– Comme tu peux le constater, les nouvelles sont allées très vite. Ils se sont tous passé le mot : j'ai découvert quelque chose d'important. Et voilà le résultat...

– Tu as trouvé le puits de Myriam?

– Mieux encore! lança-t-elle en rabattant sur leur passage le panneau de toile.

– Si j'en juge par ce carnaval, là-dehors, ça doit être de l'or...

Elle fixa sur lui ses yeux verts, étincelants.

– Bien plus que de l'or, Danno. Des manuscrits. Et ils sont anciens, *très* anciens...

Elle se tut, prêtant l'oreille, et glissa un œil hors de la tente pour s'assurer que personne ne les épiait.

Intrigué, Daniel l'observait.

– Seigneur, Cathy. Avec tes mines de conspiratrice, on dirait que le ciel va nous tomber sur la tête. Qu'est-ce qui se passe ici, par tous les diables?

Elle remplit un verre d'eau qu'elle lui tendit puis, à voix très basse, répondit :

– Tu n'es peut-être pas si loin de la vérité. Je vais partir, Danno. Mais il fallait d'abord que tu me rejoignes.

– Est-ce que tu vas enfin m'expliquer?

Elle posa un doigt sur ses lèvres et murmura :

– Pas la peine d'expliquer. Il suffit que tu *voies* ce que j'ai trouvé...

Du balcon de l'hôtel, Zeke contemplait le golfe dont les couleurs s'assombrissaient de minute en minute tandis que le soleil disparaissait derrière les montagnes du Sinaï. Des voix montèrent de la terrasse du restaurant, juste en dessous. Le bruit courait qu'un trésor avait été déterré sur le chantier de fouilles archéologiques.

On frappa à la porte. L'affaire n'allait pas tarder à être conclue.

Tout en remplissant hâtivement ses valises, Catherine mit Daniel au courant des événements.

– Personne ne sait que j'ai ouvert le panier, expliqua-t-elle, mais c'est une question d'heures, à présent. Jusque-là, j'ai réussi à tenir les curieux à distance en protégeant tant bien que mal le site à l'aide de cordes de sécurité et de panneaux d'interdiction. Mais la fièvre monte. Je ne suis pas certaine de parvenir à les contenir encore longtemps.

Daniel la regardait fourrer pêle-mêle ses vêtements dans la valise, sans même prendre le temps de les plier.

– Hungerford soupçonne quelque chose, reprit-elle, et ce type-là ne me dit rien qui vaille. Le département des antiquités du Caire m'a fait parvenir un message. Un de leurs représentants est en route. Il devrait arriver ici cette nuit. Je serai partie avant.

Daniel secoua la tête sans comprendre.

– Catherine, de quoi parles-tu donc?

Elle abandonna ses bagages et se dirigea vers la table de travail où les papyrus avaient été empilés en petits tas bien nets. Catherine prit délicatement le premier d'entre eux et l'étala sur le bureau.

– Regarde... dit-elle.

Daniel se pencha pour étudier le manuscrit de plus près.

– On dirait une sorte de livre. Pourquoi as-tu parlé de rouleaux?

– Justement. Observe les extrémités. On voit que les feuillets étaient initialement roulés. Par la suite, il semble qu'on les ait mis à plat pour les plier en accordéon, tel un livre.

Daniel réfléchit quelques instants.

– Si je me souviens bien, cette technique date des environs du IIe siècle. C'est-à-dire au moment où les rouleaux ont été remplacés par des codex, des feuillets pliés et réunis par un seul côté...

– Oui mais, comme tu peux le constater, ceux-ci n'ont pas été reliés et les feuillets ne sont pas séparés. C'est bien cela qui m'intrigue : pourquoi a-t-on déroulé ce texte pour, ensuite, le replier ?

Il la regarda.

– Quelle est ta théorie ?

– Eh bien, je pense qu'il s'agissait de rendre ces documents plus transportables, répondit Catherine avec animation. les rouleaux sont encombrants et trop visibles. Mais un livre plat peut être dissimulé bien plus aisément, sous des vêtements, par exemple.

– Il aurait fallu, dans ce cas, qu'il y ait une menace quelconque...

– Il te suffira d'ailleurs d'examiner le texte de plus près pour t'en persuader. (Elle désigna la petite pile.) Je les ai placés dans leur ordre chronologique, si j'en juge par ce début qui semble être une lettre d'introduction. Le reste me paraît être le récit de la vie d'une femme. Mais je n'ai pas eu le temps de poursuivre plus avant mes investigations.

Daniel contemplait, fasciné, le rouleau étalé sur la table.

– Y avait-il autre chose dans le panier ?

– Non.

– Et qu'as-tu réussi à traduire jusqu'ici ?

– Seulement le premier feuillet. (Elle lui tendit une page de son bloc-notes.) En voici la retranscription. Lis, et tu comprendras...

Hungerford jaugea d'un coup d'œil les deux hommes qui se tenaient devant lui et se racla la gorge.

– Je dois dire que je ne m'attendais pas à une réponse aussi rapide... (Il se laissa tomber lourdement sur une chaise.) Et certainement pas à traiter avec des compatriotes... (Comme personne ne lui répondait, il enchaîna :) Après tout, moi, je n'ai fait que mon devoir, non ? Voilà une archéologue qui déniche des trésors et qui se montre cachottière. Alors j'ai fait ma petite enquête. Avec un petit billet, ce n'est pas difficile de faire parler les gens de l'hôtel. Comme je connaissais ce négociant d'antiquités au Caire, je l'ai averti qu'il se passait ici des choses intéressantes. Si je peux toucher au passage une bonne commission, ça ne fera pas souffrir l'archéologie pour autant, pas vrai ? (Hungerford éclata d'un gros rire en s'épongeant le front.) Alors, les gars, est-ce que vous êtes clients, oui ou non ? Ne me faites pas perdre mon temps, hein ?

Il leur jeta un nouveau regard. L'un des deux hommes était effacé et taciturne, mais celui qui s'était présenté sous le nom de Zeke avait tout du mercenaire. Pas très grand, un corps maigre et musclé, il avait les cheveux gris coupés ras et une gigantesque cicatrice qui lui barrait le visage, de la racine des cheveux à la mâchoire. Un peu mal à l'aise, Hungerford se demanda comment il avait bien pu se faire ça.

– Quelque chose me dit que vous travaillez pour quelqu'un d'autre, je me trompe ?

Zeke sourit.

– Notre employeur préfère garder l'anonymat.

Hungerford haussa les épaules.

– Bon, si ça lui chante. Finissons-en. Quelle est votre offre ?

Daniel poursuivit sa lecture à haute voix :

– « Car, à Sabina, fut révélée l'heure du Grand Retour... » (Il leva un regard intrigué vers Catherine.) Es-tu sûre de ta traduction ? Je ne comprends rien à cette histoire de « Grand Retour »...

– Regarde par toi-même.

Il prit la loupe et se pencha au-dessus du manuscrit.

– *Parousia*, murmura-t-il, incrédule. S'il s'agit bien là d'un texte chrétien, tu veux dire que...

Sa voix mourut.

– C'est la raison pour laquelle je n'en ai parlé à personne, confirma Catherine. Ecoute un peu la suite...

Elle se mit à lire directement sur le papyrus en traduisant au fur et à mesure :

– « Avant de te conter l'histoire de Sabina, chère sœur, je dois te rappeler mon avertissement. J'ai confié à Sabina les grandes tribulations dont ont souffert nos sœurs après avoir été autrefois traitées en égales par les hommes de notre communauté. Elle sait que nous sommes désormais réduites au silence et à la séquestration. Sabina m'implore de vous dire qu'elle ne désire à aucun prix que vous souffriez de persécutions à cause d'elle. S'il advenait pourtant que vous subissiez à nouveau des affronts, alors portez ces livres au roi... »

Daniel regarda Catherine.

– Pourquoi t'arrêtes-tu ?

– C'est la fin de la page... (Elle déplaça la loupe vers le feuillet suivant et reprit sa lecture :) « ... portez ces livres au roi Tymbos pour qu'il les mette en sûreté. »

– Tymbos ? Qui est-ce ?

– Aucune idée, soupira Catherine.

Daniel fronça les sourcils et arpenta le petit espace de la tente d'un air perplexe. Il s'arrêta un instant devant le hublot et regarda l'agitation qui régnait tout autour du campement.

– Cette communauté dont il est question dans le manuscrit, dit-il pensivement, crois-tu qu'il s'agisse de l'église primitive ?

Catherine glissa un dernier vêtement dans sa valise et claqua le couvercle d'un geste décidé.

– J'espère trouver la réponse à ta question après avoir traduit les autres feuillets, finit-elle par dire.

– Mais tu as bien une intuition ? insista Daniel. Penses-tu avoir trouvé un nouvel Evangile ?

Catherine secoua la tête.

– Je ne sais pas... Mais je crois qu'il manque un dernier livre.

– Quel genre de livre ?

La jeune femme se dirigea à nouveau vers sa table de travail.

– Bien sûr, il ne s'agit que d'une vague idée, mais regarde la fin du sixième manuscrit... (Dépliant précautionneusement le rouleau, elle désigna la dernière ligne.) En bas... indiqua-t-elle. Lis...

Daniel s'approcha.

– Mon grec est plutôt rouillé, dit-il, mais on dirait qu'on y parle de peur.

– Ce mot vient bien de la racine *phobos*, admet Catherine. La traduction exacte de ce début de phrase est : « j'avais peur de »...

– De quoi ?

– Là est le problème. Il doit y avoir un autre mot après celui-là. Seulement, la suite manque.

Ils se turent un moment, réfléchissant en silence.

– De qui diable pouvaient-ils bien avoir peur ? murmura Daniel avec un soupir. Ça ne sera pas facile de le découvrir.

Catherine prit sa veste et la jeta sur la valise.

– La première chose que je dois faire, c'est soumettre les manuscrits à toute une panoplie de tests : spectrométrie fluorescente à rayons X, infrarouges, etc. J'ai déjà envoyé un échantillon en Suisse pour une mesure au carbone 14.

– Chez Hans Schuller ?

– Ne t'inquiète pas. On peut compter sur sa discrétion. Et puis j'ai aussi commencé à analyser l'écriture. A première vue, elle date du IIe siècle.

Daniel hocha la tête.

– Et le crâne dont tu m'as parlé ? Crois-tu qu'il ait un rapport avec ces rouleaux ?

– S'il y en a un, soit on a jeté délibérément la victime dans le puits, soit elle y est tombée, qu'il s'agisse d'un homme ou...

– ... d'une femme ?

Ils se regardèrent en silence. Au loin, l'appel d'un muezzin s'éleva au-dessus des dunes : « *Allahu akbar...* » Déjà, on commençait à préparer le dîner dans la lueur du couchant. Des effluves d'agneau grillé et de café envahissaient progressivement la tente.

– Il y a quelque chose que je ne comprends toujours pas, Cathy. Pourquoi cacher cette découverte aux autorités ? Et pourquoi désires-tu partir aussi précipitamment ?

– A cause de ces documents. Examine à nouveau la première page. Tu vois ce mot? *Diakonos*... Mais c'est d'une femme dont on parle. Une femme du nom d'Aemelia. Une diaconesse.

– Et alors? Ce n'était pas inhabituel à l'époque.

– Sauf qu'en grec « diaconesse » se dit *diakonissa*. Or, ici, on parle expressément d'une femme « diacre ».

– Une erreur?

– Je ne le pense pas. Il existe un autre texte où la fonction d'une femme est mentionnée par un terme masculin. Il s'agit d'une lettre de Paul aux Romains, chapitre seize, je crois. Une certaine Phoebe est appelée *diakonon*, un titre élevé qui permettait notamment aux femmes de célébrer les rites de l'eucharistie. Au fil des temps, néanmoins, le terme s'est féminisé et les charges afférentes à cette fonction se sont modifiées. La tâche des diaconesses se trouva réduite aux soins des malades et des personnes âgées. Il n'était plus question de laisser les femmes partager une once de pouvoir au sein de l'Eglise.

Daniel la dévisagea et, soudain, il comprit.

– Si tu parviens à prouver que ces rouleaux datent en réalité du Ier siècle, alors la thèse de ta mère s'en trouvera vérifiée.

Un voile de mélancolie brouilla le regard de Catherine et elle détourna la tête. Daniel se remémora les travaux du Dr Nina Alexander, une paléographe réputée. Sous le titre *Marie-Madeleine, la première des Apôtres*, elle avait publié une thèse fort discutée selon laquelle l'autorité des papes était totalement usurpée. Les quatre évangiles, affirmait Nina Alexander, prouvent que ce sont des *femmes* qui, les premières, ont découvert la tombe vide du Christ. Et c'est à une femme, encore, que Jésus ressuscité s'est montré pour la première fois. En se basant sur les textes du Nouveau Testament, la mère de Catherine concluait que c'était Marie-Madeleine et non Pierre qui aurait dû devenir le premier « chef » de l'Eglise. L'hypothèse fut jugée si audacieuse que le Dr Alexander devint l'objet d'une véritable cabale. Sa carrière n'y résista pas.

– Tu t'engages sur une voie douloureuse, Catherine, dit Daniel doucement.

Elle se mit à parler fiévreusement :

– Ceux qui ont critiqué ma mère se sont appuyés sur la première lettre de Paul aux Corinthiens parce qu'il n'y est fait aucune mention de Marie-Madeleine ni d'aucune autre femme dans l'entourage de Jésus au moment de sa résurrection. Nous savons que cette épître a été écrite au moins vingt ans *avant* la rédaction du premier évangile, de sorte qu'elle fait autorité en matière d'historicité religieuse. Et pourtant, Danno, si les manuscrits que je viens d'exhumer sont réellement plus anciens que l'épître de Paul et si l'on y mentionne l'existence de femmes importantes au sein de la première communauté chrétienne, alors...

– ... alors toute l'autorité de l'Eglise s'en trouverait remise en question, conclut Daniel gravement. Cathy, c'est une affaire brûlante ! Sais-tu que Nostradamus a prédit que l'année 1999 verrait la fin de la papauté et du catholicisme ? Tu imagines l'onde de choc que tes manuscrits pourraient déclencher ? (C'était à son tour, cette fois, de s'animer.) Je comprends mieux que tu veuilles partir d'ici au plus vite. Si quelqu'un met la main sur ces livres, il se pourrait bien qu'on ne les revoie jamais !

Elle plongea son regard dans celui de Daniel.

– M'aideras-tu ?

Il sourit.

– Quelle question !

– J'ai seulement besoin de rassembler encore quelques documents. Puis nous attendrons le moment où tout le monde sera occupé à manger et nous filerons.

Daniel jeta un nouveau coup d'œil au papyrus toujours déplié sur la table.

– Ce terme de « Juste » que l'on voit ici... Ne le retrouve-t-on pas également dans les Manuscrits de la mer Morte ?

Debout près du hublot de la tente, Catherine observait le camp. Son équipe avait rejoint le feu allumé par les Bédouins.

– Il ne s'agit pas, en l'occurrence, d'un texte essénien, murmura-t-elle, les yeux toujours braqués au-dehors.

– Je sais. Mais les esséniens étaient d'excellents guérisseurs, n'est-ce pas ? Le mot *essene* vient du grec *essenoi*, c'est-à-dire « ceux qui soignent ». Ces mystiques connaissaient de nombreux et très anciens secrets. La règle de leur secte était extrêmement stricte et l'initiation terriblement sévère. Le moindre manquement, si infime soit-il, se voyait implacablement puni. Et pourquoi ? A cause de ce que tu as souligné ici, dans le texte : la *zoe aionios*, la vie éternelle.

Cette fois, Catherine se retourna.

– Mais où veux-tu en venir ?

– On croit que la secte essénienne a disparu au moment de la destruction de Jérusalem, en 70, puis après le désastre de Masada, en 74. Et si leurs secrets n'avaient pas totalement disparu avec eux ? S'il subsistait encore un manuscrit mentionnant, par exemple, la fin du monde et le chemin du salut et de la vie éternelle ?...

Catherine se remémora les paroles d'Ibn Hassan : « Et c'est pourquoi on me confia la clé de la vie éternelle... »

– Ce « juste » dont parle le papyrus ne pourrait-il pas être Jésus revenant sauver le monde au moment de la Parousie ? De nombreux spécialistes ont avancé que Jésus avait été lui-même un essénien. Et d'ailleurs, dans les Evangiles, ne le voit-on pas guérir de nombreux malades ? Cathy... Suppose que le papyrus que tu détiens ne parle pas seulement de la vie éternelle *après* la mort mais *ici*, sur terre... Une vie éternelle dans nos propres corps ! Le Christ a bien ressuscité les morts...

La jeune femme tressaillit. Tout cela paraissait tellement incroyable ! Mais si Daniel avait raison ?

Il lui prit la main et la serra dans la sienne.

– Cathy... il faut que nous découvrions qui était ce roi Tymbos et où il demeurait. Nous pourrons peut-être alors découvrir le septième manuscrit. Et, pourquoi pas, le secret de la vie éternelle...

– Monsieur Hungerford, dit Zeke d'un ton patient, laissez-moi vous expliquer en quelques mots ce qu'il en coûte de se lancer dans le commerce illégal des antiquités.

Hungerford cligna des yeux pour tenter d'apercevoir le visage de son interlocuteur. Le soleil avait définitivement disparu derrière les montagnes, laissant la chambre d'hôtel dans une semi-pénombre à peine trouée par le halo jaune d'une petite lampe de chevet.

– Il existe une loi, poursuivit Zeke, votée sous les auspices de l'UNESCO et stipulant que toute antiquité sortie frauduleusement d'un pays doit retourner à son point d'origine. Et cette loi, figurez-vous, a un effet rétroactif, ce qui signifie que les collectionneurs ayant investi des sommes considérables dans des manuscrits anciens ne peuvent montrer leurs biens au grand jour. De plus, cette réglementation a entraîné des effets corollaires : une hausse galopante des prix et un trafic souterrain encore plus intense. Vous me suivez ?

L'Américain fronça les sourcils :

– Je... je ne sais pas...

Zeke s'approcha de la lumière et Hungerford aperçut de minuscules petits points blancs autour de la longue balafre, comme si la plaie avait été recousue avec une simple aiguille.

– Ce que je veux dire, reprit Zeke sur le même ton glacialement aimable, c'est que, dans ces conditions, le commerce occulte des antiquités est devenu inaccessible aux simples amateurs. Il ne reste plus sur le marché qu'une poignée d'initiés qui se tiennent au courant de la moindre rumeur, du plus infime murmure. Savez-vous, monsieur Hungerford, que ces collectionneurs privilégiés disposent de réseaux d'information ultra-sophistiqués, dont les capacités dépassent l'imagination ? Si le bruit court à Jérusalem qu'une quelconque trouvaille vient d'être exhumée, la nouvelle parvient presque instantanément aux collectionneurs, et ceux-ci mettent alors tout en œuvre pour être les premiers à récupérer ce trésor. S'agit-il d'une cave dans la vieille ville ? Ils achètent la maison, voire toute la rue s'il le faut. L'endroit est-il au contraire inhabité ? Alors ils construisent eux-mêmes une maison pour creuser le sol sans être repérés. Et après, lorsque tout est fini, ils la détruisent et disparaissent comme ils étaient venus.

Mal à l'aise, Hungerford s'agita sur sa chaise.

– Je... je ne vois toujours pas où...

– Le problème, c'est que vous avez mis le doigt dans un engrenage. Et vous n'êtes qu'un tout petit maillon de la chaîne, monsieur Hungerford, tout *petit*. Cette partie est trop forte pour vous.

Le Texan transpirait abondamment, maintenant.

– Oh, mais je ne pensais pas...

– En vous adressant à ce marchand du Caire, vous vous êtes engagé sur une route bien dangereuse. Car vous avez *parlé*, monsieur Hungerford, et vous parlerez peut-être encore...

Zeke se pencha comme s'il voulait rajuster son lacet mais, quand il se redressa, Hungerford, horrifié, vit l'éclat d'un stylet briller dans sa main.

– Que voyez-vous ? demanda anxieusement Erica en se penchant vers le chaman.

Occupé à lire les volutes de la fumée sacrée, Coyote Man ne répondit pas. Avec un soupir, Erica laissa son regard errer du côté de la piscine où toute la famille était réunie : ses trois enfants et leurs conjoints, ainsi que tous ses petits-enfants. L'aîné de ceux-ci avait douze ans, le plus jeune n'était encore qu'un nourrisson. Tout le monde était là pour fêter Noël et l'avènement de l'ère nouvelle.

Il faisait froid, en ce mois de décembre, même ici, à Santa Fe. On avait chauffé la piscine et des petits nuages de vapeur montaient de l'eau pour s'élever dans le ciel très bleu du Nouveau-Mexique, exactement comme les spirales de fumée s'échappant du mesquite qui brûlait dans la coupe sacrée de Coyote Man.

Car Coyote Man, comme tous les chamans, savait lire l'avenir...

Erica reporta les yeux sur le vieil homme, attendant ses prophéties. Depuis quelque temps, elle ressentait en elle une sorte de vide. Comme s'il lui manquait une vérité essentielle sur laquelle elle ne s'était jamais encore interrogée jusque-là. Pour chasser son angoisse, elle s'était mise à étudier l'astrologie, à pratiquer la méditation transcendantale, à recourir aux bons services de ses Anges...

Mais tout cela s'était bien vite révélé insuffisant. Il lui fallait quelque chose de plus solide pour nourrir cette faim intérieure qui la dévorait. Elle avait besoin d'une nourriture plus « ancienne », une manne spirituelle venue du fond des temps.

Alors Erica s'était tournée vers le chamanisme. Un jour, elle avait rencontré un Indien du nom d'Itsaqa – le Coyote. C'était un Pueblo, chef du clan de l'Antilope et gardien du Kachina sacré et du Grand Soyal, l'idole de son peuple. Tout cela lui valait l'insigne honneur de cumuler les fonctions de chef politique et de chef spirituel de son village.

Coyote Man avait parlé à Erica de Latiku, la déesse mère qui avait fondé le monde. Il lui avait raconté comment la race humaine avait été créée et comment les Ancêtres venus des régions inférieures avaient ouvert une voie en creusant le globe jusqu'à ce qu'ils parviennent enfin à la surface et s'installent sous la chaude et bienfaisante lumière du soleil.

Erica soupira.

– Que voyez-vous ? demanda-t-elle une nouvelle fois.

Coyote Man secoua la tête et ses longues tresses blanches balayèrent le devant de sa chemise.

– C'est très mauvais, madame Havers. Le monde touche vraiment à sa fin.

Elle lui jeta un regard consterné.

– Vous voyez ça dans la fumée ?

Il leva vers elle des yeux si pâles qu'ils semblaient avoir perdu toute couleur. Les gens disaient que c'était parce qu'il avait trop contemplé le soleil.

– Non, madame Havers, dit-il lentement. Le présage ne se trouve pas dans la fumée. Elle est vide...

Erica comprit alors : le présage découlait de la disparition du Kachina d'Acoma Pueblo. La police prétendait qu'on l'avait volé mais le sorcier disait, lui, que l'esprit du Kachina avait regagné de son propre gré son royaume souterrain, car le monde allait bientôt disparaître.

Le vieillard hocha la tête tristement.

– Aussi loin que remonte ma mémoire, c'est la première fois que le retour du Kachina ne se produira pas au prochain solstice d'hiver. Jusqu'à maintenant, chaque année, le Kachina revenait sous la forme du Grand Soyal, le dieu du Solstice, et, à sa suite, les esprits sortaient des *kivas* pour venir bénir mon peuple. Mais tout est fini, à présent. On a volé notre dieu Soyal. Et c'est très très mauvais, ça, madame Havers. Plus aucun esprit ne sortira des *kivas*. Le monde est devenu vide...

Erica s'apprêtait à poser une autre question lorsque son regard se posa par hasard sur Miles qui, là-bas, sur la terrasse, préparait des steaks sur le barbecue. Elle songea alors au cadeau de Noël qu'elle lui destinait, un cadeau qu'elle avait voulu exceptionnel pour marquer la fin du second millénaire. Ayant lu qu'il subsistait en Angleterre près de vingt mille titres de noblesse à vendre, Miles s'était intéressé de près à la question. Contre espèces sonnantes et trébuchantes – la somme était parfois exorbitante –, n'importe quel roturier américain pouvait se faire appeler « Lord » et sa femme « Lady ». A l'époque, il avait souhaité acquérir le plus prestigieux des titres de noblesse, celui de « Lord of Stradford-on-Avon ». Malheureusement, il venait d'être vendu pour la somme record de 228 000 dollars...

Apprenant, quelques annees plus tard, que le titre était à nouveau mis en vente, Erica en avait négocié le rachat. Elle se réjouissait de pouvoir en offrir le certificat officiel de propriété à son mari le soir de Noël. Mais cela avait coûté cher. *Très* cher. Il était loin, le temps où elle devait retourner ses poches pour trouver les quelques pièces nécessaires à l'achat d'un simple litre de lait...

Une vague de nostalgie s'empara d'elle à ce souvenir. Soudain, elle se sentit habitée par le désir de mener une existence plus simple, plus authentique. Comme autrefois, avant que Miles ne bâtisse un immense empire avec ses ordinateurs.

Elle se souvint alors d'une phrase prononcée par Coyote Man le matin même : « Vous qui êtes plongée dans l'obscurité, vous cherchez la lumière. La lumière qui vous ramènera à votre maison. » En l'écoutant, Erica avait compris que la fantastique richesse matérielle dans laquelle elle vivait ne comptait pas vraiment. Le chaman avait raison. Ce qu'elle désirait *réellement*, c'était « rentrer à la maison », retrouver ses racines.

Mais *où* se trouvait sa maison, à présent ? Pas ici, en tout cas, pas au milieu de tout ce matérialisme envahissant.

Ta maison est dans le passé, lui souffla alors une petite voix, *elle existait il y a des années de cela, bien avant que...*

La vérité la frappa comme un coup de tonnerre. Tout avait été simple et heureux *avant la guerre*... Jusqu'à ce que l'homme qu'elle avait épousé, ce potentat à la fortune quasi mythique que lui enviait toute la planète, revienne du Vietnam. Car celui qu'elle avait à nouveau serré dans ses bras ce jour-là n'était plus le jeune homme qui s'était embarqué pour le front, deux ans plus tôt.

Certes, des milliers de destins avaient été brisés par cette sale guerre. Mais, en y repensant, Erica comprit que les choses avaient été différentes pour Miles. Il n'en était pas revenu blessé, ni malade. Il n'avait pas même souffert du moindre traumatisme psychologique. Aucun cauchemar ne l'avait assailli pendant son sommeil, aucun désordre psychique ne l'avait affecté, au moins *en apparence*. Au contraire. Une énergie nouvelle semblait l'habiter, une sorte d'optimisme incompréhensible – inquiétant, même. Oui, il était rentré à la maison *joyeux* !

Ensuite, plein de dynamisme, sûr de lui et de ses ambitions, il s'était lancé avec zèle dans la conquête de l'argent et du pouvoir. Et tout lui avait toujours réussi.

Après s'être efforcée d'ignorer un tel changement pendant trente ans, Erica comprenait aujourd'hui que quelque chose de grave avait dû se produire à l'époque dans la vie de Miles. Quelque chose qui l'avait définitivement transformé.

Et, pour la première fois depuis la fin de la guerre, elle se demanda ce que c'était.

L'appel venait du Sinaï.

Quand Zeke eut terminé, Miles le mit en attente et composa un numéro sur l'autre ligne.

– Oui, monsieur Havers?

– Yamaguchi, je veux tout savoir sur une dénommée Catherine Alexander, une archéologue. Dénichez-moi tout ce qui la concerne : domicile, hobbies, amis, collègues, famille, amants... Je veux *tout* savoir. Et en vitesse ! (Il reprit la communication avec Zeke.) Mettez Hungerford hors circuit, prenez les manuscrits et assurez-vous que le Dr Alexander ne bavardera pas.

Quand il eut raccroché, il décida de faire un tour dans son domaine secret, son royaume souterrain, petite merveille hors du temps, insonorisée et protégée de toutes les atteintes du monde extérieur. C'était un véritable musée, une caverne d'Ali Baba remplie de trésors inestimables. Un système ultra-sophistiqué de capteurs permettait d'en déterminer à chaque minute la température et le degré exact d'hygrométrie afin que rien ne risque de se détériorer. Sans oublier les détecteurs de tremblements de terre et, naturellement, de multiples combinaisons de sécurité pour empêcher toute intrusion indésirable.

Dans cet univers privilégié aux couleurs pastel, baigné d'une lumière délicate, des objets venus des quatre coins de la planète reposaient derrière leurs vitrines, entités amoureusement rassemblées, figées dans l'espace et le temps.

Miles s'installa dans son fauteuil favori et se mit à réfléchir. Il pensa à Erica, à sa nouvelle passion pour l'ésotérisme. A vrai dire, il n'y avait là rien d'étonnant. Des millions de personnes, à travers le monde, traversaient une crise semblable. On voyait resurgir un peu partout des fanatismes que l'on croyait oubliés, des cultes fantaisistes, des sectes ténébreuses. Une vague d'hystérie collective déclenchait les phénomènes les plus divers : apparitions, miracles, prophéties de tous acabits. Là, une statue de la Sainte Vierge se mettait à pleurer, ici, l'effigie d'un saint ruisselait de sang. Le visage du Christ apparaissait sur les portes d'un garage d'un petit pavillon de banlieue, des anges survolaient les villes. Le Suaire de Turin faisait notamment l'objet d'une vénération considérable. Constamment exposé, il rassemblait des foules dévotes prêtes à jurer que l'empreinte du Christ imprimée sur la toile de lin avait bougé et que ses yeux s'étaient ouverts. En Grande-Bretagne, l'armée avait dû intervenir pour endiguer les hordes de pèlerins accourus sur le lieu mythique de Stonehenge dans l'attente de quelque formidable cataclysme. Au Machu Pichu et dans de multiples points du globe, des nuées de touristes accouraient par milliers pour se prosterner devant des dieux oubliés. Oui, il y avait de la folie dans l'air, et le monde semblait sur le point de s'engloutir dans un nouvel âge des Ténèbres.

Miles, lui, ne se souciait guère de tout cela. Sa passion de collectionneur ne nécessitait pas pour autant qu'il se montrât un dévot. Un jour, il avait même joué avec l'idée de s'emparer des ossements de saint Pierre exhumés des souterrains de Rome. Il s'était demandé avec amusement combien le Vatican, l'une des plus riches institutions religieuses du monde, aurait été prêt à payer pour les récupérer...

Réprimant un sourire, il se leva et s'approcha de l'une des vitrines soigneusement fermées. Elle contenait sa dernière acquisition, une pièce dont il était particulièrement fier. Personne ne savait qu'il la possédait, pas même Erica.

D'un regard amoureux, il contempla la petite statue sculptée dans du bois de peuplier. Recouverte d'une peinture blanche qui lui prêtait un aspect fantomatique, la figurine portait une plume d'aigle dans sa main gauche. Un masque surmonté d'une couronne recouvrait son visage. C'était Soyal, le dieu du solstice Kachina, le fétiche le plus rare et le plus précieux pour tous les Indiens Pueblos.

Et il lui appartenait...

– Qu'est-ce qui se passe ici, bon Dieu?

Zeke ne répondit pas et arrêta la voiture de location sur un terre-plein à l'écart du campement. Dans le faisceau des phares, une foule agitée s'était rassemblée avec force cris et trépignations. Mais l'objet de cette animation échappait encore aux regards des deux Américains. Sautant hors du véhicule, ils s'approchèrent discrètement, se mêlant aux groupes d'Arabes et d'Occidentaux – des touristes mais aussi certains membres de l'équipe du Dr Alexander.

Au centre de tout ce tapage, un Egyptien vêtu à la mode occidentale traînait par les cheveux une femme enveloppée de voiles noirs opaques, à la mode bédouine. Avec force mouvements et gémissements, elle cherchait à se libérer tandis que l'homme prenait la foule à témoin de son bon droit. Les spectateurs l'encourageaient avec des rires et des quolibets pendant que sa victime se tordait à terre.

C'est le moment idéal pour se glisser dans la tente du Dr Alexander sans se faire repérer, pensa Zeke. Ensuite, ils pourraient quitter le pays comme ils étaient venus, abandonnant le corps de Hungerford derrière eux, dans la baignoire de leur chambre d'hôtel... Une pancarte NE PAS DÉRANGER accrochée à la porte permettrait de retarder au maximum sa découverte...

Il s'approcha de l'un des badauds.

– Que se passe-t-il ?

L'Arabe lui fit un clin d'œil entendu.

– Il paraît que c'est son frère. Il dit qu'elle a déshonoré la famille...

Un coup de vent gonfla les voiles drapant le corps de la jeune femme et Zeke vit qu'elle était manifestement enceinte. Les cailloux et le sable lui griffaient le visage et les mains tandis qu'elle tentait désespérément de se dégager.

Un homme fendit soudain la foule pour s'interposer. Il portait la chemise noire à col montant des prêtres occidentaux.

– Arrêtez ça ! cria-t-il à l'Egyptien.

– Ça ne vous regarde pas ! rétorqua l'autre.

Des cris de colère ou d'encouragement s'élevèrent de l'assemblée des spectateurs, à présent divisés. Bientôt des querelles éclatèrent et certains en vinrent aux mains. Zeke se glissa hors du cercle et fit signe à son complice de le suivre. La tente de Catherine Alexander était éclairée de l'intérieur et une silhouette se découpait en ombre chinoise contre la toile.

La main sous la veste, prêts à saisir leurs armes, les deux hommes se faufilèrent à l'intérieur.

Humphrey Bogart serra Erica Havers dans ses bras et plongea son regard dans le sien. « Rendez-vous à Paris, mon amour », murmura-t-il tendrement avant de plaquer sur ses lèvres un baiser passionné.

L'écran devint noir et le rideau de velours rouge coulissa avec un petit chuintement soyeux. Les lumières se rallumèrent, éclairant une salle de projection privée de trente-six places. Miles était satisfait. Erica ne soupçonnait rien. Il avait hâte d'être au lendemain de Noël pour voir sa réaction lorsqu'elle se verrait ainsi dans les bras de son acteur favori.

Il travaillait à ce projet depuis un an mais le résultat dépassait ses espérances. Une trouvaille, vraiment, que ce nouveau logiciel capable d'intégrer des images virtuelles dans un film classique. On obtenait ainsi des effets spéciaux absolument renversants. Dianuba Technologies, sa société d'informatique, avait acheté les droits de vieux films et d'œuvres littéraires pour pouvoir les modifier ainsi à sa guise à l'aide de ce nouveau procédé. Image par image, la trame du scénario réalisait les fantasmes de chacun. Et tout cela grâce au génie de minuscules pixels introduits dans le logiciel. Bientôt diffusée sous la forme de CD-ROM, cette technique allait certainement connaître un succès considérable. Avec un simple ordinateur familial et une caméra vidéo ordinaire, n'importe qui pourrait recréer *son* film, en se mettant en scène aux côtés d'illustres acteurs.

Miles quitta la salle de projection pour regagner son bureau. Il se dirigeait vers le bar pour se servir un Perrier quand un signal discret lui apprit qu'un visiteur attendait à la porte. Miles actionna la commande d'ouverture électronique et un jeune homme de type asiatique entra silencieusement. Il était mince et souple, ses longs cheveux retenus par un catogan lui tombaient presque à la taille et deux anneaux perçaient l'une de ses oreilles. A vingt-huit ans, Teddy Yamaguchi était diplômé de chimie, mais le domaine où s'exerçait le mieux son génie était l'informatique.

Il posa un volumineux dossier sur l'énorme bureau de granite noir entièrement vide, à l'exception d'une orchidée d'un jaune éblouissant.

– Voici le dossier que vous m'avez demandé, monsieur Havers.

Le milliardaire hocha la tête d'un air satisfait. Il allait enfin tout savoir de Catherine Alexander...

Sa ligne privée émit un bip discret et, d'un signe de tête, il congédia Yamaguchi. Puis, décrochant son portable, il dit brièvement :

– Alors ?

Zeke lui fit un nouveau rapport et le visage de Miles changea de couleur.

– Partie ! Qu'est-ce que cela signifie ? (Il écouta la réponse d'un air irrité et aboya :) Elle a dû bénéficier du concours d'amis arabes. Vous pouvez êtres sûrs, à présent, qu'on ne la retrouvera pas. Du moins, pas *tout de suite...*

Machinalement, il feuilletait tout en parlant l'énorme dossier constitué par Yamaguchi. Une photo de Catherine Alexander apparut et il la contempla avec curiosité. Une belle femme, assurément, même si ce n'était pas son type. Elle avait un menton volontaire et un regard intense, plein de défi. Parcourant rapidement la fiche d'état civil accompagnant le cliché, Miles vit que le Dr Alexander était célibataire. A quoi Yamaguchi ajoutait : « Caractère solitaire, aucune relation familiale connue, peu d'amis. »

Drôle de numéro, pensa Miles. Mais une battante, c'est sûr. Il se demanda ce qui avait bien pu l'aigrir ainsi.

Zeke continuait son rapport. Un représentant du gouvernement égyptien était arrivé au camp et, après avoir découvert que Catherine Alexander avait quitté les lieux, il avait confisqué tout ce qui se trouvait dans sa tente, à savoir notamment un fragment de papyrus et un panier très ancien mais... vide.

Havers réfléchit. L'archéologue n'avait certainement pas abandonné le site sans une bonne raison. Et si elle avait découvert quelque chose d'important, ce quelque chose était parti avec elle...

– Ça va, Zeke, coupa-t-il. Rentrez à Athènes et finissez là-bas ce que vous avez à faire. Je vais mettre quelqu'un d'autre sur l'affaire...

Il raccrocha et composa immédiatement un numéro à Seattle.

– Titus, dit-il sans même se présenter, j'ai besoin des services de ta société... Je t'envoie par fax le dossier du Dr Alexander, qui se trouve très probablement en route pour les Etats-Unis. Je veux savoir à l'avance où elle se rendra. Ah, et trouve-moi aussi un certain Stevenson. C'est un archéologue de terrain et il est peut-être en voyage à l'heure qu'il est. Ramène-le-moi d'urgence. (Il écouta un instant puis répondit :) Le Dr Alexander ? Non, pas de sentiment. Une fois que tu auras récupéré ce qu'elle transporte, débarrasse-toi d'elle...

TROISIÈME JOUR

Jeudi 16 décembre 1999

Catherine ne quittait pas des yeux les agents de la douane qui, un peu plus loin, examinaient les bagages. Une fois ce dernier sas franchi, elle serait enfin en route pour la liberté.

Sortir d'Egypte s'était révélé plus facile qu'elle ne l'escomptait. L'aéroport international du Caire était en proie à une folle agitation avec l'afflux massif de touristes désireux de se trouver au pied des Pyramides pour fêter le troisième millénaire. Surmenés, les agents des douanes ne pouvaient vérifier manuellement chaque bagage. La valise de Catherine passa aux rayons X et suivit tranquillement sa course.

A travers les larges baies vitrées, la jeune femme regarda le soir tomber sur l'aéroport JFK. Il pouvait faire froid dans le Sinaï en hiver, mais ce n'était rien comparé à un mois de décembre à New York. Elle n'était pas habillée pour affronter un pareil climat.

Couvrant le brouhaha du hall de l'aéroport, des haut-parleurs diffusaient des chants de Noël. Catherine reconnut la mélodie de *Douce Nuit* et son cœur se serra.

Au guichet le plus proche, un agent des douanes s'en prenait à une famille de quatre personnes dont il déballait consciencieusement colis et cadeaux. Ils cherchent peut-être quelque chose, pensa Catherine. A moins qu'il ne s'agisse d'une alerte à la bombe. Elle se demanda soudain quelle peine encourrait un passeur d'antiquités. Les manuscrits étaient bien dissimulés dans ses bagages, mais serait-ce suffisant? Lorsqu'elle vit l'un des douaniers défaire la doublure d'une valise, son cœur s'accéléra.

Tout avait si bien marché jusqu'à présent!

Pendant qu'elle attendait Daniel au campement, elle avait pris soin de photographier les manuscrits feuillet après feuillet.

Les clichés se trouvaient à présent dans le sac de Daniel, précaution indispensable, au cas où il arriverait malheur aux documents originaux.

A titre de sécurité supplémentaire, elle avait abandonné dans sa tente le fragment de papyrus trouvé par les ouvriers de Hungerford, ainsi que le panier dont elle avait reconstitué l'emballage. A cette heure, les autorités du Caire devaient déjà avoir constaté qu'il était vide.

Enfin, elle avait averti M. Mylonas, le réceptionniste de l'hôtel Isis, que des affaires familiales urgentes la réclamaient en Amérique. Toutes ses précautions lui accorderaient peut-être le répit nécessaire pour mettre les manuscrits à l'abri.

Elle jeta un nouveau coup d'œil anxieux aux douaniers en essayant de déterminer avec lequel d'entre eux elle aurait le plus de chance de passer sans avoir à ouvrir sa valise. Les images de son départ – ou plutôt sa fuite – lui revinrent en mémoire. Danno et elle avaient mis au point un scénario qu'ils croyaient parfait, mais quand au dernier moment elle avait vu le père Garibaldi plonger dans la foule pour venir au secours de la jeune femme maltraitée par son soi-disant frère, elle avait bien cru que tout était perdu. Finalement, ils avaient pu s'échapper sous leurs déguisements, mais le prêtre avait bien failli tout faire rater.

Maintenant qu'elle y repensait, il lui fallait bien reconnaître que Garibaldi avait fait preuve de courage en se lançant ainsi dans cette pseudo-dispute publique. Il aurait pu être pris à partie par la foule et blessé. A bien y réfléchir, il ressemblait à Daniel, lui aussi champion des causes perdues, toujours prompt à tendre la main aux opprimés de tous bords. Daniel... Lui aussi avait été tenté par la prêtrise autrefois, mais il avait changé brusquement d'avis sans donner d'explications. Un jour – il n'avait que seize ans alors –, Catherine l'avait trouvé en larmes, recroquevillé derrière les gradins du stade. Jamais elle n'avait su ce qui s'était passé mais, à partir de cet instant, il avait définitivement renoncé au séminaire.

La file des passagers avança et la jeune femme respira profondément pour tenter d'apaiser ses nerfs à vif. Cela faisait vingt-quatre heures, maintenant, que les manuscrits reposaient au fond de sa valise. Pas une seule seconde elle n'avait réussi à oublier leur présence. Parfois, elle avait même l'impression qu'ils possédaient une vie propre, qu'ils l'attiraient inexorablement vers un inconnu à la fois périlleux et grisant. « *Aemelia diakonos... Le Juste... Le Grand Retour...* » Sabina avait-elle rencontré Jésus ? Avait-elle reçu du Messie un enseignement secret ?

– Ouvrez vos valises, s'il vous plaît.

Catherine tressaillit et s'exécuta, maîtrisant à grand peine le tremblement de ses mains. Le premier bagage ne contenait que des effets personnels mais dans le second, sous du matériel archéologique, elle avait caché les papyrus dans les pages d'un vieux livre. Le douanier écarta quelques objets et contempla d'un air perplexe la pile d'ouvrages manifestement tous consacrés à l'Antiquité. Vivement, Catherine s'empara de l'un d'eux, un document sur les momies égyptiennes qu'elle avait acheté au Caire, et le lui tendit obligeamment. L'homme feuilleta les pages, examinant les clichés de tombes et de corps enveloppés de bandelettes. Sans mot dire, il rendit le volume à la jeune femme et son regard fouilla à nouveau le contenu de la valise.

– C'est bon, dit-il brusquement en lui faisant signe de passer.

Catherine referma précipitamment le couvercle et s'éloigna d'un pas qu'elle s'efforçait de garder lent et mesuré.

Puis, d'une allure toujours dégagée, elle se rendit aux toilettes, posa ses bagages et fit couler de l'eau dans le lavabo. La tête lui tournait, une migraine tenace martelait ses tempes. Il s'en était fallu de peu. Sous le livre consacré aux momies, elle avait délibérément glissé un ouvrage de Julius Voss, *The Body in the Bog* [1], dont la couverture affichait l'impressionnante photo d'un cadavre au visage grimaçant, en proie aux affres de l'agonie. L'image était si saisissante, si terrible, que Catherine espérait que le douanier n'aurait nulle envie de poursuivre ses investigations. Elle ne s'était pas trompée... Et pourtant, c'était là, adroitement dissimulés au milieu des pages jaunies du livre, que les papyrus avaient voyagé.

Un peu réconfortée par l'eau fraîche, Catherine regagna le hall de l'aéroport et se mit à chercher le terminal du vol qui l'emmènerait vers Los Angeles. C'est alors qu'elle entendit un message diffusé par les haut-parleurs : « Votre attention, s'il vous plaît... En raison d'une importante tempête de neige, les vols sont momentanément suspendus... Veuillez vous rendre au comptoir de votre compagnie aérienne pour plus amples informations... »

– Je l'ai trouvée, monsieur Havers.

Miles enclencha l'intercom.

– Où est-elle ?

Teddy Yamaguchi appelait du centre privé d'informatique situé sous le ranch de Santa Fe de Havers.

– Elle a quitté Le Caire pour Amman et, de là, elle s'est embarquée pour New York. On l'a vue franchir la douane de l'aéroport JFK il y a deux heures.

Miles consulta sa montre. Dix heures du soir, soit minuit sur la côte Est.

– Et maintenant, que fait-elle ?

– Tous les vols sont suspendus à cause d'une tempête de neige. Le Dr Alexander doit encore être à New York. Elle a probablement loué une chambre dans l'un des hôtels proches des pistes.

Havers soupira, soulagé, et saisit son téléphone.

1. *Un corps dans les marais.* (N.d.T.)

QUATRIÈME JOUR

Vendredi 17 décembre 1999

– Si l'on en juge par l'expression terrifiée de son visage, nous pouvons en déduire que la victime n'a pas vu le cataclysme arriver. L'état de conservation du corps...

Julius enclencha la touche ARRÊT du magnétophone et laissa échapper un soupir découragé. Ce n'était pas bon. Depuis le coup de téléphone de Catherine, la nuit dernière, il n'arrivait plus à se concentrer. Dès que la tempête se serait apaisée, lui avait-elle annoncé, elle quitterait New York et serait auprès de lui quelques heures plus tard. A présent, Julius ne pouvait penser à rien d'autre. Il allait enfin la revoir.

Quittant son bureau encombré, il se dirigea vers les portes coulissantes ouvrant sur une terrasse battue par la pluie et dominant l'océan agité. Un nouvel orage frappait Malibu. Julius aimait la pluie, mais il aurait voulu que le soleil resplendisse pour fêter le retour de Cathy.

Il se réjouissait qu'elle ait décidé de rentrer à la maison pour les fêtes. Pourtant, quelque chose le déroutait. Pourquoi avait-elle quitté le Sinaï si précipitamment, et pourquoi appeler de New York et non d'Egypte ? Au téléphone, elle avait paru surexcitée. Julius se demanda si elle s'était enfin décidée à l'épouser.

Il consulta sa montre. Le temps allait lui paraître long. L'orage se déchaînait au-dessus de l'océan, giflant le littoral, ébranlant les villas qui s'égrenaient au-dessus de la falaise. Chaque fois qu'une vague gigantesque venait s'écraser sur la plage, Julius sentait les fondations de la maison trembler.

L'image de Catherine le hantait. Comment une nature aussi énergique et déterminée que la sienne pouvait-elle s'intéresser à un homme tel que lui? Bien sûr, ils partageaient tous deux la même passion pour l'investigation scientifique et leurs domaines de recherches étaient proches. Mais Julius était un homme tranquille, modeste. L'aventure ne l'intéressait guère. Médecin par tradition familiale, il avait très vite découvert que rien ne lui plaisait tant qu'une existence paisible et studieuse. Comme il avait toujours manifesté de l'intérêt pour l'histoire ancienne, il était tout naturel qu'il se dirigeât vers une nouvelle spécialité : la paléopathologie, c'est-à-dire l'étude des maladies de l'Antiquité.

C'est à ce moment-là que Rachel, sa première femme, avait demandé le divorce. A présent, elle était remariée avec un chirurgien esthétique de Beverly Hills qui gagnait quatre fois plus que Julius à l'Institut. Mais tout le monde en était content. Julius rendait visite à leurs deux enfants chaque fin de semaine et, pendant les vacances, il les emmenait parfois sur les champs de fouilles.

Après son divorce, il s'était demandé s'il se remarierait jamais. Et puis il avait rencontré Catherine Alexander, une femme qui comprenait que l'on puisse s'exciter sur un fragment d'os ou sur une feuille fossilisée. De plus, Catherine était belle, ce qui ne gâtait rien.

Le vent lui gifla le visage si violemment qu'il recula et regagna la douce tiédeur de son bureau. Un coup d'œil à la pendule de la cheminée le fit soupirer. Où diable se trouvait-elle donc?

Quand elle avait parlé à Julius au téléphone, la nuit précédente, Catherine avait eu bien du mal à ne pas tout lui raconter. Mais un reste de prudence l'en avait empêchée.

Elle engagea la voiture de location au milieu du trafic dense qui, à cette heure, encombrait la Pacific Coast Highway. L'autoroute longeait le littoral de Malibu et

Catherine, comme chaque fois, contempla avec plaisir les modestes petites habitations disséminées sur cette portion de la côte. La maison de Julius ressemblait aux autres avec sa façade toute simple recouverte de planches pour mieux résister aux assauts des nombreuses tempêtes. Personne, à la regarder, n'aurait pensé qu'elle valait pourtant près d'un million de dollars.

Ici, elle serait davantage en sécurité que dans son appartement de Santa Monica pour étudier tout à loisir les papyrus.

La jeune femme engagea la voiture dans la petite allée et aperçut Julius, debout sur le seuil de la porte, qui l'attendait.

– Catherine ! Dieu merci, te voilà !

Il courut à elle et la prit dans ses bras en l'embrassant éperdument. La pluie ruisselait sur eux, trempant leurs cheveux et leurs vêtements.

– Eh ! Nous allons nous noyer ! s'exclama Catherine en riant.

Il la prit par la main.

– Viens ! J'ai fait du feu...

Lorsqu'ils pénétrèrent dans le confortable salon, deux chats bien gras apparurent aussitôt et vinrent se frotter contre leurs jambes. Ils s'appelaient respectivement Radius et Ulna et témoignaient à l'égard de Catherine d'une bienveillante hospitalité – ce qui, de l'avis de Julius, était tout à fait exceptionnel.

– Oh, Julius, soupira Catherine, c'est si bon de me retrouver auprès de toi ! (Elle le regarda avec tendresse.) Plus de dix semaines qu'on ne s'était revus... Tu m'as manqué.

Quarante-deux ans, des cheveux d'un noir de jais qui lui tombaient aux épaules, le Dr Julius Voss, directeur du prestigieux Freers Institute de Los Angeles, était un homme très séduisant. Pas un athlète, certes, mais possédant néanmoins un charme véritable avec son éternel pull-over fripé et élimé, ses confortables mocassins et sa pipe en écume qui ne le quittait jamais. Il avait une voix chaude et douce, un caractère paisible. Catherine avait immédiatement pensé qu'il était de ces hommes sur lesquels on peut toujours compter.

– Approche-toi du feu, Cathy et réchauffe-toi. Dieu, quel temps !

Il posa ses valises dans l'entrée, l'aida à se défaire de sa veste trempée et la conduisit vers le canapé près de la cheminée. Puis il ouvrit grands les bras et elle vint se blottir contre lui, la tête nichée au creux de son épaule.

– Tu dois être fatiguée, ma chérie, murmura-t-il en lui caressant les cheveux.

Elle demeura ainsi un long moment, savourant la chaleur de son corps, écoutant la pluie qui martelait les vitres. Non, elle ne se sentait pas fatiguée et elle se demanda même si elle pourrait jamais l'être à nouveau. Pas depuis qu'elle avait découvert les papyrus. Pas depuis qu'ils l'appelaient, avec leurs promesses et leurs antiques secrets.

La jeune femme s'écarta et posa un léger baiser sur les lèvres de Julius.

– Il faut que je téléphone...

Depuis son arrivée à New York, elle avait plusieurs fois cherché à joindre Daniel chez lui, à Santa Barbara. Ils avaient quitté l'Egypte en même temps mais par des routes différentes. Retardée par la tempête, Catherine pensait que Daniel avait dû arriver avant elle. Pourquoi ne répondait-il pas ?

Debout devant le téléphone mural de la cuisine, Radius et Ulna ronronnant à ses pieds, elle composa à nouveau le numéro de Danno et écouta anxieusement la sonnerie se répéter indéfiniment. Toujours pas de réponse. Avait-il eu des ennuis ?

Préoccupée, elle regagna le salon. Les mesures aériennes d'un concerto de Mozart s'élevaient de la chaîne stéréo.

– Tu as eu ta communication ?

Catherine fronça les sourcils.

– Non. Je pensais que Daniel serait chez lui maintenant.

Il lui mit dans la main un verre de vin et l'installa dans le plus confortable des fauteuils, près de la cheminée.

– Cabernet sauvignon, annonça-t-il en levant son verre. Je le réserve pour les grandes occasions. Et maintenant, ne me fais plus languir et raconte-moi tout. Tu as trouvé le puits de Myriam ?

– Peut-être, oui !

Elle commença le récit des événements des trois derniers jours tandis que le feu ronflait et qu'une quiétude délicieuse envahissait son corps fourbu. Elle se sentait si bien, ici, dans cet univers douillet, chaleureux. Les jouets des chats étaient éparpillés un peu partout sur les tapis, des photos de famille s'alignaient sur la cheminée, d'innombrables livres s'empilaient sur les étagères d'une bibliothèque en bois massif. Près des baies vitrées, de magnifiques plantes vertes étalaient leurs feuilles. En face, sur tout un pan de mur, un aquarium rempli de poissons exotiques ponctuait ce décor de couleurs tendres et lumineuses. Autant de traces de vie, songea Catherine, qui cherchaient, peut-être, à contrebalancer le domaine quelque peu macabre des recherches scientifiques de Julius.

Les fêtes de Hanukkah étaient terminées depuis une semaine maintenant, mais il subsistait encore dans la maison un parfum de réjouissances. Catherine chercha du regard la *menorah* en argent, le *dreidl*, le Livre des Macchabées offert à Julius par son grand-père (une version bilingue en anglais et en hébreu) et le châle de prières à franges. Elle aimait ces objets de piété et il lui arrivait parfois d'envier à Julius ses traditions religieuses.

– Tu m'as dit au téléphone hier soir que tu avais une nouvelle à m'annoncer, dit-elle soudain, au beau milieu de son récit. De quoi s'agit-il ?

Il prit place dans le fauteuil face à elle et Catherine vit l'éclat doré des flammes se refléter dans ses grands yeux bruns. Quand il parla, sa voix tremblait imperceptiblement.

– Cathy, j'ai réussi à te faire intégrer à l'équipe de l'Institut. Notre paléontologue vient de partir et nous avons désespérément besoin de quelqu'un de compétent dans cette spécialité. Le salaire est correct, le poste stable. (Avant qu'elle n'ait eu le temps de réagir, il enchaîna :) Je sais à quoi tu penses. Ne t'en fais pas. Il te sera possible de continuer à travailler à Sharm el Sheikh car on ne te demandera pas d'effectuer toutes tes études au labo de l'Institut. Tu n'auras qu'à photocopier les manuscrits pour les étudier à tes moments de loisir. Ainsi, Cathy, tu pourras aussi vivre ici, tu y as des racines. *Nous* y avons des racines.

Catherine prit une profonde inspiration. Elle ne s'attendait pas à pareille proposition.

– Eh bien ! Tu me prends de court, tu sais...

Julius fit la grimace.

– Je sais. Qu'en dis-tu ?

Elle quitta le fauteuil et s'approcha des grandes baies pour contempler l'océan. Des nuages d'un noir d'encre s'empilaient à l'horizon et on aurait dit que Malibu allait bientôt être englouti par la mer.

– Le travail au labo semble intéressant, répondit-elle enfin, les yeux toujours au loin. Mais il faut que je me concentre sur mes recherches à Sharm el Sheikh, surtout maintenant que j'ai trouvé le puits de Myriam. Je ne peux, je ne *dois* me consacrer à rien d'autre.

Il y eut un court silence.

– Et notre mariage ? demanda calmement Julius.

Elle se retourna vers lui.

– Je t'aime, Julius, tu le sais. Mais je ne suis pas encore prête.

Il secoua la tête.

– Catherine, j'ignore combien de temps pourra encore durer notre relation si nous devons perpétuellement vivre à plus de douze mille kilomètres de distance. Chaque fois que nous nous séparons, cela devient plus douloureux.

– Mais nous n'aurons pas besoin de vivre séparés, corrigea Catherine en venant se réinstaller près de la cheminée. Je crois qu'il est temps que je te mette au courant de la fin de mes aventures...

Elle lui raconta alors l'expédition dans le tunnel et la découverte du crâne.

– Je pense que le reste du squelette est enterré sous un pan de mur qui s'est effondré lors du dynamitage. Il faudra le dégager et l'identifier. Viens avec moi, Julius. Nous aurons ainsi la chance de pouvoir travailler ensemble...

– Catherine ! Je te rappelle que je dirige cet institut. Il m'est impossible de quitter mon poste...

– Et moi, je ne peux pas rester... conclut Catherine lentement.

Le silence s'installa tandis qu'ils se dévisageaient dans la lueur orange de l'âtre, conscients d'aborder ce qui planait secrètement entre eux depuis bientôt deux ans. Certes, Catherine avait accroché deux ou trois vêtements dans la penderie de Julius et rangé quelques effets de toilette dans la salle de bains. Mais elle ne vivait pas ici. Régulièrement, elle regagnait son appartement de Santa Monica pour régler certaines affaires, collecter des fonds en vue d'un prochain chantier de fouilles, organiser un cycle de conférences. Puis elle repartait pour des pays lointains.

Julius se leva à son tour et s'approcha de la cheminée pour redresser une bûche.

– Je ne sais pas si je pourrai continuer longtemps ainsi, Cathy. J'ai besoin de stabilité, peut-être même de fonder à nouveau une famille... Il me faut des racines.

– Julius... je ne peux me fixer pour l'instant, Il *faut* que je poursuive mes recherches, que j'obtienne des réponses.

Il se tourna pour la regarder.

– Ces réponses, tu peux aussi les trouver à l'Institut. Voilà quatorze ans que tu t'acharnes à dénicher le puits de Myriam. Crois-tu sincèrement que tu le découvriras un jour ?

– Oh oui ! s'exclama Catherine en s'animant. Je sais que j'y arriverai, je le *sens*. Parfois, j'ai même l'impression que le passé vit encore, là-bas, au cœur du désert, invisible mais toujours aussi puissant. J'ai la sensation qu'il *m'appelle*. (Comme il ne disait rien, elle ajouta, plus calmement :) Mais... toi ? Crois-tu à ce que j'ai entrepris ou bien penses-tu que je poursuis des chimères ? Tu sais combien tout cela compte à mes yeux. Les femmes avaient un réel pouvoir au temps des patriarches et des rois. Elles étaient prophétesses, prêtresses, possédaient la connaissance et la sagesse. Mais tout cela s'est perdu avec le temps et j'ai bien l'intention de réparer cette injustice.

Il hocha la tête.

– Oui, je sais. C'est aussi pour cela que je t'aime. Tes

théories me semblent tout à fait valables, mais cela fait si longtemps, maintenant... Je crains que tu ne puisses jamais trouver les preuves de l'existence de ces femmes. Imagine! En dehors des Ecritures, rien ne nous permet de croire que Moïse ait jamais existé...

Elle retrouva toute son énergie et son excitation.

– Ah! Mais il se pourrait bien que j'aie déniché quelque chose, justement! (Sautant sur ses pieds, elle se dirigea vers l'une des valises, l'ouvrit et en sortit le livre de paléobotanique écrit par Julius.) Cette couverture est si horrible, dit-elle en riant, que j'étais certaine que les douaniers n'oseraient pas feuilleter le contenu de l'ouvrage... Regarde!

Elle prit délicatement les papyrus pliés et les posa sur la table. Julius s'approcha.

– Mais qu'est-ce que c'est?

Tout en étalant précautionneusement la première page jaunie du manuscrit, Catherine lui exposa rapidement les conclusions auxquelles elle était parvenue, et traduisit certains passages. Il l'écoutait intensément tandis que les flammes crépitaient dans la cheminée et que, dehors, le vent continuait de soulever l'océan et le sable de la grève.

– Es-tu en train de me dire que tu as *emporté* ces papyrus sans autorisation? Je ne peux pas y croire...

– Oui, c'est ce que j'ai fait. Pour éviter que les autorités ne s'en emparent. Tu sais ce qui est arrivé avec les manuscrits de la mer Morte et les Evangiles de Nag Hammadi... (Elle lui montra le début de la lettre de Perpetua.) Regarde ce mot, Julius. Il y est bien écrit *diakonos*. Quand saint Juste, un martyre du IIe siècle, nous décrit la cérémonie de l'Eucharistie, il souligne expressément que les diacres distribuaient aux fidèles le pain et le vin de la messe. Par conséquent, dans l'Eglise primitive, le *diakonos* agissait davantage comme un prêtre que comme un diacre des temps modernes. Et Aemelia, la femme mentionnée dans la lettre, porte ce titre...

– Une femme prêtre?

– Une prêtresse, Julius. Une chrétienne. Tu imagines! Nous tenons peut-être la découverte du siècle... et même du millénaire!

– Bon, d'accord, observa-t-il prudemment. Je comprends que tu sois excitée à propos de ces papyrus. Mais les dérober, était-ce bien avisé ?

Catherine réprima un soupir. Elle savait que Julius était un scientifique irréprochable, un homme à l'éthique scrupuleuse. Elle fut néanmoins déçue par sa réaction.

– Non, ce n'est pas sage, répondit-elle avec une pointe d'irritation, mais il *fallait* en passer par là. Si je livre ces manuscrits aux autorités, je ne les reverrai jamais. Cependant, rassure-toi, je ne les garderai que le temps nécessaire à leur traduction. Ensuite, je les remettrai à qui de droit et je publierai mes conclusions.

– Mais qui va te croire, Cathy ? Tu seras attaquée de tous côtés. Nous connaissons bien, toi et moi, la jalousie, les intrigues qui opposent les chercheurs en ce domaine. Tu as vu ce que cela a donné avec ta mère, comment elle en est ressortie brisée. Et encore, *elle*, elle respectait les règles. Tandis que toi, tu commences par t'approprier frauduleusement ces documents ! Comment seras-tu capable, ensuite, de justifier tes méthodes ? On se moquera de toi, on t'accablera de critiques... Méfie-toi, Cathy !

Il vint s'asseoir près d'elle et prit ses mains entre les siennes.

– Ecoute-moi, je t'en supplie. Je comprends ce que cette entreprise représente pour toi, mais ce n'est pas ainsi que tu parviendras à rétablir la réputation de ta mère. C'est *toi* qui seras sacrifiée. De toutes ces années de dures recherches, de patientes études, il ne te restera rien. Tu perdras ta crédibilité au sein de la communauté scientifique et plus personne ne voudra travailler avec toi. Sans oublier les éditeurs, qui refuseront de te publier...

Elle plongea ses yeux dans les siens.

– Et toi, Julius ? Que feras-tu ?

Il soutint son regard.

– Je serai toujours à tes côtés, Catherine, tu le sais. Mais, je dois l'avouer, tout cela me fait peur.

– A moi aussi. Mais je dois continuer ma route. Si je laisse passer cette opportunité, comment pourrai-je continuer à vivre en sachant que je n'ai pas eu le courage de me battre pour la mémoire de ma mère ?

– Aux dépens de ta propre carrière?

– Si nécessaire. Après tout, que m'importe l'estime de mes confrères si c'est au détriment de celle que j'éprouve pour moi-même? Moi, j'ai toujours une chance de retomber sur mes pieds tandis que ma mère, elle, n'est plus là pour se battre.

Il la contempla un long moment puis se leva et alla prendre sa veste posée sur une chaise.

– Il faut que je retourne au labo, Cathy. On a trouvé des ossements humains dans les collines de Bel-Air et nous pensons qu'il s'agit peut-être des restes d'un ancien cimetière indien...

Il ouvrit un tiroir et fouilla à la recherche de ses clés de voiture.

– Si les tests révèlent que ces ossements ont plus de cent ans, alors ils relèvent d'une étude archéologique et la police n'a pas à intervenir. Par contre, s'ils sont plus récents, nous devrons alerter le bureau du coroner.

Catherine se leva à son tour.

– Julius, es-tu toujours obligé de respecter les règles? Il ne t'est donc jamais arrivé d'agir non par esprit de discipline, mais simplement parce que ton cœur t'y poussait?

– Bien sûr que si. Et c'est justement ce que je fais quand je te demande de renoncer à tes folies. (Il secoua tristement la tête.) Renonce à ton projet pendant qu'il en est encore temps. J'ai un mauvais pressentiment. Tu t'engages dans une voie très dangereuse.

Elle haussa les épaules.

– Personne n'est au courant, à part Daniel. Je me suis montrée prudente.

Il ne répondit pas et finit par dénicher ses clés de voiture au fond du tiroir.

– J'ai réservé une table pour huit heures au Moonshadows, dit-il en gagnant la porte. Je passerai te chercher en rentrant du labo. A tout à l'heure, Cathy...

Elle le regarda partir sous la pluie torrentielle, emportant avec lui la chaleur et la quiétude de la maison, sa vie, sa force. Sans Julius à ses côtés, elle se sentait à nouveau seule, vulnérable. Ce n'était pas ainsi qu'elle avait imaginé les choses en revenant ici.

Le grondement du tonnerre la tira de sa mélancolie pour la ramener à la réalité. Il était quatre heures. Tout engourdie, elle retourna à la cuisine et composa à nouveau le numéro de téléphone de Daniel. A la troisième sonnerie, il répondit enfin.

– Catherine ! Dieu merci, tu as appelé ! Je viens de rentrer. Nous avons un gros problème.

La jeune femme tressaillit.

– De quoi parles-tu ?

– Quelqu'un est au courant pour les manuscrits. Nous sommes suivis.

– *Quoi* ? Mais, Danno, c'est impossible !

– Je crois savoir qui c'est. En attendant, il faut faire vite. Je serai chez toi dans une heure avec les photographies.

– Non, attends... coupa Catherine avec agitation.

Elle s'efforçait de réfléchir. Un détail lui revint en mémoire. Ce fameux soir, alors qu'elle se trouvait seule dans sa tente, elle avait cru entendre quelqu'un bouger au-dehors. Etait-elle déjà suivie à ce moment-là ?

Fermant les yeux, elle prit une profonde inspiration pour retrouver son calme.

– Danno, écoute-moi. Ne viens pas ici. La maison est peut-être surveillée. C'est moi qui vais te rejoindre. En attendant, ne répond plus au téléphone et ferme bien toutes les issues. Je serai là aussi vite que possible.

Elle explora rapidement la maison et finit par dénicher dans un débarras un sac de gymnastique en nylon dans lequel elle jeta à la hâte quelques vêtements et affaires de toilette, ainsi, naturellement, que les manuscrits soigneusement enveloppés dans une taie d'oreiller.

Puis elle griffonna un mot bref à l'attention de Julius, se contentant de lui dire qu'elle était appelée par une affaire urgente. Il se terminait ainsi : « Je reprendrai contact avec toi d'ici quelques jours. Je t'aime ». Elle laissa le mot bien en évidence.

Quelques minutes plus tard, elle engageait sa voiture sur la bretelle de l'autoroute tout en priant pour que Daniel se soit trompé. Car si quelqu'un était au courant de l'existence des papyrus, la situation risquait de devenir très périlleuse.

Des pas pressés résonnèrent le long de l'interminable couloir du palais des Congrégations qui se dresse sur la place du Saint-Office, à Rome. Un jeune prêtre empressé portait un pli urgent à Son Eminence le cardinal Lefèvre, lequel, à cet instant précis, contemplait le ciel depuis la fenêtre de son bureau en se disant qu'il lui trouvait, ce matin, une couleur tout à fait inhabituelle.

D'où cela peut-il donc bien venir? se demanda-t-il, intrigué.

Tournant son regard vers la place Saint-Pierre, où une foule dense mettait à rude épreuve les nerfs des gardes suisses du Vatican, il songea à l'approche du troisième millénaire. La police de la ville avait été appelée en renfort. Toute la population s'attendait à quelque terrible cataclysme qui viendrait marquer la fin du monde. Rome s'était préparée à recevoir une dizaine de millions de visiteurs supplémentaires pour Noël, mais les premiers rapports indiquaient que ces prévisions étaient déjà largement dépassées.

Lefèvre leva une nouvelle fois les yeux vers le ciel. Cette étrange couleur était-elle de mauvais augure? Conscient de l'absurdité d'une pareille hypothèse, il secoua la tête. Non, cela n'avait aucun sens. Après tout, on était en hiver et la météo prévoyait une pluie imminente. Peut-être devrait-il se faire examiner la vue. Un homme de soixante-dix ans devait se préparer à ce que ses sens perdent de leur acuité...

Au moment où il se détournait de la fenêtre – trop de travail l'attendait pour qu'il perde son temps plus longtemps –, on frappa à la porte. Un jeune prêtre entra, un peu essoufflé.

– Excusez-moi, Eminence. Ceci vient d'arriver pour vous. C'est indiqué « URGENT »...

Brisant le sceau, Lefèvre déplia la feuille de papier et la parcourut rapidement. Presque aussitôt, ses sourcils broussailleux se levèrent.

– Incroyable ! s'exclama-t-il.

Le jeune prêtre le dévisagea.

– Eminence ?

Le cardinal replia vivement la lettre et la glissa dans la poche de sa soutane rouge en disant :

– Appelez le Dr Fuchs à l'université de Rome, au département d'archéologie. Dites-lui que je dois le rencontrer immédiatement pour une affaire de la plus extrême urgence. Entre-temps, je dois voir Sa Sainteté.

Il congédia le prêtre d'un geste bref de la main et quitta son bureau à la hâte, encore tout ému par la nouvelle qu'il venait d'apprendre. Tout en cheminant, il eut une pensée fugitive pour ce ciel bizarre qu'il contemplait quelques minutes auparavant et, une nouvelle fois, il se demanda s'il s'agissait d'un signe.

L'avènement de l'an 2000 serait-il aussi celui de l'Apocalypse ?

Catherine monta quatre à quatre les trois étages menant à l'appartement de Daniel en priant pour qu'il soit toujours là et que tout aille bien.

Il fallait d'ordinaire une heure et demie pour gagner Santa Barbara depuis Malibu mais, cette fois, le trajet avait pris près de quatre heures à cause de la tempête.

Le souffle court, elle sonna.

Il y eut un mouvement de l'autre côté et l'œilleton du judas coulissa. Presque immédiatement, la porte s'ouvrit.

– Cathy ! Dieu merci, tu es là. Entre vite.

La jeune femme se glissa à l'intérieur de l'appartement après avoir jeté un rapide coup d'œil par-dessus son épaule.

– Qui est à notre poursuite, Danno ? demanda-t-elle aussitôt. Et comment t'en es-tu aperçu ?

– Attends...

Il alla à la fenêtre, écarta imperceptiblement les rideaux et examina la rue, en contrebas.

– Je préfère m'assurer que tu n'as pas été filée.

– Je ne le pense pas. Si quelqu'un avait surveillé la maison de Julius, je l'aurais remarqué. Le terrain est très dégagé tout autour.

Daniel se tourna vers la jeune femme. Elle remarqua

alors son tee-shirt fripé et ses cheveux en bataille. Le long voyage paraissait l'avoir fatigué, mais ses yeux étaient en alerte.

– Nous sommes en danger, Cathy, j'en suis persuadé. Viens, je vais te montrer quelque chose.

Il l'entraîna vers la petite table sur laquelle il avait installé son ordinateur portable.

– Dès mon arrivée, je me suis connecté sur Internet. Je voulais consulter le Web pour voir si on y faisait mention d'autres manuscrits semblables aux tiens.

Elle lui jeta un regard interloqué.

– Ne me dis pas que tu en as trouvé !

– Je pense que si. Regarde... (Il lui tendit une feuille de papier.) J'ai téléchargé l'information sur mon disque dur et j'en ai fait un tirage pour toi. Le manuscrit qui figure en tête de liste se trouve actuellement au British Museum.

Catherine se laissa tomber sur une chaise et commença à lire :

– « P245, IVe siècle. Tracé au dos d'un épitomé de Tite-Live. Deux feuillets d'une seule écriture. Récit à la première personne d'un voyage en Bretagne. La réf. " sage-femme " indique la possibilité d'un auteur féminin. Autre réf. : Nouveau Testament, Luc 16, 5-13. »

– Tu ne crois pas qu'il pourrait y avoir un rapport avec ton texte ?

– Je ne sais pas... fit Catherine, perplexe. Que dit le passage de l'Evangile cité en référence ?

– J'ai regardé. Il s'agit de la parabole de l'homme riche.

– Une nouvelle allusion au Christ, murmura-t-elle, songeuse. (Ils se regardèrent.) Rappelle-toi la mention du « Juste » dans la lettre de Perpetua, poursuivit-elle. Pourrait-il exister des copies de ce document qui se seraient propagées pendant les siècles suivants, comme cela fut le cas pour les Evangiles et les lettres des Apôtres ? Danno, il faut que j'étudie attentivement ces papyrus. Quant au septième manuscrit, nous devons tout faire pour le retrouver.

Il y eut un silence.

– Parle-moi de ces gens qui sont après nous...

Daniel lui tendit une autre feuille imprimée.

– C'est cela qui m'a fait penser que nous avions un gros problème. J'ai consulté le Web et voilà ce que j'ai trouvé...

Il s'agissait d'un bref article parlant d'un site de fouilles archéologiques près de Sharm el Sheikh. Le responsable de ce chantier, écrivait-on, avait disparu et les autorités locales s'inquiétaient de cette absence. On avait retrouvé, par ailleurs, un ingénieur américain du nom de Hungerford assassiné dans un hôtel voisin.

Catherine se mit à trembler.

– Mon Dieu ! Ce n'est pas possible !

Daniel arpentait la pièce d'un pas nerveux.

– Il devait être au courant pour les manuscrits, Cathy. Je crois qu'il a voulu se mêler de cette affaire en faisant cavalier seul et cela ne lui a pas réussi. A présent, c'est toi que l'on poursuit.

– Mais *qui* est derrière tout ça, Danno ?

– Quand Samir nous a aidés à sortir du camp, j'ai cru apercevoir dans la foule des badauds un visage familier, celui d'un Américain. Je n'ai cessé d'y penser pendant tout le voyage. Et puis, quand je suis arrivé ici, ça m'est revenu...

Un cri déchira soudain l'air, suivi d'une succession de coups sourds puis d'une cavalcade dans l'escalier. Catherine avait sursauté.

– Qu'est-ce que c'est ?

– Mes voisins. Ils n'arrêtent pas de se quereller, répondit Daniel en éteignant le portable et en le glissant dans son étui. Il ne faut pas traîner ici, Cathy. J'ai un désagréable pressentiment.

La jeune femme se dirigea vers la fenêtre et observa la rue.

– Tu as raison, murmura-t-elle, il est temps de partir. Mais je pars seule.

– Il n'en est pas question ! Nous sommes dans le bain tous les deux !

– Danno, le meurtre de Hungerford prouve bien que ces gens-là sont prêts à tout pour récupérer les manuscrits. Je refuse que tu risques ta vie.

– Tu n'as pas le choix. Tu veux trouver ce roi Tymbos, oui ou non? Tu n'y arriveras jamais toute seule. Nous irons nous terrer dans une cachette quelconque, le temps pour toi d'étudier les papyrus et, pour moi, de consulter sur Internet toutes les informations existant sur ce sujet. (Comme elle ne disait rien, il ajouta rapidement :) Nous avons toujours été solidaires l'un de l'autre, Cathy. Rappelle-toi.

Elle s'approcha, le prit dans ses bras et déposa un baiser sur sa joue.

– Idiot! dit-elle affectueusement. Bon, très bien, viens si tu y tiens. Mais il faut quitter cet appartement tout de suite.

Il glissa à la hâte quelques affaires dans un bagage de toile, ainsi que des cartes et des dossiers.

– Je garde les manuscrits dans mon sac, dit Catherine en ajustant la bandoulière sur son épaule. Vite, Danno, dépêchons-nous.

On frappa soudain un grand coup à la porte et tous deux sursautèrent.

– Qui est-ce? demanda Daniel à haute voix.

– Désolé de vous déranger, répondit une voix masculine. J'habite juste en dessous de chez vous. Pourriez-vous me rendre un service? Mon nom est Martinez, appartement 2A. Alors? Vous ouvrez? C'est vraiment important, mon vieux...

Après un moment d'hésitation, Daniel fit glisser la chaîne de sécurité. Presque aussitôt, la porte s'ouvrit violemment et deux adolescents se ruèrent à l'intérieur. Maigres, manifestement drogués jusqu'aux yeux, ils avaient des couteaux à la main.

– Donne-nous ton fric, connard! cracha le premier.

Daniel leva les mains et recula.

– Eh, les gars, du calme! Il n'y a rien de précieux ici...

– La ferme! Ton fric, on t'a dit!

Daniel recula encore.

– Ecoutez, prenez ce que vous voulez, d'accord?

Le plus grand des deux ados se précipita sur lui.

– Ta montre, et vite...

L'autre avança la main vers le sac de gymnastique bleu de Catherine.

– Qu'est-ce qu'il y a là-dedans, hein ? Allez, donne, ma belle.

La jeune femme fit un bond en arrière pour lui échapper mais il réussit à agripper la bandoulière. Ils luttèrent âprement un instant tandis que l'autre criait :

– Prends le sac, crétin !

Catherine asséna un violent coup de genou dans l'entrejambe du garçon qui se plia en deux et se mit à hurler de douleur en se tenant le ventre. Son complice lâcha un chapelet de blasphèmes. Horrifiée, Catherine le vit plonger son arme dans la poitrine de Daniel, qui chancela. Un filet de sang coula de ses lèvres et il laissa échapper l'enveloppe contenant les photos des papyrus. Les clichés allèrent s'éparpiller sur le sol.

– File-moi ce sac, salope, ou j'te plante ! hurla le camé.

A genoux sur le sol, les mains toujours crispées sur sa poitrine, Daniel suffoquait.

– Cathy ! balbutia-t-il, sauve-toi ! *Sauve-toi* !

– Danno !

– *Va-t'en !*

Comme au ralenti, elle le vit avec épouvante basculer sur le sol, le corps secoué de spasmes. Le drogué s'avança et Catherine fit un bond de côté. Déséquilibrée, elle se rattrapa au bord de la table et ses doigts rencontrèrent le portable de Daniel. Machinalement, elle le saisit puis, tête baissée, se rua vers la porte, bousculant l'ado au passage.

– Garce ! Attends que je...

Il tenta de la retenir mais sa réaction ne fut pas assez rapide. Bondissant dans l'escalier, Catherine l'entendit appeler son complice à la rescousse tandis qu'elle dévalait les marches, heurtant dans sa course une femme portant un cabas rempli de provisions. Courgettes, brocolis et oranges allèrent rebondir de marche en marche pendant qu'à l'étage supérieur les deux tueurs s'élançaient à leur tour sur le palier.

Une détonation assourdissante éclata au-dessus de la tête de Catherine et, presque immédiatement, le mur explosa, projetant une pluie de plâtre et d'éclats de peinture. Elle reprit sa descente folle, ses pieds touchant à peine le sol, et déboucha enfin dans le hall d'entrée de l'immeuble. Une nouvelle déflagration retentit dans son dos et la femme se mit à hurler. Catherine se jeta dans la rue, courant à perdre haleine. Si seulement elle parvenait à atteindre sa voiture... Malheureusement, un rapide coup d'œil par-dessus son épaule lui apprit que ses poursuivants gagnaient du terrain. Ses talons claquaient sur la chaussée mouillée. Soudain, au détour de la rue, une poubelle bloqua sa course. Catherine trébucha, lâchant le portable qui tomba sur une étroite bande d'herbe mouillée.

Elle se baissa pour le ramasser au moment où une balle sifflait au-dessus d'elle, frôlant ses cheveux.

– Par ici ! cria alors une voix que, dans sa panique, elle ne reconnut pas tout de suite. Vite ! Courez !

Les deux ados surgirent, essoufflés, au croisement pendant qu'une Mustang bleue freinait à la hauteur de Catherine.

– Montez !

La portière s'ouvrit toute grande et Catherine aperçut le père Garibaldi au volant de la voiture.

– Vous ! suffoqua-t-elle.

Il lui empoigna le bras et l'aida à s'engouffrer dans la Mustang tandis que de nouvelles détonations claquaient. Des balles heurtèrent la carrosserie tandis que la voiture démarrait dans un hurlement de pneus. Catherine se sentit plaquée contre le siège. Elle se retourna et vit ses deux poursuivants s'engouffrer à leur tour dans une Buick noire.

– Plus vite ! cria-t-elle. Ils ont une voiture !

Garibaldi écrasa l'accélérateur et la Mustang bondit en avant. Une balle désintégra le pare-brise arrière.

– Cathy ! Baissez-vous !

La voiture glissa sur la chaussée mouillée, mordit le trottoir et parvint à se redresser. Tournant brutalement sur la gauche, Garibaldi brûla le feu rouge et évita de justesse une camionnette qui s'engageait dans le carrefour. Le souffle court, le sang martelant ses tempes, Catherine regardait sans les voir les vitrines de Noël défiler en une guirlande ininterrompue de lumières.

– Ils sont toujours là ! lança-t-elle en se retournant. Seigneur... Ils gagnent du terrain !

La Mustang prit un autre virage à la corde et se jeta dans une ruelle sur la droite. Une balle fit exploser le rétroviseur.

– Oh oh ! dit soudain Garibaldi en freinant de toutes ses forces.

La Mustang fit une embardée. Un mur se dressait devant eux.

– Une impasse... gémit-elle.

– Si vous vous souvenez encore de vos prières, c'est le moment de les réciter...

La cicatrice, sur son front, avait à peu près la taille et la forme d'une grande pièce de monnaie. Elle était le résultat d'années et d'années de prière, le témoignage d'une foi irréprochable, d'une discipline religieuse sans faille qui l'avaient conduit à se frapper le front contre le sol des milliers, des millions de fois, tourné en direction de La Mecque.

Les gens disaient de lui qu'il était un saint homme. Mais, ce matin-là, dans son palais des environs du Caire, ses préoccupations n'avaient plus rien de mystique. Il pensait à de l'argent, *beaucoup* d'argent, en dollars, en francs, en marks, en dinars, en yens, ou en toute autre monnaie. Et il priait pour que cette fortune retourne à l'Egypte. Depuis l'attentat qui, deux ans plus tôt, avait coûté la vie à cinq clients américains de l'hôtel Ali Khan, l'industrie du tourisme ne se portait pas bien. Or elle représentait la seconde source de revenus du pays et il devenait urgent de remédier à cette situation catastrophique.

– Allah est le seul Dieu et Mahomet est son prophète, psalmodia-t-il, achevant ainsi sa prière.

Puis il se releva, longue silhouette drapée d'une simple *galabeya* blanche, image même de la dignité et de l'humilité.

Pourtant, il n'y avait rien de modeste dans le luxueux service en cristal taillé qui étincelait sur le bar. L'Egyptien se servit un verre de Chivas Regal tandis qu'un homme entrait à pas feutrés dans le vaste bureau.

– Le ministre de la Culture est là, monsieur le président, annonça respectueusement le secrétaire.

L'autre inclina la tête et Sayeed fut introduit. Mince, le visage aigu et sombre, il paraissait porter le poids du monde sur ses épaules. Chargé de la gestion du département des antiquités, il avait des milliers d'employés sous ses ordres et pas d'argent pour les payer.

Après s'être incliné devant le président, il dit avec componction :

– Nous avons enquêté sur les équipes de Hungerford et de cette archéologue, le Dr Alexander. Toujours pas de preuve permettant d'affirmer qu'elle a trouvé des manuscrits. Mais le bruit court qu'elle en aurait en sa possession.

– Des manuscrits chrétiens ?

– On peut le penser.

Le président de l'Egypte s'approcha de son balcon pour contempler à l'horizon les volumes triangulaires qui se découpaient contre le ciel voilé de chaleur. Des millions de pèlerins se rassemblaient en ce moment au pied des pyramides pour célébrer l'avènement du troisième millénaire. Pour l'instant, l'argent affluait de nouveau mais, en janvier, tout ce beau monde repartirait, laissant le pays sombrer dans les affres d'une imminente crise économique.

Le président n'était pas seulement un saint homme. C'était aussi un visionnaire. Et ce qu'il voyait, pour l'instant, c'était un nouveau bâtiment élevé sur la pointe nord de l'île de Gezirah, en plein milieu du Nil. Un bâtiment qui abriterait un gigantesque musée, rempli de trésors antiques, dont d'inestimables manuscrits chrétiens. Pour eux – le président n'en doutait pas –, les touristes reviendraient en Egypte.

– Appelez M. Dawud à Washington, ordonna-t-il à son secrétaire. Et essayez d'obtenir une communication avec le président des Etats-Unis.

– Nous possédons le numéro d'immatriculation du type qui l'a aidée à s'enfuir, Miles. Je lance la recherche à l'instant sur l'ordinateur. La réponse arrivera d'ici quelques minutes.

Havers contempla fixement le visage de son ami Titus,

qui se découpait sur l'écran vidéo. Avec son teint sombre, ses joues rebondies, son sourire étincelant, le président et fondateur de la compagnie Security Consultants installée à Seattle affichait un air d'innocence qui ne correspondait guère à sa véritable nature. Titus était en réalité un homme dur, implacable en affaires. Le genre d'homme avec lequel Havers aimait travailler.

– Je te faxe d'ici quelques minutes les photographies trouvées dans l'appartement de Daniel Stevenson, reprit Titus.

– Et la bande? interrogea Havers en songeant aux micros placés chez Stevenson juste avant son retour. Vous avez les enregistrements de sa conversation avec le Dr Alexander?

– On te la transmet en ce moment même. Ouvre tes oreilles...

Havers entendit alors les voix de Daniel Stevenson et de Catherine Alexander résonner dans le haut-parleur. Il écouta attentivement, notant au passage que Stevenson avait cru identifier un Américain dans la foule, au moment de quitter l'Egypte.

– Miles, dit Titus à la fin de l'enregistrement, cet Américain que Stevenson a reconnu, c'est l'un de tes hommes?

– Ça se pourrait bien, oui.

– Est-ce que Stevenson a pu établir un rapport entre lui et toi?

Havers ne répondit pas, occupé à examiner les premiers clichés crachés par le fax du bureau.

– Ce sont probablement des photographies des manuscrits. Ils les ont prises pour le cas où quelque chose leur arriverait, observa-t-il. Pas bête... (Il réfléchit un instant puis demanda :) A quoi ressemblait l'homme avec lequel Catherine Alexander est partie?

– Mes agents n'ont pas eu le temps de bien le voir. Nous ignorons s'il s'agit d'une connaissance ou d'un simple passant au grand cœur.

– Et tu es certain qu'elle a eu le temps d'emporter les manuscrits?

– Aucun doute, hélas, répondit Titus. Ils se trouvaient dans le sac qu'elle portait en bandoulière. Mais ne t'inquiète pas. J'ai mis tous mes hommes là-dessus. Ils finiront bien par la retrouver...

– Allez-vous enfin me dire ce qui se passe ? interrogea le père Garibaldi en ramenant la vitesse de la Mustang à une allure plus raisonnable.

A l'approche des fêtes, tout le monde avait convergé vers le centre-ville pour effectuer les derniers achats de Noël. La nuit était tombée, à présent, et les voitures s'entassaient sur la nationale.

– Qui étaient ces hommes ? insista le prêtre. Pourquoi tiraient-ils sur vous ?

Catherine se retourna pour jeter un regard nerveux à travers la vitre arrière. Mais les phares qui trouaient la nuit derrière eux n'avaient rien d'inquiétant. En attendant, elle ne s'était toujours pas remise du choc de l'attaque. Ses dents claquaient et de violents frissons secouaient son corps.

– Des types ont fait irruption chez mon ami et...

Elle s'interrompit, essayant de maîtriser le tremblement de sa voix.

– Quels types ? demanda Garibaldi.

– Des... des espèces de drogués, des ados, des gosses. Fous à lier et armés jusqu'aux dents. (Elle le regarda.) Mais ce n'était pas une agression classique, mon père. Ils... ils ont été engagés.

Le prêtre fronça les sourcils.

– Que me chantez-vous là ? Etes-vous en train de m'expliquer qu'on a délibérément voulu vous tuer ?

Catherine se retourna à nouveau. La nuit était si dense maintenant qu'elle ne parvenait plus à distinguer les véhicules. Cela ne fit qu'accroître sa nervosité.

– Ils en veulent à des manuscrits que... que j'ai dans mon sac, expliqua-t-elle très vite. Mon père, faites demi-tour... il faut que je retourne là-bas ! Danno a besoin de moi !

– Ecoutez, je ne crois pas que ce soit une bonne idée. Que croyez-vous qui arrivera si des tueurs sont encore là-bas ?

– Mais... et Danno ? Seigneur... Il est blessé. Il *faut* que je fasse quelque chose !

Elle enfouit son visage dans ses mains, cherchant désespérément à retrouver son calme pour pouvoir réfléchir. La voiture s'engagea sur l'autoroute 101, qui longeait la côte. Dans les marinas, des bateaux joyeusement éclairés dansaient sur les eaux noires.

– Il faut que je trouve un téléphone, dit-elle tout à coup.

– D'accord.

– Prenez à droite. Vers le nord.

Il s'engagea dans le trafic compact de l'autoroute, et la Mustang fit une brusque queue-de-poisson, obligeant une Camaro à freiner à mort tandis qu'une Cadillac déclenchait un klaxon rageur.

– Désolé... murmura Garibaldi.

Catherine remarqua qu'il ne conduisait que d'une seule main.

– Qu'est-ce qui ne va pas ?

Elle le vit effleurer son épaule gauche et grimacer de douleur. Ses doigts étaient couverts de sang.

– Mais vous êtes blessé !

– Ne vous affolez pas. Ce n'est sans doute qu'une égratignure.

La pâleur de son visage et la sueur qui perlait à son front démentaient ce diagnostic.

– Rangez-vous tout de suite sur le bas-côté !...

– Je ne crois pas que...

– Faites ce que je vous dis. Je vais conduire.

La Mustang à peine arrêtée, Catherine sauta à terre, contourna le véhicule et vint se glisser derrière le volant. Elle vit que le bras du père Garibaldi ruisselait de sang.

– Il faut immédiatement montrer cela à un médecin !

Le prêtre secoua la tête.

– Je vais bien. Roulez.

La jeune femme poussa un soupir et démarra. Tout en réintroduisant la voiture dans le flot serré de l'autoroute, elle fouilla dans sa poche et en sortit un mouchoir.

– Tenez. Enroulez ça autour de votre blessure.

Ils se turent un moment, tandis que les essuie-glaces

chuintaient en cadence contre le pare-brise. Une station-service se profila enfin sur leur droite et Catherine ralentit pour s'engager dans la bretelle d'accès.

– Il faut que j'appelle Danno, dit-elle en garant la voiture sur le parking, juste à côté d'une cabine. Attendez-moi là.

Une minute plus tard, elle revint, le visage soucieux, et remit le moteur en marche.

– Eh bien? demanda Garibaldi.

– Un inconnu m'a répondu. Un inspecteur de police, à ce qu'il semble. Danno a été conduit à l'hôpital mais, quand j'ai voulu en savoir plus, l'autre m'a demandé mon identité et j'ai raccroché.

Elle reprit le chemin de l'autoroute.

– Je n'aime pas ça, mon père. Non, je n'aime pas ça.

– Que comptez-vous faire à présent?

Elle glissa un œil vers lui.

– Pour commencer, il faut soigner ce bras.

– Mais puisque je vous répète que ce n'est pas grave! Mettons plutôt le maximum de distance entre vous et les types qui nous ont tiré dessus, d'accord?

Ils roulèrent jusqu'à l'embranchement de l'autoroute 154, à la sortie de San Marco. Catherine s'engagea au dernier moment sur la bretelle, provoquant aussitôt un concert de klaxons rageurs. Elle regarda dans le rétroviseur. Malgré sa manœuvre extrême, deux autres voitures avaient pris le même chemin. L'anxiété lui tordit l'estomac et elle dut faire un violent effort pour ne pas laisser la panique la gagner.

– Je voudrais comprendre, dit alors le père Garibaldi. Pourquoi, lorsque la voiture de patrouille est arrivée, n'avez-vous pas demandé l'aide de la police?

Catherine ralentit un peu son allure et vit dans le rétroviseur qu'une des voitures, à l'arrière, tournait dans une allée privée. Mais le second véhicule suivait toujours et ralentit pour accorder sa vitesse à celle de la Mustang. Les doigts de la jeune femme se crispèrent sur le volant.

– Je l'aurais fait si les cinglés qui nous poursuivaient ne s'étaient pas enfuis, répondit-elle enfin.

– Oui, mais...

– Ecoutez, mon père... Je ne peux pas en parler à la police.

– Pourquoi ?

– C'est... c'est impossible, voilà tout.

Ils arrivaient dans les montagnes. La route se rétrécissait, alignant côtes et virages dans un paysage de plus en plus accidenté. A travers le rideau de pluie, Catherine distingua des forêts de pins et des défilés rocheux. Le trafic se fit moins dense. Avec soulagement, Catherine remarqua que la voiture qui les suivait depuis un bon moment venait enfin d'obliquer sur une route transversale.

– A moi de vous poser une question, mon père, fit-elle en se détendant imperceptiblement. Que faisiez-vous donc si près de l'immeuble de Daniel ?

– Je vous cherchais.

– Moi ! Pourquoi ?

– Il y a eu tout un remue-ménage, hier matin, à l'hôtel Isis. Les autorités égyptiennes enquêtaient sur votre compte et interrogeaient tout le monde à votre sujet. M. Mylonas était bouleversé, vous pensez bien. Il ne pouvait imaginer que l'on puisse vous soupçonner d'avoir fait quelque chose de mal et il a donné du fil à retordre à la police en prenant vigoureusement votre défense. Mais la rumeur courait que vous aviez dérobé quelque chose d'important.

Catherine scruta la nuit à travers le pare-brise.

– On dirait l'enseigne d'un motel, là-bas. Arrêtons-nous quelques heures.

Le prêtre hocha la tête.

– Je ne comprends toujours pas comment vous avez retrouvé ma trace, reprit Catherine.

– Grâce à M. Mylonas. Un colis recommandé venait d'arriver pour vous et il ne savait que faire. Je lui ai dit que je retournais aux Etats-Unis, alors il m'a donné votre adresse à Santa Monica. Comme je m'envolais justement pour Los Angeles, j'ai pensé vous l'apporter moi-même... (Il y eut un bref silence pendant que Catherine digérait toutes ces informations.) Voyant que vous n'étiez pas là, reprit Garibaldi, j'ai décidé de rapporter le paquet à l'expéditeur dont l'adresse figurait sur l'emballage : Daniel Stevenson, Pedregosa Street, Santa Barbara.

Elle lui jeta un regard interloqué.

– Le colis venait donc de Danno ? J'ai hâte de voir ce qu'il contenait...

La voiture freina à l'entrée du motel et Catherine descendit pour réserver une chambre à la réception. Deux minutes plus tard, elle revint prendre sa place au volant et redémarra. La Mustang tourna dans une allée bordée d'arbres où de rares voitures étaient garées devant des bungalows obscurs.

– Nous avons le numéro 15, dit Catherine. Ah, voilà... c'est ici. Descendez. Je vais me garer un peu plus loin pour qu'on ne puisse pas nous repérer depuis la route.

Quelques instants plus tard, ils verrouillaient la porte de la chambre, tiraient soigneusement les rideaux et examinaient les lieux. Le père Garibaldi alluma alors la lumière puis lança le chauffage électrique, pendant que Catherine s'emparait d'un annuaire téléphonique, décidée à appeler tous les hôpitaux jusqu'à ce qu'elle parvienne à dénicher celui où Daniel était hospitalisé.

Elle s'apprêtait à composer un premier numéro lorsque ses yeux s'arrêtèrent sur le bras blessé du prêtre. Immédiatement, elle raccrocha et se dirigea vers la porte.

– Où allez-vous ?

– Refermez la porte à clé derrière moi. Je serai de retour d'ici quelques minutes.

Garibaldi ouvrit la bouche pour protester, mais la douleur lancinante qui lui déchirait l'épaule le réduisit au silence. Une fois la jeune femme sortie, il alla à la salle de bains laver tant bien que mal sa blessure. Trois petits coups brefs furent frappés à la porte quelques minutes plus tard et, en ouvrant, il vit qu'elle tenait une petite trousse de secours à la main.

– Où avez-vous trouvé ça ?

– Le réceptionniste me l'a prêtée quand je lui ai dit que je m'étais légèrement blessée au pied en changeant une roue. Ah, j'ai aussi rapporté quelque chose à manger. (Elle jeta un regard circonspect sur la pomme qu'elle tenait à la main.) Du moins, si c'est consommable. On dirait que le distributeur n'a pas été regarni depuis l'affaire du Watergate. Comment va votre bras ?

A cet instant, et à cet instant seulement, Catherine réalisa que le père Garibaldi était torse nu. Elle s'efforça de ne pas laisser son regard s'attarder sur la ligne sculpturale de ses muscles, mais ce fut peine perdue. Soudain bêtement embarrassée, elle avala péniblement sa salive et réussit enfin à détourner les yeux. Depuis quand les prêtres avaient-ils un corps aussi athlétique et séduisant que celui-là ?

– C'est très douloureux, admit-il en retirant la serviette qu'il tenait appuyée sur la plaie. Mais ce n'est pas profond. Juste une estafilade.

– Montrez-moi ça...

Elle sortit un tube de pommade antibiotique et de la gaze stérile. Malheureusement, ses doigts tremblaient si fort qu'il lui fut impossible de faire le pansement.

– Eh, dit doucement Garibaldi en posant sa main sur le bras de la jeune femme. Calmez-vous. Nous sommes en sécurité ici.

Elle cilla, le visage livide.

– Personne ne m'avait encore tiré dessus, jusqu'à aujourd'hui. Vous auriez pu être tué. Et puis... je me fais du souci pour Danno !

– Je peux faire cela moi-même. Si vous alliez vous reposer ?

Catherine secoua la tête.

– Impossible, je suis bien trop énervée...

Saisissant à nouveau l'annuaire, elle feuilleta fébrilement les pages jaunes, cherchant la liste des hôpitaux. Au quatrième appel, elle tomba sur le bon.

– Il est en salle d'opération, dit-elle en raccrochant quelques minutes plus tard. Les chirurgiens réservent leur diagnostic. Il faudra que je rappelle.

Prostrée, le regard fixe, elle se sentait au bord des larmes.

– Si Danno ne s'en tire pas, murmura-t-elle entre ses dents, quelqu'un paiera pour ça !

Garibaldi acheva d'enrouler la gaze autour de sa blessure et l'entoura de ruban adhésif. Il ouvrit ensuite son sac de voyage et tendit à la jeune femme le paquet que lui avait confié M. Mylonas.

– Ceci vous aidera peut-être à retrouver le moral.

L'adresse de l'expéditeur était bien celle de Daniel, mais Catherine nota que le cachet de la poste indiquait qu'il avait été envoyé de Cozumel, au Mexique. Intriguée, elle écarta soigneusement le papier kraft, découvrant une boîte en carton sur laquelle on avait scotché une lettre. Tandis qu'elle la parcourait, les larmes se mirent à ruisseler sur ses jours.

Surprise, Cathy ! Ce que je t'envoie là vient de la tombe où je travaille en ce moment. Elle était vide lorsque je l'ai découverte, car on l'avait pillée des siècles plus tôt. Mais figure-toi que certains de ces objets volés ont réapparu au cours des années. C'est ainsi que j'ai découvert ce bijou dans une petite boutique de Cozumel. Je l'ai immédiatement identifié car on le voit représenté sur l'une des fresques de la tombe. Il est porté par une femme qui semble, par ses atours, être une reine – ce qui, ma foi, te convient très bien. De plus, la couleur du jade me rappelle l'éclat de tes yeux.

Joyeux Noël et bon Nouveau Millénaire, ma Cathy

Ton fidèle Danno

Les mains tremblantes, Catherine ouvrit la boîte et en sortit un pendentif de jade accroché à une cordelette en cuir. L'artiste avait sculpté dans la pierre fine un jaguar prêt à bondir.

Soulevant ses épais cheveux, elle passa la cordelette autour de son cou et la ravissante figurine vint se nicher au creux de ses seins. Une émotion si forte lui étreignait le cœur qu'elle ne put prononcer un seul mot avant un long moment. Puis elle laissa échapper un profond soupir, se leva et prit le portable de Daniel pour l'installer sur la table.

– Que faites-vous ? demanda le père Garibaldi, qui ne la quittait pas des yeux.

– Daniel m'a dit qu'il consignait dans son journal les événements de chaque jour.

– Un journal ?

Elle acquiesça.

– Oui, mais pour un homme aussi familier de l'informatique que lui, il ne pouvait être rédigé que sur ordinateur. (Elle ouvrit le portable.) Je suis sûre qu'il est là-dedans...

Quand elle aperçut sa photographie scotchée à l'intérieur du couvercle, Catherine sentit à nouveau les larmes lui monter aux yeux.

– Qu'est-ce que c'est que ça ? demanda Garibaldi en désignant un petit rectangle noir à touche.

– Un boîtier numérique. Indispensable quand on voyage aussi fréquemment que nous. Trop souvent, on trouve encore dans les hôtels des téléphones à cadran qui ne permettent pas de se connecter directement sur le réseau informatique.

L'écran du portable s'alluma et un message apparut.

– Oh non, ce n'est pas vrai ! s'exclama Catherine.

Garibaldi regarda l'écran et lut : *Entrer le mot de passe de l'utilisateur.*

– Daniel a verrouillé l'accès et j'ignore son mot de passe.

– Essayez-en quelques-uns...

Elle fit plusieurs tentatives avec des mots évoquant certains centres d'intérêt de Daniel – Spock, Klingon, Asimov – mais sans succès.

– Ce sont souvent des concepts très ordinaires, suggéra Garibaldi.

Catherine lui céda la place.

– Alors essayez à votre tour...

Il pianota rapidement une succession de mots mais le même message se répétait : *Mot de passe invalide – accès refusé.*

– Ça peut durer longtemps, soupira Catherine.

– Je vais essayer votre nom...

Mais ni « Catherine », ni « Alexander » ne se révélèrent plus opérants.

Catherine laissa échapper un soupir découragé.

– Les combinaisons sont innombrables... Aucune chance...

– Ça dépend... J'ai une idée.

Il chercha le mécanisme d'ouverture du clavier pour accéder à l'intérieur de la petite machine.

– Quelquefois, on peut « sauter » par-dessus le mot de passe et se relier directement au système.

Il examina la carte mère, les puces et les différents micro-processeurs.

– J'ai besoin d'une petite pièce métallique. Avez-vous une épingle à cheveux ou un trombone?

– Vous voulez jouer les MacGyver? demanda Catherine en fouillant au fond de ses poches. Ah... j'ai trouvé. Vous avez de la chance...

Elle lui tendit une agrafe métallique et l'observa tandis qu'il la dépliait pour en faire une sorte de fer à cheval.

– Si je parviens à court-circuiter ces deux contacteurs que vous voyez là, le verrou sautera.

Lorsque les deux minuscules griffes furent simultanément connectées aux deux extrémités du trombone, le message, sur l'écran, se modifia aussitôt. Garibaldi referma le clavier et commença à pianoter une série de nouvelles configurations lui permettant de modifier les données initiales de l'ordinateur. Bientôt, l'accès au Dos se libéra.

– Il va falloir trouver les logiciels dont votre ami se sert.

Il tapa *SCI* mais l'écran afficha : *Commande erronée.*

– Ça ne m'étonne pas, observa Catherine. Danno n'aurait jamais utilisé Scimitar. Il déteste Dianuba Technologies et n'aurait sûrement pas chargé l'un de ses programmes.

Garibaldi essaya WIN et, cette fois, la mosaïque du logiciel Windows s'inscrivit sur l'écran.

– Je vous cède la place, dit Garibaldi. Le journal de votre ami doit se trouver quelque part sous l'une de ces icônes.

Elle étudia attentivement les différents logos et cliqua sur CARNET DE BORD.

– Magnifique! s'exclama-t-elle en voyant apparaître le menu. C'est bien le journal de Daniel.

– Et que cherchons-nous, maintenant?

Elle commença à faire défiler les entrées, cliquant à tour de rôle sur chacune d'elles.

– La nuit où nous avons quitté le Sinaï, expliqua-t-elle, il y a eu une grande agitation dans le camp. En fait, grâce à nos amis arabes, tout était orchestré pour nous permettre de quitter discrètement les lieux. Mais Danno m'a dit ensuite qu'il avait reconnu un visage dans la foule. Un Américain...

Garibaldi la dévisagea.

– Mais... moi aussi, j'étais là !

– Je sais... Je vous ai vu.

Il s'apprêtait à lui poser d'autres questions lorsqu'elle l'arrêta d'un geste.

– Ça y est, voilà la page qui nous intéresse...

Elle se mit à lire à voix haute le texte qui se déroulait sur l'écran :

– « Il y avait ce type avec une drôle de cicatrice sur le visage et des cheveux blancs ultra-courts. J'étais certain de l'avoir déjà vu quelque part, mais où ? Et puis, tout à coup, je me suis rappelé ! Cette hideuse figure, je l'avais eue presque chaque jour sous les yeux ces deux dernières années... Car ce type travaille pour... » Mon Dieu ! murmura Catherine en stoppant net sa lecture.

– On peut savoir ce qui vous arrive ?

Elle fit pivoter le portable pour qu'il puisse lire par lui-même. Les sourcils noirs de Garibaldi se haussèrent.

– Miles Havers ? Le géant de l'informatique ?

– Lui-même, soupira Catherine. Et croyez-moi, contre lui, nous ne pesons pas lourd...

Minuit. Les ordinateurs bourdonnaient, tels les ouvriers affairés d'une ruche géante.

Teddy Yamaguchi savait que certaines personnes pensaient qu'il n'avait pas de vie à lui. Mais ils se trompaient. Les ordinateurs *étaient* sa vie. Il aimait être ici, entouré de machines ultra-sophistiquées animées par les intelligences artificielles les plus performantes du monde. Aucun autre endroit de cette planète ne pouvait lui apporter une pareille satisfaction. Pour un garçon de vingt-huit ans détenteur d'un unique diplôme de fin d'études secondaires, le salaire proposé ici était une fantastique aubaine. On le logeait gratuitement dans un cottage situé sur l'immense propriété de Havers en échange d'une disponibilité totale, vingt-quatre heures sur vingt-quatre, contrainte dérisoire pour un fondu de l'informatique tel que Yamaguchi. Ici, il pouvait à loisir utiliser tous les équipements du centre de communications et en jouer à sa guise.

Parfois, les tâches que lui confiait Havers représentaient un véritable défi mais, ce soir, ce qu'on lui demandait était d'une facilité enfantine : « Trouvez Catherine Alexander », avait ordonné Havers.

Du gâteau.

Teddy se connecta sur le Balazero-986 210 MHz équipé d'un modem de 128 000 bps et se mit au travail. D'ici quelques minutes, l'écran afficherait tous les paramètres susceptibles de localiser le Dr Alexander : carte bleue, carte de téléphone ou de sécurité sociale. De nos jours, les actes les plus quotidiens entraînent une saisie informatique.

Il sourit, satisfait. Jamais il n'arriverait à être blasé. Traquer les gens sur ordinateur, c'était son petit jeu favori. Exactement comme une partie de Pulse, quand il faut trouver la fille et le trésor, et les guider à l'intérieur du labyrinthe.

Il plongea une main dans un sac de pop-corn et en fourra le contenu dans sa bouche. Il lui arrivait parfois de ne pas croire à sa chance.

En 1995, alors qu'il n'était qu'un simple étudiant de Stanford, on l'avait arrêté et accusé de trafic illégal de copies de logiciels sur Internet. Une combine qui avait coûté la bagatelle de plusieurs millions de dollars à Dianuba Technologies, la compagnie de Miles Havers. L'affaire avait cependant été classée par le juge fédéral, faute de preuves tangibles. Selon la loi en vigueur à l'époque sur la protection des propriétés informatiques, Teddy Yamaguchi ne paraissait avoir tiré aucun profit financier de ces opérations frauduleuses. Le gouvernement, toutefois, n'en resta pas là et chercha un nouveau chef d'accusation. On finit par accuser Teddy de « piratage téléphonique ». Par chance, ce délit ne fut pas plus retenu que les autres.

C'est alors que Miles Havers entra dans la danse. Il surprit tout le monde en accordant publiquement son pardon au jeune pirate. « Nous avons tous fait des fredaines lorsque nous étions jeunes », dit le milliardaire, magnanime.

Et pourtant, le jeu piraté par Teddy était un logiciel

sophistiqué qui devait évincer tous les autres produits équivalents sur le marché. On estimait que deux millions d'utilisateurs l'avaient copié, ce qui avait privé Dianuba Technologies de millions de dollars de bénéfices. Les autres sociétés commercialisant des logiciels furent irritées d'une pareille mansuétude à l'égard d'un acte de piratage caractérisé. Mais le public, lui, avait applaudi.

Havers n'attendit pas longtemps pour se refaire. Six mois plus tard, une seconde version du jeu fit son apparition et battit tous les records de vente, dépassant même les légendaires Myst et Doom. Dianuba Technologies avait récupéré ses pertes. En plus, elle avait réalisé de prodigieux bénéfices grâce à la publicité que toute cette affaire lui avait apportée.

Ce que le public et les instances juridiques ignoraient, c'était qu'il s'agissait d'un coup monté depuis le début. Havers avait engagé Yamaguchi pour organiser le prétendu vol de son logiciel dernier cri. Le tapage médiatique qui avait suivi toute cette affaire de piratage avait débouché sur le plus gros profit jamais réalisé par sa société. Et tout cela avec la caution inespérée du département de la Justice...

Quand Miles Havers l'avait contacté pour organiser cette supercherie, Yamaguchi s'était d'abord montré soupçonneux. Puis son instinct lui avait soufflé qu'il venait de tirer le numéro gagnant. La suite lui avait confirmé qu'il ne s'était pas trompé. Voilà quatre années que Havers l'employait dans son centre de Santa Fe, grassement payé pour s'amuser avec ses jouets favoris. Mais le milliardaire, comme toujours, avait réalisé une excellente opération. En engageant ce jeune Nippo-Américain de génie, les bénéfices de Dianuba Technologies étaient passés de 800 millions à 7 milliards de dollars par an.

Teddy leva les yeux vers son patron assis à l'autre extrémité de la pièce dans un atrium exotique peuplé de plantes tropicales luxuriantes. L'image était si parfaite qu'on aurait pu douter qu'il ne s'agissait que d'une communication vidéo sur écran géant. Elle tressauta puis disparut. Il n'y avait ici que des ordinateurs, des imprimantes et des fax. Sur un côté de l'immense salle, un gigantesque panneau en verre offrait une vue spectaculaire sur les monts Sangre de Cristo, au pied desquels se déroulait un désert d'un blanc éblouissant ponctué, çà et là, de rares buissons de sauge et de mesquite.

Il arrivait à Teddy d'oublier que, là encore, ce n'était qu'une illusion, une image créée par ordinateur pour lui faire oublier qu'il se trouvait dans un bunker, à plus de quinze mètres sous terre.

Il fourra une nouvelle poignée de pop-corn dans sa bouche et se remit à pianoter sur son clavier. Minute par minute, des informations détaillées sur la vie de Catherine Alexander s'accumulaient dans la mémoire de l'ordinateur : cursus professionnel, tournées de conférences, publications d'articles, voyages, hobbies, loisirs, etc.

Au milieu de toutes ces informations, il s'en trouverait une, capitale. Ce serait la clé qui permettrait de localiser l'intéressée et de la ramener, à travers les dédales du labyrinthe, jusqu'au point désiré.

Avant que le temps du jeu ne soit écoulé...

Yamaguchi regardait défiler les données sur le moniteur quand, soudain, il tressaillit. Il connaissait cette sensation unique, cette excitation qui le prenait aux tripes chaque fois qu'il approchait du but.

Il appuya sur la touche de l'intercom et l'image de son patron se matérialisa à nouveau sur l'écran vidéo.

– J'ai un nom, monsieur Havers ! Dr Julius Voss. Il vit à Malibu et dirige le Freers Institute. C'est le fiancé de Catherine Alexander...

– Il faut que j'appelle Julius ! dit Catherine avec nervosité. Il est peut-être en danger.

Elle s'assit sur le bord du lit, saisit le téléphone et composa le numéro. Tandis qu'elle attendait la communication, des images lui revinrent à l'esprit. Elle se rappela ces vieilles coupures de journaux scotchées sur le réfrigérateur de Danno. On y parlait d'un nabab de l'informatique, Miles Havers. En médaillon, la photo du milliardaire – sourire séduisant, regard intelligent – avec, en légende : « Le géant de l'informatique vient d'acquérir les carnets de Copernic à un prix exorbitant. »

Oui, elle se souvenait de toute l'histoire, maintenant. Havers avait acheté ces carnets après l'effondrement de l'URSS, lorsque des trésors disparus pendant la Seconde Guerre mondiale avaient refait surface. De vives critiques s'étaient élevées contre le milliardaire, à qui l'on reprochait de s'accaparer ce qui aurait dû retourner au domaine public. Danno avait été l'un de ses plus ardents opposants et, finalement, soucieux d'endiguer une vague d'impopularité qui aurait menacé la bonne marche de ses affaires, Havers avait décidé de faire don des carnets à l'université de Varsovie. D'autres coupures de presse étaient, elles aussi, scotchées sur la porte du frigo, attestant la victoire de Danno – l'une des rares victoires de son existence, pensa Catherine avec mélancolie.

Et, justement, au beau milieu de tout cela, il y avait cette photographie représentant Havers accueilli en grande pompe au musée de Varsovie. A l'arrière-plan, un homme contemplait la scène. Il avait les cheveux courts et blancs, et une longue balafre lui barrait la joue...

Elle en était là de ses souvenirs lorsque, enfin, une sonnerie retentit à l'autre bout de la ligne.

– Oh Julius, murmura-t-elle, décroche, pour l'amour du ciel...

Malheureusement, ce fut le répondeur-enregistreur qu'elle entendit. Tandis que l'annonce se déroulait, Catherine réfléchit rapidement. Et si la ligne de Julius était surveillée ? Mieux valait faire preuve de prudence.

Le bip résonna dans le combiné. Déguisant sa voix, elle laissa le message suivant :

– Dr Voss, ici madame Meritites. Vous m'avez opérée de la vésicule biliaire l'année dernière. Je voulais juste vous dire que je continue de me porter parfaitement bien. En fait, je ne me suis jamais sentie aussi en forme... Inutile de me rappeler car je quitte la ville pour les vacances, loin des téléphones et de tout dérangement. Je vous recontacterai à mon retour. J'espère... (elle marqua une pause, respira profondément et conclut :) J'espère que tout va bien pour vous. »

Quand elle raccrocha, elle sentit le regard du père Garibaldi posé sur elle.

– Comment saura-t-il que c'est vous? demanda-t-il, perplexe.

– Il le saura.

– Cette Mme Meritites, qui est-ce?

– Une reine égyptienne morte d'une maladie de la vésicule biliaire il y a près de quatre mille ans. Julius avait pratiqué une autopsie de sa momie et s'apprêtait à publier des conclusions très intéressantes à ce sujet. A l'époque, hélas, de sérieuses rivalités internes divisaient les chercheurs du Freers Institute. La ligne de Julius a été sur écoute, ses documents photocopiés en cachette. Pour finir, quelqu'un d'autre a publié sa thèse et il s'est vu dépouillé de tous les bénéfices de son travail. L'affaire l'a suffisamment bouleversé pour qu'il s'en souvienne. Il comprendra par la même occasion que son téléphone est peut-être surveillé.

– Me direz-vous enfin pour quelle raison Miles Havers vous crée de pareils ennuis? N'avez-vous pas parlé de manuscrits?

La jeune femme se leva et arpenta la chambre avec nervosité.

– Vous n'avez pas besoin d'être mêlé à cela, mon père...

– Dr Alexander, ne croyez-vous pas que j'y suis *déjà* mêlé? Et puis, quand je vois des types sortis tout droit d'un mauvais film noir se mettre à tirer sur moi, je me pose des questions. Voilà pourquoi il me semble que vous me devez quelques explications...

Catherine s'arrêta devant lui et le regarda. Deux yeux d'un bleu intense la fixaient, des yeux magnifiques, ourlés de longs cils sombres et épais. Elle se sentit comme traversée de part en part par une décharge électrique et un trouble curieux l'envahit, un mélange d'excitation et d'engourdissement exactement semblable à celui qu'elle avait éprouvé un peu plus tôt en voyant le père Garibaldi lui ouvrir la porte torse nu.

Ce n'est pas possible... pensa-t-elle, désorientée, je ne peux tout de même pas être attirée par un prêtre! L'instant avait quelque chose d'irréel et l'orage qui grondait au-dehors n'était pas fait pour arranger les choses. Elle avait l'impression que ses yeux lisaient en elle à livre ouvert, qu'ils déchiffraient ses secrets les plus intimes.

Et elle n'aimait pas ça.

Tournant brusquement les talons, elle alla prendre son sac de nylon bleu, le posa sur la table et ouvrit d'un geste sec la fermeture Eclair. Un instant plus tard, le père Garibaldi contemplait, médusé, les manuscrits pliés en petits tas bien nets.

Catherine lui raconta l'histoire depuis le début : l'exhumation du premier fragment, l'exploration dans le tunnel, la découverte du panier et du crâne. Pour finir, elle lui expliqua comment elle avait réussi à sortir en fraude les manuscrits d'Egypte.

– La femme bédouin à laquelle vous vouliez si héroïquement porter secours, c'était moi. Et le soi-disant frère outragé, Danno. Un peu plus, et notre petit scénario échouait à cause de vous. (Elle sourit en voyant sa mine décontenancée.) Mais je n'ai pas pu m'empêcher d'admirer votre courage, vous savez...

Il gardait les yeux fixés sur les papyrus.

– Que racontent ces livres ?

Elle pêcha son bloc-notes au fond du sac et le lui tendit.

– C'est tout ce que j'ai eu le temps de traduire jusqu'ici...

Tandis que Garibaldi lisait, un nouveau coup de tonnerre ébranla le ciel et les lumières vacillèrent. Catherine constata que la pendule digitale, sur le mur, indiquait minuit.

Le prêtre reposa le bloc-notes sur la table et demeura silencieux.

– De quand datent ces livres ?

– Du IIe siècle, d'après la langue. Mais l'histoire qui y est racontée pourrait être plus ancienne. On y parle d'un « Juste » et je me demande s'il ne s'agit pas de Jésus.

Garibaldi avança la main et effleura le premier manuscrit d'un geste presque intimidé.

– Je crois qu'il manque un dernier livre, reprit Catherine. Un septième papyrus qui nous livrerait la clé de toute cette énigme. Daniel avait commencé à faire des recherches sur Internet à ce sujet. Il m'a dit avoir trouvé mention d'autres documents relatant une histoire semblable à celle de ces livres. Il faut absolument poursuivre ce travail.

– Mon grec est peut-être rouillé, soupira le prêtre, mais je sais me servir d'un ordinateur. Je peux vous aider à collecter le maximum d'informations sur le Web.

– Je sais faire cela aussi, répliqua-t-elle d'une voix tendue. Père Garibaldi...

– Nous ne serons pas assez de deux pour trier toutes les données.

Et, sans plus attendre, il s'installa à nouveau devant le clavier du portable et cliqua sur l'icône INTERNET UTILITIES pour se connecter au serveur.

– Espérons que le modem n'a pas été endommagé lors de la poursuite, dit Catherine, les yeux fixés sur l'écran.

Quelques secondes plus tard, ils entendirent le cliquetis rassurant du boîtier en train de composer le numéro d'appel. Un message s'afficha aussitôt :

Welcome to OmegaNets Santa Barbara CA POP
PPP Active
Adresse IP : 670.65.324.000

– Nous y sommes, dit Garibaldi en cliquant sur l'icône ouvrant l'accès au Web. Accrochez votre ceinture, Cathy. Nous entrons sur l'autoroute la plus longue du monde...

CINQUIÈME JOUR

Samedi 18 décembre 1999

Elle se réveilla en sursaut et se redressa, le front moite, le cœur battant. Tout, ici, lui semblait étranger. Où donc pouvait-elle bien se trouver ? L'oreille aux aguets, elle chercha à reconnaître des sons familiers : l'appel du muezzin, l'agitation routinière du campement, les cris lointains des Bédouins rassemblant leurs troupeaux.

Et puis elle reconnut le bruit qui l'avait tirée du sommeil. C'était celui de la pluie martelant les vitres.

La pluie ? Dans le Sinaï ?

Catherine s'assit au bord du lit et essaya de remettre de l'ordre dans son esprit. Soudain, tout lui revint en mémoire : les manuscrits, Danno couvert de sang, Havers et ses sbires. Elle se rappela aussi le motel perdu dans la forêt et ce prêtre... Garibaldi... une espèce de chevalier au grand cœur, qui s'était spontanément porté à son secours.

Le père Garibaldi...

Il pianotait sur le portable de Daniel lorsqu'elle avait senti le sommeil la gagner. Un peu plus tard, à moitié endormie, elle l'avait entendu s'approcher d'elle pour la recouvrir d'une couverture. Et puis ses paupières étaient devenues de plus en plus lourdes et elle avait basculé dans l'inconscience.

On entendait la douche couler dans la salle de bains. D'un coup d'œil, Catherine vit que le lit voisin n'avait pas été défait. Cet homme-là ne dormait donc jamais ?

Il fallait qu'elle prenne des nouvelles de Daniel. Saisissant le téléphone, elle s'aperçut qu'il n'y avait plus de tonalité et jura à mi-voix. L'orage? Ou bien...

Les manuscrits!

Elle se précipita vers la table. Les papyrus étaient bien là, cachés sous la couverture du livre de paléobotanique de Julius. Mais la partie s'annonçait dangereuse. Combien de temps leur restait-il avant que les hommes de Miles Havers ne les rattrapent?

Elle regarda à nouveau la porte fermée de la salle de bains tout en réfléchissant. Pouvait-elle faire confiance à ce prêtre? Il y avait quelque chose d'étrange dans la persévérance qu'il manifestait à l'aider. Après tout, cette histoire n'était pas la sienne.

Elle avisa la sacoche noire qu'il transportait avec lui, écouta l'eau couler. C'était le moment ou jamais.

Sautant silencieusement sur ses pieds, elle ouvrit la petite mallette et regarda à l'intérieur. Mais tout ce qu'elle y trouva fut une étole, un flacon d'huiles saintes, un ciboire en argent pour porter l'eucharistie aux malades et quelques livres religieux : la Bible, un missel, un petit recueil de prières.

– Je suis réellement prêtre, si c'est cela qui vous inquiète.

La jeune femme se retourna vivement. Les cheveux encore mouillés, vêtu d'un pantalon et d'un tee-shirt noir, Michaël Garibaldi la contemplait depuis le seuil de la salle de bains.

– Je... (Elle s'interrompit, embarrassée.) Il fallait que je sois sûre, dit-elle enfin.

– Je ne vous fais pas de reproches.

Le regard de Catherine repéra alors deux cannes en bois verni appuyées contre le mur.

– *Et ça?* Qu'est-ce que c'est?

Il sourit.

– Ah! Vous voulez parler de mes cannes Pangamot. Je les emporte partout avec moi.

– Des Panga... quoi?

– Pangamot. C'est un art martial pratiqué aux Philippines.

Elle lui jeta un coup d'œil incrédule.

– Et vous vous battez avec ça ?

– Parfois.

Leurs regards se croisèrent.

– C'est plutôt bizarre pour... pour...

– Pour un prêtre ? acheva-t-il doucement. Le monde n'est peut-être pas toujours tel qu'on le croit, Dr Alexander. Ce n'est pas à une femme aussi intelligente que vous que je vais l'apprendre.

Il y eut un court silence.

– Il n'y a plus de tonalité, dit Catherine, préférant changer de sujet.

– Je sais. L'orage a probablement frappé les lignes téléphoniques du coin. Je n'ai pas pu poursuivre ma recherche sur le Web. (Il l'examina un court instant et ajouta :) Comment vous sentez-vous ?

– Comateuse. Comme si je m'éveillais d'une longue opération sous anesthésie.

– La douche est disponible et l'eau bien chaude. Allez-y, cela vous fera du bien.

La jeune femme secoua la tête d'un air désolé.

– Et Daniel ? Si seulement je savais comment il va...

Pour laisser à Catherine Alexander un peu d'intimité, le père Garibaldi sortit de la chambre, frissonnant dans l'air vif du petit matin. Il se dirigea vers la réception du motel dans l'espoir d'y trouver du café chaud et quelque chose de nourrissant. Le ciel gris pesait sur la ligne déchirée des montagnes, une lumière froide, lugubre, écrasait le paysage.

Les yeux fixés sur les pentes couvertes de pins noirs, le père Garibaldi chercha à remettre un peu d'ordre dans le chaos de ses pensées.

Le rêve était revenu.

Identique à celui qui l'avait hanté, des années plus tôt. Le même décor, les mêmes acteurs et, surtout, la même fin dramatique. Pourtant, cette nuit, il y avait eu un imperceptible changement dans son déroulement. Un nouveau personnage était apparu. Une femme. Elle se tenait un peu en retrait, à la frange de sa conscience, et il ne savait pas qui elle pouvait bien être.

Un léger grincement métallique le fit sursauter et il vit un client du motel prélever un journal sur le présentoir. Alors, chassant le rêve de son esprit, il en prit un à son tour, entra dans le petit bureau et commanda du café.

Catherine était occupée à peigner sa longue chevelure auburn encore humide lorsque le père Garibaldi regagna la chambre.

– Les pompes à essence viennent d'ouvrir, annonça-t-il en posant sur la table deux gobelets fumants et un paquet de beignets. Nous pouvons repartir dès que vous serez prête.

Catherine hocha la tête.

– Les communications téléphoniques sont toujours coupées. Il faut que je me rende à l'hôpital pour prendre des nouvelles de Danno.

– Dr Alexander... commença Garibaldi.

– S'ils me demandent mes papiers d'identité, je ressortirai et vous enverrai à ma place. Je suppose qu'ils laisseront un prêtre voir un malade.

– Dr Alexander...

Elle vit alors qu'il lui tendait l'édition du matin d'un quotidien à gros tirage.

– Qu'est-ce que...

– Lisez l'entrefilet, au bas de la troisième page.

D'une main légèrement tremblante, elle feuilleta le journal et trouva l'article presque immédiatement : « Le Dr Daniel Stevenson, archéologue, a été attaqué la nuit dernière à son domicile de Santa Barbara. Transporté dans un état grave à l'hôpital, il est décédé ce matin des suites de ses blessures. Une enquête est en cours, mais la police n'est pas encore en mesure de communiquer ses conclusions. On sait cependant que des témoins ont vu une femme s'enfuir de l'appartement de la victime juste au moment du drame. »

– Oh non ! gémit Catherine en se laissant tomber sur le lit, ce n'est pas possible... Danno !

Elle enfouit son visage dans ses mains et demeura prostrée un long moment, accablée de chagrin. Au bout d'un instant, elle sentit que Garibaldi venait s'asseoir à ses côtés. Deux bras se refermèrent autour d'elle et les dernières résistances de la jeune femme l'abandonnèrent. La tête blottie contre l'épaule du prêtre, elle pleura tout son soûl.

– Danno... Oh, mon père, qu'ont-ils fait ?

– Dr Alexander, il faut que vous appeliez la police.

Elle s'écarta de lui, essuyant d'un revers de main rageur les larmes qui ruisselaient sur ses joues.

– Pourquoi ? Qu'est-ce que je pourrais leur dire ? Que Miles Havers a tué Daniel ? Vous croyez qu'ils avaleront ça ?

Elle se leva vivement, ramassa ses affaires et les fourra dans son sac de voyage. Puis elle prit son manteau et ouvrit toute grande la porte de la chambre.

– Il faut que je parte, mon père, dit-elle en contemplant le ciel gris. J'ai un travail à faire.

– Alors allons-y...

Elle se retourna vers lui.

– Je pars *seule*.

– Certainement pas. Je vous accompagne.

Le visage de Catherine se crispa.

– Pourquoi ne me laissez-vous pas tranquille ? Je vous ai déjà dit que cette affaire ne vous regardait pas !

– Et moi, répondit calmement Garibaldi, je vous ai dit que je me sentais dorénavant aussi concerné que vous. Vous ne croyez pas que cette discussion devient réellement ennuyeuse ?

Elle le regarda, ses yeux encore humides étincelant de colère. Puis, d'un seul coup, son irritation tomba, cédant la place à une lassitude résignée.

– C'est bon, faites ce que vous voulez, marmonna-t-elle. Mais vous avez raison : nous perdons du temps.

Garibaldi saisit son propre sac et ses deux cannes Pangamot et la rejoignit sur le seuil.

– Il est encore très tôt, dit-il, nous aurons le temps de rouler un bon moment avant qu'ils ne réagissent.

Quelques minutes plus tard, la Mustang quittait le parking et se dirigeait vers l'autoroute.

– Quelle direction, Dr Alexander ?

Catherine réfléchit. Vers le sud, ils gagneraient Santa Barbara, puis Malibu, et ce serait la sécurité chez Julius. Mais, en filant vers le nord, ils pourraient rejoindre San José et la fondation. Là, elle aurait enfin les moyens d'étudier de près les manuscrits.

Garibaldi ralentit et se tourna vers elle.

– Alors ? Nord ou sud ?

– Les salauds, murmura Catherine entre ses dents. En tuant Daniel, ils ont commis la plus terrible des erreurs. Maintenant, je ne lâcherai plus prise. Havers va payer pour ce qu'il a fait.

– Catherine ! Si vous ne me dites pas *maintenant* où vous souhaitez aller, nous...

– Prenez au nord. La fondation de San José est le seul endroit où je pourrai soumettre les papyrus à des tests de datation. En plus, il va me falloir télécharger d'innombrables informations sur l'ordinateur. Là-bas, je ne serai pas dérangée dans mon travail.

– Va pour le nord, dit Garibaldi en empruntant la bretelle d'accès à l'autoroute.

Pendant un long moment, Catherine garda les yeux rivés sur le ruban d'asphalte gris qui sinuait sous le ciel plombé. La pensée de Daniel l'obsédait. A bout de nerfs, elle ouvrit son sac de voyage, en sortit le livre où étaient dissimulés les manuscrits et commença à lire la suite du premier papyrus, déchiffrant mot à mot le texte grec.

Il y eut d'étranges présages, la nuit où je suis née.

Ma mère me raconta plus tard qu'une diseuse de bonne aventure était venue à la maison pour délivrer une prophétie sur l'enfant qui s'apprêtait à naître. Après bien des années, j'appris enfin quelle fut cette prophétie.

Mais laisse-moi d'abord, chère Perpetua, saluer Aemelia, ma sœur, qui chemine avec moi sur la Voie. Recevez, vous toutes qui vivez dans mon cœur, le baiser de paix.

Je suis née à Antioche, en Syrie. Mon père possédait des navires marchands et tirait de son commerce d'enviables richesses. Toutes les amies de ma mère jalousaient son sort. Mais elles ne savaient pas que son mariage cachait une secrète affliction car il n'avait été que le produit d'une pure convenance. Peu de temps après ses épousailles, ma mère découvrit que mon père était incapable d'aimer et, de ce jour, elle vécut dans l'ennui et la mélancolie.

Je fus leur seul enfant.

Lorsque j'atteignis ma dixième année, nous entreprîmes un long voyage, loin de notre demeure. Mon père souffrait d'un mal qui lui pliait le dos et, sur le conseil de ses médecins, il voulut essayer les célèbres eaux curatives de la Mer de Sel.

Et ce fut là, dans le désert de Judée, que nous avons entendu un homme prêcher.

Bien que ce jour sur les rives de la Mer de Sel remonte à de nombreux étés, je me souviens parfaitement du visage de ce prêcheur, du timbre de sa voix, du respect avec lequel l'assemblée l'écoutait. Il parlait l'araméen, mais un homme se trouvait là qui traduisait ses paroles en grec afin que tous, même les étrangers, entendent son message. On lui posait toutes sortes de questions, on le consultait sur des maladies, on lui confiait de multiples soucis, et il répondait toujours avec la même sagesse, la même infinie bonté. Je me souviens qu'on l'appelait « Rabbi ».

Mon père s'en retourna auprès de ses médecins, mais ma mère et moi restâmes pour écouter l'enseignement du maître.

Quand nous regagnâmes Antioche, mon père annonça que les sels de la mer avaient guéri son dos. Il n'en souffrit plus jamais.

Au cours de ma seizième année, ma mère et moi allâmes en ville rendre visite à un astrologue, ainsi que ma mère avait coutume de le faire chaque semaine. Mais, alors que nous nous apprêtions à prendre notre chemin habituel – la grand-route qui traverse le quartier de l'Epiphanie et conduit au cœur de la ville –, ma mère déclara : « Nous allons prendre aujourd'hui un autre chemin. »

C'est ainsi que nous rencontrâmes un groupe de gens rassemblés autour d'un homme qui prêchait sur une place où nous n'étions jamais allées auparavant, un marché encombré de chameaux et de porcs, d'esclaves et d'ânes, de voyageurs de toutes sortes.

Nous vivions alors des temps incertains, chère Perpetua, une époque d'inquiétude spirituelle. Les croyances les plus diverses divisaient la ville, chaque quartier avait ses propres temples, chaque rue son autel, chaque carrefour sa statue. Même l'empereur de Rome, nous dit-on, était vénéré comme un dieu vivant.

Nous nous approchâmes pour écouter le prêcheur. Il parlait de pardon et disait que, chaque fois que l'on remettait les péchés de son prochain, on ouvrait un nouveau chemin vers la Lumière.

Ce jour-là, ma mère changea à jamais.

Quand nous rentrâmes chez nous, elle me confia qu'elle ne savait pas pourquoi elle avait eu envie de changer de trajet. Simplement, une petite voix en elle lui avait soufflé de le faire.

Elle alla trouver mon père et lui pardonna de s'être toujours montré égoïste et distant envers elle. C'était comme si les paroles du prêcheur avaient dissous toute l'amertume qui alourdissait son cœur. Et ma mère fut de nouveau une femme gaie et heureuse.

L'homme du marché avait encore dit bien d'autres choses que nous n'avions pas comprises. « Il n'y a qu'un seul Dieu », clamait-il à la foule. Et celle-ci demandait alors : « Quel est ce Dieu ? » Et lui répondait : « C'est un dieu de pardon et de miséricorde. Et il nous délivrera de nos péchés. »

Dès lors, nous retournâmes chaque jour au marché pour écouter le prêcheur et, un jour, il vint dans notre maison pour nous enseigner la sagesse d'un maître encore plus grand et plus sage que lui, et il appelait ce maître « le Juste ».

Le Juste, ce grand rabbi, avait annoncé autrefois qu'il serait plus fort que la mort. Et il s'avéra, nous reconta le prêcheur, qu'il savait guérir toutes les maladies. C'est alors que je me souvins de notre rencontre avec un rabbi sur les bords de la Mer de Sel. Et je devinai qu'il était ce Juste dont on nous parlait aujourd'hui.

Nous demandâmes au prêcheur : « Dis-nous quand viendra la fin du monde. Est-ce aujourd'hui ? Demain ? La connaîtrons-nous avant de mourir ? » Car l'empire touchait à sa fin à cause des guerres, et il y avait des épidémies de peste sur les frontières. Les colonies se soulevaient contre leurs oppresseurs, partout le peuple se montrait mécontent et effrayé. La nuit, chacun verrouillait sa porte, craignant toutes sortes de cataclysmes.

Le prêcheur répliqua : « Il y aura des signes et chacun d'entre vous saura alors, au fond de lui, que le temps est venu. » Alors ma mère dit : « Ceci est la vraie foi, Sabina, et nous devons la répandre dans le monde. »

Il y eut dès ce moment de nombreuses réunions chez nous. A cette époque, il n'y avait pas encore de persécutions, et tous venaient ouvertement des quatre coins de la ville pour partager l'enseignement du maître. Bientôt, il y eut une foule si grande qu'il fallut nous tenir dans le jardin pour que tous puissent entendre sa parole.

C'est ainsi que notre communauté grandit et se renforça.

Nous étions heureux, alors, et confiants en notre foi, ignorants de la tragédie qui se préparait. Et moi, je ne savais pas encore que ces événements me chasseraient de chez moi pour me faire voyager jusqu'aux confins du monde. Car, durant les huit décénnies que dura ma vie, j'ai connu des rois et des princes, des pauvres et des humbles. J'ai aidé des enfants à venir au monde, assisté des mourants. J'ai voyagé jusqu'aux extrémités de l'empire et vu toutes sortes de prodiges. En traversant ces pays et ces villes, en rencontrant des fous et des méchants, des sages et des justes, en conférant avec les savants et les illettrés, j'ai appris bien des secrets et trouvé la réponse à nombre de mystères.

Mais la première de toutes ces réponses, mes chères sœurs, la voilà : je connus le moment décidé par le ciel pour le retour du Juste.

J'appris aussi le jour, l'heure et la minute où notre monde connaîtra la Fin de Toutes Choses.

Je sais maintenant que nous ne sommes pas seuls dans l'univers. Un dieu miséricordieux et tout-puissant y a créé des demeures pour nous accueillir. Les hommes ont donné à ce dieu tous les noms suscités par leur imagination : Dieu-bon, l'Unique, Ame suprême, Divin Créateur, Cosmos, Logos, l'Eternel... et bien d'autres encore. Mais, quel que soit le nom qu'on lui prête, ce dieu nous aime et règne sur tous les mondes.

Un jour, Il m'a parlé, Il m'a confié un immense et précieux secret. Ce secret, c'est le cadeau que je vous destine, mes sœurs bien-aimées, et, à travers vous, je le donne à l'humanité tout entière.

Catherine ferma les yeux, saisie d'un vertige. Elle eut la vision fugitive d'un espace infini, de lumières éblouissantes, de formes et d'images d'une indescriptible beauté. Puis tout disparut, la laissant étourdie et, en même temps, habitée par une énergie nouvelle. Plus que jamais, elle avait l'impression que ce manuscrit lui parlait, qu'il lui adressait un appel du fond des âges.

C'était un message si étrange que Julius passa et repassa plusieurs fois la bande de son répondeur avant d'en avoir le cœur net.

Oui. Il s'agissait bien de Cathy. Mais elle avait déguisé sa voix. Ce ne fut que lorsqu'elle mentionna le nom de Meritites qu'il fut certain de ne pas se tromper. Grands Dieux... *où* pouvait-elle donc se trouver à présent?

Dans son message, elle cherchait à le rassurer, mais il sentait bien qu'elle était en danger. Après avoir constaté son absence, la veille au soir, il avait immédiatement appelé Daniel Stevenson. Personne n'avait répondu. Alors il s'était précipité à Santa Monica, à l'appartement de Cathy, sur Fifth Street.

Mais, là encore, aucune trace d'elle. La cafetière était froide, le lit n'avait pas été défait et une pile de courrier non ouvert gisait sous la porte. Dans la chambre, il vit une photo de Catherine et de lui prise sur une plage d'Honolulu. Son cœur se serra à ce souvenir. C'était leur premier voyage en tête à tête. Ils avaient fait l'amour dans leur chambre de l'hôtel Halekulani et, ce jour-là, Julius avait compris qu'il venait de rencontrer la femme de sa vie. Il croyait entendre encore le bruit du ressac sous la fenêtre, voir la clarté de la lune baigner leur lit d'une pâleur magique, sentir à nouveau sous ses doigts la peau fraîche et douce de Catherine, humer le parfum délicat de ses cheveux.

– Catherine, murmura-t-il, où que tu sois, quoi qu'il t'arrive, je t'en supplie, appelle-moi. Reviens à la maison et nous résoudrons ce problème ensemble...

– De longs cheveux rougeâtres, dit Mme Stanton au dessinateur de la police. Non, pas ce rouge-là, plutôt châtain. Ah, voilà... c'est mieux.

Tout s'était passé très vite, mais la locataire de l'appartement voisin de celui de Daniel Stevenson se souvenait encore de cette inconnue qui l'avait bousculée dans l'escalier.

– L'aviez-vous déjà vue auparavant dans l'immeuble ?

La femme secoua la tête.

– Je ne crois pas, non...

S'il faisait plutôt froid, dehors, en cette matinée de décembre, on étouffait dans la salle principale du commissariat de Santa Barbara. Comme à l'ordinaire, il y régnait une agitation indescriptible, encore aggravée par l'imminence des fêtes de fin d'année. A l'approche du troisième millénaire, les débordements se multipliaient, les esprits s'échauffaient. On aurait dit que tout le monde souhaitait prendre le maximum de bon temps – avant la fin du monde. Les plaintes s'accumulaient : cambriolages, vols avec violence, conduites en état d'ivresse constituaient l'ordinaire. Et voilà à présent que l'on se mettait à assassiner de tranquilles scientifiques !...

L'inspecteur qui interrogeait le témoin soupira.

– Mais l'homme avec lequel elle s'est enfuie, vous l'avez vu ?

Mme Stanton ouvrit la bouche pour répondre lorsqu'une nouvelle arrivante l'interrompit. Petite, ronde, habillée simplement d'un jean et d'un chemisier, elle portait en bandoulière un sac en macramé plein à craquer. Cela faisait six ans qu'elle fréquentait le commissariat – c'est-à-dire depuis qu'elle tenait la rubrique criminelle du *Santa Barbara Sun* – et tout le monde ici la connaissait.

Cette fois, c'était la mort du Dr Stevenson qui l'amenait. Jusque-là, elle n'avait pu dénicher que peu d'informations sur lui. Il semblait qu'il fût un de ces intellectuels marginaux qui se passionnent pour des sujets plutôt bizarres, un de ces types qui croient, par exemple, qu'il existe des pyramides sur Mars ou qu'une civilisation engloutie abrite encore ses splendeurs barbares dans les tréfonds de la planète Terre. Bref, un illuminé plutôt inoffensif.

Et pourtant, son assassinat s'était déroulé dans des circonstances bizarres. Stevenson paraissait mener une existence tranquille et retirée. Pourquoi était-on venu l'attaquer dans son appartement sans même lui voler quoi que ce soit ?

Après avoir jeté un coup d'œil aux portraits-robots successifs esquissés par le dessinateur de la police, elle suivit l'inspecteur à travers la salle bourdonnante de sonneries de téléphones, de conversations assourdissantes, de fax crépitants. Le vacarme était tel qu'on entendait à peine les notes timides d'un chant de Noël diffusé par un poste de radio.

– Des indices sur les assassins ? demanda la journaliste en trottant derrière le policier.

– Pas grand-chose, répondit-il en ouvrant la porte du bureau du commissaire. Ecoutez... je n'ai rien à vous dire pour l'instant. Revenez une autre fois, d'accord ?

La porte claqua, elle recula d'un pas, contrariée. C'était la première fois qu'on se montrait aussi brusque avec elle. Le surmenage des fêtes de Noël, sans doute, pensa-t-elle en retournant vers le bureau de l'inspecteur pour attendre son retour.

Comme à son habitude, elle écouta les conversations, à la recherche de quelque chose d'intéressant, mais rien ne valait la peine d'être noté. L'attente s'éternisait. Baissant alors les yeux, elle repéra sur le bureau une pile de dossiers. L'un d'entre eux portait le nom STEVENSON griffonné à la main.

L'occasion était vraiment tentante. Parcourant la salle du regard, la journaliste vit que tout le monde était bien trop occupé pour s'intéresser à elle. Soulevant négligemment la couverture cartonnée, elle commença à feuilleter le dossier et y trouva le compte-rendu dactylographié de l'agression, une enveloppe contenant des photographies, un rapport d'autopsie, ainsi que le témoignage de Mme Stanton, l'unique témoin. Jusque-là, rien de bien utilisable. A moins que ces photographies...

Elle ouvrit discrètement l'enveloppe et en inspecta

rapidement le contenu. Il s'agissait d'une série de clichés plutôt bizarres reproduisant un texte manuscrit. Fronçant les sourcils, la journaliste se pencha. On aurait dit une espèce de papyrus recouvert de caractères anciens.

Il lui sembla avoir déjà vu quelque chose d'approchant, mais elle ne parvenait pas à se souvenir de quoi il s'agissait exactement. Il y avait une petite déchirure dans le coin supérieur du manuscrit et, à bien y regarder, il semblait qu'on ait accolé deux feuillets pour les photographier ensemble. Au dos de l'une des photos, quelques mots avaient été griffonnés à la hâte : *Fragment Jésus, trouvé le 14/12/99 à Sharm el Sheikh.*

Un texte parlant de Jésus ? Qu'est-ce que cela voulait dire ?

Elle songea au portrait-robot aperçu tout à l'heure. Le témoin avait parlé d'une femme qui s'était enfuie au moment du meurtre. Quel rapport existait-il entre cette inconnue et ce curieux papyrus ?

Un nouveau coup d'œil lui permit de constater que personne ne lui prêtait la moindre attention. Alors, d'un geste vif, elle sortit de son sac une minuscule caméra vidéo à infrarouge équipée d'une carte-mémoire de 250 mégabits. Un petit bijou capable de filmer discrètement n'importe quel document. Les clichés obtenus pouvaient être ensuite transférés sur ordinateur puis copiés sur imprimante sans perdre de leur extraordinaire précision.

Elle scanna rapidement les photographies, rangea promptement la caméra dans son sac et, trois minutes plus tard, quitta le commissariat sous l'œil indifférent du gardien.

– Il faut que je me connecte sur Internet aussi vite que possible, dit Catherine en dirigeant la voiture vers un coin sombre du parking de la Fondation. C'est le seul moyen d'obtenir d'autres informations qui nous aideront à dater les manuscrits. Peut-être réussirons-nous ainsi à dénicher le septième papyrus.

Elle coupa le moteur et regarda le père Garibaldi.

Depuis qu'il lui avait laissé le volant, quelques heures plus tôt, il n'avait pas prononcé un mot. Disséminés sur des talus recouverts de gazon, les bâtiments de la Fondation luisaient faiblement dans la nuit. En dépit de l'heure tardive, quelques voitures étaient encore garées sur le parking et deux ou trois fenêtres demeuraient allumées.

– Comment allons-nous entrer ? demanda Garibaldi.

Catherine réfléchit.

– La sécurité est bien organisée ici. Plusieurs musées confient des objets d'art à la Fondation pour des analyses spectrographiques et des restaurations. *La Joconde* a même séjourné ici quelque temps, dans les années soixante-dix.

Garibaldi jeta un coup d'œil vers le porche de l'entrée principale.

– Voilà quelqu'un qui sort !

Ils se baissèrent sur leurs sièges tandis que l'un des employés de la Fondation descendait les marches et se dirigeait vers une Lexus garée un peu plus loin. Ce ne fut que lorsque la voiture eut disparu au détour de l'allée qu'ils se redressèrent.

Catherine passa la bandoulière de son sac de gym bleu sur l'épaule et ouvrit la portière.

– Prenez le portable, dit-elle au prêtre. Nous allons en avoir besoin.

– Vous voulez dire que nous allons simplement entrer, comme cela ?

– Pourquoi pas ? Je dirai au gardien que vous êtes mon assistant. J'ai la carte de Daniel sur moi. Je vous ferai passer pour lui.

Garibaldi soupira.

– C'est vous le chef...

Ils franchirent les portes vitrées de l'entrée principale et passèrent devant le comptoir de la réception. Un agent de sécurité que Catherine ne connaissait pas était plongé dans un journal.

Rapidement, elle lut le nom inscrit sur son badge et lança :

– Ah, bonsoir, Gordon. Tout est calme, ce soir ?

L'homme leva les yeux.

– Pouvez-vous vous identifier, s'il vous plaît?
– Bien sûr...
Tout en fouillant dans son sac à la recherche du document, elle aperçut le reflet doré d'une alliance à son doigt.
– Comment va votre charmante femme? dit-elle gaiement. J'imagine que les fêtes l'occupent beaucoup...
Il étudia attentivement la carte qu'elle lui tendait et en vérifia l'immatriculation sur son ordinateur.
– Ma femme va très bien, merci. (Levant les yeux vers Garibaldi, il demanda :) Votre identification, monsieur.
Catherine intervint aussitôt :
– Il s'agit de Daniel Stevenson, mon nouvel assistant. Voici sa carte...
L'agent fronça les sourcils.
– Il faudra régulariser son statut le plus rapidement possible, Dr Alexander.
– Naturellement...
Il parut réfléchir quelques secondes puis fit glisser un registre sur le comptoir.
– Veuillez signer ici, s'il vous plaît.
Catherine s'exécuta.
– J'ai besoin de vos deux signatures, insista l'agent.
Après une seconde d'hésitation, Garibaldi signa à son tour. Dès qu'ils furent dans la cabine de l'ascenseur, la jeune femme laissa échapper un profond soupir.
– J'ai bien cru qu'il ne nous laisserait jamais passer.
– Et maintenant? Que faisons-nous?
– D'abord, il faut charger le programme Logos sur le portable. Je vous confie cette tâche. Quant à moi, je vais effectuer quelques tests au labo de chimie.
Les portes de l'ascenseur coulissèrent et ils se retrouvèrent au troisième étage. Dans les bureaux déserts, les ordinateurs paraissaient sommeiller, éteints, silencieux.
Tout en suivant Catherine, Garibaldi demanda :
– Qu'est-ce que c'est que ce programme Logos?
– Un outil indispensable pour dater et traduire des textes rédigés en grec ancien. Au départ, il s'agissait d'un catalogue pour une collection de manuscrits de la Duke University. Plus tard, on l'a étendu à d'autres collections.

Il suffit de scanner un mot et le système le compare avec d'autres textes déjà datés. On peut ainsi s'épargner des semaines d'investigations.

Tout en parlant, elle gagna le dernier bureau et aperçut un écran resté allumé.

– Enfin ! s'exclama Catherine. J'ai bien cru que tous les ordinateurs de la Fondation seraient déconnectés. Dans ce cas, nous aurions déclenché l'alarme rien qu'en enfonçant une touche de clavier.

– Et si quelqu'un était encore en train de travailler sur ce terminal ? suggéra Garibaldi en jetant un regard inquiet par-dessus son épaule. Quelqu'un qui pourrait revenir d'un instant à l'autre...

– Ça m'étonnerait. Regardez. Pas de tasse de café, rien à manger. Et la chaise est repoussée. Non, mon père. La personne qui occupe ce bureau est partie.

– Dr Alexander, si jamais vous deviez renoncer à l'archéologie, vous pourriez ouvrir une agence de détectives.

Elle s'assit, tira le clavier vers elle et commença à pianoter.

– Bon sang, murmura-t-elle. Où ont-ils mis ce programme Logos ?

– Il est donc si essentiel ?

– Pour moi, oui. Ma mère était la meilleure paléographe de son époque. Elle a passé des années à cataloguer les manuscrits, la densité des encres, la forme des lettres. A la fin, elle était devenue si savante qu'il lui suffisait d'un seul coup d'œil pour dater un texte. Malheureusement je n'ai pas son talent et j'ai besoin de l'aide de... Ah ! le voilà !

Elle libéra la chaise pour que Michaël prenne sa place.

– Une disquette ne suffira pas, dit-elle en posant le portable sur le bureau. Il va falloir télécharger directement sur notre disque dur.

– Ça pourrait poser problème, objecta Michaël en examinant le terminal. A moins que... Bon, nous avons de la chance. Cet ordinateur possède un port à infrarouge. Croisez les doigts...

Il pianota sur le clavier du portable et attendit. Un

message s'afficha enfin sur le petit écran : *Connexion établie Commencer procédure de téléchargement.*

Voyant que Catherine s'éloignait, Garibaldi la rappela :

– Attendez un instant. Est-ce que Logos est distribué par un serveur Internet ?

– Oui. Où est le problème ?

– Alors nous ne pourrons pas télécharger directement le fichier qui vous intéresse.

– Pourquoi pas ?

– Ce ne sera pas complet. Il va falloir au préalable rapatrier aussi le programme non installé.

Il entra */pub/applications/logos* et l'écran afficha *g :/* Puis Michaël tapa *copy*.* c :/*

– Cela va prendre du temps ? s'impatienta Catherine.

– Malheureusement oui. Une liaison infrarouge est plus lente. Mais il nous manque le câble nécessaire à une connexion directe.

– Combien de temps ? insista Catherine.

– Dix minutes, environ.

– Faites-le en sept, ordonna-t-elle.

Et elle disparut.

A travers l'immense baie vitrée de son bureau, Miles Havers contemplait les lumières du campus autour duquel s'organisait toute l'activité de Dianuba Technologies. La sonnerie de sa ligne privée interrompit le cours de ses réflexions.

Il enclencha le haut-parleur et reconnut la voix de Titus.

– Alors ?

– Je viens de vous faxer la liste de toutes les adresses où votre Dr Alexander pourrait se rendre.

Au même instant, le fax du bureau se mit à bourdonner.

– C'est bien, répondit Miles, mais il faut faire vite. A mon avis, elle va se diriger vers le nord et rejoindre la Fondation, qui se trouve juste à la périphérie de San José.

Titus fit entendre un petit rire.

– San José ? Hé, mon ami, donnez-moi quelque chose de plus difficile ! Il se trouve que je viens justement d'envoyer deux de mes meilleurs agents là-bas pour suivre une autre affaire. Je vais leur dire d'aller ramasser votre petite demoiselle. Par sécurité, j'enverrai tout de même des équipes aux autres adresses. Je serais bien étonné que nous ne mettions pas la main sur elle dans les vingt-quatre heures.

Miles raccrocha, songeur. Certes, Titus était le plus performant de ses collaborateurs. Mais mieux valait s'entourer de toutes les garanties.

Deux minutes plus tard, il composait un numéro de téléphone.

– Hello, sénateur ! dit-il au bout d'un instant. Oui, Erica et moi-même comptons beaucoup sur Francie et vous pour notre réception du Nouvel An. (Il écouta la réponse de son interlocuteur en silence et hocha la tête.) Une grande date, en effet ! Vous verrez, vous ne serez pas déçu. Ah, au fait, sénateur, j'allais oublier. Pourriez-vous me rendre un petit service ? Oh, rien de très extraordinaire en vérité. J'ai seulement besoin d'entrer en contact avec la directrice d'un laboratoire de recherche situé près de San José et je crois savoir qu'il s'agit d'une de vos amies. (Il écouta à nouveau.) Vraiment ? Eh bien, dans ce cas, tout est parfait. Merci infiniment, sénateur...

Il raccrocha tout doucement, comme si, soudain, le téléphone était devenu un objet extraordinairement précieux. Puis il retourna à la fenêtre contempler les lumières du campus.

Mais, cette fois, un sourire satisfait flottait sur ses lèvres.

Catherine alluma les lumières du labo de chimie et chercha du regard un poste de travail disponible. Tout était silencieux mais elle demeurait aux aguets, attentive aux moindres bruits pouvant venir du couloir. Par chance, une boîte de plaquettes neuves était posée sur le haut du réfrigérateur. Tandis qu'elle s'en emparait, elle aperçut une note collée sur la porte : DANGER. NITROCELLULOSE. NE PAS RETIRER DU RÉFRIGÉRATEUR.

Rapidement, elle plaça sur l'une des plaquettes quelques fibres textiles prélevées sur les manuscrits et les traita à l'acide chlorhydrique. Si la couleur demeurait inchangée, c'était la preuve que les fibres avaient été teintes avec de la véritable pourpre romaine.

La couleur ne changea pas.

Le cœur de Catherine tressaillit. Mais il lui fallait encore effectuer un autre test. Elle déposa une goutte d'hydrosulfite d'ammoniaque sur la plaquette et, à nouveau, retint son souffle en attendant la réaction chimique. Un jaune brillant signifierait que la teinture provenait d'extraits de murex, une teinture utilisée dans les premiers siècles de l'empire et abandonnée par la suite. Une preuve supplémentaire que le tissu ayant enveloppé les rouleaux datait de l'ère romaine et que les manuscrits pouvaient donc se situer historiquement à peu près à la même époque que les Evangiles.

Les yeux fixés sur la plaquette, essayant en vain de réfréner sa nervosité, elle attendit la réaction.

Téléchargement terminé. Le père Garibaldi soupira. Il aurait préféré pouvoir utiliser Install pour s'assurer que l'opération s'était correctement déroulée. Mais il n'en avait pas le temps. Cela faisait déjà une bonne douzaine de minutes qu'ils se trouvaient dans les locaux de la Fondation et il n'aimait pas la façon dont l'agent de sécurité les avait regardés tous les deux.

Rapidement, il referma le couvercle du portable et gagna l'ascenseur pour rejoindre Catherine au labo de chimie situé au rez-de-chaussée. Tandis qu'il longeait le couloir, l'écho d'une conversation téléphonique lui parvint depuis le hall d'entrée.

– Oui, elle est là, disait l'agent de sécurité. Elle travaille avec son assistant. Son nom ? Un instant, s'il vous plaît.

Garibaldi s'immobilisa, l'oreille tendue.

– Ah, voilà... reprit le gardien. Il s'agit d'un certain Daniel Stevenson. (Il y eut un silence suivi d'une exclamation.) Quoi ? Mais... mais il avait l'air tout à fait vivant, je vous assure, et... Oui... Bien sûr, monsieur. J'ai compris. Je les retiens ici jusqu'à votre arrivée. Comptez sur moi.

Le prêtre courut vers le labo et trouva Catherine, le regard brillant, les joues rosies d'excitation.

– Les fibres sont devenues jaunes ! s'exclama-t-elle en le voyant. Elles sont *jaunes*, mon père ! Comprenez-vous ce que cela signifie ? C'est la preuve que ces manuscrits sont très anciens !...

Il leva la main pour l'interrompre.

– Peut-être, mais je vous garantis que, *nous*, nous ne ferons pas de vieux os si nous traînons dans le coin. Le gardien vient de recevoir un coup de téléphone et il a l'ordre de nous empêcher de sortir.

Le visage de la jeune femme changea aussitôt d'expression et, à la hâte, elle rassembla les manuscrits pour les glisser dans son sac.

– Pour l'amour du ciel, Cathy, dépêchez-vous !

Ils coururent vers l'escalier de secours, grimpèrent les marches quatre à quatre jusqu'au premier étage et s'engouffrèrent dans le couloir pour gagner l'issue de secours ouvrant sur une échelle d'incendie.

La porte était fermée.

Ils reprirent leur course pour atteindre le deuxième, puis le troisième étage. Toutes les portes conduisant à l'extérieur avaient été verrouillées.

Hors d'haleine, ils se dévisagèrent.

– Nous pourrions peut-être déclencher l'alarme d'incendie, suggéra Garibaldi. Cela débloquerait les portes...

Catherine secoua la tête.

– Impossible. Quand la sirène retentira, toutes les issues seront immédiatement surveillées.

– Et si nous mettions le feu dans l'un des bureaux du dernier étage ?

– Je ne crois pas que cela nous laisserait le temps de fuir. L'alarme se déclenchera presque aussitôt. Il nous faudrait un répit... quelque chose qui ne se mette en route que lorsque nous nous trouverons à l'extrémité du bâtiment.

Elle se frappa soudain le front.

– La nitrocellulose ! Il y en a dans le réfrigérateur du labo !

– Dans ce cas, ne perdons pas de temps, murmura Garibaldi. Le gardien doit déjà avoir appelé une escouade à la rescousse...

Ils revinrent rapidement sur leurs pas, craignant à chaque instant de se retrouver nez à nez avec un garde armé. Par chance, ils purent atteindre le labo sans se faire repérer.

– Ce sont des papiers-flash, expliqua Catherine en ouvrant la porte du frigidaire. On les a imbibés de nitrate, ce qui les rend hautement inflammables. Danno m'en avait expliqué le fonctionnement autrefois.

Garibaldi fronça les sourcils.

– Ce n'est pas d'un maniement dangereux?

Catherine haussa les épaules.

– Bien sûr que si. Mais il n'est plus temps de se préoccuper de ce genre de détails, vous ne croyez pas?

Miles décrocha le téléphone à la première sonnerie.

– Je suis en contact permanent avec mes gars de San José, dit Titus. Ils viennent juste de quitter l'autoroute et se dirigent vers la Fondation. C'est une question de minutes, maintenant.

– Attention, chuchota Catherine en plaçant la feuille de papier-flash dans la corbeille à papier, c'est une matière terriblement volatile...

Elle disposa une lampe à infrarouge juste au-dessus de la corbeille et l'alluma.

– La chaleur provoquera une explosion d'ici quelques instants.

– Assez forte pour faire sauter le bâtiment?

– Peut-être. C'est la première fois que je me sers de ça...

Il lui jeta un regard inquiet.

– Dans combien de temps est-ce supposé exploser?

– Aucune idée...

– J'aime les sciences *exactes*, gémit Michaël tandis qu'ils se ruaient vers la porte.

PREMIER MANUSCRIT

Ma mère connaissait l'art de l'obstétrique. Elle le tenait de sa propre mère et, pendant l'été de ma seizième année, décida de me l'enseigner à moi aussi.

Une nuit, nous fûmes appelées au chevet d'une jeune femme dont l'accouchement se présentait mal. Elle était en travail depuis un jour et une nuit et, lorsque ma mère l'eut délivrée de son bébé, la jeune mère, épuisée, sombra dans un profond sommeil. L'enfant ne survécut pas.

Ma mère enveloppa le petit défunt dans un tissu et l'emporta au temple de Junon, où les nouveau-nés non désirés étaient abandonnés sur les marches pour y mourir. Elle laissa l'enfant mort et en prit un autre qui vivait encore. Puis elle le rapporta à la jeune mère et, quand celle-ci se réveilla, elle pleura de joie en voyant celui qu'elle croyait être la chair de sa chair.

Avant que ma mère ne soit devenue une adepte de la Voie, jamais elle n'aurait accompli un pareil acte de miséricorde.

Quand vint ma dix-septième année, on décida de me marier. Mon époux appartenait également à une famille fortunée et, bien que cette union ait été arrangée par nos parents, je sus immédiatement que j'aimerais cet homme.

Quatre mois plus tard, je fus enceinte.

C'était pendant l'hiver des grandes émeutes. Vous avez peut-être entendu parler de ces temps terribles, quand la peste s'était abattue sur Antioche, causant la mort de nombreuses personnes.

Jour et nuit, les habitants de la ville se pressaient aux temples pour y accomplir des sacrifices, espérant que leurs dieux s'attendriraient à leurs lamentations.

Mais rien n'y fit. Les morts s'accumulaient aux portes de la cité.

Alors, dans son désespoir, la population chercha un bouc émissaire. Voyant que le fléau n'avait pas encore frappé les quartiers aisés, elle accusa les riches d'avoir signé un pacte avec les dieux. Et, parce que nous autres, qui suivions la Voie, appartenions à une foi nouvelle, ils nous condamnèrent.

La foule vint durant la nuit, armée de torches et de bâtons. Et, cette fois, les prières ne nous sauvèrent pas. Mes parents furent tués et mon jeune époux, après avoir combattu bravement, fut assassiné lui aussi. Tous les membres de la Voie réfugiés dans notre maison périrent cette nuit-là, ainsi que nos serviteurs et nos esclaves.

Je fus la seule à survivre, mais je perdis mon enfant.

Le temps guérit mes blessures, mais mon cœur demeurait malade de chagrin. Sans cesse, mon âme clamait sa douleur, cherchant vainement le pourquoi d'une telle fatalité.

C'est alors que j'entendis une rumeur. On prétendait que l'homme que j'avais entendu autrefois prêcher dans le désert, ce Juste dont m'avait tant parlé notre Maître, continuait d'exercer sa sainte mission dans un lointain pays. Maintes fois, notre Maître nous avait narré l'histoire de sa mort, puis celle de sa résurrection. Je sus alors que lui seul connaîtrait la réponse à la question qui torturait mon cœur.

On me dit qu'il se trouvait en Orient et je me dirigeai vers l'est. C'est ainsi que commença mon voyage, un voyage qui allait me révéler les Sept Vérités, celles qui répondent à toutes les questions des hommes, dissipent les craintes et confèrent une richesse inaliénable.

Je t'ai déjà communiqué la première de ces Vérités, chère Perpetua. Tu sais aujourd'hui que nous ne sommes pas seuls au monde, qu'il existe une source de vie dans l'univers. La Seconde Vérité – celle qui confère le pouvoir sur toutes choses – me fut annoncée dans l'antique cité d'Ur Magna, sur les rives de l'Euphrate.

J'avais alors dix-huit ans. C'était pendant la quatrième année du règne de l'Empereur...

SIXIÈME JOUR

Dimanche 19 décembre 1999

Catherine ouvrit les yeux... et constata que le monde avait disparu.

Elle se redressa, tout engourdie après la nuit passée à dormir sur la banquette arrière de la Mustang. Après s'être frotté les yeux, elle contempla à travers les vitres embuées les ombres fantomatiques surgissant de l'épaisse couche de brouillard. Les gigantesques séquoias avaient été avalés par la brume. Seules quelques silhouettes inquiétantes et sombres ponctuaient, çà et là, ce grand océan cotonneux.

La jeune femme s'étira et frotta son cou endolori. Elle vit que le père Garibaldi avait quitté la voiture et, soudain inquiète, elle se demanda où diable il avait bien pu aller par ce temps.

Les souvenirs de la veille lui revenaient peu à peu. Encore une fois, il s'en était fallu d'un rien que toute l'affaire ne tourne à nouveau au drame. L'explosion avait pulvérisé les fenêtres du labo, semant la panique dans le bâtiment et sur le parking. Toute une escouade de gardes avait été dépêchée sur place, mais, profitant de la confusion générale, Catherine et Michaël avaient pu s'échapper.

Et l'interminable fuite en avant avait repris. Ils avaient roulé à toute allure vers l'ouest, en direction de l'océan. Sur des dizaines et des dizaines de kilomètres, la route serpentait à travers des collines boisées.

Ils n'avaient rencontré âme qui vive. A défaut d'un motel où se reposer, ils avaient fini par s'arrêter sur une aire de repos de l'autoroute. A cette heure de la nuit, la température avait sérieusement chuté. Miraculeusement, une famille campait dans une Winnebago, tout près de là, et Michaël avait réussi à emprunter deux couvertures pour la nuit.

Malgré le froid, ils s'étaient endormis presque tout de suite. Catherine lovée sur la banquette arrière, le prêtre recroquevillé sur le siège avant. Sans les couvertures, leur sort n'aurait guère été enviable.

Catherine sortit de la voiture en s'étirant et respira à pleins poumons l'air tonique de la montagne. Elle aperçut alors la Winnebago dans le brouillard, son moteur tournant au ralenti pour alimenter le chauffage intérieur. Saisissant les couvertures, elle les rapporta à ses propriétaires en les remerciant chaleureusement.

A présent que le jour se levait, quelques rares automobilistes venaient à leur tour se garer sur l'aire de repos. Leurs silhouettes fugitives paraissaient flotter dans la brume tandis qu'ils se dirigeaient vers les bâtiments collectifs ou s'installaient autour des tables de pique-nique.

Mais toujours aucune trace du père Garibaldi... Fronçant les sourcils, Catherine sentit l'inquiétude la gagner. Pendant la nuit, elle avait été réveillée par des gémissements. C'était Michaël qui faisait un cauchemar. Elle lui avait parlé doucement et, peu à peu, il s'était apaisé. Longtemps, elle avait contemplé son visage à la lueur de la lune. Un voile d'angoisse subsistait sur ses beaux traits réguliers, comme si le rêve avait laissé une empreinte indélébile. Elle s'était alors demandé quel mystère cachait cet homme étrange, un homme de Dieu qui, pourtant, pratiquait les arts martiaux et ne voyageait jamais sans ses armes de combat.

Elle se dirigea vers les douches et constata avec un soupir qu'il n'y avait pas d'eau chaude. Malgré tout, l'eau glacée acheva de la réveiller et elle se frictionna le corps avec force pour retrouver un peu de chaleur.

Quand elle sortit à nouveau sur le parking, le soleil avait surgi de derrière les montagnes, dispersant la brume qui s'effilochait en lambeaux floconneux sur les cimes. C'est alors qu'elle vit enfin Michaël. Vêtu d'un jean et d'un blouson de toile marqué du sigle de l'université de Loyola, il était en train de regonfler les pneus de la voiture tout en parlant à un inconnu qui le regardait faire. Au grand étonnement de Catherine, ils se mirent à plaisanter et à rire, comme de vieilles connaissances.

Elle s'approcha. L'homme portait un costume bon marché. Fripé comme s'il avait, lui aussi, passé la nuit dans sa voiture.

– Si vous voulez vous diriger vers le sud, disait-il à Michaël, oubliez ça ! Sur toute la longueur du littoral, l'autoroute est totalement bouchée avec tous ces illuminés qui descendent vers Big Sun pour le Nouvel An. On dirait qu'ils se sont tous donné le mot pour aller contempler je ne sais quel cataclysme ou bien attendre un débarquement de Martiens... (Il fit une pause, grimaça un sourire désabusé à l'intention de Catherine et enchaîna :) Je viens de Redwood City mais je circule un peu partout. Forcément. Je suis représentant. Autant pour moi, d'ailleurs, avec tout ce trafic ! J'espère quand même réussir à être chez moi pour les fêtes de Noël...

Elle lui rendit son sourire et, d'un geste très naturel, se tourna vers Michaël pour lui demander :

– Voulez-vous venir avec moi quelques instants ?

Il la suivit aussitôt et, dès qu'ils furent suffisamment éloignés de la voiture, interrogea, l'air inquiet :

– Un problème ?

Catherine secoua la tête, un œil toujours fixé sur l'étranger qui, maintenant, s'affairait à nettoyer le pare-brise de sa Pontiac.

– Pas exactement. De quoi parliez-vous, tous les deux ?

Michaël haussa les épaules.

– De rien... (Il l'examina et ajouta :) Vous avez l'air très fatiguée. Vous croyez réussir à tenir le coup ?

– Je vais bien, répondit brièvement Catherine. Et vous ? Comment est votre bras ?

Il le plia et le déplia avec un sourire.

– Autant que je sache, il n'est pas tombé pendant la nuit...

– Père Garibaldi, cet homme n'est pas ce qu'il paraît être.

Le sourire disparut du visage de Michaël.

– Que voulez-vous dire ?

– Quelque chose ne va pas. Je n'aime pas la manière dont il nous observe sans en avoir l'air.

– Vous pensez que c'est un flic ?

Elle secoua la tête.

– Il n'est pas de la police. Regardez la manière dont il traîne. Comme s'il attendait que les autres automobilistes aient quitté le parking pour nous tomber dessus. Un policier aurait sorti son insigne et nous aurait arrêtés sur-le-champ.

Fronçant les sourcils, il la dévisagea.

– Vous êtes sûre que vous ne nous faites pas un petit accès de paranoïa ?

– Bon sang, rappelez-vous ! Il a dit qu'il était de la région. Mais sa voiture a des plaques de location. De plus, j'ai pu voir le cadran de sa montre. Il a trois heures d'avance. Ce type nous ment, Michaël.

Il resta silencieux quelques instants avant de hocher la tête.

– Bon. J'ai compris. Partons immédiatement, tant qu'il y a encore du monde autour de nous.

Tandis qu'ils revenaient sur leurs pas, ils virent un autre homme sortir des bâtiments et se diriger vers la Pontiac.

– Oh oh... murmura Michaël. On dirait que notre inconnu a de la compagnie...

– J'ai une idée, dit Catherine. Piquez un sprint vers la voiture pendant que je file en direction des toilettes. Il y a une sortie de l'autre côté. Vous n'aurez qu'à me cueillir au passage.

Elle se dirigea à pas rapides vers le bâtiment et s'engouffra à l'intérieur au moment où le second individu tournait les talons pour s'élancer vers elle. Pendant ce temps, Michaël s'installait au volant de la Mustang et lançait le moteur. Le pseudo-représentant se précipita vers sa Pontiac, aussitôt rejoint par son compagnon. Deux minutes plus tard, les deux voitures démarraient presque simultanément.

Catherine sortit des toilettes et chercha la Mustang du regard. Soulagée, elle la vit s'approcher à vive allure, talonnée de près par la Pontiac. Elle fit quelques pas sur le parking pour être prête à sauter dans le véhicule dès qu'il ralentirait, mais, à sa grande surprise, la voiture passa devant elle en accélérant.

– Hé !

Déséquilibrée, elle tituba et heurta violemment du dos le mur de béton. Sous son regard incrédule, les deux voitures disparurent au détour de la bretelle d'autoroute, l'abandonnant, toute seule, sur l'aire de repos.

Assis dans son luxueux bureau du vingtième étage de l'immeuble de la Security Consultants Inc., Titus tournait le dos à Seattle.

Il contemplait l'immense carte qui venait de s'afficher sur l'écran recouvrant tout un panneau de mur. Manipulant les touches d'une télécommande, Titus fit défiler un paysage de mappemonde souligné de couleurs tranchées : en orange les frontières de chaque Etat, en bleu les agglomérations, en vert les autoroutes et, soulignés par un jaune brillant, les sites de missiles ou d'installations gouvernementales ultra-secrètes. Un véritable kaléidoscope étincelant sur le fond sombre de l'écran.

Un minuscule signal rouge clignotant se déplaçait sur la carte à une vingtaine de kilomètres de la côte, juste au sud de San Francisco. C'étaient les agents envoyés à la poursuite du Dr Alexander. Ces imbéciles ne sont pas arrivés à lui mettre la main dessus, pensa Titus avec agacement. Il avait fallu organiser une traque plus étendue pour retrouver la Mustang bleue au volant de laquelle elle s'était enfuie.

Et voilà qu'en plus la fille avait manifestement trouvé un allié. Pour l'instant, il ignorait l'identité de ce mystérieux sauveur. Mais ce n'était qu'une question de temps. D'ailleurs, son équipe avait peut-être même réussi à les arrêter, à l'heure qu'il était.

Il consulta sa montre. Ses agents allaient lui faire leur rapport d'un instant à l'autre. D'un geste sec, il chassa un grain de poussière de la surface pourtant immaculée de son bureau et se cala contre le dossier de son confortable fauteuil de cuir. Pour tromper l'attente, il se mit alors à élaborer de nouvelles stratégies afin d'étendre encore davantage l'immense empire de ses informations sur le monde. Derrière lui, la pluie tombait sur la ville...

Il valait mieux ne pas traîner dans les alentours. Les types de la Pontiac pouvaient revenir d'un instant à l'autre et, cette fois, Catherine n'était pas certaine de réussir à leur échapper.

Seulement, si elle quittait les lieux, le père Garibaldi ne la retrouverait jamais. Si tant est qu'il le désirait vraiment. Car sa fuite précipitée demeurait une énigme. Etait-il oui ou non un complice des hommes de Havers? Tout à l'heure, sur le parking, la jeune femme avait eu l'impression que le prêtre conversait amicalement avec l'un des deux inconnus. Elle se souvenait même de les avoir vus rire. Toute cette affaire, depuis le début, pouvait bien n'être qu'un montage. L'aide inopinée de Michaël Garibaldi, sa présence surprenante sur les lieux des événements, son intérêt inattendu pour la recherche des manuscrits... en somme, une mise en scène génialement montée pour tromper sa confiance et récupérer les papyrus qui excitaient tant la curiosité du collectionneur de Santa Fe.

Mon Dieu, pensa Catherine en sentant monter en elle un flot de panique. Vers qui se tourner, maintenant?

Elle aperçut un panneau signalant l'existence d'un poste de garde de Rangers installé dans la forêt, à quelques kilomètres de l'aire de repos. Si le père Garibaldi n'était pas de mèche avec les hommes de la Pontiac, peut-être aurait-il l'idée de venir la rejoindre là. Prenant une brusque décision, elle emprunta un sentier qui s'enfonçait dans le bois. Si une équipe de Rangers se trouvait dans les parages, elle pouvait au moins espérer, grâce à leur concours, se sortir de cette impasse.

Tout en marchant, Catherine frissonna. Les heures avaient passé. Le soleil déclinait derrière les arbres géants et l'endroit était de plus en plus désert. Où diable était donc ce poste ? La forêt de séquoias s'épaississait de plus en plus et la température chutait de minute en minute. D'ici une heure, il ferait un froid polaire et, déjà, la jeune femme avait grand-peine à distinguer le sentier qui s'enfonçait dans les bois. Des craquements inquiétants résonnaient parfois dans les fourrés, probablement provoqués par des bêtes sauvages. Catherine sentit la peur s'emparer d'elle. En pleine nuit, dans ces lieux désolés, tout pouvait arriver.

Derrière elle, le grondement de l'autoroute faiblissait, mais le ciel était encore balayé de loin en loin par les faisceaux des phares. Catherine trébucha sur une racine jaillissant du chemin et se mit à jurer entre ses dents. D'ici quelques minutes, elle n'y verrait plus rien.

Au détour du sentier, une forme sombre se découpa contre le ciel bleu profond. La cabane des Rangers... enfin ! Epuisée mais soulagée, elle se mit à courir tandis que les branches des buissons lui griffaient les jambes et le visage. Malheureusement, dès qu'elle fut à deux pas de la petite maisonnette en rondins, son enthousiasme s'évanouit d'un seul coup. Il n'y avait manifestement pas âme qui vive, et les petites fenêtres étaient désespérément noires.

– Hé ! Il y a quelqu'un ? cria-t-elle en frappant de toutes ses forces contre la porte en bois. Ouvrez ! Je vous en prie !

Personne ne répondit. Elle fit le tour de la cabane mais ne distingua aucune lumière. Un brouillard épais s'était levé, l'enveloppant de sa vapeur glacée. L'estomac de Catherine se tordit d'angoisse. Elle se souvint alors qu'elle n'avait rien mangé depuis la veille.

Marchant au hasard sur le sentier, elle tentait de réfléchir quand, tout à coup, le grondement d'un moteur résonna derrière elle. Aussitôt, elle bondit dans le fossé bordant le chemin et se recroquevilla, le cœur battant. Si les hommes de la Pontiac revenaient, elle n'avait aucune chance de leur échapper. Dans cette forêt déserte, ce serait un jeu d'enfant pour eux de l'éliminer et de se débarrasser de son corps. A moins que Michaël, si réellement il n'était pas leur complice, ne soit parvenu à les semer?

Des phares percèrent le brouillard. Tassée dans les buissons, elle cligna des yeux pour apercevoir la voiture. Hélas, il ne s'agissait pas de la Mustang mais d'un véhicule blanc. Blanc comme la Pontiac.

La voiture ralentit et, se croyant repérée, Catherine se mit à courir comme un lièvre à travers les troncs d'arbres géants. Les phares fouillaient les bois à sa recherche. Elle plongea tête baissée pour leur échapper et entendit les freins crisser et une portière claquer. Une voix s'éleva dans le brouillard.

– Catherine! Attendez! Ne fuyez pas! C'est moi!...

Couchée à terre, pantelante, elle resta immobile. Cette voix... Se pouvait-il que...

– Catherine! C'est Michaël. Je suis revenu vous chercher... Répondez-moi, au nom du ciel!

Elle se redressa, vit une silhouette s'incruster dans la brume blafarde et reconnut enfin le père Garibaldi. Il semblait seul.

– Michaël...

Elle courut vers lui et se jeta dans ses bras.

– Je croyais... Oh, mon Dieu, je croyais que vous...

Il la serra contre lui et caressa ses cheveux pour l'apaiser.

– Chut. Tout va bien. Montez dans la voiture. Je vous expliquerai en route...

Docile, elle le suivit. Michaël mit le contact, fit demi-tour et reprit la direction de l'autoroute. Les yeux fermés, enveloppée dans la chaleur réconfortante de la voiture, la jeune femme tentait de retrouver son souffle.

– Je sais que vous n'avez pas compris ce qui se passait, expliqua Michaël. Que vous avez cru que je vous abandonnais. Mais j'avais ces types aux trousses. Le temps que vous montiez, ils nous auraient rattrapés. Alors j'ai préféré accélérer pour les lancer sur mes traces pendant que vous vous mettiez à l'abri. Ils m'ont filé un bon moment sur l'autoroute mais j'ai réussi à les semer en prenant une bretelle au dernier moment. J'ai compris qu'il fallait abandonner la Mustang et louer une nouvelle voiture pour qu'ils ne me repèrent pas une deuxième fois. Entre-temps, une bonne heure s'était écoulée. J'ai bien cru ne jamais pouvoir vous retrouver.

Il allongea le bras pour poser sa main sur celle, encore tremblante, de Catherine.

– Moi aussi j'ai eu très peur, reprit-il doucement. J'espèrais que vous auriez eu l'idée de rester dans les parages. Je ne me suis pas trompé. Vous êtes vraiment une femme intelligente, Catherine.

Elle respira profondément.

– Merci... souffla-t-elle. Merci d'être revenu. A présent, nous sommes tirés d'affaire.

Mais le père Garibaldi secoua la tête.

– Pas si sûr, hélas. Le temps continue de jouer contre nous. Regardez...

Il lui tendit un journal.

– Qu'est-ce que... murmura Catherine, surprise.

Elle poussa un cri en découvrant sa photo étalée en première page...

Son visage était si beau que Julius répugnait à l'idée de le taillader.

Et pourtant son scalpel ne ferait pas plus de dégâts que le temps et la nature n'en avaient apporté à cette ancienne reine d'Egypte... Tout ce que l'on connaissait de sa splendeur passée venait du somptueux masque funéraire dont on avait recouvert sa face. Julius aimait conserver à côté de lui l'un de ces masques, une statue ou, encore, une représentation peinte du personnage autrefois incarné par la momie qu'il autopsiait. Il avait ainsi le sentiment de communiquer avec une entité du passé et non avec de vieux bouts d'os et de tissus desséchés.

Car, pour lui, la vie était sacrée et il ne s'approchait du corps d'autrui qu'avec une sorte de vénération. Chaque corps humain était le temple de Dieu et, à ce titre, nul ne devait en abuser ni le profaner, pas plus mort que vivant.

Alors, chaque fois qu'il se voyait obligé, pour ses recherches, d'inciser une momie, Julius se mettait à réciter silencieusement la prière juive *Baruch Dayan ha-Emet*, « Béni soit le Juge Eternel ».

En ce paisible dimanche précédant la fête de Noël, il se trouvait seul à l'Institut, à l'exception d'une technicienne de laboratoire qui travaillait à quelques pas de là sur une autre paillasse. En toute autre occasion, Julius se serait passionné pour l'autopsie en cours. Mais, cette fois, son esprit avait toutes les peines du monde à se concentrer. En réalité, il était malade d'inquiétude... Cela faisait deux jours à présent que Catherine avait disparu et il n'avait reçu aucune nouvelle d'elle, excepté ce curieux message sur le répondeur mentionnant le nom « Meritites », une allusion qu'il avait parfaitement comprise. Mais cela ne lui avait apporté aucune réelle information sur la situation à laquelle la jeune femme était actuellement confrontée. Pourquoi ne lui avait-elle pas fait confiance en lui exposant ses véritables problèmes ?

Tracy, la technicienne, s'approcha de lui et sa voix le fit sursauter.

– Je pars. Des achats de Noël à terminer. Ne travaillez pas trop !

Elle déposa un journal et un gobelet de café chaud sur la paillasse et s'éloigna. Julius écouta les pas de la jeune femme s'éloigner le long du couloir puis, avec un soupir, abandonna son travail. Inutile de s'entêter. Il ne ferait rien de bon aujourd'hui.

Après avoir retiré ses gants de caoutchouc, il prit le gobelet de café et le journal avant de se diriger vers son bureau. Là, il se sentirait mieux pour réfléchir. Par la fenêtre ouverte, des effluves iodés venaient de l'océan. Un brouillard opaque montait à l'horizon, annonciateur de nouvelles averses.

Julius soupira. Peut-être devrait-il essayer une nouvelle fois de joindre Daniel Stevenson, au cas où celui-ci aurait des nouvelles de Cathy. Ou encore prendre contact avec la fondation qui finançait les fouilles de la jeune femme au Sinaï...

Tandis qu'il était assailli de mille pensées inquiètes, son

regard tomba sur le journal posé sur le bureau. Ce qu'il lut alors lui causa un tel choc que le gobelet lui échappa des mains et alla rouler sur le sol. A la une du quotidien, un gros titre barrait toute la page : « DÉCOUVERTE D'UN MANUSCRIT CONTEMPORAIN DU CHRIST ? »

En dessous, un portrait-robot de Catherine, établi d'après un témoignage, s'étalait en grand. « Avez-vous vu cette femme ? disait, en dessous, la légende. Toute personne pouvant fournir une indication susceptible de l'identifier est priée de téléphoner au commissariat central de Santa Barbara, au 1-805-897-2300. »

Les mains tremblantes, Julius parcourut rapidement l'article. On y relatait le meurtre de Daniel et l'existence d'une jeune femme aperçue le jour du crime, sortant de l'appartement de l'archéologue. Des témoins affirmaient même l'avoir vue s'enfuir en compagnie d'un homme.

Qui est cet homme ? se demanda Julius avec angoisse. Catherine avait-elle été kidnappée ? S'agissait-il du meurtrier de Daniel ?

Cathy était-elle seulement encore en vie ?

Il bondit de sa chaise et courut vers la porte. Il n'y avait plus qu'une seule chose à faire : avertir la police de tout ce qu'il savait et, s'il en était encore temps, aider les enquêteurs à retrouver la piste de Cathy.

Cinq minutes plus tard, il quittait le parking de l'Institut sans remarquer qu'une autre voiture démarrait à sa suite, tous phares éteints.

Tandis que l'autoroute défilait, grise, monotone dans le brouillard, Catherine terminait de lire le même article. En plus de son portrait-robot, une photographie du fragment de papyrus était également publiée. « CE MANUSCRIT ANNONCE-T-IL LA DATE DE LA FIN DU MONDE ? » titrait le quotidien.

La jeune femme jura entre ses dents.

– C'est un comble ! La police me suspecte d'avoir pris part à l'assassinat de Danno ! Regardez ce dessin. Il est si ressemblant qu'on dirait presque une photographie !

Elle froissa nerveusement le journal et le jeta par la fenêtre.

– Pour couronner le tout, je ne sais pas comment ces journalistes de malheur ont pu se procurer un cliché du papyrus.

Michaël lui jeta un regard surpris.

– Est-ce vous qui l'aviez pris?

– Par sécurité, j'en ai pris des dizaines lorsque je me trouvais encore là-bas. Je comptais travailler sur ces clichés afin de ne pas exposer trop longtemps à la lumière la toile fragile des papyrus. Je sais que les hommes de Havers ont réussi à s'emparer d'un certain nombre de ces photos dans ma tente. Mais j'en avais confié d'autres à Danno. Il faut croire qu'un de ces maudits fouineurs de journalistes a mis la main dessus.

Ils se turent un instant, accaparés par leurs pensées.

– Il me semble avoir remarqué que ces informations avaient transité par l'Associated Press, observa Michaël. Dans ce cas, à l'heure qu'il est, la nouvelle de votre disparition court dans tout le pays. Les gens adorent jouer au détective. Il suffira que quelqu'un vous reconnaisse pour que la police vous suive à la trace partout où vous irez.

Catherine donna un coup de poing rageur contre la vitre.

– Je n'ai pas tué Danno et il me sera d'autant plus facile de l'expliquer que je sais, maintenant, qui est le coupable. Arrêtez-moi à la prochaine station-service. Je vais appeler la police.

Michaël fronça les sourcils.

– Ce n'est pas sage, Cathy, dit-il avec inquiétude. Vos preuves ne sont pas suffisantes. De plus, la plupart des postes de police sont à présent munis d'un identificateur d'appel. Ce sera un jeu d'enfant pour eux de vous localiser. Vous m'avez dit que Havers était un homme extrêmement puissant et qu'il avait des hommes à lui infiltrés un peu partout. Si vous contactez la police, il saura immédiatement où vous trouver.

La jeune femme se massa le front. Elle se sentait maintenant envahie par une terrible lassitude. Ils se trouvaient à plus de trente kilomètres au sud de San Francisco. La perspective de devoir passer encore une partie de la nuit dans la voiture la faisait frémir.

– Voilà une station, dit Michaël au bout de quelques minutes. Regardez... il y a aussi un motel. Vous êtes épuisée. Arrêtons-nous pour y passer la nuit.

Tandis que Catherine se dissimulait dans la voiture, Michaël réserva une chambre qu'il paya d'avance. Au passage, il se procura au distributeur quelques sandwichs et des boissons.

Une fois installés, ils mangèrent en silence puis Michaël, ouvrant son sac de voyage, se mit à déballer sur la table un nécessaire de bricolage.

– Qu'est-ce que c'est que ça ?

– Vous voyez ce fer à souder ? Je l'ai acheté au comptoir de Sav-Mart avec quelques composants électroniques. Ils nous seront très utiles pour éviter que l'incident de ce matin ne se reproduise.

– Je ne comprends pas...

Il prit le boîtier de tonalité de Daniel et se mit à le dévisser.

– C'est pour le cas où nous serions à nouveau séparés. Avec la petite modification que je vais apporter, vous pourrez me joindre n'importe où.

Perplexe, elle le regarda enlever un minuscule cylindre de métal sur la carte à circuits puis, à l'aide du fer à souder, apposer un nouveau petit composant de même forme.

– C'est un cristal, expliqua-t-il. Dorénavant, il émettra une tonalité différente...

Il travaillait lentement, minutieusement, comme un joaillier. Quand ce fut fini, il remit le boîtier et les piles en place.

– Ecoutez ça, dit-il en pressant les touches du petit appareil. Cette modulation, c'est le son émis par un téléphone public lorsqu'un montant suffisant de monnaie a été introduit. En jargon de hacker, on appelle ça une « boîte rouge ». Même si vous n'avez pas d'argent sur vous, il vous sera possible de me joindre gratuitement dans le monde entier via le modem du portable.

D'une main hésitante, elle prit le boîtier qu'il lui tendait.

– Est-ce légal ?

– Bien sûr que non. Mais je ne crois pas qu'en ce moment ce genre de préoccupations soit essentiel. Gardez-le sur vous en permanence, Cathy. Il pourra vous sauver la vie.

Elle lui jeta un long regard pensif.

– Garibaldi, *qui* êtes-vous réellement?

Il sourit.

– Je sais que vous me soupçonnez encore de ne pas être véritablement votre allié. Mais il n'est plus temps de vous perdre en fausses questions, Cathy. Croyez-moi : je suis de votre côté...

Elle soupira, ferma les yeux et s'étendit sur le lit pour se reposer quelques instants. Une migraine lancinante lui martelait les tempes. Tout ceci est un cauchemar, pensa-t-elle. La sonnerie de mon réveil va me tirer de tout ce chaos. Je pourrai reprendre le cours de mon existence là où je l'avais laissé, et Danno sera toujours en vie... Malheureusement, tout ceci était bien réel. Elle se trouvait dans un motel perdu au nord de l'Etat de Californie avec un homme dont elle ignorait presque tout. Et, pendant ce temps, la police et une bande de tueurs étaient à ses trousses.

L'anxiété fut plus forte que le désir de dormir. Elle se leva, prit l'ordinateur portable de Daniel et le posa sur la table.

– Essayons le logiciel Logos, dit-elle à Michaël. Nous pourrons peut-être pénétrer sur Internet pour glaner des informations sur les manuscrits.

Elle déroula le câble du scanner manuel et le brancha sur l'ordinateur pendant que Michaël lançait le système pour se connecter sur Logos. Après une courte pause, l'écran afficha : *Erreur de connexion du périphérique. Répéter l'opération.*

– Que se passe-t-il?

Michaël pianota sur les touches du clavier et secoua la tête.

– Le scanner ne fonctionne pas.

– Oh non! gémit Catherine. Et dire que nous avons failli nous faire tuer à la Fondation... pour rien!

– Désolé mais, aussi sophistiqué soit-il, le matériel informatique n'est pas plus parfait que les humains.

– Qu'allons-nous faire?

– Revenir aux bonnes vieilles méthodes traditionnelles. Espérons simplement que votre ami Daniel n'a pas oublié de payer l'abonnement à Internet.

Il se mit à travailler de longues minutes, et une série de messages défilèrent sur l'écran du portable.

– Il faut que j'arrive à entrer sur le Web pour...

Un idée traversa brusquement l'esprit de Catherine. Posant sa main sur le bras de Michaël, elle lança :

– Arrêtez! Arrêtez tout!

Il se retourna et lui jeta un regard surpris.

– Vous ne comprenez donc pas? s'énerva la jeune femme. C'est un jeu d'enfant pour Havers de faire surveiller le Web et de connaître le compte Internet de Danno. Si nous nous connectons, il pourra aussitôt localiser notre appel.

– Bon sang! pesta Michaël. Je n'y avais pas pensé...

Ils demeurèrent silencieux un long moment puis, brusquement, le père Garibaldi se leva et alla prendre l'annuaire téléphonique posé sur la table de chevet.

– Il y a des listes de numéros d'accès au réseau immédiats. Si nous ne passons pas par un compte d'abonné, Havers ne pourra pas nous localiser...

– Monsieur Yamaguchi, dit Havers en enfilant sa veste de smoking, ma femme et moi sortons pour la soirée. Il y a de bonnes chances pour que le Dr Alexander tente de se connecter au Web. Je la crois assez intelligente pour se méfier et passer par des accès libres. Mais elle sera bien obligée d'utiliser sa carte de crédit et, alors, il vous sera très facile de la repérer...

– Il faudra agir très vite, dit Michaël, les yeux fixés sur l'écran de l'ordinateur. A la minute où nous donnerons un numéro de carte de crédit, Havers sera capable de situer immédiatement la région d'où nous appelons par le biais du centre de service. (Il fronça les sourcils.) Bon sang...

– Que se passe-t-il encore? demanda Catherine avec inquiétude.

– Mon crédit est épuisé et ma carte est refusée par le serveur. Nous voilà bien avancés. Impossible d'entrer dans le système, sauf si vous utilisez *votre* carte de crédit. Ce serait vraiment nous offrir nous-mêmes sur un plateau à ce diable de Havers...

– Pas si sûr, dit la jeune femme, pensive. Choisissons un serveur du comté d'Orange. Cela lui demandera plus de temps pour nous localiser. Et, de toute façon, aussi puissant soit-il, il lui faudra d'abord connaître notre numéro d'appel en piratant le serveur puisqu'il s'agit de données confidentielles. Autant d'étapes qui lui donneront du fil à retordre.

Elle communiqua son numéro de carte de crédit à Michaël et, pendant qu'il continuait de pianoter sur le clavier, elle s'assit sur le lit, ouvrit son sac de voyage et en sortit les manuscrits. Elle constata, désolée, que les bords fragiles des feuilles s'émiettaient et que certains morceaux, même, commençaient à se désintégrer.

Elle songea à son chantier, là-bas, en Egypte, et se demanda si son équipe continuait à y travailler ou bien si les autorités avaient ordonné sa fermeture. Et le chantier de Hungerford ? Si on y poursuivait le dynamitage, il y avait de grandes chances pour que des dégâts irréparables compromettent à jamais les fouilles. A moins que, déjà, des archéologues dépêchés sur place aient entrepris une exploration systématique du puits ? Si tel était le cas, ils avaient sans doute découvert le squelette...

– Toujours pas d'accès au réseau, annonça le père Garibaldi.

Catherine releva la tête.

– Qu'allons-nous faire si nous ne parvenons pas à nous connecter ?

– Il faudra bien trouver un moyen. Mais je dois reconnaître que je n'ai jamais eu à affronter de semblables difficultés depuis le jour où sœur Agnès s'est enfermée dans la salle du gymnase. Il a fallu trafiquer la combinaison de la porte pour réussir enfin à la faire sortir... (Il eut un sourire désarmant et acheva :) En plus, j'ai dû affronter les affres de la tentation. Le frère Murphy m'offrait dix dollars pour que je la laisse enfermée jusqu'au lendemain matin. Il faut dire que sœur Agnès n'était pas du genre commode...

Catherine sourit à son tour. Décidément, cet homme était un curieux personnage... Mais l'inquiétude reprit bien vite le dessus. Pendant que le père Garibaldi se remettait au travail au clavier de l'ordinateur, Catherine disparut dans la salle de bains. Elle en émergea dix minutes plus tard, une serviette sur les épaules, les cheveux raides et humides.

– Je crois que je vais avoir besoin de votre aide, dit-elle en agitant une paire de ciseaux.

Michaël lui jeta un regard surpris et fronça les sourcils à la vue des ciseaux.

– Que voulez-vous faire avec ça?

– Vous oubliez le portrait-robot publié dans le journal. Si je ne change pas de tête, inutile de se fatiguer à fuir. N'importe qui pourra me reconnaître et nous arrêter en chemin.

Il fit la moue.

– D'accord. Mais ne comptez pas sur moi pour vous faire une coupe stylée. La seule fois où je me suis lancé dans ce genre d'exercice, je me suis contenté de poser un bol sur la tête et de couper ce qui dépassait...

Malgré cela, il prit les ciseaux tandis que Catherine s'installait sur une chaise. Timidement, il commença à couper quelques pointes. Encore gêné par sa blessure au bras, il bougeait avec raideur, mais il se dégageait de lui une impression de puissance et d'équilibre. Il était à présent vêtu d'un jean et d'une chemise de flanelle achetés dans un supermarché, et plus rien ne permettait de deviner son appartenance à la prêtrise. Levant les yeux vers lui, Catherine se sentit à nouveau envahie par un certain trouble. Il y avait quelque chose de dérangeant chez cet homme, un curieux mélange de mystère et de chaleur, de sensualité et de réserve. De discrets effluves d'after-shave l'enveloppaient, augmentant encore son charme ambigu. Catherine ferma les yeux et tenta de se ressaisir. A aucun moment elle ne devait oublier qu'il était prêtre.

Il prit la lourde chevelure auburn dans sa main et demanda doucement :

– Vous êtes sûre de vouloir les couper? Ils sont magnifiques, vous savez...

– Allez-y ! lança-t-elle impatiemment. Que m'importe mes cheveux si je dois être tuée ou emprisonnée demain ! Coupez-les court.

– Court ?

– Eh bien... disons pas aussi court que les vôtres. Au fait, pourquoi arborez-vous une coiffure aussi militaire ?

Il ne répondit pas et continua son travail. Les longues mèches d'un beau roux foncé tombaient sur le sol. Une voiture démarra sur le parking et passa devant la fenêtre de la chambre, laissant sur son passage un sillage de notes échappées de l'auto-radio. En reconnaissant un chant de Noël, Catherine pinça les lèvres.

– Je n'arrive pas encore à réaliser que Noël est dans cinq jours. Julius voulait que j'abandonne le chantier d'Egypte pour le rejoindre à Malibu et passer les fêtes avec lui. Si je l'avais fait, je n'aurais pas été là lorsque Hungerford a procédé au dynamitage et rien de tout cela ne serait arrivé. (Elle se tut un instant puis ajouta tristement :) Et Danno serait encore en vie...

Tout en parlant, elle caressa la petite panthère de jade suspendue à son cou.

– Je ne lui ai même pas acheté de cadeau de Noël cette année, murmura-t-elle.

Les ciseaux cliquetaient.

– Julius... C'est votre fiancé ? demanda Michaël tandis que de nouvelles mèches auburn voltigeaient à terre.

– Pas officiellement. Bien sûr, il a été question de mariage, mais...

Elle s'interrompit de nouveau, envahie par une terrible lassitude. Danno... Julius... ils lui manquaient tant.

– Oh mon Dieu, soupira-t-elle, je voudrais tellement pouvoir téléphoner à Julius, entendre sa voix...

– Avec un peu de chance, et surtout de la persévérance, nous finirons bien par trouver sur Internet les réponses dont vous avez besoin pour conclure vos recherches. Et vous pourrez enfin rentrer chez vous, retrouver votre famille et vos amis.

Ma famille. Mes amis. Comme ces mots sonnent étrangement, songea la jeune femme. Elle n'avait pas de famille, même pas quelque cousin éloigné, comme tout le monde. Des amis ? A vrai dire, elle n'y avait pas pensé depuis longtemps mais, à présent, elle se rendait compte que son cercle de relations n'était rien d'autre que mondain. Le travail avait absorbé presque tout son temps. Bien sûr, il y avait dans son entourage quelques collègues amicaux, mais aucun d'entre eux ne pouvait *réellement* être considéré comme un ami. Seuls Danno et Julius comptaient vraiment pour elle. Danno était mort et Julius, pour l'instant, injoignable.

Il valait mieux changer de sujet.

– Pourquoi avez-vous quitté Israël pour les fêtes ? demanda-t-elle pendant que les lourdes mèches continuaient de pleuvoir sur la moquette.

Il fit entendre un petit rire tout en poursuivant son travail. Ses doigts effleuraient le cou de Catherine, se glissaient au cœur de sa chevelure, caressaient fugitivement son crâne. Jamais encore, jusque-là, elle n'avait réalisé à quel point le fait de couper les cheveux de quelqu'un était un acte intime.

– Vous êtes-vous jamais trouvée à Jérusalem pendant une fête religieuse ? Il m'a fallu près de cinq heures rien que pour parcourir la moitié de la via Dolorosa...

– C'est pour cela que vous êtes parti dans le Sinaï ?

Elle le sentit hésiter. Les ciseaux demeurèrent en suspens quelques secondes puis reprirent leur danse métallique.

– Disons que j'avais besoin de grands espaces.

Ce n'était pas une réponse, naturellement, mais elle n'insista pas.

– Et vous, demanda-t-il, que cherchiez-vous là-bas ? Le directeur de l'hôtel Isis m'a parlé d'un travail sur l'Exode.

– Je cherchais Myriam.

– La prophétesse ?

Elle ne pouvait voir son regard.

– Vous connaissez son existence ?

– Dois-je vous rappeler que je suis prêtre ? J'ai appris cela pendant mes études religieuses. La Bible dit : « Dieu n'a-t-il parlé que par Moïse ? N'a-t-il pas aussi parlé par notre bouche ? »

– Livre des Nombres, chapitre douze, murmura Catherine. Bravo, mon père. Voyez-vous, je suis convaincue que Myriam occupait une haute fonction au sein de la communauté, au même titre que Moïse. Mais cette théorie ne rencontre guère de sympathie parmi les exégètes des Saintes Ecritures.

– Cela n'a rien d'étonnant. Comment voulez-vous que l'Eglise puisse maintenir les femmes en état d'obéissance si on vient leur apprendre qu'elles avaient le beau rôle dans l'Histoire sainte ?

Une adhésion aussi soudaine et naturelle à ses propres positions laissa Catherine stupéfaite. Il y eut tout à coup entre eux une telle ambiance d'intimité qu'elle sentit la tête lui tourner brièvement. Elle savait que le père Garibaldi en avait conscience, lui aussi. Ses doigts valsaient autour de sa tête avec une légèreté redoublée, comme s'ils craignaient de se brûler chaque fois qu'il leur fallait effleurer la peau. Catherine songea alors qu'un religieux tel que lui ne devait guère avoir eu de contacts physiques aussi rapprochés avec une femme. Ou alors autrefois. S'il avait eu une sœur, par exemple.

Un silence électrique s'installa entre eux. En regardant le sol, Catherine fut effrayée de voir cette masse de cheveux coupés. Jamais elle n'avait accepté de les sacrifier au nom de la mode. Mais, cette fois, l'enjeu était bien plus sérieux. Mieux valait perdre ses cheveux que la vie.

Clic-clic. Les ciseaux continuaient leur mélancolique ouvrage. Catherine sentit que son cou était à présent totalement dégagé et elle en éprouva un sentiment accru de vulnérabilité.

– C'est fini, annonça Michaël en reculant de quelques pas, l'air soulagé.

Catherine se leva et se regarda dans le miroir de la coiffeuse.

– Hmm, fit-elle, je ressemble à Buster Brown.

– A Louise Brooks, plutôt, corrigea-t-il.

Elle se passa la main dans les cheveux et constata que la coupe, pour un amateur, était plutôt équilibrée. Elle lui donnait un air plus juvénile, plus mutin.

– Joli travail, mon père. Et maintenant, passons à l'étape suivante.

Il la regarda avec inquiétude.

– La transformation n'est pas terminée ?

Pour toute réponse, Catherine sortit de son sac un flacon de shampoing décolorant.

– Je l'ai acheté dans un supermarché. Avec ça, je crois que plus personne ne fera de rapprochement avec mon portrait-robot.

Michaël saisit vivement le flacon et lut la notice d'utilisation.

– Eh... ce n'est pas raisonnable. Vous devez faire un test d'allergie quarante-huit heures avant.

Catherine haussa les épaules.

– Pas le temps. (Elle lui reprit la bouteille de shampoing des mains et se dirigea vers la salle de bains.) Ce sera une occasion de voir si les blondes ont vraiment plus de succès !

Mais il ne sourit pas à sa plaisanterie et, les sourcils froncés, la regarda disparaître. Il demeura ainsi quelques minutes, perdu dans ses pensées, puis enfila son blouson et sortit de la chambre.

Catherine entendit la porte claquer. Pourquoi sort-il ? se demanda-t-elle, l'estomac soudain noué. Peut-être pour téléphoner sans que je puisse l'entendre ? Qui est cet homme, en réalité ? Dois-je vraiment continuer à lui faire confiance ?

Elle tourna le robinet d'eau chaude, déboucha le flacon de teinture et le versa dans l'applicateur. L'ammoniaque lui piqua les yeux et elle enfila les gants de caoutchouc pour protéger ses mains. Tout en appliquant le produit raie par raie, elle continuait de réfléchir. Il lui semblait sentir encore sur son cou, contre ses tempes, la caresse presque brûlante des doigts de Michaël Garibaldi. Humer encore les effluves de son after-shave. Quelle était donc l'histoire de ce prêtre, se origines, son parcours ?

Le flacon vidé, elle se couvrit la tête d'un bonnet en plastique. Selon les instructions, il fallait à présent laisser le mélange agir pendant quarante-cinq minutes.

Michaël n'était toujours pas rentré. Catherine s'assit devant le portable et commença à pianoter sur le clavier.

Puisque, jusqu'ici, Michaël n'était parvenu à aucun résultat pour accéder au réseau, il fallait essayer de nouvelles combinaisons.

Elle entra le nom du serveur fournissant l'accès au Web puis le mot de passe convenu avec Michaël depuis qu'il avait modifié les données enregistrées par Danno. Un instant plus tard, les mots *Erreur de connexion* apparurent sur l'écran. Sans se décourager, Catherine tapa à nouveau le mot de passe mais l'ordinateur afficha le même message.

Bon sang... pensa la jeune femme. Même avec un temps d'accès au serveur, cela aurait dû déjà marcher. Serrant les dents, elle recommença une dernière fois. Elle entendit enfin le modem composer le numéro du serveur. Une sonnerie de téléphone retentit, suivie d'une tonalité puis d'un déclic. Catherine respira, soulagée. La connexion était enfin établie.

Elle cliqua rapidement sur NETSCAPE puis sur RECHERCHE, examina les choix proposés et opta pour le programme Lycos dans le menu de l'université de Carnegie Mellon. Le curseur se promena sur le formulaire d'entrée puis s'immobilisa sur DONNÉES PRINCIPALES.

Clic. Le curseur clignota de nouveau. Il fallait faire un nouveau choix. Catherine hésita puis s'apprêta à taper *Sabina* lorsque ses yeux tombèrent sur les cannes en bois laqué posées contre le mur. Quel était le nom que le père Garibaldi avait prononcé? Ah oui... Pangamot...

Suçant sa lèvre tout en réfléchissant, la jeune femme hésita. Finalement, elle effaça les données entrées précédemment sur l'ordinateur, revint en arrière et se retrouva dans le formulaire du menu général. Elle tapa alors *Pangamot* et appuya sur ENVOI.

29 occurrences consultables, afficha l'écran.

Catherine choisit un article publié récemment dans la revue *Soldier of Fortune* et lut : *Pour le combattant pangamot, l'autodéfense est passive. Le combattant pangamot est agressif, entraîné à tuer. Il n'y a pas de règles. Et, comme récompense, le gagnant reçoit non un trophée mais la vie de son adversaire.*

Un hypertexte renvoyait ensuite à la page du Web relative aux arts martiaux philippins. On y voyait des graphiques de lutte et des stratégies de combat. Chaque combattant brandissait les bâtons en rotin verni que Michaël promenait partout avec lui. Catherine réprima un frisson. Après ce qu'elle venait de lire, il devenait de plus en plus inquiétant de continuer à voyager avec un homme qui, malgré une vocation religieuse normalement significative d'amour et de paix, transportait des armes meurtrières et pratiquait un art martial dont le seul objectif était de tuer son rival...

Elle entendit la porte de la chambre s'ouvrir. En quelques pas, Michaël fut derrière elle, consultant à son tour l'écran.

– Je vois... dit-il d'un ton neutre. Mais, au lieu de perdre du temps à faire votre propre recherche sur l'ordinateur, il aurait suffi de me demander ce que vous désiriez savoir.

Elle ne le regarda pas.

– Vous avez dit que le Pangamot n'était qu'une pratique d'autodéfense...

– Je n'ai jamais rien dit de tel.

La voix de Catherine se fit accusatrice :

– Il s'agit en réalité d'un art de combat d'une extrême brutalité. Vous, un prêtre, pratiquer la violence !

– Je ne la pratique pas. Je la contrôle.

Elle se décida enfin à lever les yeux vers lui.

– Vous voulez dire : contrôler la violence de votre adversaire ?

– Non. La mienne.

Catherine eut soudain très froid et une vague nausée remplit sa gorge d'amertume. Mais il fallait poursuivre. Il fallait qu'elle sache enfin qui était cet homme.

– Beaucoup de choses me dérangent, dit-elle lentement. A commencer par votre allure. Votre coiffure, aussi. Je ne connais pas de prêtre portant des cheveux coupés aussi court. Vous avez davantage l'air d'un soldat d'élite que d'un religieux. Surtout sans votre col à la romaine. On dirait presque que vous cherchez à dissimuler votre prêtrise.

– Je rase mes cheveux parce que l'un des premiers

mouvements de tout combattant pangamot est de saisir la chevelure de son adversaire pour le déséquilibrer.

Catherine détourna les yeux.

– Ecoutez, reprit Garibaldi, pourquoi ces cannes vous perturbent-elles tant ?

La voix de la jeune femme monta d'un cran :

– Parce que je hais la violence sous toutes ses formes. Et parce que vous êtes un prêtre.

Il la regarda un long moment puis se dirigea vers le mur, prit les cannes et les lui tendit.

– Tenez, prenez-les.

– Non.

– Ce sont juste deux tiges de rotin, polies et vernies. Si vous les tenez dans vos mains, cela vous aidera peut-être à vaincre la peur qu'elles vous inspirent.

Elle les regarda un instant, subjuguée par les longs bâtons brillants et durs.

– Ce n'est pas de ces cannes que j'ai peur, dit-elle enfin. Mais de vous.

Fuyant son regard, elle se leva et se dirigea vers la salle de bains.

– Il faut que je me rince les cheveux, maintenant.

– Comme vous voulez, dit-il en reposant les bâtons contre le mur. Je vais entamer une nouvelle recherche sur l'ordinateur.

Elle se retourna pour le dévisager enfin.

– Je suis parvenue à entrer sur le Web et j'ai interrogé Lycos. (Elle baissa les yeux.) Enfin... je *voulais* l'interroger, ajouta-t-elle d'une voix légèrement altérée. En commençant par *Sabina*, par exemple... ou bien...

– Ou bien *Diakonos*, pourquoi pas ? dit Garibaldi. Mais d'autres entrées sont possibles : *la Voie*, *Antioche*, ou encore *le Juste*. S'il existe quoi que ce soit de déjà enregistré sur le sujet, naturellement.

Catherine réfléchissait.

– Leur âge.... Je veux dire l'âge des rouleaux. Il faut absolument savoir quand ils ont été rédigés. Sabina écrit que tout le monde, alors, était en émoi après un massacre de légions romaines. Le général s'appelait Quintilius Varus. A l'aide de ces informations, nous devrions réussir à dater exactement le texte.

Tout en parlant, son regard tomba sur le titre en gros caractères du journal jeté sur le lit : « CE MANUSCRIT ANNONCE-T-IL LA DATE DE LA FIN DU MONDE ? » Elle pensa au septième rouleau. Il fallait à tout prix le trouver.

– Tymbos, articula-t-elle soudain. Oui, c'est par là qu'il faut commencer. Cherchez si vous trouvez quoi que ce soit sur un roi appelé Tymbos.

Michaël Garibaldi hocha la tête. Et, tandis que Catherine allait ouvrir les robinets de la douche, il se remit à pianoter sur le clavier du portable.

– Elle est sur le Net, monsieur Havers !

– Merci, Yamaguchi, répondit le milliardaire.

Il raccrocha, enclencha une touche de sa télécommande et un panneau coulissa sur la vitre de séparation de la limousine, découvrant le clavier d'un petit ordinateur. Havers pianota quelques secondes et se connecta avec le terminal de Yamaguchi. Simultanément, il composa un nouveau numéro sur son téléphone cellulaire et se mit en contact avec Titus à Seattle.

Bien que seul passager de la voiture – Erica se trouvait dans une autre limousine, derrière, avec sa fille et ses petits-enfants –, Miles parla à voix basse dans le combiné.

– Titus ? Je viens d'apprendre que le Dr Alexander utilise sa carte de crédit pour accéder au réseau. Le serveur-relais est dans le comté d'Orange. Je crois qu'à présent nous allons pouvoir retracer de plus en plus précisément ses moindres faits et gestes.

Il se tut un instant et regarda à travers la vitre les lumières du pueblo trouer les profondeurs violettes du soir. Une foule considérable était venue se rassembler sous les étoiles. Coyote Man avait organisé un « spécial pow-wow » afin d'obtenir par des prières et des danses mystiques que le solstice Kachina revienne apporter ses bénédictions à son peuple.

– Ma femme et moi assistons ce soir à une cérémonie, reprit Havers, mais Yamaguchi appellera dès qu'il aura réussi à localiser Catherine Alexander. (Avant de raccrocher, il conclut :) Dis à tes hommes de ne pas oublier de rapporter l'ordinateur portable ainsi que tous les manuscrits en sa possession. Et débarrassez-vous d'elle pour de bon.

La limousine roulait à présent à petite allure, se frayant difficilement un chemin parmi la foule compacte. Havers enfonça une touche du clavier de l'ordinateur et le fragment trouvé par l'équipe de Hungerford apparut sur l'écran, accompagné de sa traduction.

Havers fronça les sourcils en lisant la phrase interrompue au bas de la page. *Portez ces livres au roi...* Il se pencha en avant, scrutant l'écran.

– Quel roi? murmura-t-il.

– Aucune information concernant Tymbos, annonça Michaël en entendant la porte de la salle de bains s'ouvrir. Etes-vous sûre de l'orthographe ou de votre traduction?

Catherine s'approcha de lui en peignant ses cheveux courts et humides, d'un blond presque platine à présent. Michaël se retourna.

– Vous avez l'air si différente... murmura-t-il, interdit.

– C'était le but de l'opération, rétorqua-t-elle, essayant de ne pas prêter trop attention aux yeux qui la détaillaient avec insistance.

Mais Michaël ne parvenait pas à détourner son regard de la jeune femme. Maintenant que ses longs cheveux avaient été coupés, son cou apparaissait, long et mince, d'un blanc laiteux contrastant avec la peau bronzée du visage et des bras. On aurait dit une fragile porcelaine.

Quant à la coupe de cheveux, si elle n'était pas, et de loin, le fait d'un professionnel, elle avait le charme mutin et ébouriffé d'une tignasse de gamine rebelle.

Jusque-là, Catherine Alexander s'était montrée une femme déterminée, énergique, capable d'affronter la peur, le danger. Mais maintenant, elle avait l'air si... vulnérable, si juvénile. C'était comme si, par ce simple changement de coiffure, une autre part d'elle, plus secrète, s'était révélée au grand jour. En la voyant ainsi, Michaël fut soudain envahi d'un désir intense de la protéger.

Elle fit un pas vers l'ordinateur, contempla l'écran en fronçant les sourcils.

– Je ne comprends pas, fit-elle. Il ne s'agit pas d'une erreur. On parle bien dans le manuscrit d'un roi Tymbos.

Michaël réfléchit.

– Et s'il s'agissait d'une sorte d'anagramme ? Les premiers chrétiens pratiquaient volontiers ce genre d'exercice. Rappelez-vous le mot *Ichtus*.

Catherine hocha la tête.

– C'est vrai... I.C.H.T.U.S. sont, en réalité, les premières lettres de chacun des mots de la phrase grecque « *Iesous Christos Theou Uios Soter* » – Jésus-Christ, Fils de Dieu, Sauveur. Et, en latin, *ichtus* signifie « poisson », l'un des premiers symboles de la foi chrétienne. Croyez-vous que Perpetua, l'auteur de la lettre qui nous intéresse, ait eu recours à un code secret de ce genre ?

– Pourquoi pas ? En ces temps difficiles, la prudence était de règle.

Il jeta un coup d'œil à l'horloge numérique affichée dans un coin de l'écran et ajouta :

– Mais il est déjà tard. Faisons un essai puis allons-nous coucher. Nous avons besoin de repos.

Il s'assit et passa mentalement en revue la liste des entrées possibles : Aemelia, Perpetua, Sabina, la Voie, le Juste. Mais il manquait de paramètres et la recherche s'annonçait difficile. Lycos proposerait des milliers de fichiers pouvant constituer une référence possible, et les consulter tous était inenvisageable. De toute façon, procéder ainsi par association de mots ne conduisait à rien. La plupart des réponses n'auraient aucun rapport avec la question posée. Les données manquaient trop de précision.

Malgré tout, il fallait bien commencer par quelque chose. Retenant un nouveau soupir, Michaël commença à pianoter une série de mots clés dans l'espoir d'en voir un le conduire à un texte intéressant. Pendant ce temps, assise sur le lit, Catherine relisait le second manuscrit :

Je me joignis à la caravane d'un homme exerçant le travail d'alchimiste, fouillant les mystères de la vie et de la mort. Il avait étudié les œuvres des grands magiciens de Perse et recherché l'antique formule de la vie éternelle. Il me raconta que, il y avait très longtemps de cela, le monde avait été peuplé de géants. A cette époque – l'âge d'or –, les gens vivaient extrêmement longtemps. Pour me prouver ses dires, il me fit connaître les œuvres de Platon et de Socrate et me fit lire des passages des écrits des Juifs où il est dit que des hommes tels qu'Adam, Seth ou Mathusalem ont vécu chacun près de mille ans.

C'était plutôt un stoïcien, mais il croyait aussi à l'existence d'êtres suprêmes de qui, disait-il, l'humanité avait appris autrefois le secret d'une vie extraordinairement longue. Depuis longtemps, ce secret avait été perdu mais, pour celui qui le désirait vraiment, il était encore possible de le retrouver après une longue et difficile quête.

Voilà comment j'ai rejoint la caravane de Cornelius Severus, en route pour l'Orient et en quête du Juste...

Un message apparut sur l'écran :

htpp ://home.mcom/home/internet-search.html

MOTEURS DE RECHERCHE

Recherche Infoseek

Infoseek est un moteur de recherche précis et exhaustif. Il suffit d'entrer l'objet de sa recherche par une simple phrase ou par des mots clés. On peut aussi effectuer ce travail à l'aide d'opérateurs spéciaux de recherche.

MOT CLÉ : Cornelius Severus

Recherche en cours

htpp//www2.infoseek.com/mots-clés?qt=Cornelius+Severus

RÉSULTATS DE LA RECHERCHE INFOSEEK POUR

Cornelius Severus : Pas d'information. Aucune page www ne correspond à votre requête.

Michaël regarda Catherine.

– Ça ne donne rien. Vous voulez qu'on continue ?

La jeune femme contemplait fixement le curseur qui clignotait sur l'écran.

– Non, soupira-t-elle. Cela suffit. Déconnectez-vous.

Tandis qu'il accompagnait sa famille jusqu'au pueblo où les cérémonies venaient de commencer, Miles porta son téléphone cellulaire à son oreille.

– Teddy ? Où en êtes-vous ?

– Je l'ai repérée sur le Net, répondit Yamaguchi. D'ici deux minutes, j'obtiendrai le numéro de téléphone du fournisseur d'accès au réseau.

L'air était rempli d'arômes d'épices et de pain indien frit. La nuit vibrait aux rythmes lancinants des tambours. Tous les yeux étaient fixés sur Coyote, qui jouait de sa flûte magique. Les membres de l'assistance retenaient leur souffle, comme s'ils s'attendaient, d'une seconde à l'autre, à voir le dieu Kachina surgir de terre et répandre des brassées de lumières et de bienfaits sur le monde.

Havers soupira. Cette ferveur béate l'ennuyait. Il savait pertinemment que rien ne se passerait ici. Calmement, il s'excusa auprès d'Erica et repartit en direction de la limousine tandis que le chauffeur se précipitait pour lui ouvrir la porte. Havers s'installa à l'intérieur du véhicule et, sans attendre, appela Teddy Yamaguchi. Ce dernier lui apprit deux nouvelles, une bonne et une mauvaise. La bonne, c'était un fax envoyé d'Egypte et attendu avec impatience par Miles. Il s'agissait d'une première traduction des manuscrits. Quant à la mauvaise nouvelle, elle concernait le Dr Alexander. Elle s'était déconnectée du réseau Internet avant que Teddy ait eu le temps de remonter la filière et de la localiser.

Havers donna à Yamaguchi de nouvelles instructions puis appela Seattle.

– Son portable doit renfermer des données qui risquent de m'incriminer, Titus. Il est possible, par ailleurs, que d'autres cherchent également à retrouver sa trace. Il faut absolument la retrouver au plus vite et avant qui que ce soit d'autre...

Ce matin-là, les lumières s'allumèrent exceptionnellement tôt dans les appartements du pape dont les fenêtres ouvraient sur la place Saint-Pierre.

Sur le point d'être reçu par Sa Sainteté, le cardinal Lefèvre arpentait anxieusement le hall.

Les chiens de Dieu, songea-t-il avec nervosité. Voilà comment on appelle notre congrégation depuis des siècles. *Domini cane*, un jeu de mots inspiré par le nom de Dominique, le fondateur de l'Ordre.

Pourquoi sommes-nous tellement détestés ? se demandait Pierre Lefèvre tout en allant et venant inlassablement devant la porte fermée du bureau du Saint-Père. Il s'arrêta quelques secondes pour regarder la place, en contrebas. La garde civile vaticane avait bien du mal à contenir la foule qui ne cessait de croître. L'hystérie collective se répandait d'heure en heure. Ce n'était pas un constat rassurant.

Nous cherchons seulement à protéger la foi chrétienne des hérétiques et des adorateurs du diable, pensa Lefèvre en reprenant ses allées et venues sur le parquet bien ciré du hall. On nous a insultés, rejetés, alors que nous ne méritions que des louanges.

A présent, voilà qu'on nous demande à nouveau notre aide pour repousser les forces de décadence. Serons-nous encore une fois considérés comme les chiens de Dieu ? Les temps sont mauvais... très mauvais. Comment travailler convenablement dans un tel contexte ?

– Votre Eminence ?

Perdu dans ses pensées, le cardinal sursauta. Un jeune prêtre s'avançait vers lui.

– Sa Sainteté va vous recevoir.

On poussa la lourde porte et Lefèvre pénétra dans le bureau. Il s'inclina pour baiser la main du Saint-Père. Celui-ci alla droit au but :

– L'ambassadeur d'Egypte auprès des Etats-Unis a réclamé une réunion urgente à la Maison-Blanche concernant les manuscrits trouvés dans le Sinaï. Tout cela ne peut signifier qu'une seule chose : le gouvernement égyptien exige que les documents lui soient restitués.

Lefèvre baissa la tête. Il s'attendait au pire, il était servi.

– Je suis au courant, Votre Sainteté.

– Et pourquoi les réclament-ils donc, à votre avis ?

– Pour les exposer dans un musée, j'imagine.

Le pape regarda Lefèvre, un vieil ami du séminaire.

– C'est donc ce que vous pensez?

– S'il s'agit de manuscrits chrétiens, s'ils sont antérieurs aux Evangiles et s'ils peuvent être authentifiés sans le moindre doute comme un compte rendu véridique d'un témoin *oculaire* du ministère de Notre Seigneur... eh bien... (il leva les mains en signe d'impuissance)... tout cela semble assez logique en effet.

Sa Sainteté hocha la tête. Les manuscrits attireraient les foules et l'argent remplirait à nouveau les coffres vides de l'Egypte. Oui, bien sûr. Le gouvernement les exposerait aux yeux des pèlerins et des touristes, qui ne manqueraient pas d'accourir en nombre.

– Croyez-vous que nous ayons à redouter le contenu de ces manuscrits?

– S'ils ont un rapport avec certains documents qui se trouvent déjà en notre possession, je le crains, oui, Votre Sainteté.

Le pontife savait à quels documents le cardinal faisait allusion.

– Je désire envoyer quelqu'un de chez nous à Washington, dit-il finalement. J'ai déjà informé le gouvernement américain de notre désir d'assister à la rencontre. Il est impératif que nous fassions connaître nos intérêts dans cette affaire.

– Je peux partir immédiatement, approuva Lefèvre.

– C'est inutile. Ce cas exige quelqu'un de spécial, trancha le pontife.

Il avait déjà en tête le nom de l'homme qui, selon lui, réussirait à faire prendre conscience aux Etats-Unis de la gravité de la situation.

Père Garibaldi, je suis désolée de vous faire ça mais je n'ai pas le choix. Catherine griffonna ces quelques mots sur un bloc-notes puis s'arrêta, hésitante, le stylo à la main. Elle jeta un coup d'œil à la forme endormie sur l'un des lits jumeaux. Son propre lit était resté intact, malgré l'heure avancée de la nuit. Quant à ses affaires, elle les avait déjà emballées dans son sac de voyage.

Après une courte pause, elle se remit à écrire : *Je ne peux vous exposer à de nouveaux dangers. Toute ma vie je pleurerai la mort de Danno. Il serait bien ingrat de ma part de causer également votre perte. J'espère que vous me pardonnerez de vous avoir emprunté quelques dollars pour continuer ma route. Que Dieu vous garde.*

Elle signa le mot, prit son sac et ouvrit silencieusement la porte de la chambre. Puis, prenant une profonde inspiration, elle se glissa dans le brouillard épais de la nuit.

DEUXIÈME MANUSCRIT

On lui prêtait toutes sortes de noms : Guérisseur, Sauveur, Pasteur céleste, Fils unique de Dieu. Et, quand on l'eut exécuté, on l'appela l'Agneau du sacrifice. Lorsque je m'informai auprès de ses disciples et que ceux-ci m'apprirent qu'il était né d'une vierge, qu'il était venu de Jérusalem, qu'il avait été crucifié et enterré, avant de ressusciter au troisième jour, je sus que j'avais enfin trouvé le Juste que je cherchais depuis si longtemps.

La caravane de Cornelius Severus était arrivée dans un grand caravansérail sur les rives de l'Euphrate, là où la vaste plaine entoure l'antique cité d'Ur Magna. Il nous fallut plusieurs semaines pour parvenir à bon port et mon cœur se consumait du désir de voir le Juste. Mais, quand je me présentai au temple, les prêtres m'annoncèrent que, pour rencontrer celui que mon âme appelait depuis si longtemps, il fallait d'abord me purifier et recevoir l'initiation secrète.

J'acceptai avec une grande joie car j'étais la dernière représentante de la famille Fabianus et je devais poser au Juste une question très importante, une question qui me brûlait l'âme.

La période néophyte dura quarante jours pendant lesquels nous jeûnâmes et méditâmes tandis que l'on nous prodiguait l'enseignement du Sauveur. Quand arriva le jour de l'initiation, nous fûmes immergés et baptisés, puis nous revêtîmes des robes blanches. Ensuite, on nous conduisit dans une pièce secrète sous le temple. Cette pièce symbolisait le monde souter-

rain, celui des profondeurs de l'âme. C'était là qu'il nous fallait à présent affronter une mort rituelle.

Le Grand Prêtre entonna une incantation mystique à laquelle nous joignîmes nos voix, et nos chants se prolongèrent plusieurs heures sans interruption, accompagnés de sons rythmés de cloches et de fumées d'encens. Le Prêtre répétait : Ayez confiance en votre Seigneur car les souffrances qu'Il a endurées pour nous nous ont apporté le salut. Et, dans cette atmosphère de ferveur mystique, il se produisit alors de nombreux phénomènes mystérieux.

Certains néophytes tombèrent en transes extatiques et s'écroulèrent à terre, d'autres commencèrent à parler en langues inconnues, d'autres encore virent des morts leur apparaître en esprit. Moi aussi je reçus un don, celui de la prophétie, et lorsque la lumière se répandit en moi, je ressentis une infinie gratitude.

Quand l'initiation fut achevée, on nous tira du souterrain pour nous ramener au jour, auprès de nos familles et de nos amis réunis pour nous accueillir et se réjouir avec nous de notre nouvelle « naissance ».

C'est alors que j'appris que le Sauveur que je cherchais, celui que je croyais être le Juste, n'était pas celui qui résidait dans le temple. Celui-là était un très ancien guérisseur du nom de Tammuz, qui avait vécu de nombreuses années auparavant dans le temple de Jérusalem. Lui aussi avait été exécuté puis était ressuscité.

On me dit que je m'étais trompée de Maître, que je cherchais le mauvais Dieu. Mais je ne les écoutai pas. Je sus qu'on vénérait à Ur Magna un autre messie, un homme né lui aussi d'une vierge. Certains racontaient même qu'à sa naissance une étoile était apparue dans le ciel et qu'une délégation de mages et d'astrologues avait pris la route pour aller adorer le nouveau-né. On l'appelait le Rédempteur, et il était né voilà deux mille ans de cela. Mais, quand je me fus entretenue avec ses disciples, je découvris que le nom de ce Sauveur était Josué. Je compris alors que lui non plus n'était pas le Juste que je recherchais.

Je me sentis fort déçue mais, dans le même temps, exaltée par le nouveau don qui m'avait été accordé dans la chambre souterraine du temple, le don de prophétie. Grâce à lui, je vis clairement ce qui m'avait été caché auparavant. Voici alors ce que je compris, chères Aemelia et Perpetua : je compris que nous étions nés, nous, tous les hommes et les femmes de cette terre, d'une essence divine.

Plus tard, j'eus la preuve que cette intuition me venait bien de Dieu. Il y a en effet dans l'univers une source de vie, et nous émanons tous d'elle. Vous, moi, tous nos frères et nos sœurs, nous sommes issus de ces eaux-mères qui jaillissent du cœur de Dieu. Comme l'enfant ressemble à ses parents, nous avons en nous une parcelle de l'éternel divin.

Souvenez-vous toujours de cela, mes sœurs bien-aimées, car c'est la Seconde des Sept Vérités qui me furent révélées. Chacune de ces Vérités nous permet d'accéder au bonheur et à la richesse du cœur, à la paix de l'âme, à la clarté de l'esprit.

La Troisième Vérité, celle qui nous confère le pouvoir sur les forces du mal, me fut révélée le jour où j'abordai aux rivages de l'Inde lointaine.

SEPTIÈME JOUR

Lundi 20 décembre 1999

– Dr Alexander ! Dr Alexander !

La tête sous le jet d'eau chaude, Catherine n'entendit pas les appels du père Garibaldi qui tambourinait à la porte.

Un courant d'air sur son corps nu la fit frissonner et, par réflexe, elle s'enveloppa dans le rideau de la cabine de douche.

– Qu'est-ce que...

– Dr Alexander, il faut que nous partions... Tout de suite !

Quelques instants plus tard, à peine sèche, la jeune femme sortit de la salle de bains en jean et tee-shirt, tirant à la hâte ses chaussettes. Elle fut surprise de voir Michaël occupé à empaqueter ses affaires et à les déposer près de la porte, à côté de ses propres bagages.

– Mais qu'est-ce qui se passe ? demanda-t-elle en enfilant maladroitement ses chaussures.

Soudain elle se figea, les yeux fixés sur Michaël Garibaldi. Il avait abandonné son jean et sa chemise et arborait maintenant une longue soutane noire boutonnée jusqu'au cou. Un chapelet de lourds grains de jais pendait à sa large ceinture. Aussitôt, une image qu'elle croyait enfouie depuis longtemps lui revint en mémoire. C'était celle du père McKinney, venu au chevet de sa mère mourante, à l'hôpital. Catherine ne l'avait jamais vu porter de soutane auparavant et, plus tard, elle l'avait accusé de s'être vêtu de la sorte uniquement pour impressionner la malade et l'influencer, au moment où celle-ci était au plus bas de ses forces.

De combien d'autres choses, d'ailleurs, l'avait-elle accusé cette nuit-là ! Dans son immense chagrin, elle avait tout rejeté, l'Eglise, Dieu, l'enseignement catholique de son enfance, tous les principes qu'on lui avait inculqués et qui lui paraissaient, soudain, mensongers et trompeurs.

– Pourquoi vous êtes-vous habillé ainsi ? demanda-t-elle en maîtrisant mal la nervosité de sa voix.

– Les journaux ne donnent aucune information sur moi. Tout ce que l'on sait, c'est qu'un homme vous accompagne dans votre fuite. Je ne pense donc pas que Havers, la police ou qui que ce soit sachent que je suis prêtre. C'est même la dernière idée qui leur viendra à l'esprit. Je me suis dit que si je porte cette tenue les gens se souviendront peut-être de moi, mais ne penseront pas à vous détailler, *vous*.

Tout en parlant, il referma le couvercle du portable, le glissa dans son étui et le posa à côté des sacs.

– Mais... pourquoi devons-nous partir si vite ?

Pour toute réponse, il poussa un journal vers elle.

– Vous avez été identifiée...

Catherine écarquilla les yeux à la vue de sa photographie étalée à la une. Cette fois, il ne s'agissait plus d'un portrait-robot mais d'un cliché récent. « Le Dr Catherine Alexander, archéologue, précisait l'article, est originaire de Santa Barbara, Californie. Elle est recherchée, comme suspect numéro un, pour deux assassinats, un cambriolage, ainsi qu'une affaire très sérieuse de contrebande à large échelle et de sabotage industriel. Le Dr Alexander, continuait le journaliste, est soupçonnée d'avoir pris part à un vol avec effraction dans un laboratoire de recherche de Silicon Valley. Des bombes posées dans des corbeilles à papier ont provoqué des dégâts matériels considérables... »

Suivait un long développement de l'affaire. Tous les témoins avaient été interrogés : le directeur de la Fondation de San José, M. Mylonas, à l'hôtel Isis, les agents de la douane américaine, etc. Catherine chercha le nom de Julius et, à son grand soulagement, ne le trouva pas.

– Vous comprenez maintenant pourquoi il ne faut pas moisir ici. Quelqu'un du motel pourrait se rappeler nous avoir aperçus hier avant que vous ne changiez de coiffure.

Elle le regarda glisser les cannes Pangamot sous son bras. Prenant une longue inspiration, elle déclara tout à coup :

– Père Garibaldi, j'ai voulu vous quitter cette nuit.

– Je sais. Je ne dormais pas, vous savez. (Il la regarda.) Qu'est-ce qui vous a fait changer d'avis ?

Elle hésita puis finit par lui adresser un sourire timide.

– Disons que le brouillard risquait de me décoiffer...

Leurs regards se perdirent un instant l'un dans l'autre, et ce fut comme si le temps s'arrêtait. L'écho d'une sirène de police qui se rapprochait les ramena à la réalité. Saisissant rapidement leurs bagages, ils se ruèrent hors de la chambre et coururent à la voiture. Michaël démarra sur les chapeaux de roues et quitta le parking au moment où un gyrophare jetait ses lueurs clignotantes dans le rétroviseur.

Dr Voss, est-ce que vous réalisez que le fait d'introduire des objets en contrebande dans ce pays est un grave délit ? Savez-vous que le Dr Alexander est soupçonné d'avoir fait entrer illégalement des documents d'une grande valeur aux Etats-Unis ? Connaissez-vous le lieu où elle se trouve à présent ? Quel est le lien qui l'unissait au Dr Daniel Stevenson ? Que savez-vous de ce meurtre et en quoi, selon vous, le Dr Alexander peut-il s'y trouver impliqué ?

Julius se leva nerveusement, contourna son bureau et se mit à arpenter la pièce en se massant les tempes. Il ne parvenait pas à extraire de son esprit cet interrogatoire imaginaire. La veille, alors qu'il s'apprêtait à quitter la maison pour gagner le commissariat de police, des soupçons l'avaient brusquement arrêté dans son élan. En fin de compte, il était redescendu de voiture pour retourner chez lui, l'esprit en déroute.

Vous dites que vous connaissez bien le Dr Alexander, lui

auraient certainement demandé les enquêteurs. *Dans ce cas, pouvez-vous nous dire ce que vous savez sur cette affaire de contrebande? Nous savons aujourd'hui que le Dr Alexander a introduit en fraude des manuscrits d'une grande valeur. Vous a-t-elle fait des confidences à ce sujet?*

C'était une véritable folie que d'aller se jeter ainsi dans la gueule du loup. Et, de surcroît, cette démarche ne servirait qu'à accabler davantage Cathy, à lancer toute une meute à ses trousses. La veille encore, la police semblait ignorer l'identité de la femme dont le portrait-robot avait été publié dans les journaux. Mais, ce matin, c'était différent. A la une du *Los Angeles Times*, la photo de Catherine s'étalait en grand, une photo récente, d'une terrible ressemblance...

Il saisit le journal et, pour la dixième fois au moins, relut l'article. La police avait trouvé dans l'appartement de Daniel Stevenson dix-neuf photographies de documents très anciens. Ce détail intriguait Julius. Catherine lui avait confié avoir photographié la totalité des pages des manuscrits, soit plus d'une centaine de clichés. Il en manquait donc près de quatre-vingts. Les meurtriers de Danno les avaient-ils emportés?

En tout cas, il semblait que Catherine soit toujours en vie, pensa-t-il en remerciant le ciel. Le journal mentionnait la présence d'un homme à ses côtés. Qui diable cela pouvait-il bien être? D'après l'article, il agissait davantage comme allié que comme adversaire. C'était rassurant. Au moins, la jeune femme n'avait pas été kidnappée.

Il poussa un long soupir, jeta le journal sur le bureau et recommença à arpenter la pièce, les mains dans les poches, totalement désemparé. Si seulement il pouvait faire quelque chose. Mais quoi?

Il se remit à penser aux manuscrits dont Catherine lui avait parlé. Peut-être pourrait-il essayer de poursuivre de son côté les recherches qu'elle s'apprêtait à entreprendre à ce sujet? Elle avait mentionné l'existence d'un septième rouleau, de la plus extrême importance.

Tout en allant et venant inlassablement, il tenta de se remémorer précisément ce qu'ils s'étaient dit la dernière fois qu'ils s'étaient vus. Fermant les yeux, il revit la jeune femme poser une liasse de papyrus sur la table. Elle en avait déplié un et ils s'étaient penchés tous deux pour le déchiffrer. C'était un manuscrit très ancien, rédigé en grec, à peine lisible par endroits.

Un nom l'avait frappé, alors. On y parlait d'un roi. Mais il ne parvenait plus à se souvenir de quel roi il s'agissait.

Reprenant le journal, il relut le passage de l'article parlant du manuscrit. Le texte grec, traduit, citait des noms de femmes : Aemelia, Perpetua, Sabina. Pourquoi ne pas tenter d'effectuer une recherche sur Internet à partir de ces mots ? Il finirait peut-être par retrouver le fameux roi dont il était question dans le papyrus.

En tout cas, pensa-t-il en se dirigeant vers la porte, cela l'aiderait au moins à tromper cette insupportable attente. La main sur la poignée, il s'arrêta. En vérité, il n'avait aucune idée de l'endroit où il devait aller pour glaner ce genre d'informations. A nouveau indécis, il se retourna et jeta un coup d'œil à la fenêtre. Il était à peine huit heures du matin et, déjà, les guirlandes lumineuses de Noël scintillaient sur Wilshire Boulevard. En principe, elles ne s'allumaient qu'à la tombée de la nuit, mais le ciel était aujourd'hui si gris, si sombre, que le système d'éclairage automatique avait dû se déclencher tout seul. Des lueurs rouges et vertes tremblotaient dans la pâleur du jour, allumant des incendies de couleurs sur les vitrines et les fenêtres des immeubles. Julius frissonna. Jamais il ne s'était senti aussi impuissant, aussi désorienté.

Soudain, un nom explosa dans son esprit.

Fabianus. Oui, il en était certain à présent, ce nom figurait aussi sur le manuscrit. Mais il ne se souvenait plus très bien à quoi il se rapportait. Etait-ce celui de ce roi mystérieux ? Ou bien du père de Sabina ? A moins qu'il ne s'agisse de l'homme qu'elle avait épousé ?

Ragaillardi par ce souvenir, il retourna à son bureau, brancha son ordinateur et passa mentalement en revue les moteurs de recherche qui pourraient l'aider dans sa quête : Lycos, Infoseek, OmniSearch...

Mme Meritites.

C'était ainsi que Catherine s'était présentée lorsqu'elle lui avait laissé un message sur son répondeur téléphonique. Le nom de cette momie qu'il avait étudiée autrefois était resté associé à des rivalités internes nées de jalousies au sein de l'équipe de Julius. Catherine connaissait l'incident, et le choix de ce pseudonyme revêtait donc une importance toute particulière.

Julius fronça les sourcils. Quel imbécile il faisait ! Il aurait dû réfléchir davantage à ce détail, deviner tout ce qu'il impliquait ! A l'époque, des collègues envieux et peu scrupuleux avaient même poussé l'audace jusqu'à mettre son téléphone sur écoute. C'était donc cela que Catherine cherchait à lui faire comprendre : que sa ligne téléphonique risquait, une fois encore, d'être surveillée...

Une migraine tenace lui martelait les tempes. Mais il fallait continuer à réfléchir, à envisager tous les aspects du problème. Si réellement on surveillait sa ligne téléphonique, cela signifiait aussi que son ordinateur pouvait subir le même sort. Il fallait se montrer prudent. Mais s'il ne pouvait se servir de son propre terminal, comment procéder discrètement à des recherches concernant le septième manuscrit ?

Julius réfléchit encore et encore. Dans tous les cas, il était exclu de rester ici, à l'Institut. D'ici quelques minutes, les autres membres de son équipe allaient arriver et, naturellement, ne manqueraient pas de l'interroger après avoir lu l'article paru dans le journal du matin. Tous connaissaient les liens qui l'unissaient à Catherine. Il valait mieux quitter les lieux avant de se retrouver confronté à une avalanche de questions auxquelles il se sentait incapable de répondre.

Saisissant vivement sa veste de tweed, son porte-documents et le journal, il quitta le bureau et se hâta à travers le labyrinthe de couloirs et de laboratoires pour gagner la sortie. Quand il se retrouva enfin dehors, il respira longuement. L'air était chargé d'effluves salés et le ciel menaçait à nouveau de déverser des tonnes d'eau. Prenant dans sa poche les clés de sa voiture, Julius traversa le parking.

Il vit trop tard les camions de télévision, les caméras,

les journalistes et les deux voitures de police qui débouchaient à vive allure de la bretelle d'autoroute...

Miles Havers sentit ses oreilles bourdonner tandis que le jet privé amorçait sa descente. Il consulta sa montre. Le vol avait duré exactement six heures.

En réalité, sa présence ici n'était pas à première vue indispensable. Il aurait pu déléguer l'un de ses fondés de pouvoir pour traiter la transaction. Mais l'affaire était devenue bien trop sérieuse à ses yeux pour qu'il consente à faire confiance à quelque tiers que ce soit.

Jusqu'à présent, les recherches entreprises d'après les clichés des manuscrits qu'il possédait avaient conduit à trois pistes. L'une menait aux archives de la Duke University, la seconde au British Museum. Dans les deux cas, il s'agissait de petits fragments de papyrus, probablement de la même époque et de la même veine que ceux photographiés par le Dr Alexander, mais en fort mauvais état. Par ailleurs on n'y trouvait aucune mention de Sabina ou de Fabiana. Quant à la troisième piste, elle atterrissait tout droit dans les fonds privés d'un collectionneur richissime et célèbre homme d'affaires japonais, Aki Matsumoto. L'équipe que Havers avait lancée sur l'affaire était parvenue à repérer une information extrêmement intéressante dans la revue *Archaeology*. L'un des articles, en effet, traitait d'un papyrus du IIe siècle sur lequel on pouvait très nettement distinguer le nom de Sabina.

Ce papyrus appartenait à Matsumoto et Havers avait la ferme intention d'en négocier aujourd'hui même le rachat.

Par tous les moyens possibles.

Le voyant jaune de l'intercom clignota plusieurs fois, annonçant qu'ils approchaient de Hilo Airport. Miles regarda à travers le hublot l'étendue sombre de l'océan et le chapelet d'îles éparpillées sur sa surface comme autant de splendides émeraudes. Entreprendre ce voyage avait été une décision difficile. Miles avait dû laisser Erica se débrouiller toute seule pour préparer la réception du

Nouveau Millénaire qui aurait lieu dans dix jours. Les célébrités les plus représentatives de la jet-set internationale y étaient conviées. La fête se devait d'être splendide. A la fois festival, nuit des Oscars, bal inaugural, elle réunirait ce que le monde comptait de plus brillant, de plus réussi en matière d'influence et de pouvoir.

Le jet toucha enfin le tarmac et roula lentement vers l'extrémité de la piste. Le steward, qui avait veillé durant le trajet à satisfaire les moindres désirs du milliardaire, alla débloquer la porte, laissant entrer les brumes lourdes et chaudes flottant au-dessus de l'aéroport d'Hawaii. Par le hublot, Havers vit une Mercedes d'un noir luisant approcher à petite allure. Il savait que le passager assis à l'arrière était Matsumoto, un homme à l'allure chétive, au teint pâle et aux yeux tristes.

Le steward se tourna vers son patron.

– Maintenant, monsieur?

Havers hocha la tête tandis que le jeune homme s'approchait pour saisir l'enveloppe qu'il lui tendait. A l'intérieur, des clichés de la fille d'Aki Matsumoto, une gamine à peine âgée de quatorze ans. Elle avait été photographiée sous toutes les coutures alors qu'elle faisait l'amour avec un acteur célèbre de Hollywood.

Havers préservait toujours son anonymat lors des transactions importantes. C'était une règle d'or. Aujourd'hui encore, l'homme d'affaires japonais, auquel le steward irait remettre cette enveloppe d'ici quelques minutes, ignorerait tout de celui qui le contraignait à se démettre de l'une des plus précieuses pièces de sa collection de manuscrits anciens.

Confortablement assis dans son fauteuil de cuir, Miles Havers regarda par le hublot l'employé s'approcher de la Mercedes et tendre l'enveloppe par la vitre à demi baissée. Au début, usant d'un intermédiaire, Havers avait d'abord offert à Matsumoto une somme généreuse en échange du manuscrit. Mais le Japonais s'était entêté dans son refus. A présent, il ne pourrait plus continuer à résister. Sinon, les photos seraient dès le lendemain publiées à la une de tous les magazines...

Une main fine et ridée sortit de la vitre de la voiture et

tendit une chemise en carton rigide que l'employé rapporta derechef à Havers, qui ne perdait rien de la scène. Il savait que, derrière les vitres teintées de la Mercedes, le vieil homme d'affaires scrutait anxieusement l'avion pour tenter de deviner le nom de l'homme qui menaçait de la sorte l'honneur de sa famille.

Miles retint un sourire. Il se savait envié et détesté par des centaines de gens. Mais cela ne le dérangeait pas. Au contraire, il y voyait une marque de son pouvoir. Seuls les faibles, aimait-il à se répéter, désirent jouir de l'approbation générale.

Le steward lui tendit la chemise en carton. Il s'agissait bien du papyrus, accompagné d'un certificat d'authentification assurant que le document datait de 568 après J.-C. Satisfait, Havers remit à son employé une deuxième enveloppe scellée. A l'intérieur, Matsumoto trouverait les négatifs des clichés compromettant la réputation de sa fille. L'affaire était conclue.

Deux minutes plus tard, la Mercedes démarrait et s'éloignait de la piste de l'aéroport. La transaction n'avait duré en tout et pour tout qu'une dizaine de minutes.

Tandis que le Jet faisait le plein de carburant pour le trajet de retour, Miles étudia le parchemin, cherchant des indices, des mots clés pour l'aider dans sa recherche : Aemelia, Perpetua, Sabina, Cornelius Severus. Mais aucun de ces noms n'apparaissait dans le texte. Par contre, le mot *Fabiana* était clairement lisible en bas de la page, à un endroit où le document semblait s'arrêter net au milieu d'une phrase.

Maniant avec soin la feuille, il la plaça sur le scanner de son ordinateur portable et faxa immédiatement l'image au Caire, accompagnée d'un post-scriptum précisant qu'une photographie plus nette serait envoyée en complément dès son retour au Nouveau-Mexique.

Satisfait, Havers ferma les yeux et s'adossa contre son siège, laissant courir ses pensées. Ses contacts égyptiens ne tarderaient pas à lui expédier une traduction qui l'aiderait à évaluer l'importance réelle de ce papyrus.

Enfin, il gagnait du terrain, pensa-t-il. Le Dr Alexander n'avait plus guère de chances de s'en sortir. Tous les journaux de la côte Ouest avaient publié une photo de la jeune femme, ce qui ne manquerait pas de rendre sa fuite encore plus problématique. Elle n'était pas libre comme lui de parcourir le monde pour recueillir ici et là des fragments ou des documents susceptibles d'élucider le mystère du septième manuscrit. Elle ne pouvait même pas se rendre dans une bibliothèque pour consulter une vulgaire encyclopédie ! Ainsi privée de toute possibilité d'informations, l'archéologue ne pourrait jamais conclure ses recherches. Elle se verrait acculée, tôt ou tard, à livrer ses propres documents.

Et la boucle serait bouclée.

Havers posséderait enfin la clé de l'énigme. Cette fois, il le sentait au plus profond de lui, il s'approchait enfin des cimes et connaîtrait bientôt l'ivresse de la toute-puissance. Certes, beaucoup d'éléments manquaient encore. Mais c'était une question de jours, d'heures peut-être, avant qu'il n'accède enfin au Grand Mystère.

Les chances étaient définitivement du côté du tigre...

– Dans cette délicate et urgente affaire, monsieur le président, nous avons tout lieu de croire que certains intérêts privés sont également à la recherche des manuscrits, expliqua l'ambassadeur d'Egypte. Nous ne pouvons nous permettre de laisser les papyrus tomber entre des mains étrangères.

Le chef des Etats-Unis d'Amérique jeta un coup d'œil à son assistant. Ils étaient quatre, aujourd'hui, à participer à ce rendez-vous de dernière heure dans le bureau ovale.

– Monsieur Dawud, demanda le président, sur quelles données se base votre gouvernement pour affirmer aussi catégoriquement l'existence de ces manuscrits fantômes ?

Dawud, un petit homme énergique aux gestes un peu brusques et au débit nerveux, répondit aussitôt :

– Tout d'abord, nous savons que des papyrus ont été découverts au fond d'une tranchée de fouilles dans le Sinaï. Nous savons également que le Dr Alexander a exploré un puits révélé par un dynamitage et qu'elle y a trouvé un panier. De nombreux témoins l'ont vue le retirer du puits et le porter dans sa tente. Ce panier, examiné par nos soins, a révélé l'existence de minuscules fragments de papyrus ainsi que des fibres brun-rouge identiques à celles relevées sur le squelette gisant au fond du puits. (Il esquissa un mouvement pour s'asseoir mais, trop énervé, décida finalement de rester debout.) Monsieur le président, si le Dr Alexander ne nous avait pas dérobé des manuscrits, pourquoi a-t-elle quitté l'Egypte aussi brutalement ? Pourquoi continue-t-elle de se cacher ? Nous avons appris qu'elle s'est rendue, ici, aux Etats-Unis, dans un laboratoire offrant de multiples possibilités d'investigations, entre autres celle de dater très précisément des documents anciens. Elle n'a pas hésité à recourir à la violence en faisant exploser des petites bombes pour protéger sa fuite.

Le président soupira puis se tourna à nouveau vers son conseiller.

– Est-ce que nous savons à présent ce que cherchait réellement le Dr Alexander dans ce laboratoire ?

– En fait, tout ce que nous avons pu découvrir, c'est qu'elle s'est connectée à un terminal pour télécharger un programme informatique de recherche, monsieur.

– Quelle sorte de programme ?

– Il s'agit de Logos, monsieur. Un excellent outil pour traduire des textes rédigés en grec ancien.

– Monsieur le président, intervint Dawud, je n'ai certes pas besoin de vous rappeler l'état catastrophique de l'économie égyptienne. Et je ne crois pas utile non plus de souligner à quel point ces manuscrits pourraient participer à son rétablissement rapide. Ils représentent un attrait culturel tout à fait exceptionnel pour les voyageurs venant visiter mon pays.

La quatrième personne présente dans le bureau ovale n'avait pas encore ouvert la bouche. Il s'agissait d'une femme grande et élancée, à l'allure aristocratique. Elle était vêtue d'un strict tailleur de coupe impeccable, et ses cheveux blancs, coiffés en un chignon parfait, s'ornaient d'une luxueuse barrette en or. Quand elle s'exprima enfin, ce fut d'une voix ferme et posée, la voix de quelqu'un habitué à exercer son autorité :

– Monsieur le président, avec tout le respect que je dois à M. Dawud, puis-je vous rappeler que si ces manuscrits sont réellement chrétiens, ils reviennent de droit à l'Eglise ?

Le président avait déjà eu maintes fois l'occasion de se trouver confronté à l'esprit acéré et souvent caustique de cette interlocutrice, pour débattre de dossiers aussi délicats que ceux de l'avortement, de la contraception, de l'éducation sexuelle ou, encore, des droits des homosexuels – toutes choses auxquelles elle s'opposait fermement. Bien que dotée d'une forte personnalité, le Dr Zorah Kane ne parlait pas seulement en son nom propre mais, surtout, en tant que représentante d'une autorité bien plus influente : le Vatican. Sa Sainteté l'avait en effet choisie pour veiller aux intérêts de l'Eglise dans cette affaire délicate.

– Je présume, monsieur le président, ajouta Zorah Kane, que je peux transmettre à Sa Sainteté l'assurance du soutien du gouvernement américain ?

– Monsieur le président, coupa Dawud, dois-je vous rappeler que les manuscrits ont été trouvés sur le territoire égyptien ?

Comme le Dr Kane s'apprêtait à riposter, le président préféra apaiser les deux partis par une approche toute diplomatique.

– Des agents fédéraux très compétents suivent cette affaire de près, assura-t-il. Nous pouvons donc compter sur une conclusion aussi rapide que satisfaisante du problème.

Il leva une main pour interrompre de nouvelles interventions et donna congé à ses visiteurs. Mais, sous la façade sereine qu'il affichait, il maudit intérieurement le Dr Catherine Alexander de l'avoir impliqué indirectement dans un tel imbroglio.

Les mains enfoncées dans les poches de son pantalon, Titus étudiait la carte électronique géante qui luisait doucement sur le mur de son bureau. Des lumières multicolores clignotaient un peu partout, rappelant un autre panorama, de l'autre côté de la vaste baie, celui de la ville de Seattle illuminée contre le ciel nocturne.

Le regard de Titus se fixa sur la zone entourant San Francisco.

– J'ai l'intuition qu'elle se trouve par là, dit-il à l'homme qui se tenait à ses côtés. C'est une grande métropole offrant de multiples cachettes.

Son assistant, un employé de la Security Consultants Inc. depuis plus de dix ans, examina à son tour la carte.

– Nous avons cherché au sud jusqu'à San Simeon et à l'est jusqu'à Fresno. Il n'y a aucun espace vide sur cette portion de la côte. Les gens s'entassent au bord de l'océan comme s'il s'agissait pour eux d'une question de vie ou de mort. On dirait qu'ils pensent que c'est là que va se produire l'Apocalypse...

– L'Apocalypse... répéta Titus d'un ton légèrement méprisant. Ils risquent d'être déçus. Mais laissons ces imbéciles et leurs fantasmes de fin du monde. Je vous dis que la fille doit errer dans ces parages. Nous n'avons plus beaucoup de temps. Il faut absolument mettre la main sur elle et sur son complice.

Les deux hommes réfléchirent un instant en silence.

– Ce qu'il faudrait savoir, dit l'assistant de Titus, c'est ce dont elle peut avoir besoin.

Titus se frotta le menton, l'air apparemment absent. En réalité, il était profondément concentré.

– Son plus grand besoin ? finit-il par dire. Je crois le connaître. Elle va devoir se connecter au réseau Internet à un moment ou à un autre pour glaner des informations sur les manuscrits. Et, pour cela, elle essaiera d'entrer anonymement pour qu'on ne la repère pas.

– Un accès anonyme ? (L'autre esquissa un sourire entendu.) Eh bien... si elle en veut un, rien de plus facile que de le lui procurer, non ?

Catherine craignait qu'ils ne se fassent repérer dans la foule, mais les derniers clients du At Dot Café ne semblaient manifester aucun intérêt à leur égard, trop occupés à pianoter sur les claviers et à fixer, l'œil un peu hagard, les écrans des nombreux ordinateurs alignés sur les tables. Du débutant au pro le plus patenté, tous étaient absorbés par la lecture des millions d'informations offertes par le réseau Internet ou par d'interminables discussions avec d'autres connectés.

Le At Dot Café se glorifiait de posséder cinquante-six ordinateurs offrant un accès direct à Internet. Chaque table était équipée de câbles de connexion pour les portables des clients. Et, sur les murs, des panneaux d'information les renseignaient sur les innombrables programmes informatiques offerts à leur insatiable curiosité. Des effluves de café et de chocolat chaud flottaient agréablement dans la salle. Par-dessus le cliquetis des claviers, des conversations se nouaient de table en table. Depuis quelque temps, le sujet principal, sur toutes les lèvres, était le nouveau logiciel Dianuba 2000, qui devait être diffusé sur le réseau une minute après que minuit aurait sonné l'avènement du nouveau millénaire.

Michaël s'approcha de Catherine et murmura :

– Je pense que nous pourrons faire pas mal de choses ici.

Elle hocha la tête.

– Notre priorité numéro un est de dater les manuscrits. Sabina indique qu'elle s'est rendue dans un temple à Ur Magna. Nous savons que ce temple a été détruit par un tremblement de terre, mais je ne me rappelle plus exactement à quelle période. Si la cité d'Ur Magna a été anéantie par ce cataclysme avant la naissance du Christ, alors le Juste dont parle Sabina ne peut pas être Jésus. Dans ce cas, je suis persuadée que tous nos poursuivants, Havers inclus, se retireront de l'affaire et que nous aurons enfin la paix.

Michaël lui prit le bras d'un geste protecteur.

– Voyons si nous pouvons trouver deux ordinateurs libres l'un à côté de l'autre. Ne vous éloignez pas. Je veux garder un œil sur vous au cas où nous devrions subir une nouvelle offensive de nos poursuivants...

Assis dans la Pontiac blanche, les deux passagers attendaient sur le tarmac lorsque l'avion-taxi privé se posa.

Quatre hommes en sortirent. Deux d'entre eux montèrent dans la Pontiac pendant que les autres prenaient place dans une voiture de location. Le responsable de la nouvelle équipe avait apporté une carte détaillée et la liste de tous les cybercafés de la ville et de sa périphérie.

– Allons-y, dit-il. Il n'y a pas de temps à perdre.

En attendant que deux ordinateurs se libèrent, Michaël et Catherine s'installèrent dans un box et commandèrent des cafés. Un journal traînait sur la table.

– Ecoutez ça, dit la jeune femme en le feuilletant. « Le service des douanes américaines nous informe que le Dr Alexander a regagné les Etats-Unis via l'aéroport John Fitzgerald Kennedy le 16 de ce mois. Les agents des douanes ignorent encore comment l'archéologue a réussi à sortir d'Egypte les manuscrits et à les acheminer jusqu'à notre pays. Pour le moment, on n'a pu relever aucune preuve directe de la responsabilité du Dr Alexander dans les meurtres du Dr Daniel Stevenson et de l'ingénieur des travaux publics J.J. Hungerford. Il semble toutefois que la jeune femme soit impliquée dans un trafic illégal de documents d'une inestimable valeur. L'enquête de la police s'oriente à présent vers le sud de la Californie où le Dr Alexander, accompagnée d'un complice dont l'identité demeure inconnue, semblerait se cacher... »

Catherine replia le journal avec un petit soupir.

– Eh bien, ils ne perdent pas de temps ! Bientôt je vais devenir l'ennemi public numéro un... On dirait que l'approche de l'an 2000 les rend tous cinglés !

Michaël sourit.

– En attendant, vous ne ressemblez plus du tout à la photographie publiée dans la presse.

Ils se turent.

– A mon avis, les types qui nous ont rejoints sur l'aire de repos de l'autoroute n'étaient pas des flics, reprit Michaël.

– Je le crois aussi. Ce devait être des hommes de Havers.

– Ou de quelqu'un d'autre. N'oubliez pas qu'il n'y a pas que lui qui désire mettre la main sur ces manuscrits. Le problème, c'est que nous ignorons nous-mêmes *qui* nous poursuit réellement.

Il y eut une nouvelle pause puis, d'une voix plus douce, Michaël murmura :

– Je me fais du souci pour vous, Catherine.

Elle le fixa, un sourcil relevé.

– Vraiment ?

Il serra les lèvres. C'était si difficile d'exprimer par de simples mots le désir grandissant de protection qu'il éprouvait à son égard. De plus, il risquait de l'embarrasser. Leur relation était si contradictoire, si fragile...

Quatre nouveaux clients vinrent s'installer à la table voisine, éveillant immédiatement l'attention de Michaël. Il se rapprocha de Catherine et, d'un regard circulaire, étudia attentivement la foule qui peuplait la salle du café. Chaque visage éveillait sa méfiance. Un rêve lui revint en mémoire, un rêve qu'il avait fait la nuit précédente. C'était toujours le même scénario mais, cette fois encore, avec une légère variante. Un nouvel acteur était entré en scène – une femme. Il ne savait pas qui elle était, mais elle essayait de lui dire quelque chose.

Glissant un œil en direction de Catherine, il remarqua avec un pincement de cœur que ses cheveux avaient été maladroitement taillés sous l'une des oreilles. Malgré tous ses efforts, il avait raté sa coupe. Ce défaut, il ne sut pourquoi, le rendit malade plus que de raison. Elle était si fragile, si vulnérable. Et pourtant elle faisait face, bravement, à ses ennemis invisibles. A la voir se tenir ainsi bien droite, le menton légèrement relevé, dans un geste inconscient de défi, on aurait dit qu'elle se tenait prête à affronter une armée entière. Il aurait voulu la prendre dans ses bras, lui communiquer sa force et sa chaleur. Tout faire pour la protéger.

Sentant qu'il l'observait, elle se tourna vers lui.

– Qu'y a-t-il ?

– Je suis inquiet, Catherine. Cela me rend malade de vous voir ainsi risquer votre vie.

Elle eut un sourire contraint.

– Et vous ? Ne risquez-vous pas la vôtre ?

Pendant un instant, la foule, le café, tout sembla s'évanouir. Ils demeurèrent ainsi de longues minutes, chacun suspendu au regard, au souffle de l'autre.

Michaël fut le premier à se ressaisir. Il se recula imperceptiblement, comme s'il craignait que les yeux de la jeune femme ne le brûlent.

– En attendant, la situation devient extrêmement dangereuse, dit-il lentement.

Elle pinça les lèvres.

– Vous croyez peut-être que je devrais abandonner, c'est ça ? (Il ne répondit pas.) Rappelez-vous les nouvelles données par la presse de ce matin, reprit-elle. Le gouvernement égyptien continue les fouilles dans le puits du Sinaï. Ils ont déjà déterré le squelette.

Oui, Michaël se rappelait très bien l'article. Un laboratoire du Caire, appelé d'urgence à la rescousse, avait conclu qu'il s'agissait d'un squelette de femme, probablement assassinée puisque les premiers examens prouvaient qu'on lui avait lié les poignets et les chevilles. Quelle mort atroce...

– Elle a été martyrisée à cause des manuscrits, dit Catherine d'une voix morne. Et vous voulez à présent que, moi aussi, je renonce ? Non, jamais, mon père. Un secret terrible a été enfoui au fond de ce puits en même temps que cette malheureuse femme. J'ai l'impression que, du fond des âges, elle essaie de me faire parvenir un message. Je n'ai pas le droit de m'y soustraire.

Il la regarda, incrédule.

– Et vous seriez prête à risquer votre vie pour ça ? Pour un mystère dont vous ne connaissez même pas le véritable objet ? Je vous concède que cette femme a manifestement été une martyre chrétienne des premiers jours. Mais en quoi son histoire vous concerne-t-elle tant ?

La jeune femme respirait par petits coups, comme oppressée par le poids d'une insoutenable charge. Quand elle parla à nouveau, sa voix n'était plus qu'un murmure :

– Père Garibaldi, il y a encore tant de choses que vous ignorez de moi. (Elle aurait voulu ajouter : Et moi de vous, mais elle se retint.) Ma mère était professeur de théologie. Mais elle était plus que cela, en réalité. Après de longs et patients travaux, elle a osé publier une étude mettant en cause la traduction officielle de la Bible diffusée par le Vatican. Son but était de souligner que la tradition de la Genèse enseignée par l'Eglise ne se fondait, en réalité, sur aucune preuve historique. On veut nous faire croire, en effet, que la femme a été créée exclusivement pour être la compagne passive et docile d'Adam. En fait, il s'agit d'une pure invention, une version postérieure édictée par les autorités de l'Eglise, le résultat d'un parti pris destiné à écarter les femmes de toutes les zones de pouvoir.

Elle fit une pause, prit une profonde inspiration et poursuivit :

– Le mot hébreu *hemot* traduit ici par « femme » ne signifie pas « une aide » mais « l'égale », « celle qui est de même puissance ». Et dans le Deutéronome, chapitre 32, verset 18, il est écrit : « Tu dédaignes le rocher qui t'a donné la vie, tu oublies le Dieu qui t'a engendré. » Mais, là encore, le mot hébreu traduit par « engendré » n'a pas exactement ce sens. Il signifie plutôt « mettre au monde dans la douleur », « se tordre dans les affres de l'enfantement ». Je vous parie ce que vous voulez que les exégètes catholiques qui ont traduit la Bible n'ont guère apprécié l'idée d'un Dieu qui, telle une femme, connaît ainsi les tourments de l'accouchement. Ils lui ont préféré une version qui évoque la mâle puissance du créateur, mais sans les sous-entendus, trop amoindrissants à leur goût, d'un enfantement par trop « féminin ».

De nouveau, elle respira profondément, but une gorgée de café chaud et conclut :

– C'est la même chose avec les écrits de Paul. Là encore, rappelez-vous le manuscrit. On y emploie clairement le terme de « diakonos » pour une femme. Il s'agit là d'une fonction très importante au cœur de la communauté. Mais, comme toujours, la traduction a cherché à évincer le sens premier.

Michaël hocha la tête.

– Je comprends...

Elle lui jeta un regard ironique.

– *Vous?* Me comprendre? Je ne vois pas comment vous le pourriez. Vous êtes catholique. Vous êtes prêtre. On vous a enseigné à respecter le dogme de l'Eglise. Vous et moi nous trouvons chacun d'un côté de la barrière...

– Il me semble que vous poussez un peu trop loin votre démonstration. A vous entendre, l'Eglise maltraite les femmes, les déconsidère. Je ne partage pas votre point de vue. N'oubliez pas que les catholiques sont les seuls à vénérer la Sainte Mère.

– La dévotion qu'ils portent à Marie et la condition féminine dans l'Eglise sont deux sujets différents. Quand j'ai appris, petite fille, que je n'avais pas le droit de recevoir les sept sacrements simplement parce que j'étais de sexe féminin, je suis rentrée en pleurant à la maison. Ma mère m'a alors expliqué que l'exercice du sacerdoce et bien d'autres choses encore m'étaient à jamais refusés.

– Oui, mais...

Lancée avec passion dans son discours, elle ne l'écoutait plus.

– J'étais une enfant profondément croyante, élevée dans le respect de la foi catholique. Je voulais servir la messe, donner la communion. Mais seuls les garçons étaient autorisés à le faire. Cela m'a révoltée. Surtout quand je voyais ces adolescents se moquer en cachette de leur charge, boire le vin de messe, ironiser sur les rites de la liturgie. Je sais, tout cela peut vous paraître bien dérisoire aujourd'hui, et pourtant, à l'époque, je l'ai vécu comme une sorte de drame.

– Catherine, ce n'est pas moi qui ai édicté les règles, et...

– Il n'y avait que des femmes au pied de la Croix. Et ce sont des femmes, encore, qui ont recueilli le corps du Christ et qui l'ont enseveli alors que les apôtres se cachaient, craignant pour leur vie. Quand Jésus est ressuscité, c'est à une femme qu'il est apparu en premier.

– Vous prêchez un convaincu. Je n'ai jamais été opposé à l'ordination des femmes. Mais, encore une fois, mon opinion est de peu de poids dans l'Eglise.

Voyant la jeune femme très pâle, il héla le serveur et

commanda deux autres cafés ainsi que des sandwichs au pastrami. La commande leur fut apportée rapidement et ils burent le breuvage chaud en silence, perdus dans leurs pensées. Catherine fut la première à reprendre la parole :

– En 1965, ma mère a postulé pour un poste d'enseignante à l'université de Yale. Mais sa candidature a été écartée simplement parce qu'on ne voulait pas de femmes parmi le personnel. Huit ans plus tard, après de longs et minutieux travaux, elle a publié un petit ouvrage de pédagogie intitulé *Marie-Madeleine, la première des Apôtres*.

Michaël hocha la tête.

– L'ouvrage a été mis à l'index.

– De sorte que vous ne l'avez pas lu.

– Je l'ai lu. (Il lui sourit.) Vous voyez, j'ai fait vœu d'obéissance, mais il est clair que j'ai encore pas mal de chemin à faire dans ce domaine...

Elle lui jeta un coup d'œil perplexe.

– La raison pour laquelle ce livre a provoqué une telle levée de boucliers, reprit-elle, est d'abord due à l'effet de surprise. Jusque-là, ma mère n'avait publié que des études plus traditionnelles sur le rôle des femmes dans l'Antiquité. Mais voilà que, tout à coup, elle attribuait à l'une d'elles, Marie-Madeleine, un rôle aussi important que celui d'un homme. Cela, l'Eglise ne voulait et ne pouvait le tolérer.

Elle marqua une pause et poursuivit :

– Père Garibaldi, le Nouveau Testament ne mentionne nulle part que Marie-Madeleine ait été réellement une prostituée, comme le catholicisme veut nous le faire croire. Mais, durant les premiers siècles de notre ère, de nombreuses factions ennemies, au sein de la communauté chrétienne primitive, luttèrent pour dominer l'Eglise. En déclarant que Marie-Madeleine avait été une femme de mauvaise vie, on lui ôtait ainsi toute dignité et on la privait de son statut originel, à savoir celui de *premier apôtre*.

Des vivats et des applaudissements éclatèrent soudain dans la salle voisine. L'un des serveurs, qui passait par là, se mit à rire.

– Encore un hacker qui a réussi un petit tour de passe-passe, dit-il à Catherine et à Michaël. Au fait, soyez encore un peu patients. Je crois bien que deux ordinateurs ne vont pas tarder à se libérer...

Catherine remuait son café pensivement.

– Si vous saviez comme tout cela a pesé sur ma vie, dit-elle sombrement. Mais je sais, aujourd'hui, que je ne renoncerai jamais à poursuivre le combat de ma mère. Je ne vous apprendrai rien, mon père, en vous rappelant que le mot grec employé pour « apôtre » signifie en réalité celui qui peut témoigner, qui a « *vu* ». Marie-Madeleine remplissait parfaitement cette condition. Elle avait suivi le Christ dans presque tous ses voyages, elle l'avait vu à l'œuvre. C'est elle, encore, qui l'a rencontré la première lorsqu'il est sorti de son tombeau. Elle, toujours, qui est allée porter la bonne nouvelle aux apôtres terrés dans une chambre de la ville. Et pourtant, ensuite, Pierre prétendit être le seul habilité à devenir le successeur de Jésus à la tête de la nouvelle Eglise. Voilà comment, depuis deux mille ans, ce sont des hommes qui se succèdent aux commandes de la chrétienté. Une autorité usurpée !

Michaël soupira.

– En admettant que cette théorie soit la bonne, croyez-vous être capable, à vous toute seule, de lutter contre une tradition aussi ancienne ?

La jeune femme esquissa un geste impatient.

– Vous ne comprenez pas. On a fait taire ma mère, mais moi je résisterai. A présent, j'ai des armes nouvelles pour me battre. Si les manuscrits apportent la preuve que les femmes avaient en réalité des charges importantes au sein de la communauté, pouvez-vous imaginer l'impact de cette révélation sur les croyants d'aujourd'hui ? Il est possible que les lettres de Sabina soient *antérieures* aux Evangiles. L'effet n'en sera que plus marquant sur les esprits.

Elle jeta à Michaël un regard intense. Ses yeux étaient comme deux braises dans son visage pâle et menu.

– Je sais ce que vous pensez, reprit-elle. Oui, c'est vrai, j'ai contrevenu à la loi, j'ai volé des documents qui appartenaient au patrimoine égyptien et je les ai introduits en fraude dans ce pays. Mais il est parfois nécessaire d'ignorer les règlements lorsque l'enjeu est juste. Si Sabina a un message de première importance à nous transmettre, alors le monde mérite de l'entendre.

Elle palpa le bijou de jade suspendu à son cou. En resserrant ses doigts autour de l'objet finement ciselé, il lui sembla sentir à nouveau la présence de Daniel, sa force, son enthousiasme, sa combativité. Elle avait l'impression de l'entendre lui dire : « Aie confiance, Cathy, ne fléchis pas. Vas-y, bats-toi. *Bats-toi !* »

– Il y a encore une autre raison pour laquelle je n'abandonnerai pas, conclut Catherine. Ils ont tué Danno. Je le vengerai.

Le serveur s'approcha pour leur signaler deux terminaux disponibles et la jeune femme sortit sa carte Visa de son sac. Puis elle quitta la table, suivie de Michaël.

– Je l'ai ! cria Teddy Yamaguchi. Elle vient de nouveau d'utiliser sa carte de crédit.

– Quel est le prestataire, cette fois ? demanda Havers. Toujours un serveur du comté d'Orange ?

Yamaguchi eut un sourire entendu.

– Comme prévu, elle a préféré se fondre dans une grande ville. Je l'ai repérée dans un cybercafé de San Francisco, le At Dot Café. Elle vient tout juste de payer pour cinq heures de connexion, quatre cafés et... deux sandwichs au pastrami...

TROISIÈME MANUSCRIT

On dit que ses disciples sont baptisés, qu'il est né d'une vierge et qu'il a accompli des miracles, soigné les malades, fait marcher les paralytiques, chassé les démons. La nuit avant sa mort, il a partagé un dernier repas en compagnie de ses disciples. En mémoire de cela, ses adeptes, qui l'appellent Fils de l'Homme ou encore Messie, partagent le pain sacramentel, un pain marqué d'une croix.

Et lorsque je sus tout cela, lorsque j'appris qu'il avait vaincu la mort, je pensai avoir enfin trouvé le Juste.

Je brûlais du désir de lui poser la question qui me consumait le cœur.

Conduits par Cornelius Severus, qui souhaitait découvrir les secrets des mystères ésotériques, nous cheminâmes jusqu'au royaume de Perse. Là, Severus alla rendre visite à des Mages pour qu'ils lui enseignent les arcanes cachés de l'alchimie et de l'astrologie. Moi, je me rendis au temple du Sauveur car je pensais avoir enfin trouvé le Juste.

Mais, lorsque je voulus pénétrer les Mystères comme je l'avais fait à Ur Magna, on me dit que cette foi était interdite aux femmes. C'est ainsi que je découvris que le Sauveur qu'ils vénéraient là-bas n'était pas encore celui que mon cœur attendait. Le Messie des Perses s'appelait Mithra et je savais qu'on le vénérait aussi à Antioche et même à Rome, où les croyants célèbrent sa naissance chaque année, le 25 décembre.

En Perse, je rencontrai aussi les adeptes de Zoroastre, un prophète né d'une vierge qui avait vécu des centaines d'années auparavant. Sa vie et ses actes étaient si semblables à ceux du Juste que je me demandai si Zoroastre ne s'était pas réincarné en Judée.

D'après ses nombreux disciples, la naissance du prophète Zoroastre marque le commencement des trois derniers millénaires de l'existence du monde. Après lui, dit la tradition, trois autres sauveurs doivent naître à mille ans d'intervalle. A la naissance du dernier d'entre eux, naissance qui, selon les calculs des mages, doit se produire d'ici deux mille ans, viendra le Jour du Jugement dernier. Ceux qui consacrent leur vie à combattre le démon recevront le breuvage d'immortalité et ce sera le Nouvel Age, celui du Salut. Voilà ce que croyaient les Perses.

Ils disaient : Alors viendra le temps de la résurrection et le Juste apparaîtra dans le ciel comme une éclatante lumière. Les méchants seront purifiés, leurs cœurs éprouvés comme du métal en fusion. Dès lors, toutes les âmes jouiront du bonheur et chanteront les louanges du Sauveur.

J'écoutai et méditai tout cela dans mon cœur. Mais je sus que le Juste que je cherchais n'était pas ce Zoroastre. Aussi, lorsque Cornelius Severus nous apprit qu'il désirait encore poursuivre sa quête de la Connaissance et reprendre la route, je me joignis de nouveau à sa caravane. J'avais en effet entendu parler d'un autre Sauveur. En Inde, à ce que l'on me disait, on l'appelait « le Rédempteur ». Il était lui aussi né d'une vierge et avait vaincu la mort car, après avoir été crucifié, il était ressuscité.

Cette histoire me devenait familière. Elle ressemblait à celle des autres Sauveurs. Celui-là aussi était venu au monde un 25 décembre et une délégation de Sages avait été mandée pour venir lui offrir de l'or, de l'encens et de la myrrhe. Je décidai donc d'aller voir en Inde qui était ce Messie et s'il était le Juste que je recherchais.

Et c'est ainsi que là-bas, dans la vallée de l'Indus, je reçus, mes sœurs bien-aimées, une nouvelle révélation : la troisième des Sept Vérités.

HUITIÈME JOUR

Mardi 21 décembre 1999

La veille, Julius avait eu toutes les peines du monde, à se soustraire à la curiosité des journalistes qui avaient débarqué en convoi serré à l'Institut. Réfugié chez lui, il avait continué à tourner et retourner sans cesse dans sa tête les données du problème. Chacun de ces efforts de réflexion débouchait sur un constat d'impuissance et d'échec. Il ne savait pas où se trouvait Catherine, ni qui l'accompagnait. Il ignorait aussi ce que la jeune femme cherchait réellement à faire des manuscrits volés.

Car elle les avait bel et bien volés. Et cette seule idée embarrassait un homme aussi intègre que le Dr Julius Voss. Il avait trop confiance en Catherine, en son intelligence, en sa droiture, pour douter de la justesse de son combat. Seulement voilà : depuis deux jours maintenant qu'il se demandait comment l'aider, il n'avait trouvé aucune solution pour ce faire.

Pour couronner le tout, on le suivait depuis quarante-huit heures. Une voiture stationnait en permanence devant chez lui, sans même chercher à se dissimuler. A chacun de ses déplacements, un inconnu lui emboîtait le pas. C'était toujours le même homme qui, inlassablement, épiait le moindre de ses faits et gestes. Qui donc le filait ainsi ?

Assis dans son bureau de l'Institut, Julius réfléchissait. Ce matin, il se sentait un peu plus confiant. Durant la nuit, une idée avait germé, en lui, une idée qu'il entendait bien exploiter du mieux qu'il le pourrait.

Il appuya sur la touche intercom et prévint son assistante qu'il s'absentait pour l'après-midi. Puis il prit son manteau, quitta le bureau et se dirigea vers la porte arrière de l'Institut, ouvrant sur la rue. Comme il s'y attendait, la voiture de l'homme qui le suivait était garée le long du trottoir, juste derrière la sienne.

Prenant une profonde inspiration, Julius se dirigea vers l'inconnu et lui fit signe de baisser sa vitre.

– Au cas où cela vous intéresserait, ce dont je ne doute pas, je vais manger un morceau chez Johnny's, à Culver City. Vous savez où cela se trouve?

L'autre le regarda en silence, le visage impassible.

– Vous prenez tout droit jusqu'à Pico Boulevard, reprit Julius du même ton uni, vous tournez à droite jusqu'à Sepulveda et c'est à quelques mètres, sur la droite. Ah oui, ensuite, j'irai effectuer quelques achats de Noël à Santa Monica. (Il s'interrompit pour lui lancer un coup d'œil faussement admiratif.) Je vois que vous ne notez rien. Formidable, vraiment, votre mémoire. Bon, ensuite, je me rendrai chez mon rabbin, à la synagogue de San Vicente. Mais ne vous inquiétez pas. Je tâcherai de conduire lentement pour que vous ne me perdiez pas...

Il se dirigea vers sa voiture et mit le contact. Tandis qu'il descendait la petite rue vers le carrefour, il pensa à l'homme qui le suivait. Etait-il de la police ou bien mandaté par un particulier? Dans ce pays, tout le monde pouvait s'offrir les services d'un détective, il suffisait d'y mettre le prix. Curieux tout de même que celui-là ne prenne même pas la peine de se cacher. Sans doute comptait-il ainsi mieux l'intimider...

Il exécuta à la lettre le programme annoncé puis, en fin d'après-midi, mit le cap sur la synagogue. Un coup d'œil dans le rétroviseur lui apprit que le type, derrière, n'avait toujours pas décroché. Il se demanda quand il prenait le temps de manger et de se reposer.

Le rabbin Goldmann occupait la synagogue depuis si longtemps que même le membre le plus âgé de la communauté ne parvenait plus à se souvenir de la date de son arrivée. C'était un homme de grande culture, d'un caractère ouvert, attentif à chacune de ses ouailles.

– Quel plaisir de vous voir, Julius, dit-il en serrant la main du scientifique.

– Je vous remercie de me recevoir si rapidement, rabbin Goldmann.

Le regard aigu du vieil homme étudia le visage de Julius. Il pressentit un problème mais, de nature discrète, préféra ne faire aucun commentaire.

– Que puis-je faire pour vous ?

– Je me demandais, rabbin Goldmann, si... (Julius s'interrompit, jeta un coup d'œil à la pièce confortable, encombrée de livres, et reprit :) ... si je pouvais utiliser votre ordinateur pendant environ une heure...

La foule cria de frayeur lorsque le taureau se rua sur la fille à demi nue. Mais, contre toute attente, elle saisit adroitement l'animal par les cornes, prit appui des deux mains sur son dos et retomba derrière lui après un saut périlleux. La prouesse reproduisait un exercice sportif pratiqué autrefois en Crète par les Minoens, trois mille ans plus tôt. C'est en tout cas ce qu'annonçait fièrement la direction de l'hôtel Atlantis, l'un des plus récents et des plus originaux des établissements de Las Vegas. Située sur une île au centre d'un lac artificiel, face à l'hôtel Beau Rivage, de l'autre côté de Las Vegas Boulevard, cette étrange construction de vingt étages réussissait l'étonnant prodige architectural de n'être dotée d'aucun ascenseur.

Agrémenté de fresques, de colonnes, de statues et d'arcades, ce gigantesque ensemble s'inspirait de thèmes à la fois antiques et futuristes. « C'est Mars rencontrant Minos », avait écrit un journaliste après l'inauguration. L'une des principales attractions proposées à l'Atlantis était précisément le labyrinthe du Minotaure, mais d'autres choses mêlaient l'avenir au passé. Chaque nouvel arrivant était conduit dans l'une des quatre mille chambres de l'hôtel grâce à des « vaisseaux spatiaux antigravitationnels » – c'est du moins ce qu'assurait la notice publicitaire. Ces vaissaux zigzaguaient au-dessus de l'immense atrium et paraissaient en effet voler sans le moindre support. Naturellement, il ne s'agissait que d'une habile illusion d'optique créée par des projecteurs, des lasers et des décors en trompe-l'œil.

Les touristes émerveillés s'y précipitaient et l'hôtel affichait toujours complet.

« Nous serons à l'abri là-bas, avait assuré Michaël à Catherine lorsqu'ils quittèrent San Francisco. Personne ne nous trouvera au milieu de cette foule... »

Malgré tout, alors qu'ils s'approchaient de la réception, Michaël constata que de nombreux touristes se retournaient sur son passage, intrigués par sa longue soutane noire. Il est vrai que ce genre de silhouette détonne plutôt dans un décor aussi artificiel et sophistiqué que celui de Las Vegas. Mais c'était tout de même un bon camouflage. En attirant ainsi l'attention, il permettait à Catherine de passer davantage inaperçue.

Tout en attendant de pouvoir parler à l'un des réceptionnistes, il jeta un coup d'œil à la rue animée que l'on apercevait en contrebas, à travers les larges baies vitrées du hall. Comme à toute heure du jour ou de la nuit, le trafic était intense et les trottoirs encombrés de promeneurs. Ici plus qu'ailleurs, l'air vibrait de pulsations sourdes, parcouru par d'invisibles courants de frénésie à l'approche du nouveau millénaire. L'excitation côtoyait la peur, la ferveur voisinait avec les pires incertitudes. Pour beaucoup, la fin du siècle annonçait la fin du monde ou, encore, l'avènement d'un nouvel âge d'or. Certains prétendaient que Dieu en personne apparaîtrait dans les nuées tandis que d'autres affirmaient que des extraterrestres débarqueraient dans d'immenses astronefs. En attendant, jamais Las Vegas n'avait connu une telle affluence, comme si l'approche d'une échéance aussi apocalyptique stimulait l'envie de jouir au maximum de tous les plaisirs de la vie...

Perdu dans ses pensées, Michaël sursauta quand le concierge de l'hôtel l'appela.

– Mon père ? Voici les clés de votre suite ainsi que

votre carte temporaire d'accès au réseau Internet. N'oubliez pas le nom d'utilisateur et le mot de passe que nous vous avons attribués.

Michaël retraversa le hall inondé par le soleil filtrant à travers les immenses baies vitrées. Les rayons jouaient avec les parois de marbre et les fontaines intérieures, jetant des éclaboussures d'or jusqu'aux confins des vertigineux plafonds ornés de fresques dignes d'un film de Cecil B. DeMille. Les clients de l'hôtel se mouvaient comme au ralenti, comme s'ils se retrouvaient soudain propulsés dans un rêve étourdissant.

C'est une bonne idée d'avoir choisi cet endroit, pensa à nouveau Michaël en se dirigeant vers le kiosque pour acheter le journal. Il offrait en effet à chaque client un accès au Net, moyennant une somme modique pour le coût de la connexion. Les hommes d'affaires pouvaient ainsi organiser des forums virtuels ou des multiconférences par écrans interposés. Quant aux touristes, ils avaient l'assurance que leurs enfants s'amuseraient à « surfer » sur le réseau pour y explorer les innombrables jeux informatiques, tandis qu'eux-mêmes iraient dépenser leurs économies dans les machines à sous et autres attractions du casino.

Le journal sous le bras, Michaël passa devant un gigantesque sarcophage minoen côtoyant une fontaine « martienne » sortie tout droit d'un décor de la série télévisée *Star Trek*. Tout en regardant la foule compacte qui se mouvait autour de lui, il se demanda pour la dixième fois au moins s'ils s'étaient réellement débarrassés de leurs poursuivants.

Jusqu'où irais-tu pour la protéger? souffla une voix intérieure. *Serais-tu prêt à te battre ? A tuer, même, s'il le fallait ?*

Un frisson le parcourut à cette perspective. Non, non, mieux valait ne pas y songer. D'ailleurs, rien ne prouvait qu'ils seraient confrontés à une aussi dramatique alternative.

Je ferai ce qui est nécessaire, pensa-t-il en se dirigeant vers le restaurant où l'attendait Catherine. Mais ce que je sais, c'est que je ne l'abandonnerai jamais...

– On appelle cela le « syndrome de Mathusalem », affirma d'une voix docte l'invité du débat organisé par la principale chaîne de télévision de Santa Fe. En fait, il s'agit d'un désir que nous partageons quasiment tous : vivre éternellement.

Le journaliste se pencha légèrement vers lui.

– Dans ce cas, docteur, croyez-vous réellement que ces manuscrits pourraient contenir une sorte de formule... euh... magique ? Quelque antique secret permettant d'acquérir la vie éternelle ? Beaucoup de nos téléspectateurs en rêvent, comme vous pouvez l'imaginer...

L'invité s'éclaircit la gorge et prit un air important.

– Malheureusement, nous ignorons encore le message exact de ces manuscrits. En fait, nous ne sommes même pas encore certains qu'ils existent. Toute cette hystérie à propos d'un secret d'éternité est née d'une seule phrase ou, plus précisément, de deux mots figurant dans le fragment de papyrus reproduit par les journaux : *zoe aionios*, c'est-à-dire, en grec, « vie éternelle ».

– Mais s'agit-il d'une vie éternelle ici, sur cette terre, ou bien dans l'au-delà, après la mort ?

Miles Havers ferma le poste de télévision et se dirigea vers le bar de son bureau pour se verser un Perrier. Eh bien voilà, songea-t-il, les lions sont lâchés. Il suffisait de ces simples mots, *parousia* et *zoe aionios*, pour que les esprits entrent en ébullition. Que feraient tous ces gens s'ils apprenaient que l'auteur des manuscrits avait voyagé en compagnie d'un alchimiste à la recherche de l'antique secret de l'éternité ? Pour l'instant, il ne s'agissait que d'une promesse écrite sur un fragment de rouleau. Mais, déjà, les médias s'en emparaient, les espoirs les plus fous se réveillaient. A la veille du troisième millénaire, un rien pouvait mettre le feu aux poudres. Certains même seraient prêts à tuer pour obtenir ce secret.

Il s'approcha de la baie vitrée pour observer la fête qui se déroulait sur les pelouses jouxtant le golf privé. En regardant les convives parés des vêtements les plus fantaisistes, il s'émerveilla à nouveau de la richesse et de la complexité de la vie. Son père autrefois, comme lui aujourd'hui, ne cessait de s'étonner de toutes les excentricités qu'il rencontrait.

Ces derniers jours, le monde semblait pris de folie. Une secte du Montana prétendait avoir vu la nouvelle Jérusalem se diriger à travers l'espace en direction de la Terre pour y atterrir le premier jour de la nouvelle année.

D'autres groupes criaient au complot, affirmant que des astronomes avaient découvert l'existence d'un trou noir au-dessus du pôle Nord et qu'ils gardaient cette trouvaille secrète. Ce trou noir était en fait la porte du ciel. D'autres encore assuraient qu'ils avaient vu de leurs propres yeux les mégalithes de Stonehenge se déplacer d'eux-mêmes dans les airs. Sans doute pour aller à la rencontre des Vénusiens qui les ont édifiés, pensa ironiquement Havers.

Il but une gorgée d'eau pétillante et contempla à travers la vitre les centaines d'enfants rassemblés dans le jardin, courant sur les pelouses pour venir entourer le Père Noël ou s'approchant timidement des grandes tables sur lesquelles on avait dressé à leur intention un somptueux goûter. Chaque année, Erica organisait un arbre de Noël pour des enfants de milieux défavorisés, qu'ils soient issus de la mission indienne, des orphelinats ou tout simplement de la rue. Une fois par an, ils venaient bénéficier de largesses inespérées et repartaient, les bras chargés de cadeaux, vers leur misérable existence.

Puis Havers aperçut Coyote Man. Il se tenait à l'écart de la foule, le visage fermé, les bras croisés, comme plongé dans quelque profonde méditation. Erica adorait le vieil Indien et buvait chacune de ses paroles.

« Il nous a expliqué que son peuple vient des étoiles, avait-elle confié la veille à son mari, et que ses ancêtres ont jadis voyagé à travers l'espace, jusqu'à la Terre. Il dit aussi que certains soirs, lorsque le ciel est clair, on peut apercevoir des triangles et des cloches cosmiques, ainsi que des langues de feu. Ce sont les âmes des ancêtres qui naviguent encore dans le cosmos. »

Des cloches cosmiques. Des langues de feu ! Décidément, ce vieux sorcier est vraiment cinglé, se dit Miles avec irritation. Il n'aimait pas ce chaman prétentieux, ni ses regards obliques. Chaque fois qu'ils se rencontraient, le vieil Indien lui donnait l'impression de lire à l'intérieur de son esprit, de regarder son âme en face. Havers avait alors le sentiment que Coyote Man apercevait le tigre qui sommeillait au fond de lui.

Il pinça les lèvres. Tout ceci était ridicule. Rien qu'un fatras de supersititions et de contes à dormir debout.

Pourtant, il ne pouvait s'empêcher d'éprouver un malaise à la vue du sorcier. Même à présent, alors qu'il observait à travers la vitre le vieil Indien debout, immobile sous un arbre, les yeux fixant la ligne déchiquetée des montagnes. Alors qu'il le regardait, des souvenirs affluèrent à la surface de sa mémoire. Il crut entendre à nouveau la voix de Goldstein s'élever dans la nuit. C'était il y a dix ans de cela. Goldstein qui n'arrêtait pas de répéter : « Eh, Miles. C'était bien un tigre, n'est-ce pas ? Dis... C'était un tigre, hein ? »

Peu de temps après, Goldstein s'était suicidé. *Six sont entrés, six sont ressortis. Mais seulement trois ont survécu...*

Havers s'écarta de la fenêtre. Il se sentait de mauvaise humeur, ce soir. Quelques heures auparavant, un fax était tombé, annonçant le suicide d'Aki Matsumoto. *Seppuku*, concluaient les journaux. Suicide rituel par suite de déshonneur familial. Naturellement, aucun journaliste n'avait réussi à en découvrir la cause précise. Curieusement, cette nouvelle avait prodigieusement irrité Havers. Il ne se souciait pas le moins du monde de cet homme d'affaires japonais et de ses scrupules d'un autre âge. Peu lui importait d'avoir largement participé à son désespoir. Lui, ce qui le dérangeait, c'était que rien, dans cette affaire de manuscrits, ne paraissait progresser de façon satisfaisante. Tout ce mal pour se procurer le papyrus de Matsumoto, et pour quoi ? Pour découvrir qu'il ne s'agissait finalement que d'un document sans intérêt. La Fabiana mentionnée dans le texte n'avait en réalité aucun rapport avec Sabina Fabiana. Treize heures de voyage aller et retour jusqu'à Hawaii pour tout ce gâchis...

Et ça n'allait pas mieux du côté de Catherine Alexander. Les hommes de Titus avaient fait un beau fiasco au cybercafé en débarquant comme des barbouzes pour terroriser quelques jeunes internautes boutonneux qui s'amusaient sur le réseau avec la carte de crédit abandonnée par Alexander et son complice. Ah oui, ces deux-là étaient des malins. Ils se savaient suivis et brouillaient à plaisir leurs traces...

Havers soupira. Bien. Ça n'était qu'une question de temps. Il possédait des moyens prodigieux pour coincer ces deux lascars.

L'intercom grésilla :

– Ça marche, monsieur Havers !

– Merci, monsieur Yamaguchi. J'attends de vos nouvelles.

Miles respira. Il se sentait déjà mieux. Il venait de tendre à Catherine Alexander un joli petit piège sur le Net. Et elle n'allait pas tarder à tomber dans ses filets...

Et là, dans la vallée de l'Indus, je reçus la troisième des Vérités.

Catherine lut et relut la phrase puis leva les yeux vers Michaël qui travaillait sur le clavier de l'ordinateur.

Ils avaient pu obtenir une suite « affaires » à l'hôtel Atlantis : deux chambres communicantes avec salle de bains et un séjour équipé de deux bureaux, d'un fax, d'un modem et de deux lignes téléphoniques distinctes. On y trouvait même un stock d'articles de papeterie : papier, blocs, stylos, scotch, trombones, etc.

Peut-être réussiraient-il enfin à trouver ici un peu de tranquillité, et à mener à bien leurs recherches. A l'At Dot Café, il n'avait pas fallu longtemps à Catherine pour repérer deux clients au comportement étrange. Leurs vêtements classiques, leurs mines soupçonneuses, leurs regards trop attentifs détonnaient au milieu de cette foule bigarrée de joyeux adolescents. Immédiatement sur ses gardes, elle avait alors décidé d'abandonner sa carte Visa près de la caisse dans l'espoir que quelqu'un se l'approprierait pour s'offrir gratuitement un petit tour sur Internet. Les hommes de Havers avaient dû faire une drôle de tête en s'apercevant que les utilisateurs de la carte n'étaient pas ceux qu'ils recherchaient...

En regardant le beau visage concentré de Michaël, son corps souple et puissant élégant dans chaque posture, chaque mouvement, elle repensa à la nuit où elle avait voulu le quitter. Après avoir laissé un bref mot d'adieu, elle était sortie de la chambre du motel pour marcher dans l'aube glaciale, seule dans le brouillard, seule avec son désarroi et ses doutes.

Elle avait cheminé quelque temps, pensant faire de l'auto-stop et mettre le plus de kilomètres possible entre elle et le père Garibaldi. Un religieux au charme trop sensuel, au passé mystérieux, un prêtre qui connaissait l'art de tuer et se promenait partout avec ses maudites cannes Pangamot, comme si, depuis toujours, il n'attendait qu'une chose : se battre, peut-être même jusqu'à ce que mort s'ensuive. Quel homme étrange!

Et puis il y avait cette insistance qu'il mettait à la suivre, à l'aider, allant jusqu'à exposer sa propre vie. Pourquoi? Par esprit chevaleresque? Par charité chrétienne? Non... tout cela ne tenait pas debout...

Pourtant, après avoir erré durant trois ou quatre kilomètres dans le brouillard, Catherine avait éprouvé une curieuse sensation de vide – comme une douleur. Elle avait soudain eu le sentiment de laisser derrière elle quelqu'un de très précieux, quelqu'un qui, malgré son mystère et ses paradoxes, était plus qu'un allié. Un ami.

Ce constat l'avait à la fois agacée et soulagée. Seule, elle ne parviendrait à rien. Avec Michaël Garibaldi, elle aurait plus de chances de semer les chiens de Havers et de trouver le septième manuscrit. Mais il n'y avait pas que cela. Cette première nuit, dans ce motel perdu des environs de Santa Barbara, quelque chose l'avait bouleversée. Cet homme avait le pouvoir de mettre ses sens en déroute, de réveiller un désir profond.

C'est un prêtre, se répéta-t-elle en le regardant. Méfie-toi. Tu es en train d'éprouver pour lui une attirance coupable. Après tout, même si tu as décidé de renier l'Eglise, cela ne signifie pas pour autant le mépris des principes et des croyances d'autrui. Michaël Garibaldi a prononcé des vœux, ce n'est pas un homme comme les autres. Il est simplement un peu trop séduisant...

Elle reporta son attention sur le manuscrit et reprit sa lecture. Quelques minutes plus tard, Michaël s'écria :

– Ça y est, Catherine ! Je tiens la bonne filière...

Elle quitta le lit et s'approcha de lui pour regarder l'écran de l'ordinateur.

– Je suis à nouveau passé par le programme de recherche Lycos, expliqua-t-il, mais le logiciel que l'hôtel met à notre service est beaucoup plus performant.

Il cliqua sur la page de menu, choisit une succession d'options et finit par obtenir une liste de quatre fichiers concernant le site d'Ur Magna.

– Magnifique ! s'écria Catherine. Tenez... là... on parle d'un récent champ de fouilles.

Michaël cliqua sur l'une des entrées et un texte apparut à l'écran.

– « Les ruines actuelles d'Ur Magna, lut-il à haute voix, sont postérieures au tremblement de terre qui a ravagé l'antique cité. Une équipe d'archéologues travaille actuellement à la reconstruction partielle d'un site datant d'avant le séisme... »

– Un tremblement de terre ? coupa Catherine, soudain très excitée. Vite, regardez à quelle date il s'est produit.

Michaël fit défiler le texte.

– Ah, c'est ici. La ville a été détruite par une formidable secousse tellurique cent ans après la naissance du Christ.

– Ce qui signifie que Sabina y a séjourné avant. C'est-à-dire au premier siècle de notre ère. Michaël, nos théories se confirment... Le Juste dont elle parle pourrait bien être Jésus !

Il leva vers la jeune femme un regard heureux, un regard plein de lumière. Aussitôt, elle sentit les battements de son cœur s'accélérer. Se tenir là, tout près de cet homme qui lui souriait d'un sourire à la fois chaleureux et enchanteur, était une expérience vraiment troublante. Elle avait l'impression qu'ils étaient liés par une même complicité, comme deux aventuriers solidaires défiant la mort à travers le cyberespace. Etait-ce une illusion ou bien avait-elle bien lu dans le regard de Michaël une excitation semblable ? C'était un homme si énigmatique, si insaisissable. Parfois il paraissait se livrer tout entier, s'abandonner au plaisir du partage. D'autres fois, il semblait emmuré dans ses secrets, prisonnier d'un passé qui l'étouffait. Elle aurait tant voulu en apprendre davantage sur lui...

Catherine éprouva brusquement le besoin de se lever, de marcher de long en large dans la pièce pour épuiser l'énergie qui l'habitait. Elle aperçut la télévision allumée dans un coin du salon mais sans le son. Soudain, elle se figea. Son visage venait d'apparaître sur l'écran. Saisissant la télécommande, elle rétablit le volume sonore.

« Un représentant du FBI, disait la présentatrice du journal télévisé, a déclaré aujourd'hui que le Dr Alexander, actuellement en fuite, avait été repéré. Elle devrait être arrêtée prochainement... »

Michaël bondit.

– Bon sang ! s'écria-t-il, furieux. Ces maudits journalistes n'ont-ils donc rien d'autre à se mettre sous la dent ?

– Chut... fit Catherine, les yeux fixés sur le poste de télévision. Ecoutez...

« Nous apprenons, poursuivait la présentatrice, que le gouvernement égyptien réclame aux services de police de Santa Barbara les photographies saisies dans l'appartement d'une des victimes de cette mystérieuse affaire : l'archéologue Daniel Stevenson. Mais la police refuse de se séparer de ces documents qui constituent des preuves essentielles au bon déroulement de l'enquête. Les autorités égyptiennes ont protesté officiellement auprès de la Maison-Blanche... »

Suivait une interview d'un certain Cochran, présenté comme un spécialiste des questions relatives à la spiritualité dans notre société.

« Dr Cochran, interrogea le journaliste, pour quelles raisons, selon vous, voit-on s'étendre dans notre pays une vague de spiritualité de plus en plus marquée ?

– La génération des " gagneurs " a vieilli, répondit Cochran. De nouvelles interrogations surgissent. Il ne s'agit plus seulement de réussir sa carrière, de gagner de l'argent, d'affirmer son statut social. Ceux qui ont la quarantaine ou la cinquantaine aujourd'hui ont enterré leurs parents. Ils ont dû affronter la disparition de leurs racines, tout comme ils ont assisté à l'effondrement de nombreuses valeurs qui géraient l'ordre du monde durant leur jeunesse. Certes, cette évolution n'a rien d'extraordinaire. Elle est même propre à toutes les générations. Mais n'oubliez pas que nous nous dirigeons vers le troisième millénaire. La fragilité de notre destinée de mortel prend soudain une ampleur nouvelle. De plus en plus de gens se demandent : Et après ? Qu'est-ce qu'il y a ?

– Dans ce cas, pourquoi ne se tourne-t-on pas en priorité vers les Eglises traditionnelles ?

– Elles aussi doivent affronter une étape décisive. Je suis moi-même catholique et cependant, comme beaucoup d'autres, j'ai rejeté la foi de mes parents parce que je pense qu'elle ne correspond plus aux exigences de notre temps. Comme le reste, le catholicisme a vieilli... »

Michaël secoua la tête.

– Quelle ironie, dit-il d'un ton acide. Voilà maintenant que l'on rejette une foi millénaire simplement parce qu'elle a « vieilli » !

– Tout ce que le « New Age » a fait, renchérit Catherine, c'est d'échanger les chapelets et les missels contre de nouvelles amulettes, ou des idoles d'un autre genre. On ne vénère plus des saints mais des entités indéfinies que l'on habille au gré de ses fantasmes. On ne prie plus, on se sent traversé par des « ondes » cosmiques et on court consulter les cartomanciens et les boules de cristal...

Irritée, elle appuya sur la touche STOP de la télécommande. L'image s'éteignit. Michaël retourna à son bureau tandis que Catherine ouvrait la radio. Elle se sentait trop nerveuse pour supporter le silence de la chambre.

Malheureusement, après être passée sur plusieurs fréquences émettant des musiques assourdissantes, elle finit par tomber sur un débat qui, là encore, traitait de spiritualité :

« Nous recevons ce soir le Dr Raymond Pearson, fondateur de la Société de recherches historiques sur Jésus, annonça le journaliste. Dr Pearson, que pouvez-vous nous dire à propos de ce fragment de papyrus trouvé récemment en Egypte ? »

« Oh non... encore ! protesta Michaël avec un soupir.

La mine renfrognée, il pianota avec une nervosité redoublée sur son clavier. Catherine haussa les épaules. Tout lui semblait préférable au silence.

Le Dr Pearson toussota d'un air docte.

« Eh bien, pour répondre à votre question, il faut d'abord se tourner vers l'étude paléographique des documents. Cet examen nous permet d'affirmer que le papyrus a été rédigé aux environs du Ier, voire du IIe siècle de notre ère. Il s'agit d'un manuscrit écrit par une femme qui s'adresse très probablement à une communauté de premiers chrétiens – c'est du moins ce que semble indiquer le mot *diakonos*. Par ailleurs, le nom de Jésus figure également dans le texte...

– Dr Pearson, intervint le journaliste, certains vont même jusqu'à prétendre que ces lignes seraient blasphématoires, voire carrément hérétiques... »

Pearson eut un petit rire étouffé.

« Au lieu de se sentir menacée par cette découverte, l'Eglise ferait mieux d'envisager tout ce que ce manuscrit pourrait apporter à l'histoire de la foi. Mais il faudrait pour cela être prêt à prendre du recul vis-à-vis des mythes perpétrés par un dogme aujourd'hui inadapté à l'évolution des consciences.

– Seriez-vous en train de nous dire, Dr Pearson, que le Nouveau Testament, dans sa forme la plus traditionnelle, ne nous révèle pas tout de l'église chrétienne primitive ? »

Immobile, Catherine écoutait l'entretien avec intérêt. Michaël avait abandonné l'ordinateur pour venir s'asseoir derrière elle.

« Probablement pas, répondit Pearson. L'évangile de Marc a été rédigé aux environs de l'an 65, ceux de Matthieu et de Luc une vingtaine d'années plus tard. Quant à l'évangile de Jean, on le situe généralement à la fin du Ier siècle, autour de l'an 95. Malgré des recherches très poussées, on n'a jamais pu retrouver les manuscrits originaux de ces quatre témoignages.

– Mais alors, comment pouvons-nous fonder sur le Nouveau Testament notre foi chrétienne ?

– Nous possédons des *copies* anciennes des évangiles. En 1925, par exemple, un petit fragment de papyrus a été découvert lors d'une fouille dans le désert égyptien. Les analyses ont révélé qu'il s'agissait d'une version grecque de l'évangile selon saint Jean, version écrite quelque cent ans après la crucifixion du Christ. En fait, c'est le fragment le plus ancien que nous possédons du Nouveau Testament. Quant aux textes de Luc et de Matthieu, les copies qui en furent retrouvées datent des environs de l'an 200. Le plus vieux fragment de l'évangile de Marc remonte, lui, aux alentours de 225, soit un peu moins de deux cents ans après la mort de Jésus...

– ... et un peu plus de cent cinquante ans après la première rédaction de cet évangile – au moins si j'en juge par vos calculs, Dr Pearson.

– Tout à fait. Vous pouvez imaginer les modifications que le texte de Marc a pu subir depuis l'an 65, date de sa première rédaction. Il en va de même pour les autres évangiles. Les versions actuelles ne sont que de pâles copies, maintes et maintes fois remaniées.

– Merci, Dr Pearson, annonça la voix claironnante du journaliste. Et maintenant, chers auditeurs, la ligne est à vous. Nous attendons vos questions et commentaires sur ce sujet... »

Il y eut un court « jingle » publicitaire, puis le journaliste reprit la parole :

« Nous avons une première communication. On me signale que notre auditeur appelle du Texas. A vous, le Texas... »

Une voix furieuse grésilla sur la ligne :

« Ecoutez, espèce de docteur à la noix : vous blasphémez, voilà ce que vous faites, vous blasphémez. Allez brûler en enfer ! »

Imperturbable, le journaliste prit une autre communication, venant cette fois du Nebraska.

« Dr Pearson, demanda une auditrice, êtes-vous en train de nous dire que le Nouveau Testament n'est pas la parole révélée de Dieu ?

– Mais non. Je suis chrétien et je crois que les évangiles témoignent de la vie du Christ. Simplement, j'affirme que nous ignorons encore beaucoup des paroles et de l'enseignement de Jésus. Ces textes ne sont pas des versions complètes.

– Comment osez-vous ? s'emporta la dame qui appelait du Nebraska.

– Madame, veuillez laisser notre invité s'exprimer, intervint calmement le meneur de débat.

– Tout ce que j'essaie d'expliquer, reprit Pearson, c'est que des pans entiers de l'histoire du Christ demeurent cachés. Nous savons qu'après sa mort la première communauté chrétienne a connu des divisions très dures. Elles nous sont rapportées dans les Actes des Apôtres. Des sectes chrétiennes disparates ont fleuri dans l'empire romain, chacune édictant ses règles et ses croyances propres, et luttant âprement pour la conquête du pouvoir. De nombreux évangiles se sont mis à circuler. Certaines communautés se sont réclamées du témoignage de Pierre, d'autres ont préféré se rattacher à l'enseignement de Paul. Les querelles ont continué pendant près de deux cents ans, chaque groupe fondant son église et rédigeant ses manifestes religieux. Au IVe siècle, une communauté, celle de Paul, a enfin réussi à l'emporter sur les autres. C'est à ce moment-là que les premières versions du Nouveau Testament ont commencé à circuler...

– Dr Pearson, de nombreux auditeurs désirent vous parler. Nous allons prendre un autre appel et... »

Mais Pearson, lancé, ignora l'intervention :

« ... Si les manuscrits sortis en fraude d'Egypte par le Dr Alexander sont bien le compte rendu d'un témoin oculaire de la mission du Seigneur sur la Terre, alors nous aurons le premier véritable regard sur les origines et les intentions du christianisme, avant l'éparpillement des dogmes et des croyances. En conclusion, ces manuscrits pourraient bien éclairer d'un jour nouveau l'Eglise que nous connaissons aujourd'hui.

– Merci, Dr Pearson. Los Angeles, nous vous écoutons. Posez votre question.

– Des insanités, tout ça, dit une voix masculine. Professeur machin-chose, vous êtes un âne. Moi, ce que je crois, c'est que le Dr Alexander est l'Antéchrist envoyé sur terre pour détourner les vrais chrétiens de leur foi. L'Apocalypse ne va pas tarder. L'Ange du Seigneur anéantira les menteurs et les traîtres comme elle... »

Catherine eut un hoquet de surprise. La violence du propos lui glaçait le sang.

« Merci, Los Angeles. Reno, nous vous écoutons.

– Jésus est en route, claironna une voix de femme. Il va venir instaurer sur terre son règne de mille années, comme il est écrit dans la Bible. En attendant, si ces manuscrits sont authentiques, et s'ils peuvent nous révéler le jour et l'heure du Grand Retour, pourquoi le gouvernement ne met-il pas tout en œuvre pour rattraper le Dr Alexander, afin de révéler ce que cette femme garde égoïstement pour elle ? »

Seigneur, pensa Catherine, les yeux fixés sur la console FM. Comment en suis-je arrivée là ? Me voici devenue l'ennemi numéro un de l'humanité. Un Antéchrist, une thésaurisatrice vénale ! Alors que ce que je désire le plus au monde, c'est justement protéger ce texte des escrocs sans scrupules, comme ce damné Havers !

« Je suis certain que les autorités de notre pays ont tout mis en œuvre pour retrouver le Dr Alexander, répondit le journaliste. Une autre question ? Ah, quelqu'un de Reno...

– Cette femme est une garce ! hurla une voix venimeuse. Si je la tenais, je...

– Hum... Merci, Reno. A vous, Saint Louis.

– Cette... cette chienne ! Oui, oui, c'est l'antéchrist ! L'antéchrist est une femme, qu'on se le dise ! brailla un auditeur au bord de l'hystérie. Elle veut anéantir les projets de Dieu en cachant aux hommes la voie du salut ! On nous refait le coup d'Eve et du serpent. La femme est l'ennemie de l'humanité, elle...

– Très bien, Saint Louis, coupa vivement le journaliste. Je crois que nous avons... hum... compris votre idée. Un autre appel au standard ? »

D'un bond, Michaël courut vers la console et éteignit la radio. Il regarda Catherine avec inquiétude.

– Ça va?

La jeune femme secoua la tête, l'air incrédule.

– Je... je ne comprends pas. Mais qu'est-ce qu'ils ont tous? Pourquoi me haïssent-ils ainsi?

– Pour des tas de raisons. Des raisons qui n'ont rien à voir avec vous. D'abord parce que déverser ses passions et ses angoisses sur un ennemi public apaise ses tensions, son anxiété. (Il fit une pause, perdu dans ses réflexions.) Et puis il y a autre chose. Vous vous taisez, et votre silence est interprété comme un aveu de culpabilité. Dommage que, pour votre sécurité, vous soyez contrainte de jouer les filles de l'air. Tous ces gens crèvent de trouille. Le futur les tourmente. Si vous pouviez enfin vous exprimer... (Il s'interrompit de nouveau.) Je n'aime pas la façon dont les choses évoluent, Catherine. Avec l'arrivée du nouveau millénaire, les esprits s'échauffent. On perd tout sens commun.

Il s'approcha d'elle et prit ses mains dans les siennes.

– Trop de dangers vous cernent, Cathy, reprit-il. Il va falloir redoubler de prudence. Des fanatiques de tous poils pourraient bien se mettre en tête de vous kidnapper ou... pire encore. Tous ces cinglés sont convaincus que vous êtes le diable en personne.

Elle plongea son regard dans celui de Michaël. Le contact de ses mains la réchauffait, lui redonnait du courage.

– Dans ce cas, il faut absolument que je fasse connaître ma version des faits. Que j'apprenne à tous la vérité!

– D'accord. Mais comment? Vous ne pouvez pas vous servir du téléphone. Les lignes sont surveillées.

– Pourquoi ne pas passer par Internet? Je pourrais entrer dans un groupe de discussions sous un pseudo et faire passer un message...

Il approuva, songeur.

– Ça pourrait marcher. Mais il faudrait pour cela que vos correspondants sachent qui vous êtes vraiment. Si vous vous connectez en anonyme, cela ne marchera pas. Malheureusement, vous ne pouvez pas vous authentifier via une source valable, comme une carte de crédit. Ce serait trop dangereux.

Elle soupira.

– Il doit bien y avoir un moyen... (Son visage s'illumina.) Et si nous passions par l'IRC [1] ? Ils ont de nombreux canaux, tous très fréquentés.

Michaël fit la moue.

– Havers a certainement prévu cette éventualité. Vous savez qu'il surveille l'ensemble du Net pour tenter de vous repérer. Dès que vous vous connecterez, l'un de ses agents essaiera de remonter la filière pour situer le serveur d'accueil que vous aurez utilisé. En un rien de temps, ils repéreront la source de la connexion et nous ne serons plus en sécurité ici.

– Havers, aussi puissant soit-il, ne peut pas surveiller tous les canaux d'IRC, protesta Catherine. Il y en a des milliers !

– C'est vrai. Mais la plupart d'entre eux n'ont que trois ou quatre utilisateurs connectés en même temps. Vous introduire dans une discussion ne vous donnera guère de chances de transmettre un message à large diffusion. Encore moins de le rendre crédible !

Catherine se mit à arpenter nerveusement la pièce. Elle finit par s'immobiliser devant le bureau, les yeux fixés sur le portable de Danno. Une minute plus tard, elle ouvrait l'étui de cuir de l'ordinateur et en retirait un petit livre aux pages cornées et à la couverture usée et déchirée.

– Je le savais ! triompha-t-elle. Danno ne s'en séparait jamais ! C'est un exemplaire de *Hawksbill Station*, de Robert Silverberg. Son livre préféré. L'histoire d'un petit groupe d'hommes isolés de leur monde et de leur temps...

Elle s'assit et se mit aussitôt à pianoter sur le clavier. Michaël vint s'installer à ses côtés.

– Que faites-vous ?

– J'ai travaillé avec Danno tout un été au Mexique, il y a des années de cela. Chaque matin et chaque soir, sans jamais faillir au rendez-vous, il se connectait sur Internet et passait une heure à dialoguer avec d'autres correspon-

1. Internet Relay Chat. Il s'agit d'une technique interactive permettant aux « internautes » d'accéder à de multiples plates-formes d'échange : forums thématiques, groupes de discussions, courrier, etc. (*N.d.T.*)

dants. Je suis sûre, maintenant, que le forum qu'il fréquentait était sur l'un des canaux d'IRC...

Elle cliqua sur l'icône IRC.

– Dès que je l'aurai repéré, je demanderai aux connectés en ligne de diffuser partout le message que je vais leur transmettre.

Tout en parlant, elle tapa : *pasadena.ca.us.undernet.org* puis ENVOI. Michaël se pencha en avant pour scruter l'écran.

– Ce groupe de discussion compte combien d'utilisateurs ?

Catherine cliqua sur l'icône CONNEXION.

– Il y a deux ans, lors de sa création, une dizaine de membres répertoriés le fréquentaient régulièrement. Plus, naturellement, quelques autres anonymes, connectés par des serveurs-relais. Depuis, il a dû s'agrandir considérablement.

Les yeux rivés au moniteur, elle lut le message qui s'affichait : *Votre hôte est pasadena.ca.us.undernet.org. Ce serveur a été créé le 23/7/96 à 16:43. A ce jour : 2 000 utilisateurs, dont 1 500 anonymes via 127 serveurs.*

– Je sais, soupira-t-elle, c'est encore trop peu. Mais si je me connecte anonymement à un BBS [1] fréquenté par plus de cent personnes, ça ne marchera pas. Qui me croira ? Tandis qu'ici je *sais* que ce groupe est constitué de gens loyaux et ouverts. Danno les avait choisis. C'était *ses* amis. J'espère qu'ils m'écouteront...

Elle continua à pianoter sur le clavier mais, très vite, son expression s'assombrit.

– Zut ! s'exclama-t-elle. Le serveur me rejette.

Michaël s'approcha et lut à son tour : *Cet espace est privé. Tout utilisateur non recommandé par un membre ou identifié par un serveur-relais sera systématiquement rejeté. Veuillez interrompre la connexion. Fin.*

– Priez pour que l'un des habitués soit en ligne, mon

1. Bulletin Board System. Serveur créé par un particulier à l'aide d'un simple PC, d'un modem et d'une ligne de téléphone privée. Cet espace virtuel permet des échanges directs (forums, plates-formes de contact) et indirects par l'intermédiaire de boîtes à lettres électroniques. Des milliers de BBS sont ainsi créés autour de thèmes précis ou pour des conversations à caractère généraliste. (*N.d.T.*)

père, murmura Catherine en cliquant sur la liste des forums. Sans cela, nous n'arriverons à rien.

L'écran afficha : */list -min 4*, et, à droite de la fenêtre, des noms et des numéros commencèrent à défiler, correspondant à des groupes de discussion thématiques ou généralistes ainsi qu'au nombre de connectés :

altair 4
entre nous 7
chiens 5
jugement dernier 9
anglais 12
amicalement vôtre 32
allemand 6

– Ça y est ! dit soudain Michaël, les yeux fixés sur l'écran. *Hawksbill.* C'est le bon groupe, Catherine !

– Il n'y a que quatre connectés présents. J'espère qu'ils se souviendront de Danno.

Elle mit le nom du forum en surbrillance et double-cliqua. Une liste de pseudos s'inscrivit : *BENHUR, DOGbert, spaCeman.* Le quatrième, *Jean-Luc,* avait le signe @ inscrit devant, ce qui signifiait qu'il – ou elle – dirigeait la discussion.

– Incroyable, souffla Catherine, médusée. Ils sont toujours là !

– Mais... comment les connaissez-vous ?

– A vrai dire, je ne les *connais* pas réellement. Mais lorsque nous étions dans le Yucatan, Danno et moi, il arrivait que je regarde l'écran quand il se connectait pour discuter avec ses amis. Je me souviens de certains de leurs pseudos. A présent, il va falloir que je trouve le moyen d'entrer dans le forum, sinon je vais être impitoyablement rejetée.

Elle cliqua pour consulter l'arborescence de connexion afin de repérer sous quel pseudo Danno se connectait. Connaissant ses goûts littéraires, elle était à peu près sûre qu'il s'agissait d'un nom tiré d'un roman de science-fiction.

– Ah ! Le voilà, dit-elle en voyant le mot *Klaatu* s'inscrire sur l'écran. A présent, je vais essayer d'entrer sous cette identité.

Elle fit à nouveau défiler la liste des forums et cliqua sur *Hawksbill.* Immédiatement, elle se retrouva plongée en pleine discussion privée.

> *[spaCeman] Je vous dis qu'il s'agit d'un complot. Rappelez-vous sa théorie sur l'Atlantide et le reste. On a voulu le faire taire*
> <*SERVEUR*> *Rarebit!johnjay@machl.wlu.ca est en liste*
> *[Jean-Luc] Salut, Rarebit. Un bon moment qu'on ne t'avait pas vu ici :-))* [1]
> [Rarebit] Vous êtes au courant? Hawksbill s'est fait descendre
> [BENHUR] Conspiration? Vous voulez rire...
> <SERVEUR> Klaatu est en liste. Pseudo non reconnu

– Regardez! s'exclama Catherine. Ils parlent de la mort de Danno.

Presque aussitôt, une icône se mit à clignoter, signalant un bug ou un mot de passe manquant.

> *[Jean-Luc] Désolé, Klaatu. Ce forum est privé. Sans identification, tu seras jeté*

– Encore un problème de mot de passe, grogna Michaël. Le pseudo seul ne suffit pas. Nous perdons du temps, Catherine. Et, de plus, nous nous exposons. Si l'un des agents de Havers ou du FBI surveille l'IRC, il peut d'une minute à l'autre être averti d'une connexion non conforme.

La jeune femme fronça les sourcils.

– Laissez-moi réfléchir. Danno a créé ce groupe avec un ami. Il doit s'agir de Jean-Luc, je pense. Sans doute possédait-il différents pseudos selon les canaux utilisés...

Ses yeux tombèrent sur le livre de Silverberg. Traversée par une intuition, elle saisit l'ouvrage, l'ouvrit à la première page et lut le début : « Barret était le roi sans couronne de Hawksbill Station et personne ne lui niait cette

1. De nombreux signes (appelés en anglais « smileys ») sont utilisés par les connectés pour exprimer, par le dessin, une gamme variée de sentiments. Ainsi, :-) représente un visage qui sourit. :-)) est encore plus emphatique. A l'inverse :-(ou :-((ou encore >:~ indique chagrin, contrariété, surprise, etc. (*N.d.T.*)

fonction. C'était lui qui était arrivé le premier, lui qui avait souffert le plus. Lui, encore, qui possédait la plus grande force intérieure. »

Rapidement, elle retourna à l'arborescence de source, effaça le pseudo *Klaatu*, le remplaça par *Barrett* et retourna se connecter au forum privé. Aussitôt, elle se retrouva en liste et, cette fois, le système l'accepta sans aucun problème. Un message d'accueil s'afficha en haut de l'écran : *Barrett arrive.* Mais il en alla tout autrement avec les membres du forum.

<SERVEUR> Barrett est en liste
[spaCeman] Dites donc, c'est quoi ce délire ?
[BENHUR] Tire-toi, Barrett. Espèce de macaque. Le vrai Barrett s'est fait descendre :-(
[Jean-Luc] Sors d'ici, Barrett

Catherine tapa très vite : *Arrêtez, les gars. Je suis Barrett.*

[Jean-Luc] Impossible
[Rarebit] Il se fout de nous ou quoi ? Barrett est mort, imbécile !
[DOGbert] Eh, les gars ! C'est son fantôme
[spaCeman] Virez-le, bon sang !
<SERVEUR> On t'a prévenu, Barrett. Ici on aime pas les pirates minables de ton espèce. Tire-toi
<Barrett> S'il vous plaît, écoutez-moi. J'ai besoin de vous
[Jean-Luc] Les morts ne parlent pas, que je sache. Ils écrivent encore moins
[DOGbert] La plaisanterie a assez duré et elle n'est pas drôle >:-{
<Barrett> J'ai besoin de votre aide. Le Dr Catherine Alexander n'est pas responsable de ma mort, elle est innocente. C'était ma meilleure amie
[Jean-Luc] IDENTIFIE-TOI!!!!!!!!

– Rien à faire, grogna Michaël en jetant un coup d'œil à sa montre. Ils ne vous croient pas. Et cela fait maintenant un quart d'heure que nous sommes sur l'IRC. C'est trop dangereux, Catherine...

– Il faut pourtant que j'y arrive !

Elle se mordilla la lèvre tout en réfléchissant.

– Attendez. Un souvenir me revient. Essayons encore...

Elle tapa rapidement : *Je suis le chat.* C'était la signature de Danno lorsqu'il se connectait. Puis elle tapa ENVOI et attendit. Comme rien ne se passait, elle inscrivit un nouveau message : *Je vous en supplie, écoutez-moi.* Immédiatement, le serveur afficha en haut de l'écran : ** Barrett vous supplie de l'écouter.*

[spaCeman] Qu'est-ce que c'est que ce cirque ?
[DOGbert] C'est bien sa signature, pourtant
[Rarebit] Qui est le Dr Alexander ?
[BENHUR] Mort aux imposteurs !
[Jean-Luc] Es-tu Janet ?

Catherine fixa l'écran, interdite. Elle ne s'attendait pas à cette question.

– De quelle Janet parlent-ils ? lâcha Michaël, perplexe.

– Aucune idée.

– Daniel avait peut-être une petite amie ?

La jeune femme secoua la tête.

– Impossible. Il me l'aurait dit...

[Jean-Luc] Je répète : es-tu Janet ?

– Il faut que je réponde, soupira Catherine. C'est ma dernière chance d'être crue.

– Peut-être est-ce une sorte de test ?

Elle ne répondit pas, plongée dans ses pensées. Le regard de Michaël tomba alors sur la photographie de Catherine scotchée sur le couvercle du portable de Danno. Une idée le traversa.

– Et si c'était *vous*, sa petite amie ? On dirait qu'il vous aimait beaucoup. Assez pour avoir constamment votre photo sous les yeux quand il travaillait sur son ordinateur... Catherine, peut-être parlait-il de vous sur le serveur ? Peut-être utilisait-il le nom de Janet pour protéger votre identité ?

– Mais...

– Regardez ! (Il prit le roman de Silverberg, l'ouvrit et

lut à haute voix :) « La femme que Barrett aimait s'appelait Janet. » Cathy, votre ami Danno était amoureux de vous.

Soudain très pâle, elle le fixa un long moment.

– Vous avez peut-être raison, dit-elle enfin. Je vais essayer à nouveau.

<Barrett> Oui, Jean-Luc. Je suis Janet

Ils scrutèrent l'écran avec inquiétude. Pendant un long moment, aucun message n'apparut puis, soudain, ce fut un déferlement de réactions :

[Jean-Luc] Barrett, tu nous manques
[BENHUR] Mais ce n'est pas possible, il est mort, bon sang! <:-~
[Rarebit] Barrett, c'est toi? C'EST VRAIMENT TOI???????
[BENHUR] C'est une sinistre blague. Je me tire, les gars
[SERVEUR] BENHUR s'en va
[Jean-Luc] Barrett, dis-nous pourquoi on t'a tué?
[spaCeman] C'est complètement dingue
[SERVEUR] Sugar!~kharvey@scgrad.demon.co.uk est en liste
<Barrett> On m'a assassiné parce que je possédais des documents très précieux
[DOGbert] Qui a fait ça?
[SERVEUR] Trilog Y!^Tombak@ix-ou1-22.ix.vetcom est en liste
[Sugar] BENHUR vient de me joindre dans un MUD [1]*. Il paraît que vous êtes tous devenus fous ici. Qu'est-ce que c'est que cette histoire de Barrett mort et ressuscité?*
<Barrett> Jean-Luc, j'ai vraiment été assassiné. Un escroc dangereux nous traquait, Janet et moi
[Trilog Y] Arrête ton cinéma. BARRETT EST MORT!!!
[spaCeman] La ferme, Trilog Y. Ecoutons-le
[Jean-Luc] Ça va, Barrett. Raconte ton histoire
[SERVEUR] CARLOS!mmongo@dianuba.com est en liste.

1. Espace de communication interactive sur Internet. Il s'agit d'un lieu virtuel où les connectés peuvent se mouvoir « physiquement » (description de mouvements, de décors, de sensations, etc.). (*N.d.T.*)

[Trilog Y] Salut, Carlos
[Carlos] Eh les gars. BENHUR *m'a briefé. Il y a des revenants ici ?*
[Jean-Luc] C'est Barrett
[Sugar] Et même qu'il va nous parler de l'au-delà
<Barrett> S'il vous plaît, contactez le Dr Julius Voss jlvoss@freers.org. Dites-lui que Catherine Alexander va bien. Avertissez la police. Dites-lui qu'elle ne connaît pas le nom de mon meurtrier et qu'elle est INNOCENTE *! Passez le mot à tout le monde sur le réseau. Elle a besoin de protection car ceux qui m'ont tué sont à ses trousses*
[Trilog Y] C'est qui, cette Alexander ? La fille qui a raflé les manuscrits ?
[Sugar] Arrêtez, je vais pleurer
[DOGbert] Quelqu'un a de l'aspirine ? Toute cette histoire me file la migraine

Catherine hésita quelques secondes et se remit à pianoter fébrilement.

<Barrett> Le Dr Alexander cherche Tymbos. Est-ce le nom d'un lieu, d'une personne ? Est-ce un anagramme ? S'il vous plaît, aidez-moi. Je me connecterai à nouveau pour lire vos réponses. Mais je ne conserverai pas ce pseudo car le réseau est certainement surveillé. Ne parlez à personne d'autre de Tymbos et commencez immédiatement à glaner toutes les informations relatives au sujet
[Sugar] Tymbos ? Qu'est-ce que c'est que ce truc ?
[spaCeman] Vous voyez ? J'avais raison quand je vous parlais de complot
[Rarebit] Barrett déraille. Normal, on n'est pas en forme quand on est mort
[Jean-Luc] Un anagramme ? Mais autour de quel thème ?
<Barrett> Y a-t-il des chrétiens parmi vous ?

Silence sur la ligne. Puis :

[Carlos] Jean 3, 16

– Je connais ce passage par cœur, murmura Michaël. Il est écrit : « Car Dieu a tant aimé le monde qu'il a donné son Fils unique afin que quiconque croit en lui ne se perde pas mais possède la vie éternelle. »

Catherine hocha la tête et tapa *ichtus*.

L'écran s'anima aussitôt :

> *[Carlos] Iesous Christos theou uios soter*
> *[Sugar] Barrett, est-ce que « Tymbos » est un mot grec ou latin?*
> *<Barrett> Je ne sais pas. Grec, sans doute. Ce mot est lié à l'existence d'un manuscrit très ancien. Trouver le mot, c'est trouver le septième manuscrit. Rappelez-vous:* LE SEPTIÈME *MANUSCRIT*
> *[Sugar] Barrett/Janet, est-ce que le Dr Alexander possède des manuscrits?*
> *[Jean-Luc] On dit qu'ils prédisent le jour et l'heure de la fin du monde*
> *[Carlos] Attendez. De quoi parlez-vous ? Du Grand Retour? De la parousie?*
> *<Barrett> Le Dr Alexander a trouvé un texte remarquable qui concerne l'humanité tout entière. Si elle ne livre pas les rouleaux pour l'instant, c'est pour les protéger de l'avidité de gens sans scrupules, ceux-là mêmes qui m'ont assassiné et qui veulent la tuer elle aussi. Mais, quand tout sera fini, quand elle aura trouvé le septième manuscrit, alors elle possèdera la clé du secret et elle communiquera cette connaissance à tous. S'il vous plaît, diffusez ce message. Mais ne parlez pas de Tymbos, n'en parlez à personne. Cherchez de qui il s'agit. Je reviendrai m'informer de ce que vous aurez trouvé à ce sujet*

Catherine cessa de pianoter et regarda fixement le moniteur. Ses lignes restaient inscrites en bas de l'écran.

– Ils ne répondent plus, dit-elle lentement. Mon Dieu, que se passe-t-il ? Oh, Michaël, ils ne m'ont pas crue.

– Pas sûr. Ils sont peut-être en train de se consulter les uns les autres via leurs boîtes aux lettres privées. Ne vous affolez pas. Vous avez fait tout ce qui était en votre pouvoir.

– Je suis sûre qu'on peut leur faire confiance, articula Catherine d'une voix faible.

Elle se sentait soudain totalement épuisée.

– Hmm, fit le père Garibaldi. J'aimerais pouvoir en dire autant. Mais vous les connaissez mieux que moi.

Elle attendit deux longues minutes dans l'espoir de voir apparaître de nouveaux messages. Comme l'écran restait vide, elle tapa :

> *<Barrett> Je reviendrai dans un jour ou deux. Surveillez l'IRC. J'ouvrirai un autre canal de discussion. Je vous en prie, croyez-moi. Aidez-moi, je vous en supplie*

Puis, avec un soupir, elle tapa EXIT et cliqua sur l'icône de sortie.

Ce fut Michaël qui actionna le bouton OFF du portable tandis que Catherine demeurait figée, le regard toujours braqué sur l'écran devenu noir.

– Allons, c'est fini, dit-il doucement. Il est temps de prendre un peu de repos...

TROISIÈME MANUSCRIT

(suite)

Cette fois, je me montrai plus prudente dans mes espérances car, par deux fois, j'avais cru trouver le Juste et connu une amère désillusion.

Cornelius Severus était un homme très influent et d'une grande dignité. Il portait sur lui une lettre de l'Empereur et voyait ainsi toutes les portes s'ouvrir. Cela faisait près de deux années que je voyageais en sa compagnie et j'avais eu l'occasion de mettre à profit mes talents de sage-femme en aidant son épouse à accoucher de leur troisième fils. Severus me faisait confiance et il m'invitait à l'accompagner lorsqu'il rendait visite aux rajahs, aux princes et aux reines des pays que nous traversions.

Je racontais à ces hommes et ces femmes de la noblesse que j'étais à la recherche d'un Sage, un envoyé de Dieu que nous appelions « le Rédempteur ». Je leur disais qu'il était né d'une vierge, qu'il savait soigner les malades et accomplir toutes sortes de miracles.

Certains me répondirent : « Nous le connaissons ! Il est venu ici. » Et je fus déçue d'apprendre que je l'avais manqué. Mais quand ils ajoutèrent : « Il était ici il y a douze cents ans », je fus très étonnée et demandai le nom de ce sauveur. Ils m'expliquèrent qu'il s'appelait Krishna et que ses disciples étaient légion. La mère terrestre de Krishna était une vierge fécondée par un dieu et sa naissance avait été annoncée par des signes dans le ciel. Des sages, des anges et des bergers avaient parcouru une longue route pour venir lui rendre hommage.

Le peuple qui vénère Krishna chante un hymne à sa mère : « Dans ta délivrance, Oh bénie entre toutes les femmes, les nations ont une raison de se réjouir. » Plus tard, un souverain diabolique, craignant de voir apparaître un dangereux rival, ordonna le massacre de nouveau-nés innocents. Mais sa vie fut miraculeusement épargnée et il fut baptisé dans le fleuve appelé Gange.

Après cela, il voyagea beaucoup, soigna les lépreux et d'innombrables malades, ressuscita les morts et prêcha la bonne nouvelle, annonçant à tous que les pauvres étaient les élus de Dieu et qu'un homme pouvait être pardonné de ses péchés s'il purifiait son cœur.

« Comment est-il mort ? » ai-je alors demandé.

Ils ont répondu : « Notre sauveur Krishna était encore jeune lorsqu'il a quitté ce monde pour monter au ciel. Il était né pour souffrir et pour mourir à cause des péchés des hommes. » Et je vis que, dans les temples où l'on adorait ce Seigneur, des statues le représentaient accroché à une croix, les poignets attachés, les pieds percés de clous.

Ses disciples affirmaient qu'il n'était pas vraiment mort et qu'après avoir séjourné trois longs jours au royaume des ténèbres, il avait quitté son tombeau pour rejoindre le monde des vivants.

Une histoire semblable me fut aussi contée en Perse. On me dit que Mithra s'était également relevé après avoir passé trois jours chez les défunts. J'appris aussi que, chez les Grecs, on croyait que des dieux appelés Prométhée et Mars avaient, eux aussi, séjourné au royaume des Ombres avant de revenir à la vie.

Alors je me demandai lequel de tous ces dieux était celui que je cherchais. Mon cœur était accablé de solitude et d'angoisse. Je désirais tant retrouver le Juste !

Une lettre me parvint d'Antioche, écrite par l'intendant chargé de gérer la fortune considérable léguée par mes parents. Il avait rejoint, lui aussi, notre communauté et m'envoyait régulièrement des nouvelles de mes frères et sœurs demeurés là-bas. Une autre lettre accompagnait la sienne, celle d'une femme appelée Marie qui s'était trouvée parmi les premiers disciples du Juste. C'était la coutume, chez les nôtres, d'adresser à tous les membres dispersés de la communauté une copie des lettres de chacun. Ainsi, les nouvelles circulaient de ville en ville, de pays en pays.

Dans sa lettre, Marie écrivait : « Salutations à la communauté d'Antioche de votre sœur, recevez le baiser de paix. Je vous prie d'accueillir en votre sein mon ami et fidèle serviteur de Dieu : Andreas, qui vous remettra cette lettre. Que soient bénies les paroles du Juste quand il nous a dit : Je suis le Premier et le Dernier, l'alpha et l'oméga, l'Elu et l'agneau du sacrifice. On m'a battu, méprisé, rejeté. Mais ayez confiance, car je suis avec vous à jamais. Gardez à jamais ces paroles en vous, chers frères et sœurs. La mort n'est qu'une illusion. On se libère d'elle par la paix. Et la paix provient du pardon. »

J'ai fait rédiger des copies de cette lettre et je les ai distribuées à mes amis en Inde.

Comme je désespérais de jamais trouver le Juste que mon cœur cherchait, je continuais de prêter l'oreille, écoutant toutes les rumeurs à propos d'un Sauveur qui ressemblerait à celui que je désirais tant trouver. Certains disaient : « Il est ici », d'autres : « Il est là » mais, à chaque fois, je connaissais la déception. J'entendis même affirmer que le Sauveur était parti plus loin encore vers l'Orient. Et je me dis : Y a-t-il un Orient plus éloigné encore que l'Inde ?

Dans sa soif de connaissances, Cornelius Severus rendit visite à une petite communauté de marchands venus d'un pays lointain que l'on appelle Chine. Nous nous sommes rendus dans leurs demeures et avons partagé avec eux leurs repas. Un jour que je séjournais dans la maison de l'un d'entre eux, j'aperçus un autel dressé en l'honneur du dieu Yu. On m'expliqua alors que ce dieu était lui aussi né d'une vierge il y avait très longtemps de cela, et que des prodiges apparurent dans le ciel au jour de sa naissance.

D'autres marchands chinois se montrèrent également disposés à nous entretenir de leurs croyances. Ils vénéraient un Sage du nom de Confucius qui, comme tant d'autres Sauveurs, parcourut le pays de Chine accompagné de ses disciples en prêchant l'humilité et le respect d'autrui. Comme Tammuz, Mithra, Krishna, comme Prométhée, Zeus, Hercule et Platon, sa naissance fut honorée par les sages et marquée par toutes sortes de signes célestes.

Partout, je posais la même question : Savez-vous si le Juste que je recherche est allé plus loin que l'Inde ? Savez-vous s'il se trouve en Chine ? Mais on me répondait qu'on ne le connaissait pas.

Chère Perpetua, dans mon zèle à trouver celui que mon cœur brûlait de revoir, j'ai voyagé comme une aveugle ! Je regardais mais ne voyais pas, j'écoutais mais n'entendais pas ! Je t'ai dit que c'était là, dans la vallée de l'Indus, que me fut donnée la troisième des Sept Vérités immuables. Et pourtant, je ne l'ai pas comprise alors ! Elle était là, devant moi, et cependant, sotte que j'étais, je ne comprenais pas ! Il fallut encore plusieurs années avant que mes yeux s'ouvrent enfin.

Cette vérité, je veux la partager maintenant avec vous tous, car le monde a besoin de la connaître.

La voici : la mort n'existe pas.

Comme le Juste nous l'a enseigné, comme le prêcheur d'Antioche nous l'a dit, lui aussi, la mort n'est pas une fin. Vous savez qu'il existe une source divine et que c'est d'elle que nous sommes issus, de sorte que nous sommes, nous aussi, d'essence divine et que nous sommes éternels.

Et ainsi nous ne mourons pas.

Je vous ai dit que j'en avais la preuve. Mais je la dévoilerai le moment venu. Pour l'instant, méditez dans votre cœur ces trois vérités que je vous ai apprises : nous ne sommes pas seuls dans l'univers, notre nature est d'essence divine, nous sommes éternels.

Une quatrième vérité vous sera bientôt communiquée, chères Perpetua et Aemelia, et cette vérité vous servira de rocher quand, parfois, la vie vous affaiblira, quand elle fera naître le doute et le chagrin dans vos cœurs.

NEUVIÈME JOUR

Mercredi 22 décembre 1999

– Non ! Pas encore ! pesta Michaël en frappant le bureau avec irritation.

Profondément absorbée par l'histoire de Sabina, Catherine leva les yeux avec surprise.

– Qu'est-ce qui ne va pas ?

– On dirait que le monde entier s'est donné le mot pour se connecter en même temps ! maugréa-t-il, les yeux fixés sur l'écran de l'ordinateur.

Elle se leva avec raideur – elle était restée penchée des heures durant sur les manuscrits. Ses épaules et son cou étaient si crispés qu'elle les massa avec une grimace de douleur.

Voyant à travers les baies vitrées du salon que le ciel avait viré à l'orange, elle constata, étonnée, que le soir tombait déjà sur le désert du Nevada. Le temps avait passé sans même qu'elle s'en rende compte, tant son travail l'avait passionnée.

Elle s'approcha de Michaël pour comprendre la raison de son énervement. Un message était affiché sur l'écran du portable de Danno : *Désolé. Connexion à l'hôte impossible.*

Catherine lut l'adresse électronique à laquelle Michaël essayait d'avoir accès : *htpp://christusrex/archivio/vaticano.html.*

– La bibliothèque du Vatican ! s'exclama-t-elle, stupéfaite.

– Des milliers de manuscrits et de documents s'y trouvent stockés. La plupart ne sont ni traduits, ni même catalogués. J'ai pensé que nous pourrions y puiser d'excellentes informations. Malheureusement, on dirait que d'autres ont eu la même idée. Impossible d'obtenir une ligne disponible.

Le père Garibaldi s'adossa à sa chaise, étirant ses bras au-dessus de sa tête, l'air soudain épuisé. Le regard de Catherine s'attarda plus que de raison sur les muscles puissants qui tendaient le tissu noir de la chemise. Aussitôt, un flux de sensations troublantes l'envahit et, embarrassée, elle détourna les yeux pour regarder le soleil qui flamboyait derrière la fenêtre, constellant le tapis des dernières incandescences du jour.

Elle s'efforça de retrouver un peu de calme en pensant à Julius. A certains moments, il lui manquait tant qu'elle avait envie de pleurer. D'autres fois, c'était comme s'il s'enfonçait déjà lentement dans l'océan de sa mémoire.

Que pouvait-il bien faire en ce moment ? Comment se sentait-il ? Que pensait-il de cette cascade d'événements aussi soudains que menaçants ? « T'encourager à poursuivre ce plan démentiel n'est pas une bonne façon de t'aider, Cathy... » C'étaient les derniers mots que Julius lui avait lancés, l'après-midi de leurs retrouvailles. Il y avait cinq jours de cela, à présent.

Elle se demanda si les membres du groupe Hawksbill avaient réussi à le joindre, ainsi qu'elle le leur avait demandé. Si seulement elle avait pu se connecter, pour savoir s'ils avaient pris au sérieux son appel au secours ! Mais Michaël s'était montré formel : une nouvelle connexion via l'IRC était beaucoup trop dangereuse. N'importe qui aurait vite fait de remonter à la source et de localiser l'hôtel d'où ils appelaient. Le Web, par contre, était sans danger, car les connexions peuvent se faire anonymement. Du moins l'espéraient-ils : il paraissait impossible que Havers puisse surveiller ses milliers de sites dans le monde...

Catherine regagna son bureau pour se pencher à nouveau sur le texte dont elle avait commencé la traduction : *Vous me demandez des nouvelles de ma vie tout au long de ces nombreuses années passées loin de vous. Il y a peu à en dire...*

– Je n'en suis pas si sûre, murmura Catherine.

Michaël leva la tête.

– Pas si sûre de quoi?

– J'aurais tant voulu que Sabina nous donne davantage de détails, qu'elle décrive ses voyages, ses rencontres, les pays et les villes qu'elle a traversés. Mais tout est si vague...

Michaël hocha la tête.

– Il ne vous reste que votre imagination. En ce qui me concerne, je n'en ai guère. Je ne peux donc pas vous aider.

La jeune femme haussa les épaules en un geste d'impuissance.

– Je me sens comme un animal en cage, soupira-t-elle.

– Ne dites pas cela! Il nous reste encore tant de pistes à explorer... Grâce à Internet, nous avons parcouru ces derniers jours des milliers de kilomètres sur d'invisibles autoroutes électroniques, consulté des dizaines et des dizaines de fichiers, absorbé des centaines d'informations. Et, malgré cela, nous n'avons pas encore touché au but. Au lieu de vous lamenter, pensez au travail qui nous attend encore. (Il désigna l'ordinateur.) Tenez, en quelques heures, j'ai voyagé jusqu'à la grande bibliothèque de Pékin, puis j'ai consulté les archives de l'Institut d'Orient de Chicago et, au passage, fait un saut à la Duke University. A présent que la ligne du Vatican est occupée, je me propose d'aller consulter la documentation de l'université de Stuttgart. Vous venez avec moi?

Ragaillardie par ce discours enthousiaste, Catherine s'approcha.

– Que cherchez-vous exactement? demanda-t-elle, les yeux fixés sur l'écran.

– Au musée de San Francisco, j'ai trouvé mention d'un annuaire des collections privées d'antiquités. J'aimerais en savoir plus.

La jeune femme jeta un coup d'œil au bloc-notes posé sur le bureau. Michaël y avait griffonné toute une série de notes glanées au cours de ses recherches sur le Net.

– Et si la Marie dont parle Sabina dans sa lettre était Marie-Madeleine? interrogea-t-elle soudain. Il est dit qu'elle a connu de près le Juste et que, plus tard, elle rédigeait des épîtres que l'on copiait à l'intention des membres de la communauté disséminés à travers le monde. Est-il possible qu'une lettre de Marie-Madeleine existe encore à notre époque, cachée au fond d'une bibliothèque ?

– J'ai eu la même idée, répondit Michaël. Espérons que nous en saurons plus bientôt. (Il poussa une exclamation de joie en voyant la connexion s'établir enfin avec l'université de Stuttgart.) Voilà ! Je viens de trouver la liste des collections privées.

Il cliqua sur l'icône concernée et une page de texte se mit à défiler.

– Ici ! dit tout à coup Catherine en voyant la collection Langford s'inscrire sur l'écran. Je connais la plupart des noms cités dans cette liste, mais celui-là ne m'est pas familier.

Michaël déplaça le curseur sur *Langford*, mais n'obtint aucun autre renseignement.

– Nous pourrions essayer une contre-vérification en utilisant le programme Lycos, observa-t-il.

Malheureusement, là encore, l'écran afficha : *aucune occurrence sur le sujet.*

– C'est trop bête, murmura Michaël en revenant au menu de recherche. Mais je vais bien finir par...

– Arrêtez ! s'écria alors Catherine.

Il lui jeta un regard surpris.

– Pourquoi ?

– Quelque chose ne va pas.

– Vous ne voulez plus voir ce qu'il y a dans la collection Langford ?

Elle contempla les lettres bleues qui scintillaient sur l'écran.

– J'ai un mauvais pressentiment. Déconnectez-vous. (Elle posa une main sur le bras de Michaël.) Je vous en prie.

Ils contemplèrent en silence l'écran pendant quelques instants, écoutant le bruissement soyeux de l'air conditionné. Ce fut Michaël qui parla le premier.

– J'imagine que vous avez eu la sensation que nous

étions espionnés, c'est cela? Ou qu'on nous tendait un piège?

Catherine hocha la tête.

– Je ne sais pas ce qui s'est passé exactement en moi, mais mon instinct m'a avertie qu'il valait mieux sortir du système aussi vite que possible.

Tout en parlant, elle réalisa subitement que sa main était restée posée sur le bras de Michaël. Elle la retira vivement, comme si ce seul contact l'avait brûlée.

– Pourquoi n'allez-vous pas faire un tour? dit-elle en se levant un peu trop brusquement. Vous êtes resté des heures devant ce maudit ordinateur. Après tout, c'est moi que l'on recherche, pour l'instant. Personne ne vous prêtera la moindre attention.

Il eut un petit rire.

– Bah... Vegas est un endroit dangereux pour un type comme moi.

– Pourquoi?

– A vrai dire, j'ai un faible pour le jeu et je n'ai jamais réussi à m'en défaire complètement. Dans ma jeunesse, j'adorais parier sur n'importe quoi : les chevaux, le sport, le temps qu'il allait faire le lendemain, que sais-je? Un jour, j'ai même parié sur la couleur de la robe de Mme Nussbaum, la boulangère!

Il y eut un silence puis il ajouta d'une voix différente :

– Catherine, j'aimerais vous dire quelque chose. Quelque chose d'important...

A peine avait-il prononcé ces mots qu'il s'immobilisa, tous les sens en alerte. Catherine le regarda puis se cramponna à sa chaise. La chambre bougeait!

– Qu'est-ce que c'est que ça? s'exclama Michaël en bondissant sur ses pieds.

Très pâle, la jeune femme balbutia :

– On dirait un tremblement de terre!

Ils coururent à la fenêtre et regardèrent au-dehors. Au début, ils ne virent que le filet étincelant des lumières de Las Vegas scintillant contre le ciel obscur. Mais, sous leurs pieds, le tremblement s'accentuait, accompagné maintenant d'un grondement sourd et menaçant.

Ils comprirent alors ce qui se passait. Atlantis s'enfonçait.

Une nouvelle fois...

Sur l'une des îles artificielles qui entouraient l'hôtel, une reproduction imaginaire de l'ancienne Atlantide, avec ses temples, ses colonnades, ses statues gigantesques, avait été édifiée. Deux fois par jour, la cité d'Atlantis s'enfonçait dans les eaux. Les temples et les dieux étaient engloutis sous la surface du lac. De nuit, le spectacle paraissait encore plus impressionnant, car la ville antique était illuminée par les torches tandis que des flammes sortaient d'un volcan artificiel. Des effets sonores accompagnaient le pseudo-cataclysme avec force vacarme et hurlements. Des pierres s'écroulaient, des silhouettes semblaient courir et se tordre dans les flammes.

Tout en contemplant ce spectacle apocalyptique, Catherine imaginait la foule des badauds rassemblée autour du lac, applaudissant au désastre. Naturellement, tous savaient pertinemment qu'il s'agissait d'une illusion remarquablement agencée. Des roues, des poulies et des systèmes électroniques ultra-sophistiqués réglaient ce cataclysme bi-quotidien. Pourtant, Catherine ressentit un choc particulier à la vue de cette scène. Elle avait soudain l'impression de contempler une répétition générale, le simulacre d'un terrifiant événement qui serait bientôt tout à fait réel. Ses pressentiments se confirmaient. Des dangers invisibles se rapprochaient de minute en minute.

Elle frissonna et sentit battre plus vite son cœur tandis que, dehors, un gigantesque incendie embrasait le ciel, et que des piliers apparemment faits du granit le plus solide s'effondraient avec de terribles craquements. Les eaux du lac se mirent à gonfler et des vagues géantes submergèrent l'île. La statue colossale d'une déesse oscilla et finit par basculer, roulant dans les flots comme une bille de bois avant d'être engloutie.

Puis tout disparut. La superbe et légendaire Atlantide venait d'être rayée de la carte du monde.

Catherine et Michaël demeurèrent un long moment silencieux, troublés par ce qu'ils venaient de voir.

– Comment peuvent-ils faire d'un tel spectacle de violence une distraction pour touristes ? finit par dire Catherine d'une voix irritée. Avez-vous entendu tous ces badauds qui riaient et applaudissaient en voyant les images d'une pareille catastrophe?

– Ce n'est qu'une mise en scène, Cathy. Une simple illusion.

– Et parce qu'il s'agit d'une illusion, vous trouvez juste d'amuser les gens avec le spectacle de la souffrance et de la destruction? (Elle se détourna de la fenêtre.) Cette parodie me dégoûte. Je crois que je vais aller prendre un bain. Je me sens si fatiguée...

Michaël la regarda un instant, comme s'il s'apprêtait à dire quelque chose d'important. Mais, finalement, il se contenta de lancer :

– Vous avez raison, j'ai besoin de sortir prendre l'air. Enfin, c'est une façon de parler. Disons qu'il faut que je prenne de l'exercice. L'hôtel doit offrir des tas de possibilités de se dépenser physiquement. Je réussirai sûrement à faire un petit plongeon dans l'une de ses six piscines...

Il disparut dans sa chambre tandis que Catherine se laissait tomber sur le canapé. Fermant les yeux, elle tenta d'analyser ses sentiments, d'identifier cette peur nouvelle qui s'infiltrait en elle. Quelque chose d'effrayant était en train de se développer, quelque chose de sombre, d'inconnu, de redoutable.

Cela avait à voir avec Michaël.

Son image continuait de la hanter : la ligne nette des cheveux sur la nuque, le minuscule grain de beauté derrière l'oreille droite, les fils gris de chaque côté des tempes. Il lui semblait même respirer encore l'odeur de son after-shave. Il utilisait Old Spice, un parfum typiquement masculin.

Voilà cinq jours et cinq nuits qu'ils voyageaient ensemble et, déjà, elle avait l'impression que cela faisait des semaines, voire des mois, qu'ils se connaissaient. Curieux constat pour une relation aussi problématique. Après tout, elle ignorait encore tout de cet homme.

Dans deux jours, ce sera Noël, pensa Catherine. Les prêtres ne sont-ils pas tenus de célébrer la messe ce jour-là?

Elle l'entendit sortir de sa chambre et, quelques minutes plus tard, aperçut son reflet dans la vitre de la baie. Vêtu d'un pantalon noir et d'une chemise à col clérical, il tenait à la main son sac de voyage noir. Catherine eut l'impression qu'il emportait aussi autre chose mais sans parvenir à voir de quoi il s'agissait.

– Père Garibaldi, lança-t-elle brusquement, Noël est dans deux jours. Ne désirez-vous pas rentrer chez vous pour passer les fêtes en famille ?

Elle vit son visage s'assombrir d'un seul coup et les muscles de son cou se crisper. Un souvenir lui revint en mémoire. Juste avant le spectacle de l'Atlantide engloutie par les eaux, il avait voulu lui parler. De quoi s'agissait-il donc ?

Mais elle préféra se taire. Il lui fit un petit salut de la main et se dirigea vers la porte.

C'est alors qu'elle comprit ce qu'il tenait dans l'autre main.

Ses cannes de combat...

Le pager de Miles Havers émit un petit bip. Il vérifia discrètement le message affiché. C'était une adresse Internet, le signal qu'il attendait.

– Excusez-moi, sénateur, dit-il en se levant de table.

Les convives du somptueux dîner organisé par Erica – elle adorait recevoir – lui adressèrent un sourire de sympathie puis reprirent leur conversation. Havers quitta la luxueuse salle à manger, prit l'ascenseur privé menant à la salle des ordinateurs, le domaine privilégié de Teddy Yamaguchi.

Ils avaient tous deux décidé de créer un site sur le Net qui servirait d'appât au Dr Alexander. Apparemment, le piège avait fonctionné.

– Alors ? demanda-t-il impatiemment en regardant l'écran devant lequel travaillait Yamaguchi.

– Nous progressons. Je sais déjà qu'elle est passée par l'IRC pour rejoindre un groupe de discussions. Malheureusement, elle n'y est pas restée assez longtemps pour qu'on la repère.

Havers hocha la tête. Leur stratégie semblait donc excellente. A présent, ça n'était qu'une question de temps. Grâce au génie de Yamaguchi, ils avaient accédé au système de filtrage de Stanford qui permettait de scannériser ses treize mille groupes de discussions du Net, ainsi que les messages échangés. Il y avait de grandes chances pour que Catherine Alexander cherche de l'aide auprès de ses camarades archéologues.

Le jour approche... pensa Havers.

J'ai rencontré Satvinder dans un filet de pêcheur.

Catherine fronça les sourcils et relut la phrase qu'elle venait de transcrire sur son bloc-notes. Un filet de pêcheur... Ça n'avait aucun sens.

Saisissant la loupe, elle approcha la lampe du papyrus et étudia la ligne qu'elle s'efforçait de traduire.

Αγρα. Pas de doute, c'était bien « agra ».

Ouvrant le *Strong's New Testament Greek*, elle lut une nouvelle fois la traduction donnée par le dictionnaire : « Coup de filet, prise de poisson. Voir aussi : Pêche. »

Revenant au papyrus, elle approcha encore la lampe au point de sentir sa chaleur lui brûler presque le crâne. Lentement, elle fit glisser la loupe le long de la ligne, examinant chaque caractère attentivement.

C'est alors qu'elle aperçut le minuscule *o* écrasé entre le γ et le ρ.

– Agora ! s'exclama-t-elle à haute voix. Catherine Alexander, tu n'es qu'une imbécile ! Sabina a rencontré Satvinder sur l'*agora*, c'est-à-dire sur la place du marché. Le scanner de Danno aurait détecté la lettre, s'il avait fonctionné !

Elle posa son stylo et jeta un coup d'œil à sa montre. Cela faisait déjà un bon moment que Michaël avait quitté l'appartement.

Chaque fois qu'elle pensait à lui – c'est-à-dire de plus en plus souvent –, une nervosité incontrôlable s'emparait d'elle. Sentant son agitation grandir, la jeune femme se leva pour allumer la télévision. Mal lui en prit. Un présentateur des actualités était justement en train d'annoncer :

« Les manuscrits volés par le Dr Alexander n'ont toujours pas été retrouvés à ce jour. L'affaire semble exciter de plus en plus les esprits. D'aucuns affirment même que le vol de ces papyrus serait l'œuvre de l'Antéchrist... »

– Oh non... gémit Catherine.

Elle changea aussitôt de chaîne et tomba sur un talk-show dirigé par Ted Koppel. L'invité en était un physicien soi-disant bien connu.

« C'est le commencement de la fin, disait-il, le signe que de grands événements sont proches. Il ne s'agit plus ici de coïncidences ou de simples anecdotes. Les courants de l'univers travaillent à un grand rassemblement. Quand ils seront tous réunis dans une même énergie, l'effet sera considérable. Bientôt, tous les points de l'univers seront en contact, des sphères jusque-là distantes se rencontreront, jusqu'à ce que le cosmos finisse par imploser pour retourner au vide primordial. J'ai calculé tout cela mathématiquement. Le cataclysme se produira exactement le 31 décembre 1999, à minuit... »

– Physicien... mes fesses ! maugréa Catherine en éteignant le poste de télévision. Ils sont tous devenus fous, oui !

Elle se mit à arpenter la pièce de long en large, incapable de maîtriser la nervosité qui la gagnait. Ses yeux tombèrent alors sur *La Liturgie des heures*, un ouvrage de méditation religieuse relié de cuir vert sombre que Michaël lisait chaque jour. Combien de fois l'avait-elle vu feuilleter ces pages, ses lèvres esquissant parfois une prière silencieuse !

Sa curiosité fut éveillée. Dans sa jeunesse, elle n'avait connu que la Bible ou le missel. S'agissait-il d'un livre rédigé en latin ou en anglais ?

Elle le saisit, l'ouvrit au hasard et tourna les pages jusqu'à la date du jour, le 22 décembre. Au chapitre « Prière du Soir », elle lut : « Dieu est lumière. Si nous vivons dans Sa lumière, l'amour régnera entre les hommes. Sans amour, le monde ne peut trouver la paix. Toi, le fidèle, le disciple du Christ, prie, prie pour que le monde se libère de la haine et de la peur. Aide ton prochain à trouver le réconfort dans le chagrin, la force dans les épreuves. Et demande au Seigneur de prendre soin des morts qui l'ont rejoint dans l'au-delà. Prie pour ceux qui ont quitté le monde, ceux que nous avons aimés et ceux dont personne ne se souvient. »

Catherine reposa le livre sur la table basse, saisie d'un vertige. Elle se rappela soudain une conversation avec le père Furmanski alors qu'elle n'était encore qu'une collégienne :

« Mon Père, avait-elle demandé, à quoi ressemble l'au-delà ?

– Je crois que c'est une continuation de la vie, Catherine, avait-il répondu gravement. Mais la vie que nous avons connue *avant.* »

Elle l'avait regardé, perplexe.

« Vous voulez dire *avant* que nous soyons venus au monde ? Mais nous ignorons comment c'était !

– Justement, Catherine. Nous avons oublié. Et pourtant, c'est là que nous retournons... »

A l'époque, elle n'avait rien compris à ce que le père Furmanski lui disait. Et maintenant qu'elle y repensait, elle se demandait encore ce qu'il avait voulu lui expliquer. Qu'est-ce donc que l'au-delà ? Une sorte de non-être ? Est-ce là qu'est allée ma mère ? Et Danno ?

Prie pour ceux qui ont quitté le monde... C'était une jolie prière. Mais que voulait-elle dire, exactement ? Les catholiques croyaient à la pérennité des âmes, à la résurrection des corps... Mais Catherine, elle, ne croyait plus depuis longtemps aux préceptes de l'Eglise...

Dans la salle de gymnastique tapissée de miroirs, Michaël s'arrêta, essoufflé, et abaissa les cannes Pangamot. Joignant les mains sous le menton, il fit un petit salut à un invisible adversaire et resta un long moment totalement immobile, les yeux fermés, plongé dans une profonde méditation.

Il respirait fortement, le corps trempé de sueur. Quand, enfin, il rouvrit les yeux, ce fut pour apercevoir son reflet éclaté en de multiples images tout autour de lui.

Il fut pris d'un vertige. Pour la première fois, sa séance d'entraînement ne l'avait pas détendu.

Son rêve l'obsédait. Une femme en était toujours le personnage principal et, cette nuit, il avait pu enfin la distinguer plus nettement. Vêtue de blanc, ses sandales couvertes de poussière, elle se tenait sur une large route, à l'entrée d'un temple, les bras tendus vers Michaël, les mains ouvertes, comme pour l'étreindre. Elle semblait l'implorer de la suivre à l'intérieur. Un sourire énigmatique flottait sur son visage.

A ce souvenir, il frissonna et les bâtons s'échappèrent de ses mains pour aller rouler sur le sol.

La femme de son rêve, c'était Catherine.

« Si seulement je pouvais voir les pays et les villes que Sabina a découverts durant ses voyages », avait-elle dit.

A quoi il s'était contenté de répondre :

« Je ne peux pas vous aider. »

Mais il avait menti. En réalité, il *pouvait* l'aider car il avait eu la chance de voir les paysages que Sabina avait autrefois contemplés. Car lui aussi voyageait au cours de ses rêves. De magnifiques visions flottaient devant ses yeux fermés : temples, routes, caravanes de chameaux, villes antiques, bergers réunis autour d'un feu de camp et devisant paisiblement sous les étoiles.

Pourtant, il ne se sentait pas le droit d'en parler à Catherine.

Car, alors, il faudrait *aussi* lui dire le reste...

Au troisième étage du quartier général du FBI, à Washington, des agents spéciaux faisaient des heures supplémentaires dans le laboratoire scientifique de criminologie.

Wally Walters, chef de la section des Empreintes, s'efforçait d'identifier les traces relevées sur une Mustang bleue retrouvée abandonnée près du parc de Castle Rock, en Caroline du Nord. Les empreintes avaient été comparées à celles relevées sur la porte de sortie d'un laboratoire de recherche, près de San José, Californie.

Walters examina les agrandissements analysés par ordinateur. Si cela ne donnait rien, on pouvait encore envoyer les clichés à la division d'identification du

Bureau, un laboratoire employant près de deux mille personnes et doté d'un fichier de presque deux millions d'empreintes recensées.

– C'est une sale affaire, Wally, dit son assistant en déposant sur le bureau un sac de papier kraft rempli de sandwichs. Autant que nous sachions, Catherine Alexander n'a commis jusqu'ici aucun véritable délit. Tout n'est que rumeurs et spéculations. Vous préférez pastrami ou fromage ?

Wally plongea la main dans le sac et déroula le plastique transparent qui entourait le sandwich.

– Je sais, répondit-il sombrement. En fait, nous ignorons ce qu'elle a réellement fait ces derniers jours. Etait-elle dans l'appartement de Stevenson au moment du meurtre ? A-t-elle provoqué l'explosion du laboratoire de recherche de San José ? Aucun moyen, pour l'instant, de le deviner. A moins que ces clichés ne nous en apprennent un peu plus...

Il prit le gobelet de café que lui tendait son assistant.

– Reste encore un espoir de la localiser : elle se servira peut-être d'Internet.

– Eh... On pourrait peut-être la coincer pour entorse à l'article 18...

Walters hocha la tête. Cette loi interdisait la transmission entre Etats ou à l'étranger de données concernant un délit faisant l'objet d'une enquête en cours.

– Théoriquement, reprit l'assistant, si le Dr Alexander fait une bourde et se branche sur le Net pour transmettre des informations de ce genre, nous pourrons l'arrêter et ça lui coûtera cinq ans de prison.

– Hmm, fit Walters en avalant une bouchée de son sandwich. Alexander est une femme intelligente. Et elle se méfie. Pour s'exposer ainsi sur le Net, il faudrait qu'elle se sente vraiment acculée.

A cet instant, l'ordinateur émit un bip et l'imprimante cracha le résultat de la recherche en cours. Walters saisit la feuille, commença à lire et esquissa un sourire entendu.

– Bien, bien... dit-il, les yeux fixés sur le nom du propriétaire des empreintes relevées dans la Mustang. Maintenant, l'affaire commence *vraiment* à devenir intéressante...

Le cri traversa son subconscient et la réveilla en sursaut.

Pendant quelques secondes, Catherine ne se rappela plus où elle se trouvait. Ses yeux se fixèrent sur le réveil posé sur la table de chevet. Il était à peine plus de minuit...

Elle se redressa, aux aguets. C'est alors qu'elle entendit un nouveau hurlement qui lui glaça le sang.

Un tremblement incontrôlable s'empara d'elle. On aurait dit la voix de Michaël.

Sautant à bas du lit, sa longue chemise de nuit blanche flottant comme le suaire d'un fantôme dans le clair de lune, elle courut jusqu'à la porte de Michaël. De l'autre côté du battant, l'écho d'une respiration oppressée lui parvint.

– Pourquoi ne me laissez-vous pas seul? hurla Michaël.

Catherine retint son souffle. Quelqu'un était-il entré dans leur suite? Pourtant, aucune voix ne répondait au père Garibaldi. Et l'on n'entendait pas non plus de bruit de lutte.

Frappant timidement à la porte, elle murmura :

– Michaël? Quelque chose ne va pas?

Comme personne ne lui répondait, elle entra doucement, glissant un œil dans la chambre obscure. La lueur de la lune pénétrait par la fenêtre, éclairant le lit. Catherine aperçut Michaël recroquevillé sur les draps froissés, la peau luisante de sueur. Sa tête roulait convulsivement sur l'oreiller, tandis que des gémissements s'échappaient de ses lèvres.

La jeune femme s'avança.

– Père Garibaldi... murmura-t-elle en s'approchant du lit.

Elle contempla son beau visage tourmenté, vit sa mâchoire serrée, les veines de son cou saillant comme sous l'effet d'un choc intense.

Il rêvait.

– Non! cria-t-il en se débattant. Non... ne le faites pas! Ne faites pas ça!

Elle posa une main sur son front brûlant.

– Réveillez-vous, dit-elle doucement. C'est un cauchemar. Réveillez-vous, Michaël.

– Oh Seigneur! gémit-il en ouvrant soudain tout grands les yeux.

Il la regarda fixement un long moment sans paraître la reconnaître.

– Est-ce que vous allez bien? demanda Catherine en se penchant vers lui avec inquiétude. Michaël, reprenez-vous. Ça n'était qu'un rêve.

Il s'assit brusquement, cligna des yeux plusieurs fois tandis que des larmes roulaient sur ses joues. Puis, sans crier gare, il tendit les bras et étreignit désespérément la jeune femme.

– J'ai peur, murmura-t-il. J'ai tellement peur.

Elle le serra contre elle et sentit son visage trempé de larmes se blottir au creux de son cou. Longtemps, ils demeurèrent ainsi enlacés dans la lueur pâle de la lune, comme deux enfants effrayés par les ombres de la nuit.

Finalement, il s'écarta d'elle et poussa un profond soupir.

– Vous m'avez tiré d'un endroit très sombre, murmura-t-il, la voix encore mal assurée.

– Voulez-vous en parler?

Il hocha lentement la tête.

– Très bien. Je vais m'habiller. Faites-en autant et venez me rejoindre dans le salon.

Elle regagna sa chambre, enfila une robe et alla verser de l'eau dans le réservoir de la machine à café mise à leur disposition par l'hôtel. Une boisson chaude leur ferait du bien à tous les deux.

Quelques minutes plus tard, Michaël était là, vêtu d'un jean et d'une chemise écossaise. Catherine remarqua qu'il avait même enfilé ses chaussettes et ses chaussures, comme s'il s'apprêtait à sortir.

La pièce se remplit des arômes réconfortants du café. Elle lui en tendit une tasse, qu'il prit avec reconnaissance. Leurs regards se rencontrèrent quelques secondes, comme soudés par un aimant. Puis Michaël tourna la tête et but une gorgée de café.

Catherine s'assit en face de lui, attendant qu'il parle le premier.

– Je suis désolé de vous avoir réveillée, dit-il enfin.

– Je ne dormais pas. Michaël, racontez-moi votre cauchemar. Peut-être cela vous aidera-t-il à l'exorciser...

Il posa la tasse vide sur la table basse et s'appuya contre le dossier du canapé. Malgré ses traits tirés, ses yeux cernés, son visage était d'une beauté si émouvante que Catherine dut détourner les yeux pour tenter de chasser le trouble qui s'emparait d'elle.

– C'est une longue histoire, Catherine.

Il semblait si las qu'elle se demanda s'il ne valait pas mieux le laisser tranquille. Mais c'était une occasion inespérée pour en apprendre un peu plus sur cet homme si mystérieux.

– Eh bien, racontez-la-moi, répondit-elle. Je n'ai pas envie de dormir.

Il sembla tourner et retourner les mots dans sa tête avant de se décider enfin à parler.

– J'ai grandi dans une maison où les coups constituaient l'unique forme de communication. Mon père cognait d'abord, posait des questions ensuite. Qu'il soit ivre ou à jeun, cela ne changeait rien.

Il s'agita sur le canapé et Catherine vit une veine battre sur sa tempe. Ce simple détail ranima en elle une émotion étrange, comme si, soudain, il lui était donné d'entrer dans l'intimité de cet homme, de contempler son âme à nu.

– J'ai grandi en acceptant comme une nécessité cette violence quotidienne, en la prenant à mon propre compte. J'étais devenu un adolescent solide et batailleur, la terreur du quartier. Toutes les occasions me semblaient bonnes pour chercher querelle à tout le monde.

Il s'arrêta, passa une main sur son front et demanda subitement :

– Est-ce qu'il vous reste un peu de café ?

La jeune femme se leva aussitôt et lui rapporta sa tasse

pleine du breuvage chaud et ambré qu'il but d'un trait, les yeux à demi clos, son pâle visage légèrement renversé en arrière.

Elle attendit qu'il se ressaisisse, le cœur étreint par une sensation presque douloureuse de paix et de chaleur. Malgré le cauchemar, malgré la souffrance évidente de Michaël, elle avait l'impression de vivre un moment essentiel, de connaître l'expérience d'une rencontre unique, souhaitée depuis toujours. C'était comme si une partie d'elle-même lui échappait totalement tandis que l'autre, plus réaliste, plus raisonnable, ne cessait de lui souffler : « Tu ignores tout de lui. Souviens-toi qu'il s'agit d'un prêtre. Un prêtre qui pratique les arts martiaux, qui a appris l'art de tuer. C'est peut-être un homme dangereux... »

Elle leva les yeux sur lui, vit qu'il la regardait et sentit son pouls s'accélérer tandis qu'il reprenait son récit :

– Je passais le plus clair de mon temps à traîner avec des voyous et à m'enivrer dans les cafés du coin. Une nuit, complètement saoul, je décidai avec mes camarades d'aller à l'église du quartier pour y faire un peu de barouf. Pour finir, nous avons tout saccagé. Nous avons cassé les statues, renversé les bancs, écrit des graffitis obscènes sur les murs. Le curé n'appela pas la police. Mais il envoya chercher le père Pulaski, un prêtre polonais d'une paroisse voisine, un type grand et massif, taillé dans le roc. Il m'a trouvé, m'a emmené jusqu'au pied de l'église et, là, il m'a rossé. Sans même me demander mon avis, il m'a inscrit de force dans une école de karaté. Pour moi, ça a été le début de l'apprentissage des arts martiaux. Je me suis immédiatement passionné pour cette discipline et, très vite, j'ai commencé à m'assagir. C'est alors que j'ai découvert...

Il s'arrêta. Catherine le regarda, impatiente d'entendre la suite.

– Découvert quoi ?

– Qu'il y avait quelque chose en moi qu'il me fallait constamment garder sous contrôle. Quelque chose de sauvage, de terrible. Un noyau de violence pure. Je ne peux pas le décrire, mais cela m'effraie chaque fois que j'y pense.

– Est-ce cela qui vous donne ces cauchemars?

Michaël secoua la tête.

– Il y a autre chose...

Voyant qu'il ne se décidait pas à parler, elle vint s'asseoir à côté de lui pour lui prendre la main.

– Continuez, Michaël, dit-elle doucement. C'est maintenant ou jamais. Chacun d'entre nous doit affronter ses démons.

Il la regarda, l'air désespéré.

– Affronter mes démons? Mais j'ai l'impression de n'avoir fait que cela toute ma vie! Et pourtant rien n'est réglé. Le bonheur me fuit comme un pestiféré!

Se levant brusquement, il se dirigea vers la baie vitrée et contempla les lumières de Vegas qui scintillaient dans la nuit limpide du désert.

– Un soir – j'avais seize ans – je me suis retrouvé dans une épicerie de mon quartier, une de ces boutiques à l'ancienne tenue par un veuf, un vieil émigré européen que tout le monde connaissait et appréciait. Il était en train de faire ses comptes et je me souviens qu'en me voyant il a dit : « Dépêche-toi, Mikey. Je voudrais arriver à temps chez moi pour écouter les nouvelles. » Mais je ne savais pas vraiment ce que je voulais, et j'errais dans les rayons quand il est entré...

Il s'interrompit une nouvelle fois. Catherine contempla sa silhouette puissante et élancée se découpant contre le ciel violet.

– Il? questionna-t-elle.

Elle l'entendit pousser un profond soupir.

– C'était une sorte de punk, drogué jusqu'aux yeux, les nerfs tendus à l'extrême. Il avait un revolver, un gros calibre, et l'a pointé tout de suite sur le vieil homme en lui demandant l'argent de la caisse. Moi, j'étais toujours au fond du magasin, et il ne m'avait pas vu. Après, tout est allé très vite. L'épicier a lancé : « Arrête ton cinéma, Sonny. Lâche cette arme. » Il essayait de discuter avec lui, sachant que j'étais là, tout près, comptant sur moi pour venir à son secours...

– Vous n'étiez qu'un gamin, intervint Catherine. Comment auriez-vous pu...

Il se tourna vers elle, le visage convulsé.

– Mais j'aurais pu l'aider, Cathy! cria-t-il. Je pesais au moins quinze kilos de plus que cette fripouille, et j'avais commencé à apprendre les techniques de combat. Seulement, je n'ai rien fait. Je suis resté là, dans mon coin, pétrifié, paralysé de terreur.

– Qu'auriez-vous pu faire? Il était armé...

– J'avais l'avantage de la surprise puisqu'il ne m'avait pas vu. Mais je n'ai pas bougé pendant que cette petite frappe a pointé son arme sur le vieux commerçant et a tiré trois fois dans sa poitrine. Ensuite, il a sauté par-dessus le comptoir, il a raflé l'argent et il s'est enfui...

Il y eut un silence.

– Vous aviez seize ans, Michaël. Ce n'était pas votre faute.

– Peut-être. Mais, depuis, je suis hanté par le même cauchemar. Je revois le visage du vieil homme, son regard tourné dans ma direction, suppliant, implorant mon aide. Il avait du courage et ne voulait pas risquer ma vie, alors il n'a rien fait qui puisse révéler ma présence. Malgré cela, je ne suis pas intervenu. Maintenant, même le jour, je suis obsédé par cette scène.

Elle se leva pour aller le rejoindre devant la fenêtre.

– Comment êtes-vous devenu prêtre?

– C'est le père Pulaski qui m'a dirigé dans cette voie. Un jour, je lui ai dit que je pensais de plus en plus à la prêtrise et il m'a répondu : « Mon garçon, Dieu t'appelle. Réponds! Réponds! » Et, moins d'un mois plus tard, il avait réussi à collecter des fonds pour financer mes études au séminaire. Parallèlement, j'ai suivi une formation poussée en mathématiques et en informatique. A vingt et un ans, j'étais ordonné prêtre. A vingt-sept, j'avais un diplôme d'ingénieur informaticien en poche. Et tout cela, je le devais à sa générosité.

Michaël glissa la main dans sa poche et en sortit une montre de facture ancienne, accrochée au bout d'une chaîne.

– Il me l'a donnée le jour de sa mort, dit-il en la tendant à la jeune femme. C'était son propre maître d'études qui la lui avait remise. Je ne m'en suis jamais séparé.

Catherine examina le très joli objet en argent. Une inscription était gravée au dos mais le temps l'avait à moitié effacée.

– Elle est magnifique, murmura-t-elle en serrant le boîtier rond et doux dans le creux de sa main. Je me souviens que mon père en possédait une, à peu près semblable.

Il la regarda. L'expression de colère et d'amertume avait disparu de son visage.

– J'ai trop parlé de moi, murmura-t-il. Mais vous êtes si présente, si attentive. Puisque l'heure est aux confidences, pourquoi ne me racontez-vous pas votre propre histoire ?

Catherine leva les yeux vers lui et, à nouveau, sentit une vague de désir embraser son corps. Gênée, elle se détourna.

– Il... il n'y a rien à dire.

– Pourtant, j'ai cru comprendre que, malgré votre éducation chrétienne, vous aviez connu une rébellion profonde à l'égard de l'Eglise. (Il lui prit la main.) Catherine, je me sens beaucoup mieux, à présent. Et si nous allions prendre l'air ?

Elle sentit qu'il l'entraînait vers la porte.

– Où allons-nous ?

– Tout à l'heure, j'ai vu que l'on pouvait monter sur le toit de l'hôtel pour contempler la ville. La nuit est douce. Venez...

Ils sortirent dans le couloir et prirent l'ascenseur jusqu'au dernier étage. Une terrasse gigantesque ornée de plantes luxuriantes couvrait le toit de l'édifice. La vue était splendide. A cette heure tardive, peu de clients s'attardaient encore. De là-haut, le spectacle des fontaines et des temples illuminés prenait un caractère féerique. Le vent du désert agitait doucement les fougères géantes et les palmiers. On se serait cru dans quelque éden datant de l'origine du monde.

Ils s'appuyèrent contre la balustrade et contemplèrent le paysage, savourant la magie de la nuit, le bonheur de partager cet instant de paix et de méditation.

– Moi aussi, je suis hantée par une scène du passé, dit

soudain Catherine. Je revois ma mère, toute menue dans son lit d'hôpital, à bout de forces. Toute sa vie, elle avait résisté courageusement aux pressions du milieu scientifique et de l'Eglise. Cela lui avait coûté cher. Ecartée de toutes les sphères sociales et scientifiques à cause de ses ouvrages, elle avait vécu dans la solitude après la mort de mon père. Ce décès lui avait brisé le cœur et je sais que, de ce jour, une partie d'elle-même avait décidé de s'en aller.

Elle respira profondément, humant les parfums de la nuit tiède.

– Quand elle a vu sa fin approcher, elle m'a demandé de tout faire pour être enterrée aux côtés de son mari. Mais, pour cela, il fallait l'autorisation de l'Eglise. Depuis la parution de ses travaux scientifiques, celle-ci l'avait mise au ban. Alors j'ai téléphoné à un prêtre, le père McKinney, pour le supplier de m'aider à réaliser le souhait de ma mère. Un peu plus tard, quand il est arrivé à l'hôpital, j'ai vu dans ses yeux une lueur de triomphe. J'ai compris alors qu'il était venu pour une seule chose : profiter de la faiblesse de ma mère pour lui extorquer une sorte d'abjuration de ses convictions scientifiques. C'était un véritable chantage, Michaël. Et je n'ai rien pu faire...

D'un revers de main, elle essuya une larme qui perlait à ses paupières.

– J'ai quitté la chambre, pensant que ma mère préférerait demeurer seule avec le prêtre. Mais, lorsque je suis revenue, j'ai croisé le père McKinney sortant dans le couloir, le visage rouge de colère. Il est passé sans même m'accorder un regard. Quand je me suis retrouvée au chevet de ma mère, j'ai vu qu'elle pleurait. Cela m'a scandalisée. Au lieu de lui donner la paix, de la bénir, ce curé de malheur l'avait assommée de sermons et de reproches. J'ai compris alors qu'il ne lui avait pas donné les sacrements ni l'absolution parce qu'il n'était pas arrivé à lui faire renier ses choix scientifiques. (Elle se tourna vers Michaël. Sa voix tremblait légèrement.) Et pourtant c'était une femme profondément croyante, constamment soucieuse de demeurer fidèle aux préceptes enseignés par le Christ. Vous croyez que cela a suffi à convaincre le père McKinney? Eh bien non... Par esprit revanchard, par pure méchanceté, il a préféré la laisser mourir sans le pardon de l'Eglise.

Elle s'interrompit un instant, trop émue pour poursuivre. Michaël gardait les yeux fixés sur la ligne mauve du désert. Mais elle savait qu'il l'écoutait avec une attention extrême et cette pensée la réconforta.

– Finalement, reprit-elle, je n'ai pas réussi à obtenir l'autorisation de faire enterrer ma mère aux côtés de son mari. Elle a été inhumée en terre non consacrée, dans un cimetière public. (Elle observa une nouvelle pause et demanda brusquement :) Père Garibaldi, croyez-vous qu'un prêtre ait le droit de condamner ainsi quelqu'un à une éternité solitaire? Où se trouve ma mère, à présent? Sera-t-elle à jamais séparée de mon père? Que se passe-t-il quand nous mourons sans les sacrements? Et Danno? Erre-t-il dans le néant, simplement parce qu'il a, lui aussi, rué dans les brancards, refusé le joug d'une Eglise aux convictions étroites, aux principes sclérosés?

– Je ne peux répondre à cela, dit-il doucement. Mais ce que je sais, c'est que Dieu est pardon et amour. Le reste n'est que croyances terrestres, querelles de pouvoir.

Elle contempla son profil régulier qui se découpait contre le ciel étoilé.

– Mais alors, vous-même? Comment?...

Elle n'acheva pas, incapable de formuler sa pensée. Mais il devina ce qu'elle voulait lui demander.

– Vous voudriez savoir pourquoi je continue à exercer la prêtrise tout en me démarquant aussi ouvertement de l'autorité de l'Eglise? (Il esquissa un sourire mélancolique.) C'est une question que je ne cesse de me poser. Savez-vous ce que j'ai ressenti le jour où l'on m'a ordonné prêtre? Ni joie, ni exaltation mystique. Non, rien qu'un immense soulagement. Je me sentais coupable de tout : coupable d'avoir eu une jeunesse sans dignité, coupable de n'avoir pas sauvé la vie de ce vieil homme. Je croyais qu'en servant Dieu je serais pardonné de mes fautes.

Il se tourna pour la regarder et elle lut dans ses yeux un désenchantement, une amertume qui lui serrèrent le cœur.

– Seulement voilà, conclut-il froidement. On ne devient pas prêtre simplement parce qu'on se sent coupable. C'est un don, un acte d'amour et de joie. Moi, je me comportais comme un damné avide de regagner son ciel. J'étais entré dans les ordres pour reconquérir mon salut, pas parce que je désirais vraiment offrir ma vie à Dieu.

La brise souleva ses courts cheveux bruns et elle le vit frissonner.

– Catherine... Je vous ai dit que j'étais en Israël pour prendre des vacances. C'est faux. Je suis parti là-bas en pèlerinage, pour tenter de faire un examen de conscience. J'espérais que, dans ce décor magique du Sinaï, je réussirais à entendre la voix de Dieu au fond de mon âme, à comprendre enfin quelle était la véritable nature de ma vocation.

Elle le contempla, soudain troublée.

– Pensez-vous abandonner la prêtrise?

Il haussa les épaules avec lassitude.

– Ce n'est pas si simple. On ne renonce pas aussi facilement à un choix qui a conditionné toute votre vie. Et pourtant...

Une pensée vint à l'esprit de Catherine.

– Etes-vous resté avec moi pour trouver la réponse? Je veux dire... à cause des manuscrits?

Il lui sourit une nouvelle fois, mais ce sourire-là était empreint de douceur, de tendresse même.

– C'est vrai qu'au début, lorsque je me suis retrouvé malgré moi entraîné dans votre aventure, j'ai pensé un instant utiliser les circonstances à mon profit. Je me suis dit que le contenu des manuscrits m'aiderait à y voir plus clair. Et puis... (Il s'interrompit et une lumière fugitive, une lumière venue de l'intérieur, éclaira ses traits.) Et puis d'autres raisons sont venues se joindre à celle-là. Pour une fois dans ma vie, je voulais réussir à aider quelqu'un pour de bon. J'étais disponible et vous si vulnérable...

Il la saisit par les épaules et plongea ses yeux dans les siens.

– Nous nous ressemblons, Catherine. Vous haïssez les

prêtres et cependant vous acceptez que l'un d'entre eux vous vienne en aide. Vous affirmez détester la violence mais, dans le même temps, vous êtes prête à vous battre par tous les moyens contre vos adversaires. Nous avons une nature semblable : rebelle, pugnace, entière. Vous et moi sommes poursuivis par de vieux démons, mais nous luttons sur des terrains différents.

Elle sentait le poids de ses mains sur ses épaules et ce seul contact la bouleversait.

Il la lâcha enfin et se détourna.

– Au pangamot, vous feriez un redoutable adversaire.

– Il est plus aisé de combattre un ennemi extérieur que ses propres fantômes, mon père, dit Catherine en essayant de contrôler le tremblement de sa voix.

Il lui sembla soudain que le vent qui montait du désert se faisait plus insidieux, plus mordant.

– J'ai froid... murmura-t-elle en croisant ses bras contre sa poitrine.

Face aux grands espaces qui les entouraient, sous l'immensité de la nuit, elle se sentait brusquement terriblement fragile.

Il lui prit la main pour la conduire, à travers les feuillages luxuriants, vers l'escalier de sortie. Quand ils furent dans l'ascenseur, il déclara tout à coup :

– Catherine, il y a encore une chose que je ne vous ai pas dite. Tout à l'heure, après ma séance d'entraînement, je suis retourné prendre mes affaires au vestiaire. Mon casier avait été fracturé et son contenu volé.

Elle le regarda, interdite.

– Et que vous a-t-on pris ?

– Mon portefeuille, répondit-il sombrement. Je l'ai signalé à la direction, mais ils n'ont guère d'espoir de le retrouver. Catherine... en dehors des vingt dollars que vous possédez, j'ai le regret de vous annoncer que nous sommes à sec...

– Il faut que vous veniez jusqu'ici, monsieur Havers, annonça Teddy. Il se passe quelque chose d'*étrange*...

Miles coupa la communication et repoussa le drap

pour sortir du lit. A moitié endormie, Erica s'agita à côté de lui.

– Chéri ? Qu'est-ce qui se passe ?

– Ce n'est rien. Rendors-toi.

Il enfila rapidement sa robe de chambre en soie marron tissée de fils d'or et serra la ceinture autour de sa taille mince. Une minute plus tard, il pénétrait dans l'ascenseur menant au sous-sol. Les nouvelles n'étaient pas bonnes. La traduction des manuscrits de Sabina avançait trop lentement et, pendant ce temps, Catherine Alexander courait toujours. Yamaguchi ratissait le Net à la recherche de tout indice qui permettrait de repérer la jeune femme et son complice. Trois autres techniciens de Dianuba Technologies avaient pour mission d'explorer toutes les archives accessibles par le réseau afin de retrouver une éventuelle trace d'un septième manuscrit.

– Qu'y a-t-il ? lança Miles en pénétrant dans l'immense salle souterraine.

Yamaguchi leva vers lui un regard brillant d'excitation. Il n'avait eu aucune difficulté à pirater les programmes du Freers Institute et à s'introduire dans les boîtes à lettres électroniques du personnel. Naturellement, ç'avait aussi été un jeu d'enfant pour lui de franchir les barrières de protection du logiciel utilisé par Julius Voss – un logiciel de Dianuba Technologies, de surcroît, ce qui lui avait facilité la tâche. La veille, il avait pu enfin lire le contenu de son e-mail. Un message venait d'y arriver, en provenance d'Angleterre. Le texte, plutôt elliptique, annonçait simplement : *Catherine Alexander est en vie. Elle va bien.* Une demi-heure plus tard, un autre message, venu de Denver cette fois, répétait la même chose. Bientôt, un courrier extraordinaire avait rempli la boîte à lettres de Julius Voss, toujours de la même veine et adressé de plusieurs villes des Etats-Unis. L'un de ces messages, un peu plus long que les autres, précisait : *Elle a toujours les manuscrits et, quand elle aura enfin achevé ses recherches, elle les communiquera à l'humanité tout entière.*

En apprenant cela, Miles Havers avait froncé les sourcils. Apparemment, Catherine Alexander se démenait de plus belle pour alerter une majorité de gens. Il fallait la faire taire au plus vite.

– Encore du courrier pour Julius Voss? demanda-t-il en s'approchant de Yamaguchi.

– Non, non, c'est plus intéressant. Regardez ça...

Il se tenait dans sa position favorite, légèrement penché en arrière, le clavier coincé entre ses genoux, ses doigts courant sur les touches, les yeux braqués sur l'écran du moniteur.

– J'ai surpris d'étranges conversations dans certains forums de discussions, reprit Yamaguchi. En voici une transcription résumée.

Il tendit à Havers deux feuilles crachées par l'imprimante et couvertes de dialogues extraits de plusieurs serveurs BBS qu'il avait explorés pendant la nuit.

[Francie] Le Dr Alexander est menacé de mort. Mais elle est innocente. Quelqu'un veut lui faire la peau. Passez le mot dans tous les Etats d'Amérique

[MoonDoggy] Message pour la France : le Dr Alexander est accusé à tort de meurtre. Elle a trouvé des manuscrits de première importance, qui concernent l'humanité tout entière. Une bande de cinglés veut lui faire la peau pour les récupérer. Faites circuler l'information

[Maynard] Dites à tout le monde que le Dr Alexander n'a PAS tué Daniel Stevenson. Elle est I.N.N.O.C.E.N.T.E. Les flics cherchent à l'épingler, il faut l'aider

[Carlos] Eh, les gars, il faut se serrer les coudes pour cette nana. Elle n'a rien fait. Faites passer le message

[figgy2] Pour l'Allemagne : Catherine Alexander est persécutée par des tueurs. Elle a des manuscrits qui peuvent sauver l'humanité, mais les flics sont à ses trousses

[Corvette] Pour toute l'Espagne : le Dr Alexander possède des manuscrits très précieux qu'elle livrera au monde sous peu si on lui en donne le temps. Elle est poursuivie par des tueurs. Que chacun l'aide comme il peut

Havers interrompit sa lecture et jeta les feuilles sur la table.

– Qu'est-ce que c'est que cette comédie?

– Tous ces types se sont connectés sur un maximum de groupes IRC pour faire passer le même message, que ce soit à La Nouvelle-Orléans, dans le Wisconsin, au Texas ou même dans différents pays européens. Ils sont entrés dans les forums puis sont ressortis aussi vite. Au fil des heures, l'info qu'ils transmettent est en train de circuler dans le monde entier.

– Quand ce manège a-t-il commencé ? interrogea Miles.

Vingt-quatre heures plus tôt, tous les médias présentaient Catherine Alexander comme une nouvelle figure de l'Antéchrist. Et voilà que des rigolos s'amusaient à surfer sur le Net pour faire d'elle une héroïne, une martyre !

Yamaguchi soupira.

– Ça, c'est difficile à dire. J'en ai trouvé sur l'IRC, dans des forums privés, même dans un MUD. Ils voyagent d'un Etat à l'autre, d'un pays à l'autre. Ce sont des malins. Impossible de les tracer tous. Ils changent de pseudos constamment et passent par-dessus les mots de passe qui verrouillent les serveurs. Tout le Net est en état d'ébullition ! Ça me prendra du temps pour réussir à en coincer un. (Il désigna le moniteur.) Regardez ! Trois autres pseudos viennent de rejoindre ce serveur d'Afrique du Sud. Il en pleut comme des étoiles filantes... Certains font même circuler sa photographie. Bon sang, patron, on dirait que cette fille a tout le réseau pour elle, de l'Islande à Johannesburg, de Bonn à Dublin !

Havers pinça les lèvres. Hier encore, il s'était cru à deux doigts de réussir. Et voilà que cette maudite femme continuait de lui mettre des bâtons dans les roues.

Il respira profondément pour retrouver son calme. Tout en observant Yamaguchi accroché à son clavier, surfant sur l'IRC comme un maniaque, il décida de ne pas céder au pessimisme.

Alors, comme ça, vous voulez « communiquer les manuscrits au monde entier », Dr Alexander ? Il retint un sourire. A votre guise... Vous ne me laissez pas le choix.

Cette fois, cela allait devenir drôle, tout compte fait.

QUATRIÈME MANUSCRIT

J'ai rencontré Satvinder sur la place du marché. Ici, dans cette ville lointaine, les vaches errent de par les rues sans être inquiétées car on les considère comme sacrées.

Satvinder pratiquait l'art de la médecine mais, comme c'était une femme, elle n'était autorisée à soigner que des femmes. Nous nous sommes croisées dans l'échoppe d'un astrologue et quand nous nous sommes aperçues que nous étions nées sous le même signe, cela nous a amusées, et nous nous sommes liées d'amitié. J'ai passé avec Satvinder presque tout mon temps libre et elle me parla de ses croyances et de ses principes, tout comme je lui expliquai les miens.

Satvinder était le disciple d'un homme que l'on disait engendré par le Seigneur des Armées célestes. Né d'une vierge, lui aussi, il prêchait la pauvreté et la chasteté, la bonté et l'humilité. Ses fidèles attendaient dans l'espérance son retour sur terre car il devait venir rétablir l'ordre du monde, peser les âmes et punir le mal. Le nom de ce seigneur est Bouddha et il vécut voilà cinq cents ans de cela.

Tu me demandes des nouvelles de ma vie tout au long de ces années de voyage, chère Perpetua. Il y a peu à en dire, si ce n'est que je continuai de vivre dans le célibat. Il y avait dans la caravane que j'accompagnais un homme, un chevalier, aussi lettré que Cornelius Severus. Il m'offrit le mariage mais je refusai, car mon cœur désirait rester solitaire. Il n'y avait de place en lui que pour le Juste.

J'appris beaucoup de mon séjour en Inde, mais la plus

grande de toutes les révélations restait encore à venir. Je t'ai dit que nous étions éternels et qu'après la mort nous retournions à la Source. Mais, dans cette vie ici-bas, nous sommes comme des marins perdus sur une mer démontée. Il nous faut trouver le chemin qui nous ramènera au Royaume du ciel.

J'ai trouvé ce chemin, Perpetua. Et sa simplicité te confondra d'étonnement. Car il reste trois Vérités que tu ne connais pas encore, et ces Vérités deviendront pour toi comme une étoile qui t'aidera à naviguer dans les heures sombres de la vie.

Des voyageurs m'ont alors parlé d'un dieu appelé Logos, le Verbe fait chair. Aussi, quand Cornelius Severus m'annonça qu'il quittait l'Inde, je fis de nouveau route avec son équipage car il se rendait à Alexandrie, le pays où demeurait Logos.

DIXIÈME JOUR

Jeudi 23 décembre 1999

Quand elle s'éveilla, au lever du soleil, Catherine vit que Michaël avait déjà quitté sa chambre, emportant avec lui les vingt dollars qui leur restaient. Croyant qu'il était allé au casino de l'hôtel pour tenter de regagner un peu d'argent, elle décida de partir à sa recherche.

Même avec ses énormes lunettes de soleil, sa nouvelle coupe de cheveux et sa teinture blonde, elle ne se sentait pas tranquille. « Des fanatiques pourraient vous enlever », avait dit Michaël. C'était une perspective peu rassurante. Pourtant, ce matin-là, un léger changement d'opinion apparaissait à la lecture de la presse. On ne parlait déjà plus d'Antéchrist à son sujet et l'idée d'une possible innocence commençait à faire surface. En passant près du kiosque à journaux dans le hall de l'hôtel, elle vit un gros titre qui annonçait : « Laissez-moi seule ! supplie le Dr Alexander. » Catherine acheta le journal. Sous sa photo publiée à la une, l'article expliquait que le réseau Internet bruissait de milliers de conversations au sujet de cette affaire. Des courants s'opposaient, mais il devenait évident que de plus en plus de gens s'interrogeaient sur son cas.

Tout en prenant son café, elle avait entendu à la radio le détective Shapiro répondre à une interview :

« Le Dr Alexander n'est pas encore accusé du moindre délit. Nous voulons seulement l'interroger. Certains témoins affirment l'avoir vue fuir dans la rue, poursuivie par deux hommes armés. C'est pourquoi nous demeurons prudents. Rien ne prouve actuellement que Catherine Alexander soit directement impliquée dans le meurtre du professeur Stevenson... »

Les jours passent et les humeurs changent, pensa la jeune femme tout en traversant le hall encombré de touristes. Ennemi public numéro un hier, me voici devenue une persécutée. Les amis de Danno ont fait du bon travail.

Son regard se posa sur un stand de cassettes exposant en particulier divers chants religieux. Elle s'arrêta, choisit un enregistrement de chants grégoriens effectué dans un monastère espagnol et le glissa dans son sac de gymnastique bleu. Comme elle s'éloignait, elle aperçut Michaël qui se dirigeait vers l'un des ascenseurs. Vêtu d'un jean et d'un tee-shirt, il se fondait parfaitement dans la foule des touristes.

Catherine courut dans sa direction et l'accosta, tout essoufflée, au moment où les portes de l'ascenseur allaient se refermer sur lui.

– Michaël ! Je vous cherchais. J'étais si inquiète de ne pas vous trouver ce matin...

Il lui sourit et désigna le portable de Danno qu'il portait en bandoulière.

– L'ordinateur avait besoin de nouvelles piles. Venez...

– Mais...

– Montons dans la chambre. Je vous expliquerai.

Les portes de l'ascenseur coulissèrent et la cabine en forme de vaisseau spatial commença à s'élever. Catherine remarqua que Michaël avait emporté avec lui son sac noir d'où dépassaient les cannes Pangamot. Qu'était-il donc allé faire ce matin ?

– Ne vous inquiétez plus pour l'argent, dit Michaël. Je me suis arrangé.

Voyant que la jeune femme lui lançait un regard interrogateur, il ajouta en riant :

– Non, je n'ai pas joué au casino...

Il posa une main sur son bras et, comme à chaque fois qu'il la touchait, Catherine sentit une décharge électrique lui traverser le corps. Elle repensa à leur conversation de la nuit. Après, elle avait dormi d'un sommeil agité, entrecoupé de rêves troublants. L'image de Michaël l'obsédait. Elle avait même rêvé qu'il l'embrassait...

– J'ai songé à un nouveau site du Net susceptible de nous fournir des informations intéressantes, reprit-il au moment où les portes s'ouvraient.

Elle s'apprêtait à lui répondre lorsque soudain deux hommes leur bloquèrent le passage.

– Dr Alexander, dit l'un d'eux. Veuillez nous suivre, je vous prie.

Michaël s'interposa aussitôt.

– Qui êtes-vous ?

– Il s'agit d'une affaire officielle. (L'homme sortit un porte-cartes révélant l'insigne du FBI.) Venez avec nous, Dr Alexander, s'il vous plaît.

– Et moi je vous demande de la laisser tranquille, reprit Michaël.

– Restez en dehors de cela, monsieur, intervint l'autre agent.

Il prit le bras de Catherine mais, rapide comme l'éclair, Michaël entra en action. Son poing droit alla percuter le menton du policier qui parut voltiger dans les airs, une expression d'indicible surprise sur le visage. Puis il retomba, inerte, sur le tapis du couloir.

– Courez, Catherine ! hurla Michaël tandis que l'autre se ruait sur lui.

La jeune femme hésita. Elle vit Michaël saisir l'homme par les cheveux et le secouer comme une poupée de chiffons. Au même instant, son compagnon commençait à reprendre ses esprits et tentait de se relever.

– Derrière vous, Michaël !

Il se retourna pour affronter son adversaire.

– Fuyez ! cria-t-il une nouvelle fois. Fuyez, bon sang !

Catherine se mit à courir le long du vaste couloir, plutôt encombré à cette heure. Zigzaguant pour éviter de percuter les clients de l'hôtel, elle faillit heurter un chariot à bagages. Au moment de se ruer dans un autre ascenseur, elle jeta un coup d'œil par-dessus son épaule et vit l'un des deux hommes, le visage en sang, courir dans sa direction.

Un groupe de touristes entra dans l'ascenseur à sa suite et les portes coulissèrent enfin. Un instant plus tard, Catherine se retrouvait au milieu du hall, bousculée par une foule compacte. A bout de souffle, elle se fraya difficilement un chemin vers la sortie. Que faire, maintenant ? L'idée d'abandonner Michaël lui était insupportable.

Affolée, elle parcourut le hall des yeux, ne sachant où se diriger. C'est alors qu'elle aperçut une pancarte accrochée à une corde barrant l'un des accès au sous-sol : DANGER. FERMÉ POUR ENTRETIEN. DÉFENSE D'ENTRER.

Pourquoi pas ? pensa-t-elle en se faufilant entre les touristes pour s'approcher de la rampe. Il n'y avait pas d'escalier mais une sorte de couloir obscur menant à une caverne censée reproduire la grotte du Minotaure. De là partait une série de labyrinthes plongés dans une semi-pénombre. Les visiteurs s'aventuraient dans ce dédale sur des barques qui glissaient sur des canaux d'un noir d'encre.

Catherine retint son souffle et choisit de suivre le canal principal, le long duquel courait un petit chemin pédestre. On ne voyait presque rien dans ce décor sinistre d'eau et de roches, reproduction fantaisiste de la demeure souterraine du Taureau de Minos, un monstre cruel qui dévorait les malheureux égarés dans les entrailles de la terre. L'air était froid et humide et Catherine frissonna dans sa légère robe en coton imprimé.

Elle marcha quelques minutes et s'arrêta, aux aguets, essayant de percevoir l'écho de pas dans son sillage. La lumière provenant de l'entrée du labyrinthe avait fait place à une obscurité de plus en plus angoissante. Fouillant dans son sac, elle en sortit une lampe de poche et en projeta le faisceau lumineux autour d'elle. Partout, des ténèbres épaisses, malsaines. Le chemin était si étroit que le moindre faux pas risquait de la précipiter dans les eaux noires du canal.

Espérant trouver une sortie de secours ou un poste de contrôle, elle reprit sa marche. Son cœur battait si fort qu'il lui semblait qu'il résonnait à travers tout le labyrinthe. Les créateurs de cette attraction avaient dû mettre à contribution toutes les ressources de leur imagination pour la rendre aussi effrayante que possible.

Ce n'était pas une pensée très réconfortante...

Au bout de quelques mètres, elle sentit quelque chose lui effleurer les cheveux. Elle leva sa lampe-torche, et une exclamation étouffée lui échappa : un squelette au rictus démoniaque pendait à la paroi, retenu par des menottes de fer.

Cet endroit est complètement dingue, pensa-t-elle en s'efforçant de ne pas paniquer. Elle n'avait pas le choix. Ou bien elle avançait, ou bien elle risquait de se retrouver en prison dans l'heure qui suivait.

Elle progressait lentement pour ne pas tomber dans l'eau. La roche artificielle lui griffait les bras et les jambes, l'air sentait de plus en plus le renfermé et le moisi. Tout était sombre et obscur. Le panneau là-haut, indiquait que l'endroit était en travaux. Pourtant, aucun signe de vie n'était perceptible. Qu'arriverait-il si le parcours avait été fermé pour plusieurs jours, voire des semaines ? Risquait-elle de s'égarer pour de bon, comme dans la légende ?

Poursuivant son chemin, elle aperçut des torches enfoncées dans les anfractuosités de la roche. Elles étaient sans doute destinées à créer une ambiance lumineuse adéquate. Malheureusement, pour l'heure, elles étaient éteintes.

Enfin, un embranchement apparut dans le rayon de la lampe de poche. Des colonnes peintes en rouge encadraient une fresque représentant de gracieux danseurs sautant sur le dos d'un taureau, et des déesses-serpent à la poitrine nue. Un doute assaillit la jeune femme. Cela faisait près d'une heure, à présent, qu'elle marchait dans ce labyrinthe. Il y avait eu deux – ou peut-être trois ? – ramifications, souvent décorées de fresques semblables à celles-ci.

Est-ce qu'elle tournait en rond ?

Machinalement, elle palpa son sac de toile bleue. Elle n'avait qu'une seule peur : le perdre en route ou, pire, le faire tomber dans le canal. Les manuscrits étaient à l'intérieur, enveloppés dans un sac en plastique. Quelques minutes dans l'eau suffiraient à les rendre illisibles...

Après un instant d'hésitation, elle obliqua sur la droite,

posant prudemment ses pieds sur le rebord étroit, craignant à chaque pas de perdre l'équilibre. Au bout de quelques minutes, elle s'arrêta de nouveau, l'oreille tendue. Il lui avait semblé entendre un vague écho derrière elle. Se pouvait-il que, malgré toutes ses précautions, l'agent du FBI ait réussi à la suivre ? Cette pensée la glaça. L'homme devait être bien plus entraîné qu'elle. Ici, dans cette pénombre peuplée d'obstacles de toutes sortes, elle avait peu de chances de s'en tirer.

Une nouvelle bifurcation se présenta, puis une autre. A présent, Catherine était sûre de tourner en rond. Après quelques secondes de réflexion, une idée germa dans son esprit. Fouillant dans son sac, elle en retira la cassette de chants religieux et entreprit d'extraire la bande, qui s'enroula comme un serpentin autour de son poignet.

Ainsi, elle ne se laisserait plus surprendre. Sur la pointe des pieds, Catherine accrocha une extrémité du ruban à l'une des torches et reprit sa lente progression dans le tunnel.

Un nouvel embranchement se présenta. Cette fois, un halo de lumière trouait faiblement l'obscurité à l'autre bout. Un espoir fou envahit Catherine. Enfin, elle allait pouvoir sortir de ce décor de cauchemar !

Après avoir progressé de quelques mètres, elle revint brusquement sur ses pas pour arracher la bande encore accrochée à l'une des torches et la jeter dans l'eau du canal. Si vraiment on la suivait, mieux valait éliminer tout indice de son passage.

La marche lui paraissait de plus en plus pénible. Avec inquiétude, elle constata que la lumière de sa lampe faiblissait. Heureusement que là-bas, à l'extrémité de la galerie, la trouée de lumière se rapprochait...

Les fresques sur les parois rocheuses étaient différentes, à présent. On n'y voyait plus de danseurs ni de taureau, mais des personnages étrangement vêtus se découpant sur un ciel de fin du monde, où naviguaient des vaisseaux spatiaux.

L'eau du canal jetait de vagues lueurs phosphorescentes tandis que l'issue du labyrinthe approchait, mètre après mètre. Enfin, avec un indescriptible soulagement, Catherine émergea dans un océan de lumière et de chaleur. Elle cilla, aveuglée après ce long parcours dans les ténèbres. Un bourdonnement de voix lui pavint, comme un écho lointain. Rouvrant les yeux, elle vit une foule de promeneurs qui regardaient dans sa direction, sur l'autre rive.

L'autre rive?

Affolée, elle regarda autour d'elle et constata avec effarement que ce qu'elle avait pris pour une issue était en fait le pire des traquenards.

Elle venait de sortir sur l'une des îles artificielles du lac.

L'île de l'Atlantide... celle qui s'enfonçait dans les eaux...

Prise de frénésie, elle se mit à courir en direction du tunnel mais s'arrêta, brusquement indécise. Tout à l'heure, elle avait entendu un écho derrière elle. Revenir sur ses pas était trop risqué. Elle pouvait tomber nez à nez avec le type du FBI à chaque virage.

Traverser à la nage pour gagner le rivage d'en face? Impossible, sous peine de détruire les papyrus.

Epuisée, la jeune femme fit le tour de l'île, espérant trouver une passerelle ou une embarcation. De l'autre côté, le fabuleux édifice de l'hôtel Beau Rivage jetait mille feux sous le soleil du Nevada. Catherine pensa à Michaël. Où était-il, à présent?

Elle en était là de ses pensées quand, tout à coup, une sorte de vertige la saisit. La fatigue? Ou bien...

Le sol se mit à gronder sous ses pieds. Catherine se remit à courir comme un lièvre traqué par les chasseurs. L'île allait s'enfoncer sous les eaux!

Seule issue : retourner dans le labyrinthe, s'il en était encore temps. Mais à peine avait-elle porté son regard en direction du tunnel qu'elle en vit surgir, tout étourdi par la lumière, l'agent du FBI. Elle ne s'était donc pas trompée... Il avait réussi à la suivre à travers le dédale des galeries, tout comme le Minotaure traquant sa proie.

Désorientée, elle reprit sa course dans le sens opposé et se retrouva au pied d'une sorte de colline sur laquelle on avait érigé plusieurs temples en similimarbre blanc. A présent, la terre, sous ses pieds, tremblait de plus en plus.

Elle eut du mal à garder l'équilibre tandis qu'elle escaladait la pente, son sac ballottant contre sa hanche. Quatre fois déjà, elle avait assisté au spectacle de l'Atlantide engloutie par les eaux. Les temples au sommet de la colline étaient les derniers à être submergés par les flots.

Le grondement augmenta encore et le sol se mit à bouger si violemment qu'elle dut continuer sa progression à quatre pattes. Autour d'elle, les constructions commençaient à vaciller, les statues à tomber. Les gracieuses fontaines se fendaient et disparaissaient, avalées par les crevasses qui fracturaient la surface de l'île. De là où elle se trouvait, Catherine pouvait apercevoir les charnières et les ressorts géants actionnant le mécanisme du pseudo-désastre. Le vacarme devenait assourdissant. Des pierres se détachèrent au-dessus de sa tête et roulèrent au bas de la colline. Partout, les colonnades, les piliers, les portiques se fissuraient avant de s'écrouler comme des châteaux de cartes.

Puis des clameurs s'élevèrent des profondeurs, terribles, inhumaines. Catherine savait bien qu'il s'agissait d'enregistrements diffusés par de gigantesques haut-parleurs, mais l'effet n'en était pas moins terrifiant. Elle avait l'impression d'être plongée dans un indescriptible chaos, de vivre les dernières heures du monde. Les cris des Atlantes l'assourdissaient, le mugissement du vent et des flots la terrorisait. Il lui fallut fournir un immense effort pour se ressaisir et reprendre sa pénible ascension.

Le temple principal qui se dressait en haut du monticule s'ornait d'un élégant escalier de marbre bordé de vases et de statues magnifiques, de cyprès et de fontaines. Rampant plutôt que marchant, Catherine parvint enfin au sommet. Hors d'haleine, elle s'arrêta pour reprendre ses esprits. Un coup d'œil derrière elle acheva de l'épouvanter. L'agent du FBI grimpait la colline à son tour. Savait-il que, d'ici quelques minutes, l'île entière serait engloutie ?

Elle se rua vers l'escalier du temple et monta les marches quatre à quatre. Tout en courant, elle voyait les spectateurs, ravis de cette scène impromptue, se rassembler derrière les barrières de sécurité sans perdre une miette du spectacle. Certains prenaient des photos ou utilisaient leurs caméras. D'autres lançaient de joyeuses acclamations, persuadés qu'il s'agissait d'une mise en scène de dernière heure.

Les eaux se mirent à bouillonner puis, lentement, l'île commença à s'enfoncer. De nouveaux effets spéciaux entrèrent en action, simulant, cette fois, une éruption volcanique accompagnée de geysers de lave et de jets de vapeur. Aveuglée par la fumée, Catherine se crut au beau milieu de l'enfer. La température sur l'île avait monté de plusieurs degrés – phénomène sans doute dû aux effets pyrotechniques.

Elle entendit alors un terrible craquement. Serrant convulsivement le sac de toile, elle rampa vers le haut et vit avec horreur l'île chavirer puis se scinder en deux tandis que l'eau montait rapidement. Une statue bascula et roula sur la pente, fauchant au passage l'agent, qui alla s'effondrer au pied de la butte. Levant les yeux, Catherine poussa un cri de terreur en apercevant une déesse de pierre colossale qui commençait à s'ébranler à son tour. Frénétiquement, elle tenta de se souvenir de quel côté la monstrueuse construction tombait. C'était le même, à chaque fois. Mais *lequel ?*

La statue se mit à tourner follement sur son piédestal. La jeune femme recula. Dans le mouvement, le sac glissa de son épaule. Affolée, elle se laissa glisser le long de la pente pour le rattraper. Ses doigts se refermaient sur la bandoulière quand, tout à coup, elle sentit qu'on la tirait par la cheville. L'homme qu'elle croyait assommé avait regagné du terrain et tentait maintenant de la plaquer au sol.

Avec l'énergie du désespoir, Catherine se débattit et parvint à se libérer. L'eau montait toujours et venait lécher les premières marches du temple. Sur la rive opposée, la foule grondait de plaisir tandis que la statue géante de la déesse oscillait de plus en plus.

Catherine se remit à ramper et sentit une nouvelle fois la main de l'homme se refermer autour de son pied. Comme elle l'avait redouté, il faisait preuve d'une résistance extraordinaire. Elle se dégagea d'une nouvelle ruade et courut vers l'autel du sanctuaire qui, seul, émergeait encore des eaux tourbillonnantes. Il ne restait plus que quatre colonnes et la statue géante, dont le mouvement de bascule s'accentuait de seconde en seconde.

Et, d'un seul coup, la mémoire lui revint. La statue tombait dans le lac et non sur l'île! Pendant une ou deux minutes elle flottait sur l'eau avant de s'enfoncer à son tour.

C'était sa dernière chance...

Au même instant, l'agent la plaqua au sol tout en cherchant à lui arracher son sac. Son regard croisa celui de Catherine et elle y lut une expression de triomphe.

Alors l'effigie monstrueuse de la déesse commença à basculer pour de bon. Catherine poussa un hurlement qui fit sursauter l'homme et détourna son attention, juste le temps nécessaire à la jeune femme pour se dégager d'un coup de pied si puissant que l'autre en perdit le souffle. Tout en étreignant le sac, elle courut vers la statue, en escalada le socle en s'égratignant les ongles sur les parois et s'accrocha de toutes ses forces aux pieds de la déesse tandis que celle-ci basculait vers le lac dans un fracas assourdissant.

Un instant plus tard, la statue gigantesque gisait, couchée dans l'eau, au gré des vagues. Il fallait faire vite. Catherine courut le long de son corps, manquant à chaque seconde perdre l'équilibre. Elle atteignit la tête juste au moment où l'agent du FBI réussissait lui-même à s'accrocher au piédestal pour ne pas être englouti par les flots.

Catherine progressait toujours. Maintenant, l'eau montait jusqu'à ses genoux. Les clameurs excitées de la foule se mêlaient aux cris enregistrés des Atlantes et aux grondements du volcan.

– Catherine!

Elle posa le pied sur l'énorme couronne ceignant la tête de la statue au moment où la voix de Michaël lui parvint. Cette fois, il ne lui restait plus que quelques enjambées avant d'atteindre le rivage. Du moins si elle en avait encore le temps car, à présent, les tourbillons du lac l'aspiraient irrésistiblement vers le fond.

– Lancez-moi le sac et sautez !

Levant la tête, Catherine crut reconnaître la silhouette de Michaël sur la rive. Désespérée, elle se jeta en avant mais l'eau se referma sur sa poitrine, empêchant tout élan. Brandissant le sac au-dessus de sa tête, elle rassembla ses ultimes forces et le lança à travers les airs. Il dessina un arc contre le ciel bleu et alla atterrir à quelques centimètres des pieds de Michaël.

La foule, enchantée, battit des mains.

– Sautez ! cria Michaël en tendant les bras vers l'eau.

Catherine se sentit soudain envahie par une immense lassitude. Elle ne s'en sortirait pas. Sous ses pieds, la statue plongeait vers les profondeurs, l'entraînant vers une mort certaine. Derrière elle, l'agent du FBI luttait lui aussi pour garder la tête hors de l'eau.

Jetant un dernier regard vers la surface du lac, elle entrevit alors une vedette de la sécurité qui, fendant les eaux à toute allure, fonçait sur elle. Une voix grésilla dans un haut-parleur :

– Restez où vous êtes ! Nous venons vous chercher !

Les vagues redoublaient d'intensité et, dans un ultime sursaut, la statue de la déesse se redressa comme un navire torpillé avant d'être englouti.

C'était la fin. Catherine ferma les yeux et pensa qu'elle allait peut-être enfin savoir ce qui se passait dans l'au-delà. Elle allait revoir ses parents, Danno... ou bien ce serait le néant.

Soudain, elle tressaillit. Sous ses pieds, la statue avait cessé de s'enfoncer et, au contraire, commençait à remonter.

Ils avaient stoppé le mécanisme d'immersion et actionné le mouvement inverse !

Le bateau de la sécurité était presque arrivé à sa hauteur quand la voix de Michaël retentit une nouvelle fois :

– Pour l'amour du ciel, Cathy ! Sautez !

Le niveau de l'eau baissait à une vitesse aussi vertigineuse qu'il était monté, quelques minutes plus tôt. Lorsqu'il atteignit ses genoux, Catherine rassembla ses dernières forces, grimpa au sommet de la couronne de la déesse et s'élança. Sous les cris ravis des spectateurs, elle tomba presque tout droit dans les bras de Michaël.

– Vite ! Sortons d'ici ! Ça grouille de flics !

Ils se mirent à courir au milieu de la foule qui, complice, s'écartait pour faciliter leur passage. Du coin de l'œil, Catherine aperçut plusieurs groupes de policiers qui s'élançaient à leurs trousses.

Essoufflée, à bout de forces, elle savait qu'elle ne pourrait continuer longtemps. Heureusement, l'entrée de l'hôtel n'était pas loin. Avisant un taxi, Michaël ouvrit la porte, la poussa à l'intérieur et cria au chauffeur de démarrer.

Moins d'une minute plus tard, sous le regard furieux des policiers, la voiture s'éloignait sur le boulevard et allait se fondre dans le trafic dense de la ville.

Julius n'arrivait pas à le croire. Il l'avait trouvé. Ce que tout le monde cherchait s'étalait là, devant ses yeux stupéfaits.

La fin de l'histoire de Sabina Fabiana.

Il avait emprunté au rabbin Goldmann cet énorme et splendide livre datant de plus d'un siècle. Sans doute représentait-il à l'époque le catalogue le plus complet de tous les documents anciens, manuscrits, codex et lettres recensés dans des collections privées. En le parcourant dans l'espoir d'y trouver mention des papyrus, Julius était tombé sur un curieux manuscrit médiéval daté du XIIe siècle, rédigé en latin et attribué à un certain Thomas de Monmouth. Et là, lui sautant aux yeux dès la première page, était inscrit le nom de Sabina Fabianus.

Julius contempla le document avec respect. Son latin était rouillé mais tout de même suffisant pour comprendre qu'il tenait entre ses mains un document de première importance. Enfin ! Il allait pouvoir aider Catherine à sortir de son cauchemar.

Le problème était d'entrer en contact avec elle. Il n'avait aucun moyen de la localiser. Quant à Internet, il devait être surveillé nuit et jour.

Le téléphone sonna et la voix de Camilla Williams, une journaliste de l'*Eye Witness News*, résonna dans le haut-parleur du répondeur, demandant à Julius un rendez-vous pour une interview.

Julius soupira. Levant les yeux, il aperçut son reflet dans le miroir au-dessus de la cheminée. Certes, il se sentait fatigué, mais il ne s'attendait pas à voir ce visage amaigri et creusé de cernes. Au cours des dernières vingt-quatre heures, il n'avait pratiquement ni dormi ni mangé, errant comme un fou d'ordinateur en ordinateur, que ce soit celui du rabbin Goldmann ou ceux de la bibliothèque municipale ou du département d'archéologie de l'université de L.A. Jusque-là, sa recherche frénétique était restée vaine.

Après qu'il eut exposé toute l'affaire au rabbin Goldmann, le vieil homme avait hoché la tête avant d'aller consulter longuement les ouvrages de son immense bibliothèque. Il avait fini par revenir avec ce gros livre poussiéreux en disant : « Pourquoi pas là-dedans ? (Puis, avec un sourire, il avait ajouté :) Certes, ce n'est pas aussi rapide qu'un ordinateur, mais je crois bien que la lecture de ce livre vous aidera... »

Julius laissa échapper un profond soupir et se leva pour gagner la terrasse ouverte sur la mer. Il se sentit ragaillardi par les effluves toniques de l'océan. Caché par les nuages, le soleil avait abandonné pour quelques instants cette partie du littoral, mais il faisait toujours bon venir se détendre ici. La terrasse était décorée de meubles de jardin confortables en bois de séquoia, de pots de géraniums rouges et roses et d'une étoile de mer que Catherine, un soir qu'ils se promenaient sur la plage, avait ramassée dans une flaque d'eau abandonnée par la marée.

Cette nuit-là, ils avaient fait l'amour pour la seconde fois sur la plage, sous les étoiles, juste avant d'être surpris par un groupe de joyeux ramasseurs de coques armés de seaux et de lampes de poche.

Ce souvenir le fit sourire puis lui donna envie de pleurer.

Catherine.

Il avait finalement dû dire à la police tout ce qu'il savait. « Oui, le Dr Alexander a en sa possession des papyrus fort anciens. Non, je ne sais pas comment elle les a introduits aux Etats-Unis et j'ignore aussi où elle les a trouvés... »

Il n'avait dit que des demi-vérités, s'efforçant de ne pas mentir tout en esayant en même temps de protéger la personne qu'il aimait le plus au monde. Il se sentait déchiré.

Pour un homme aussi consciencieux que lui, désireux depuis toujours de respecter un strict code moral, chaque mensonge était un supplice. Mais trahir un être cher était pire encore. Ecartelé entre ces deux pôles de lui-même, Julius sentait de jour en jour s'effriter cet équilibre intérieur, cette solidité morale qui lui étaient essentiels.

Il porta son regard vers l'horizon. Là-bas, de l'autre côté de cette partie du Pacifique se trouvaient Hawaii et l'hôtel Halekulani où Catherine et lui avaient fait l'amour pour la première fois. Les nuages nacrés planaient bas au-dessus des flots, laissant filtrer des taches de soleil qui dansaient sur les vagues.

Si seulement nous pouvions remonter le temps, pensa Julius avec désespoir, remonter les mois et les saisons, retrouver les jours innocents où rien ne comptait, que notre amour...

Le téléphone sonna et, comme à chaque fois, il espéra stupidement que ce serait Catherine, lui annonçant son retour. Naturellement, c'était impossible. Dès le premier jour de toute cette malheureuse affaire, la ligne avait été mise sur écoute. Et quand une pluie de messages venus des quatre coins du monde était tombée dans l'e-mail de son ordinateur, à l'Institut, et lui avait annoncé que Catherine était en vie et qu'elle allait bien, il avait alors constaté que son programme de décryptage avait été percé à jour, et sa boîte à lettres piratée.

La voix d'un autre journaliste s'éleva dans le répondeur, réclamant, là encore, une interview. Cela n'arrêtait pas. On aurait dit que la presse du monde entier n'avait qu'une seule obsession : l'interroger sur ses relations avec Catherine.

D'un pas lourd, il retourna au salon et se laissa tomber dans un fauteuil. Comme il détestait tous ces événements ! A ses yeux, rien n'était plus précieux qu'une vie de travail, d'amour et de paix, dans la stricte observance des préceptes de la loi et de la religion.

Il avait été élevé ainsi, et il savait bien que cette règle serait à jamais la seule de son existence. Comment, dans ce cas, réussir à la conjuguer avec une passion aussi exigeante que l'était son amour pour Catherine?

Soudain il pensa : Je vais aller à la synagogue et prier. Mais, presque simultanément, il entendit la voix de sa mère résonner dans sa mémoire. Sa mère qui répétait toujours : « Baal shem-Tov nous a dit : Le Seigneur se laisse trouver partout où un cœur Le réclame. » Julius se leva et se dirigea vers sa chambre, dont il referma la porte. Puis il alla ouvrir un tiroir d'où il sortit le *tallit* et les *tefillin* – son châle de prière et ses phylactères.

Saisissant le premier phylactère, il plaça le *bayit* – un cube de cuir noir renfermant des passages de la Torah – sur son bras gauche, enroulant la lanière sept fois autour de son avant-bras avant de la faire passer entre le pouce et l'index tout en prononçant à haute voix : *Barukh, vetzivanu le-ha-ni-ah Tefillin* (Béni sois-tu, Toi qui nous as ordonné de porter les *tefillin*).

Prenant ensuite le second phylactère, il plaça le *bayit* sur son front et cerna sa tête de la courroie de cuir tout en récitant : *Barukh vetzivanu al mitzvat Tefillin, Barukh Shem kevod malkhuto le-olam va-ed* (Béni sois-tu, Toi qui nous as appris la Mitzvah des *tefillin*, Béni soit ton glorieux royaume pour les siècles et les siècles).

Puis il retira la courroie entourant son avant-bras et, cette fois, l'enroula autour du médius et de l'annulaire en récitant :

Et je t'unirai à moi pour toujours,
Oui, je t'unirai à moi dans la justice et le droit,
dans l'amour et la compassion,
Je t'unirai à moi dans la fidélité,
Et tu connaîtras ton Seigneur.

Julius prit le *tallit* et s'en couvrit la tête et le corps avant de saisir le Siddur, le livre de prières, et de se diriger vers la terrasse. Là, offrant son visage à la douce caresse de la brise marine, il récita : *Barukh attah Adonai Elohenu Melekh ha-Olam* (Sois béni, Seigneur mon Dieu, maître de l'univers).

Portée par le vent, sa voix se mêla aux cris des mouettes qui, sur la plage, fouillaient les algues et le varech.

Il se mit à se balancer d'avant en arrière tout en chantant : *Hamotzi lehem min ha-aretz* (C'est Lui qui nous comble des bienfaits de la terre).

Son cœur se gonfla de joie, bercé par le rythme apaisant de l'hymne. Il sentit son âme s'élever vers Dieu tandis que les voyelles et les consonnes sacrées coulaient de ses lèvres comme d'une source mystique. *Osseh maaseh bereshit* (Toi le Dieu de l'univers, le créateur de toute chose).

Enfin, il récita l'*Amida*, la dévotion silencieuse, terminant avec la *Sim Shalom*, la prière de paix.

Quand enfin il leva les yeux, ce fut pour constater que le soleil avait gagné la bataille contre les nuages. Un ciel bleu et pur, inondé de lumière, ourlait l'océan comme un écrin de soie. Julius sentit en lui une paix nouvelle, magique, chasser les ombres de l'incertitude. Son esprit était clair. Il savait à présent ce qui lui restait à faire.

Regagnant le salon, il se dirigea vers le téléphone, composa le numéro du *Eye Witness News* et demanda à parler à Camilla Williams. En attendant d'être en communication avec la célèbre journaliste, il laissa son regard s'attarder sur le splendide livre prêté par le rabbin Goldmann. A présent, il savait tout du destin de Sabina Fabianus et de ses derniers jours.

Elle laissa derrière elle six manuscrits traitant d'alchimie et de sorcellerie, disait le document. *La légende veut qu'il y en ait eu un septième. Mais de celui-là, personne ne sait rien, car il ne fut jamais écrit.*

– Dr Alexander ?

La vieille dame se pencha vers Catherine et lui donna un coup de coude en chuchotant :

– Je crois que c'est à vous que l'on parle...

La voix masculine répéta, plus fermement cette fois :

– Dr Alexander ?

Catherine ouvrit les yeux. Son regard tomba sur le badge d'un agent des douanes.

– Dr Alexander ? Police de l'aéroport.

Immédiatement, elle se sentit devenir le centre d'intérêt de tous les passagers de l'avion.

– Je vous demande pardon ? balbutia-t-elle, feignant d'avoir du mal à sortir des brumes du sommeil.

Naturellement, elle ne dormait pas. Et pour cause. Dès que le Jet s'était posé sur la piste de l'aéroport de Los Angeles, le commandant de bord avait informé les passagers que la police des douanes allait monter à bord de l'appareil. En conséquence, chacun était prié de rester à sa place. Deux hommes étaient entrés peu après, tandis que deux autres se postaient devant l'issue de sortie. Catherine avait feint de dormir mais son cerveau tournait à toute vitesse, cherchant désespérément une solution au problème.

– Voulez-vous nous suivre, s'il vous plaît, dit l'homme au badge.

– Vous faites erreur. Je ne m'appelle pas... comment dites-vous déjà ? Ah oui... Alexander... Eh bien, sachez que ce n'est pas moi.

Imperturbable, l'homme demanda :

– Pouvez-vous nous montrer vos papiers d'identité, je vous prie ?

La jeune femme esquissa un geste d'impuissance.

– Je suis désolée, mais c'est impossible. On m'a volé ma voiture à Las Vegas, avec mon argent et tous mes papiers.

L'agent des douanes se plaça derrière elle pour dégager le passage tandis que son compagnon reculait de quelques pas.

– Voulez-vous nous suivre, Dr Alexander ?

– Mais puisque je vous dis que vous vous trompez de personne !

– Dans ce cas, je suis certain que vous pourrez nous démontrer cela en quelques minutes...

Catherine comprit qu'il était inutile de résister davantage. Elle jugea préférable de suivre docilement les policiers, tout en continuant de protester de son innocence. En se levant de sa place, elle évita soigneusement de jeter le moindre regard au prêtre assis quelques rangées plus loin. Michaël avait insisté pour qu'ils se séparent le temps du voyage, et la précaution ne semblait plus aussi superflue à Catherine. Encadrée par les quatre hommes armés, elle traversa le terminal encombré de passagers courant en tous sens dans un inextricable chaos de bagages et de chariots, d'enfants en pleurs, de comptoirs surchargés. Et malgré tout cela, au milieu de la bousculade chronique qui régnait dans l'immense aéroport, Catherine avait encore une fois le triste privilège d'être la cible de tous les regards.

Ils l'escortèrent jusqu'à un étage de bureaux où, dans une cacophonie de sonneries de téléphones et de crépitements de fax, un personnel survolté s'efforçait de régler les multiples problèmes afférents à un aéroport aussi gigantesque : vols retardés, problèmes d'acheminement, de douanes, ordinateurs surchargés, alertes régulières à la bombe, etc.

– Où m'emmenez-vous? demanda Catherine en voyant qu'ils la conduisaient dans un bureau vide. Ce n'est pas la procédure habituelle...

Comme on ne lui répondait pas, elle enchaîna :

– Je connais cet aéroport. Votre quartier général se trouve ailleurs, à l'entrée de la 96e Rue.

A présent ne restaient plus près d'elle que deux des quatre policiers. Ils échangèrent un regard entendu et Catherine se demanda soudain avec angoisse s'ils étaient vraiment ce qu'ils prétendaient être. Elle les observa tandis qu'ils l'invitaient à s'asseoir dans une petite pièce tapissée d'affiches de kangourous. Accroché à une patère, un chapeau Anzac pendait à côté d'un koala en peluche au cou duquel on avait attaché un ruban de Noël. On se serait cru dans quelque officine australienne, sans doute le pays natal de l'employé travaillant d'ordinaire dans cette pièce.

L'un des deux hommes qui l'encadraient était un Noir, l'autre un petit blond de stature plus chétive. A bien les regarder, ils avaient tout de flics : la coupe de cheveux, la démarche, une façon particulière de porter leur arme, sans oublier cette expression impassible tellement caractéristique. Oui. Ils appartenaient bien à la police de l'aéroport. D'ailleurs, pendant qu'ils traversaient le hall du terminal, quelques employés les avaient salués d'un léger signe de tête.

Le blond ferma et verrouilla la porte, étouffant le vacarme venant des pièces voisines. Catherine jeta un regard rapide en direction du bureau et nota la présence d'un ordinateur en position de veille. Elle se laissa tomber sur la chaise qu'on lui offrait et répéta d'une voix volontairement incrédule :

– Bon sang, je vous ai dit que je n'étais pas le Dr Alexander ! Que vous faut-il de plus ?

Quand ils lui eurent expliqué poliment qu'il ne faudrait que quelques instants pour vérifier son identité, elle réalisa alors qu'ils cherchaient à gagner du temps.

Ils attendaient quelqu'un.

Croisant les bras, elle s'efforça de paraître aussi calme que possible.

– Vous dites que vos bagages ont été volés, dit le flic noir. Avez-vous fait une déclaration à la police ?

– Je n'ai pas eu le temps, je devais prendre l'avion.

– Quelqu'un doit-il venir vous chercher ? Quelqu'un qui pourrait confirmer votre identité ?

– Ecoutez, je connais mes droits. Si je suis en état d'arrestation, alors j'exige un avocat. *Et* le droit de passer un coup de fil.

– Vous pourrez téléphoner dans quelques minutes, Dr Alexander.

– Cessez de m'appeler ainsi !

Il regarda ses jambes et demanda soudain :

– Où avez-vous laissé vos vêtements mouillés ?

Le cœur de Catherine fit un bond dans sa poitrine. Une fois arrivée à l'aéroport McCarran de Las Vegas, elle avait eu le temps de se changer rapidement, fourrant sa robe trempée dans une poubelle.

– Je ne sais vraiment pas de quoi vous voulez parler.

Le blond tira une chaise et vint s'asseoir devant elle.

– Comment avez-vous pu acheter votre billet, puisqu'on vous avait volé votre sac ? interrogea-t-il d'une voix étrangement suave.

– J'avais déjà le billet dans ma poche, répondit précipitamment Catherine, sentant qu'elle commençait à perdre pied.

Machinalement, elle porta la main à son cou pour y chercher le contact soyeux et rassurant du pendentif de jade offert par Danno. Mais il n'y était pas et elle savait pertinemment pourquoi. Quand Michaël lui avait donné l'argent du billet, il avait sorti de sa poche une liasse impressionnante de dollars en expliquant :

« Vous vous souvenez de cette boutique de bijoux anciens sous les arcades de l'hôtel ? Une pancarte disait qu'ils étaient ouverts vingt-quatre heures sur vingt-quatre. J'ai pensé qu'ils devaient secourir les joueurs malchanceux, qui se retrouvent les poches vides au petit jour. Cela m'a donné une idée... »

Atterrée, Catherine avait alors appris qu'il avait vendu la montre du père Pulaski. C'était un geste si généreux, si émouvant, qu'elle l'avait regardé un long moment sans rien dire, incapable d'exprimer la gratitude qui remplissait son cœur. Incapable, aussi, de lui avouer que, deux heures plus tôt, alors qu'elle le cherchait dans l'hôtel, elle avait aperçu à son tour la pancarte. Après le vol du portefeuille de Michaël, la situation s'annonçait plus que critique. Alors, impulsivement, elle était allée proposer le petit jaguar de jade au bijoutier, qui lui en avait offert un prix décevant mais malgré tout plus qu'honorable en regard de l'urgence de la situation.

Catherine était sûre que Danno aurait compris. Il comprenait toujours...

L'heure tournait. L'agent noir restait tranquillement assis en mâchant inlassablement un chewing-gum. L'autre allait et venait dans la petite pièce tout en jetant fréquemment des coups d'œil anxieux au cadran de sa montre. Catherine essayait de construire une stratégie de défense, mais il lui manquait trop de paramètres.

Elle ne savait pas encore qui allait venir.

Havers se trouvait sur le parcours de son golf privé quand l'appel lui parvint. S'excusant auprès de ses partenaires, il s'éloigna de quelques pas et enclencha son téléphone cellulaire.

– Titus ?

– Elle a failli se faire épingler à Las Vegas. Il paraît qu'on a manqué un sacré spectacle...

– Qui était après elle ?

– Des types de la CIA.

– Comment l'ont-ils trouvée ?

– Aucune idée. Ils disposent d'informations que nous n'avons pas, Miles. Mais ne t'inquiète pas. Nous n'avons pas perdu sa trace. A l'heure qu'il est, elle se trouve à l'aéroport de L.A. C'est la douane qui l'a interceptée. Le FBI envoie un agent pour la cueillir mais mon homme l'aura avant.

Havers réfléchit.

– Et son complice ?

– Il semble qu'elle ait pris l'avion seule à Vegas. Aucun des autres passagers ne correspond au signalement de son ami.

– Qui as-tu envoyé ?

– Rosenthal. C'est un bon. Et il est tout près.

Il y eut un court silence puis Titus conclut avec un petit rire :

– Cette fois, nous la tenons, Miles...

Havers raccrocha, songeur. Il le croirait quand ce serait *réellement* arrivé. Cette Catherine Alexander avait plus d'un tour dans son sac.

Le téléphone se mit soudain à sonner, faisant sursauter Catherine. Le flic blond décrocha, écouta un instant et dit :

– Okay. Donnez-lui ce numéro.

Il raccrocha et lança à son partenaire :

– Les Feds envoient quelqu'un. Quand il sera dans les murs, il appellera d'abord sur cette ligne avant de monter. Il s'appelle Rosenthal.

Le Noir acquiesça en silence.

– Il faut que j'aille au terminal de la United, reprit le blond en se dirigeant vers la porte. Il y a de la bousculade au guichet et ils ont besoin de renfort.

Lorsqu'il fut parti, Catherine regarda le badge de l'agent et vit qu'il se prénommait Lionel.

– Ecoutez, dit-elle au bout d'un instant, cette comédie a assez duré, vous ne croyez pas ? Voilà maintenant qu'on m'envoie le FBI ou je ne sais quoi. Et pourquoi pas le président des Etats-Unis, pendant que vous y êtes ?

Tout en parlant, elle réfléchissait frénétiquement. Ce qui serait idéal, c'est qu'elle puisse se retrouver seule dans le bureau une minute ou deux.

– Croyez-vous que je pourrais avoir un verre d'eau ?

Le flic se leva, ouvrit la porte et jeta un coup d'œil dans le couloir. Quand l'un des employés passa, il lui demanda d'apporter à boire puis, au grand désespoir de Catherine, vint se rasseoir tranquillement. Un instant plus tard, on frappait timidement à la porte. Une jeune secrétaire tendit un gobelet par l'entrebâillement.

Bon. Il fallait essayer autre chose.

Elle fit mine de boire avec avidité, posa le verra sur le bureau et dit tout à coup :

– J'ai une terrible migraine. Est-ce qu'il y a de l'aspirine ici ?

– Aucune idée.

Elle retint un soupir. Il était évident qu'il n'avait pas l'intention de la laisser seule.

Au bout de quelques minutes, une nouvelle idée lui vint à l'esprit. Tout en le regardant fourrer dans sa bouche un énième chewing-gum, elle lança :

– A défaut d'aspirine, je pourrais au moins fumer une cigarette, non ? Est-ce que je peux en avoir une ?

Il lui jeta un coup d'œil impassible.

– De l'eau, de l'aspirine, une cigarette... il vous en faut, des choses !

– Je voudrais vous y voir, bloquée comme ça dans cette pièce, alors que je n'ai rien fait pour mériter un tel sort !

– Arrêtez, je vais me mettre à pleurer.

Elle ne répondit pas. Finalement, au bout de quelques minutes, il poussa un soupir résigné et finit par se lever.

– C'est bon, je vais voir s'il y a un distributeur dans le coin.

Dès qu'il eut refermé la porte, Catherine se rua sur le téléphone. Malheureusement, elle constata qu'aucun numéro n'était inscrit dessus.

– Bon sang ! marmonna-t-elle, terriblement déçue.

Tout en se mordillant la lèvre, elle s'efforça de réfléchir. Soudain, elle se souvint. Soulevant le combiné, elle composa rapidement 1-800-MY-ANIIS. Un instant plus tard, le timbre électronique d'un ordinateur articula à l'autre bout de la ligne : « Votre ANI est 213-555-4204. »

Catherine raccrocha et retourna précipitamment s'asseoir au moment où Lionel revenait, un paquet de cigarettes ouvert à la main.

– Ça vous ira ?

Elle hocha la tête, attendit qu'il sorte une boîte d'allumettes et tira une longue bouffée de fumée avant de dire brusquement :

– Est-ce que je pourrais aller aux toilettes ?

– Dr Alexander... commença le policier.

– Je connais mes droits. Vous ne pouvez pas me refuser d'aller aux toilettes et, de toute façon, vous n'avez pas arrêté la bonne personne.

L'autre la regardait sans broncher.

– Il faut que vous sachiez que j'ai des amis bien placés, reprit Catherine en priant pour que ce dernier argument l'emporte sur les autres. Je veillerai personnellement à ce qu'on vous affecte à la section des bagages quand j'aurai prouvé mon innocence...

Il poussa un nouveau soupir.

– Dites donc, vous savez que vous êtes une sacrée enquiquineuse ? Okay. Mais videz vos poches.

– Pourquoi ?

– Juste une précaution.

Elle retourna les poches de son jean.

– Vous voyez ? Pas de lime métallique, pas d'arme, pas de bombe. Je parie que vous êtes déçu.

Il se leva à nouveau, écrasa son chewing-gum dans le cendrier et lui fit signe de le suivre.

– Faites vite, dit-il en la poussant doucement dans le couloir.

Il l'accompagna jusqu'à la porte des toilettes pour femmes et, avant qu'elle n'entre, lui prit sa cigarette.

– Juste au cas où vous songeriez à mettre le feu à la poubelle, lança-t-il avec un sourire entendu.

– Vous regardez trop de films policiers, Lionel.

Elle referma la porte et jeta un regard autour d'elle. A son grand soulagement, un téléphone était fixé au mur. Naturellement, il était payant mais le boîtier de tonalité de Danno allait se révéler fort utile. Par prudence, elle l'avait glissé à l'intérieur de son soutien-gorge. « Emportez-le partout avec vous », ne cessait de répéter Michaël. Depuis qu'il l'avait modifié, le petit boîtier permettait d'appeler gratuitement de n'importe quel téléphone public.

Soulevant le récepteur, elle composa I-O-ATT, suivi du numéro de modem correspondant au portable de Danno. Une voix enregistrée résonna dans le combiné : « Mettez un dollar, s'il vous plaît. »

Priant pour que la petite ruse de Michaël fonctionne, elle appliqua le boîtier sur la fente du téléphone destinée à recevoir la monnaie, enclencha la touche MÉMO et attendit, le cœur battant. Presque aussitôt, elle entendit le signal indiquant l'attribution de la ligne tandis que la voix électronique annonçait : « Vous avez un crédit de vingt-cinq cents. Parlez. »

A l'autre bout de la ligne, le téléphone sonna.

Michaël répondit à la seconde sonnerie :

– Cathy... J'attendais de vos nouvelles...

– Ecoutez, dit-elle très vite, je suis retenue au terminal Bradley, dans un des bureaux. Un agent du FBI doit venir me cueillir d'un instant à l'autre. Son nom est Rosenthal. Il s'annoncera d'abord par téléphone au poste 213-555-4204. Vous avez noté ?

Elle raccrocha vivement au moment où Lionel tambourinait à la porte.

– Dites donc, vous en mettez, du temps !

– Voilà, voilà, j'arrive...

Plusieurs voitures freinèrent de concert sur l'une des aires de sécurité du terminal.

– Attendez ici, dit Rosenthal à l'homme qui l'accompagnait.

Il fit un geste en direction des passagers des autres voitures.

Aussitôt, deux d'entre eux se placèrent devant l'une des issues de secours pour bloquer le passage aux fédéraux s'ils se présentaient.

Rosenthal sortit un mouchoir, se moucha bruyamment puis, satisfait, se dirigea d'un pas décidé vers un téléphone mural.

Le téléphone se mit à sonner sur le bureau. Lionel décrocha.

– Franklin à l'appareil. Quel est votre nom ? Okay, monsieur Rosenthal, nous vous attendons.

Il regarda Catherine en sifflant entre ses dents.

– Je ne sais pas ce que vous avez fait ou ce que vous n'avez pas fait, mais ça doit être important, pour que vous ayez toute cette belle flicaille à vos basques !...

Catherine sourit et résista à l'envie d'essuyer ses mains moites sur la toile épaisse de son jean.

Rosenthal. Il *fallait* que ce soit Michaël. Sans cela, elle était perdue.

Trois coups secs furent frappés à la porte. Lionel se leva pour ouvrir et Catherine retint une exclamation en voyant sur le seuil un homme de haute taille vêtu d'un long manteau noir, de gants de cuir noir et d'un chapeau feutre à larges bords. Il ne ressemblait pas du tout à un agent fédéral.

– Ça va, fit-il à Lionel. Je viens vous libérer, mon vieux.

– Montrez-moi d'abord les documents.

– Attendez ! cria Catherine. Lionel, ne vous laissez pas abuser par ce type ! Ce n'est pas un agent du gouvernement !

– Désolé, ma petite dame, mais j'ai des ordres...

– Mais écoutez-moi, bon sang ! hurla la jeune femme de plus belle. Je ne suis pas le Dr Alexander et vous ne pouvez pas laisser cet homme m'emmener !

Elle bondit et s'élança vers la porte. Rosenthal courut à sa suite, la rattrapa et l'immobilisa en lui bloquant un bras dans le dos au moment où Lionel accourait, l'arme au poing.

– Ça ira ? lança-t-il à Rosenthal.
– Lâchez-moi ! s'époumona Catherine.
– Tout va bien, dit l'agent à Lionel. J'ai des hommes qui m'attendent en bas, dans le hall. C'est une femme dangereuse. Recherchée dans trente-deux Etats. Une bonne prise, hein ?
Il eut un petit rire satisfait et s'éloigna dans le couloir, tenant toujours la jeune femme étroitement serrée contre lui.
Ils tournèrent à droite, longèrent un autre corridor et passèrent devant un bureau vide de la Lufthansa. L'homme poussa la jeune femme à l'intérieur, referma promptement la porte et jeta son manteau, son chapeau et ses gants sur l'une des chaises.
– Ils finiront bien par retrouver leur propriétaire, dit-il en adressant un clin d'œil à Catherine. J'espère que je ne vous ai pas trop fait mal tout à l'heure, ajouta-t-il avec un sourire. Mais je devais être crédible.
Catherine lui prit la main et la serra avec reconnaissance.
– Vous avez été formidable, Michaël.
Ils sortirent discrètement et se dirigèrent vers les ascenseurs au moment où les portes coulissaient, laissant passer deux hommes vêtus de noir. Lorsqu'elle aperçut le petit émetteur-récepteur logé derrière l'oreille de l'un d'entre eux, Catherine comprit. Une fois les portes de l'ascenseur refermées, elle se tourna vers Michaël :
– Vous les avez vus ?
– Oui, avant de monter, répondit-il simplement. Ensuite, il m'a suffi d'explorer les vestiaires à la recherche d'une panoplie adéquate. J'ai seulement eu peur de ne pas être assez rapide...
Elle lui jeta un regard admiratif.
– Je vous découvre un peu plus chaque jour, père Garibaldi...
Les portes de l'ascenseur s'ouvrirent et, prenant Catherine par le bras, Michaël se fondit avec elle dans la foule des passagers.

QUATRIÈME MANUSCRIT

(suite)

C'est à Alexandrie que je trouvai enfin le Juste que mon âme cherchait.

Les Stoïciens disent que Dieu est dans tout ce que l'œil peut voir, dans chaque mouvement, chaque forme de la création, visibles et invisibles. Car Dieu est l'âme. Il vit dans toute chose.

Les Stoïciens affirment aussi que tout ce qui arrive dans ce monde est le résultat d'une prédestination mais que nous devons, par notre volonté, agir dans le sens de notre destin. Dieu nous commande de vivre et de nous mouvoir vers Lui, mais il ne nous dit pas où aller. Si nous sommes jetés dans un fleuve agité, nous savons en principe nager. Mais le choix de la direction nous est laissé.

Car c'est bien dans un fleuve agité qu'on nous a plongés, chère Perpetua, chère Aemelia, vous, moi, et tous nos frères et sœurs dans le Seigneur. Nous nageons et nous nous débattons pour rester à la surface, mais vers quelle direction nous tourner ?

J'ai fini par trouver la réponse ici, à Alexandrie, une cité de savants et d'inventeurs, fière de ses richesses intellectuelles et de sa liberté religieuse. Car la ville compte de nombreux dieux et d'innombrables disciples. J'ai connu, ainsi, les adeptes du dieu Hercule, celui qui accomplit les Sept Travaux. Il naquit d'une vierge et fut le seul fils engendré par son père. A sa mort, il erra dans les mondes souterrains avant de monter au ciel. Comme le Juste que je recherche, Hercule est appelé par ses disciples le Bon Berger, le Sauveur, le Prince de la Paix.

Alexandrie vénère aussi de nombreuses déesses : c'est là que la mère d'Hercule fut élevée dans les nuées par son divin fils pour y devenir Reine du Ciel. La mère de Bacchus, que l'on appelait aussi le fils de Dieu, monta également au ciel et fut couronnée Reine de l'Univers. Mais la plus grande d'entre toutes est Isis, la déesse salvatrice, dont les Mystères me furent révélés.

Cependant, je tenais surtout à rencontrer les membres de la Voie, dont la communauté est florissante dans cette ville côtière populeuse. Ils m'ont accueillie avec le baiser de paix et je leur ai remis une copie de l'épître de Marie. J'interrogeai le diacre pour savoir si le Juste se trouvait dans les environs mais elle me répondit qu'à Alexandrie on croyait que le Juste demeurait dans le cœur de ses disciples.

Elle me demanda pourquoi je pensais le trouver ici et je lui racontai mes voyages en Inde et ce que j'y avais entendu, au sujet de l'existence d'un Sauveur appelé Logos.

Alors, le diacre me dit que ceux qui m'avaient mise sur cette voie avaient parlé du faux dieu Hermès, qui compte nombre de disciples à Alexandrie.

Le fait qu'un dieu puisse être faux me remplit de surprise, aussi je me rendis le lendemain dans le temple d'Hermès, un très ancien dieu sauveur, le Verbe fait chair, le rédempteur qui nous accorde, par son intercession, la vie éternelle.

Je devins une néophyte et reçus l'enseignement réservé aux débutants. On m'apprit les hymnes et les prières qu'il fallait adresser au Seigneur, on me fit jeûner et on m'immergea dans des bains rituels. Puis, avec les autres néophytes, je fus admise, comme à Ur Magna, dans le Saint des Saints pour communier avec le Sauveur.

Voilà comment, chère Perpetua, j'ai cru avoir trouvé le Juste en Egypte. Car Hermès était, lui aussi, né d'une vierge appelée Maia et fut déposé dans une crèche. Trois rois remplis de science et de sagesse firent un long voyage pour venir lui rendre hommage.

Pendant l'initiation au temple, surtout au cours des périodes de jeûne, nous fîmes l'expérience de phénomènes mystiques. L'Ame cosmique peut se révéler sous divers aspects. Certains néophytes virent un homme avec une couronne sur la tête et des rayons de lumière dorée sortant de ses yeux. A d'autres, le

Créateur apparut sous la forme d'une femme en robe bleue avec des étoiles sous les pieds. Et moi... je vis – ô jour béni – un prêcheur sur une montagne, son doux regard posé sur nous.

Et je le reconnus.

C'était lui, le Juste que mes yeux avaient contemplé autrefois près de la Mer de Sel.

Perpetua... Je l'avais retrouvé enfin, celui que mon cœur cherchait avec tant d'ardeur !

Et il me parla dans le temple d'Hermès. Il m'accorda cette révélation : nous sommes tous nés croyants.

Oui, car nous venons au monde avec la clarté de l'Esprit, Perpetua. Le Juste me dit : « Il n'y a ni colère, ni haine, ni envie ou jalousie chez le petit enfant. Son âme est pure. Mais, ensuite, elle se ternit au contact de tous les maux de ce monde : la faim, la déception, la perte, la souffrance, la crainte, l'injustice. Et de brillante, l'âme devient obscure. »

En écoutant les paroles du Juste, je compris alors ce que Satvinder m'avait enseigné un jour. A la question que je lui posais – « Qu'est-ce que la sagesse parfaite ? » –, elle répondit : « La sagesse, c'est d'accomplir notre nature originelle. »

A l'époque, je n'avais pas compris ces paroles mais, dans le sanctuaire sacré d'Hermès, tout s'éclaira enfin. Cette nature originelle est l'âme de notre naissance.

Plongée dans un état de transe mystique, j'interrogeai le Juste : « Pourquoi les dieux sauveurs meurent-ils jeunes et de mort violente ? »

Il répondit : « Pour qu'ils soient remarqués et qu'on se souvienne d'eux. »

J'entendis une voix murmurer dans mon esprit : Ils vinrent et ils reviendront encore pour ranimer en nous le souvenir de l'âme perdue de notre naissance, cette âme que nous pouvons retrouver en subissant la mort et en ressuscitant. A chaque fois que nous mourons, nos redécouvrons cette âme neuve, celle de notre nature originelle, innocente, pure.

Et voilà ce que je compris encore, Perpetua : à sa naissance, l'enfant vient au monde avec le don de foi.

Il me fallut des années pour saisir pleinement la portée de cette révélation. Mais la lumière finit par faire son chemin en moi. Je sus que chacun d'entre nous, à l'origine, possédait la foi car elle est un don du Créateur, un don qu'il fait à tous les nouveau-nés. Et je vous montrerai, mes sœurs dans la Voie, comment vous pouvez vous aussi retrouver ce don.

Car le chemin ne va pas, ainsi que je le croyais, vers l'avant, Perpetua. Il remonte au contraire à la source de toute vie. En nous délivrant de ces flétrissures terrestres que sont la colère, la peur, la cupidité, nous nous dépouillons de ce qui ternit notre âme et freine notre foi. Et nous retrouvons alors notre cœur d'enfant, celui que nous avions à la naissance.

Et alors nous croyons.

Vous vous demandez comment y parvenir ? Par la compréhension de la quatrième des sept grandes Vérités, celle que je ne compris moi-même pleinement qu'après avoir subi la mort et être née de nouveau grâce à Isis, la déesse salvatrice.

La quatrième Vérité, Perpetua, est le premier pas qui nous ramène en arrière, vers la source...

ONZIÈME JOUR

Vendredi 24 décembre 1999

« Quand la folie millénariste rencontre Internet-mania !... »

Miles leva les yeux de son travail pour regarder l'écran de télévision. C'était le début du journal et, au vu du sourire arboré par la présentatrice, l'histoire promettait d'être distrayante.

« Catherine Alexander est toujours recherchée par la police. Aujourd'hui, le FBI a cru l'avoir localisée. Mais il est bien vite apparu qu'il ne s'agissait pas d'elle, mais d'une ménagère de Seattle s'amusant à surfer sur l'IRC pour y diffuser des messages plutôt... incendiaires. Jugez plutôt. Voici ce que les agents fédéraux chargés de surveiller le Net ont vu apparaître sur leur écran :

> *<@CaAlex> Catherine Alexander vous parle : Les manuscrits annoncent la fin du monde. Ils nous donnent aussi la date exacte du retour du Christ sur la terre. Et si les flics ne me laissent pas tranquille, JE LES BRÛLERAI !*

L'image de l'ordinateur fut remplacée par la vision plutôt bucolique d'un petit chalet de bois, accompagné du commentaire suivant :

« Les agents fédéraux ont remonté la filière de l'IRC jusqu'à cette maison rustique sur Bainbridge Island. La propriétaire, Mme Barbara Young, tenancière de la taverne locale, est une accro de l'informatique. Voyant un beau matin une escouade de police débarquer à grand fracas chez elle, Mme Young a expliqué : " J'ai seulement voulu m'amuser un peu ! " Les agents du FBI, eux, n'ont pas trouvé cela drôle du tout ! Et maintenant, passons aux autres nouvelles... »

Miles éteignit la télévision et consulta sa montre. Titus aurait déjà dû lui faire son rapport.

Fronçant les sourcils, il se mit à réfléchir. Jusqu'ici, toutes les tentatives pour mettre la main sur Catherine Alexander avaient lamentablement échoué. Le fiasco sur l'île de l'hôtel Atlantis avait fait la une de tous les journaux, ridiculisant la police et transformant l'archéologue en héroïne. Quant à ce qui s'était passé dans les locaux de l'aéroport de L.A., la police, là encore, devrait s'expliquer. Mais pour Miles, ce n'était pas une consolation.

Il était peut-être temps que le tigre change de stratégie.

– Il n'y a pas de tigre au Vietnam, mon vieux !

C'était le sergent-chef Perez qui disait ça. Mais il se gardait bien de le répéter quand le colonel était dans les parages. Perez pouvait parfois se montrer imprudent mais certainement pas suicidaire.

C'était pendant l'été 1968. Il avait plu sans arrêt depuis des jours et des jours. Pour couronner le tout, les rations alimentaires étaient épuisées depuis quarante-huit heures et les hommes commençaient à souffrir de la faim.

Entassés dans une tente puante au cœur de la jungle, ils se demandaient dans quel nouvel enfer on les avait envoyés. Le soldat Miles Havers n'avait que vingt ans à l'époque, et il n'avait jamais connu une faim pareille. A la base, où l'on trouvait de tout à manger, il avait passé son temps à fantasmer sur le sexe. A présent, il rêvait continuellement de nourriture. Et cette obsession-là était autrement plus angoissante.

Mais il y avait pire encore que la faim. Deux terribles évidences commençaient à envahir l'esprit des cinq hommes amaigris et dépenaillés de cette petite unité de combat : la première, c'était qu'ils devaient sûrement s'être perdus car cela faisait déjà longtemps qu'ils n'avaient traversé ni village ni champ de riz. Ils ne savaient même pas s'ils étaient encore sur le territoire de la République du Vietnam.

La seconde, c'était que le colonel, leur chef, était devenu complètement fou.

« Allons, mes gaillards ! lançait-il en marchant à la tête de la patrouille, courage ! Il faut avancer... encore et toujours... Charlie est dans le coin, Charlie a l'œil sur nous ! »

Il n'avait pas besoin de le leur rappeler. Les Viets étaient partout, tapis dans la jungle, aussi immobiles et silencieux que des lézards endormis. Seulement, ils ne dormaient pas. Ils veillaient jour et nuit, ils voyaient, entendaient tout.

Les hommes de la patrouille avaient les nerfs à vif. On aurait dit qu'on était en train de les écorcher vivants. Même les rayons du soleil sur leurs visages semblaient gratter leur peau comme de la toile émeri. Tout en avançant difficilement dans l'inextricable chaos de la jungle, ils prêtaient constamment l'oreille, guettant le claquement métallique d'une balle qui monte dans le chargeur d'un AK-47. C'était le signal qu'un feu nourri allait transformer ce coin de forêt en un hachoir à viande.

Mais la peur des pieux pungi était encore plus forte. A chaque pas, on risquait de s'empaler sur ces bambous verts affûtés à l'extrême et camouflés dans des fosses le long des pistes.

Tout en se frayant un chemin dans la végétation touffue, le colonel ne cessait de lancer joyeusement : « Souvenez-vous toujours des paroles du grand Sun Tzu, gentlemen. Il disait : Ce qui ne parvient pas à vous tuer vous file une sacrée crise de nerfs ! Ah ah ! » Et il éclatait d'un rire convulsif, un rire qui rendait ses hommes à moitié dingues.

Le colonel avait changé. Miles pensait que c'était peut-être arrivé ce fameux jour où un hélicoptère avait hélitreuillé le major et le lieutenant en second, Looey – du moins ce qui restait des deux hommes. Le colonel était resté planté là à contempler fixement son pantalon taché de sang, le sang du major, avec peut-être, même, quelques morceaux du major en prime. Il demeurait immobile, un sourire béat sur la figure, en répétant : « Eh bien... eh bien... ça aurait pu être moi ! »

Un jour, il leur avait dit que la radio avait été avalée par un torrent de boue et qu'on ne pouvait plus entrer en contact avec le QG. Et, pourtant, Miles voyait bien que le colonel tenait toujours à la main son émetteur-récepteur. Mais il ne fallait rien dire. Avec le colonel, il valait mieux se taire.

Car il avait lui-même pu détruire volontairement la radio... Pourquoi ?

Pour continuer sa chasse folle.

Sa chasse au tigre.

Souvent, il répétait : « Le tigre, il n'y a que ça de vrai, gentlemen. Vous verrez quand vous l'aurez aperçu, vous aussi. Vous en serez hantés, tout comme moi. » Il sortait un mégot de cigare humide de la poche de son treillis et disait encore : « C'est une bête royale. Il peut tout, il sait tout. Certaines fois, il erre sur plus de vingt kilomètres pour chercher son repas. Et quand il a repéré sa proie – il la repère plus grâce à sa vue exceptionnelle que par son odorat –, il se dissimule à couvert et attend le moment opportun pour se jeter sur elle. Le tigre se déplace lentement, souverainement, avec une extrême prudence. Et quand il attaque, la plupart du temps par le côté ou par l'arrière, il ne fait que quelques bonds pour fondre sur sa victime. Quand il la saisit entre ses griffes, ses pattes arrière ne quittent jamais le sol. Ah oui, mes gaillards, le tigre, c'est le roi de la jungle. »

Ils arrivèrent sur la rive d'un petit ruisseau, qu'ils franchirent avec inquiétude, tous les sens aux aguets, cherchant à repérer l'ennemi. Mais le colonel ne semblait pas se soucier des Viets. Il préférait poursuivre ses discours sur le tigre :

– Quand il a immobilisé sa proie, il commence toujours par l'arrière-train et poursuit la curée jusqu'à ce qu'il ne reste que la peau et les os. Celui que nous chassons à présent est un mangeur d'hommes, messieurs, une femelle qui a tué un villageois pour protéger ses petits. Elle a décidé qu'elle préférait la chair humaine à celle du daim ou du cochon sauvage et, depuis ce jour, elle a dévoré quatorze autres paysans. Ici, ils l'appellent « la voleuse d'âmes »...

Perez s'avança derrière Miles et murmura :

– Bon sang, il a une araignée au plafond, les gars...

Goldstein sortit un paquet de Camel de sa poche et le fit circuler à la ronde. Mais tout le monde était bien trop tendu pour en allumer une. Il y avait quelque chose qui n'allait pas dans les yeux du colonel, une sorte d'étincelle obscure au centre de chaque pupille, une lueur terrifiante. Et quand il se retourna pour contempler ses hommes, Miles sentit ses entrailles se soulever et se nouer.

Le colonel était devenu bien plus effrayant que Charlie, et même que toute l'armée des Viets réunie.

Miles ne pouvait s'empêcher de penser aux compas. Ils avaient tous perdu le leur et seul le colonel en possédait encore un, qu'il consultait de temps à autre sans rien dire.

Où diable les conduisait-il ?

– Ouvrez vos yeux et vos oreilles, gentlemen ! lança-t-il. On a signalé une patrouille ennemie dans les parages...

– Patrouille, mon cul, grogna Jackson, le seul Noir de la compagnie. J'ai entendu d'autres rumeurs. C'est toute une brigade de Viets qui sillonne le secteur, les gars, une brigade armée jusqu'aux dents, bourrée d'artillerie russe. Bon sang, qu'est-ce qu'on fout dans ce piège à rats ?

– Nous chassons le tigre, fils, répliqua le colonel avec une grimace.

– Merde, fit Perez, je crève de faim...

Miles vérifia pour la centième fois au moins le magasin de son Colt 45 et le remit dans son étui. A son épaule pendait un lourd fusil de chasse Ithaca 37 à chargement automatique, une arme d'une redoutable efficacité. Mais même avec tout ça, il se sentait exposé à d'effroyables dangers.

Charlie est dans les parages. Charlie veille sur nous...

– Eh, sergent ! lança le caporal Smart, un ado de dix-huit ans qui, en réalité, ressemblait plutôt à un enfant de douze. Qu'est-ce qui se passe si on tombe sur un tigre ?

Et le colonel, qui marchait en tête, répondit :

– Nous allons bientôt le savoir, fils. Car, à Pondarosa, on raconte que le tigre est revenu. Une femelle de bonne taille. Sûrement une mangeuse d'hommes...

Perez accéléra l'allure pour se retrouver à sa hauteur.

– Mais, Sir, vous ne pensez pas que...

– Panthera tigris, poursuivit joyeusement le colonel, le plus gros représentant de la famille des félidés ! Un splendide animal, capable de s'adapter à tout environnement. On en rencontre dans des contrées enneigées aussi bien que dans la forêt tropicale ou dans le désert. (Il rit tout bas.) Le monde appartient aux tigres.

– Puis-je vous demander, Sir, insista Perez, pourquoi nous cherchons ce tigre ?

Le colonel s'arrêta soudain, fit volte-face et considéra d'un œil sincèrement étonné ses hommes épuisés par la marche, les privations et la peur.

– Je pensais que c'était évident, sergent Perez... lança-t-il sur le ton affligé de l'éducateur obligé de répéter cent fois la même leçon.

Puis, sans autre explication, il reprit sa marche.

– Il est dingue, grogna Smart en claquant des dents. Merde, les gars, j'ai la trouille...

Miles était lui aussi de plus en plus terrifié. Une seule idée l'obsédait : sortir vivant de cet enfer, rentrer aux USA et retrouver Erica.

– Sir, dit Perez, nous devons trouver de la nourriture.

– Ce n'est pas nécessaire, fils. Vous festoierez avant la fin de la nuit.

Ils se regardèrent les uns les autres, scrutant leurs visages maigres et sales. Ils allaient festoyer, disait le colonel. Festoyer avec quoi ?

Ils continuèrent à avancer lourdement sur la piste, jusqu'à ce que le colonel s'arrête devant une plante inconnue, ornée de feuilles d'un beau vert sombre et parsemée d'étranges fleurs rouges.

– Ah, voici un bon petit apéritif, gentlemen, fit-il en cueillant une poignée de feuilles et en les distribuant à sa petite troupe harassée. Mâchez bien, c'est le jus qui compte.

Le jeune Smart eut une moue dégoûtée et murmura à Perez :

– Eh, sergent, on aura tout vu ! Maintenant il nous oblige à avaler de l'herbe...

Perez fronça les sourcils. La tension des hommes était à son extrême. Toute manifestation de rébellion risquait de se terminer en tuerie.

– Du calme, dit-il à Smart, Goûtons, au moins...

Ils commencèrent tous à mastiquer les feuilles. Pour finir, malgré leurs premières appréhensions, elles n'étaient pas si mauvaises. Elles avaient même un vague goût d'épinard. Une feuille après l'autre, ils en avalèrent de plus en plus avec une voracité grandissante, comme s'il s'était agi d'un mets exquis. Quand ils n'en avaient plus, ils couraient en arracher d'autres à l'arbuste pour les fourrer dans leurs bouches d'où suintait une salive verte.

Puis, d'un seul coup, la jungle se remplit de clameurs. Ils eurent l'impression d'être transportés dans un pays magique, un pays au décor enchanteur. Le vert des arbres prit des teintes éclatantes, d'un bel émeraude, et, sous leurs pieds, le sol détrempé exhala des soupirs d'aise, comme s'ils avaient foulé des seins de femme. L'air qu'ils respiraient était aussi doux que de la soie, aussi parfumé qu'un champ de fleurs au printemps.

Leurs sens exaltés percevaient de nouveaux sons, des couleurs dont ils n'avaient jamais soupçonné l'existence.

– Oh oh! fit Jackson en regardant fixement devant lui.

A travers le réseau épais des branches de bambou, il venait d'apercevoir une pagode d'un rouge étincelant, surmontée d'arabesques dorées qui luisaient doucement dans la brume chaude. Il cligna des yeux puis tout s'évanouit. La pagode n'était rien d'autre qu'un arbre mort.

– Les tigres chassent la nuit, dit le colonel tandis que le soleil déclinait.

Le cri d'un oiseau déchira le soir, puis d'autres sons montèrent de la forêt. Miles écouta, les sens aux aguets. Il crut reconnaître des rires de jeunes filles. Un peu plus tard, il aurait pu jurer avoir entendu les pétales d'une fleur s'ouvrir.

– Le tigre possède des pattes antérieures et des épaules remarquablement musclées, poursuivit le colonel, et ses pattes sont dotées de griffes rétractiles, longues et acérées. Le crâne est aplati afin d'accroître la puissance des mâchoires...

Miles regarda Goldstein. Il avait un sourire béat sur le visage. Smart marmonnait des phrases sans suite et Perez agitait ses mains devant lui comme s'il avançait à tâtons dans un rêve.

Un instant il pensa voir une gigantesque machine à fabriquer du pop-corn, abandonnée, là, dans les branchages. C'était un ancien modèle équipé d'un châssis, avec de grandes roues et un toit ressemblant à une tente de cirque. Il retroussa les lèvres en pensant au goût salé du pop-corn mais, alors, la machine s'évanouit pour faire place à un amas de rochers.

– Le voilà! lança soudain le colonel d'une voix étouffée. (Il s'arrêta si brusquement que Smart trébucha sur lui. Puis il écarta d'énormes feuilles, grandes comme des oreilles d'éléphant, pour examiner une clairière.) Oui, le voilà, gentlemen.

Le tigre d'Indochine. Plus sombre que le tigre indien, plus léger que celui de Chine. On l'a tellement chassé au siècle dernier qu'il avait presque disparu. Regardez, messieurs, regardez... N'est-il pas merveilleux ?

Ils scrutèrent la clairière à travers le feuillage touffu.

– Je ne vois rien, fit Goldstein.

– Moi non plus, murmura Miles.

Sous la clarté lunaire, l'herbe scintillait comme un tapis de perles. On aurait dit que des formes étranges et changeantes s'y mouvaient, apparaissant et disparaissant comme par enchantement.

Puis quelque chose bougea derrière les buissons et ils entendirent des craquements.

– Jésus ! s'exclama le caporal Smart. Le voilà !

Et il fut là, devant eux, superbe, royal. Sa fourrure blanche luisait sous la lune, striée de bandes sombres et constellée de taches orangées. Il ne marchait pas, non, il glissait sur le sol, souple, fluide, formidable.

C'était un spectacle si beau que tous les hommes en eurent le souffle coupé.

Pourquoi ne nous sent-il pas ? pensa Miles. Il vit l'animal redresser la tête et les regarder en face de ses prunelles d'or. Il se lécha les babines d'une langue délicatement rosée puis, presque aussitôt, frémit, comme s'il venait de sentir le danger.

Le colonel se dressa sans l'ombre d'une crainte face à cet énorme chat de trois cents kilos. Il épaula son fusil et tira une seule balle, droit dans le cœur. La bête s'effondra puis, après un bref sursaut, s'immobilisa.

Alors le colonel sortit son couteau, retourna le tigre pour exposer son ventre blanc aux rayons de la lune et, d'un coup précis, fendit l'abdomen de la gorge aux reins. Le tigre lança vers les étoiles un cri perçant. Tombant à genoux, le colonel plongea les deux mains dans la plaie béante pour en retirer en désordre les organes sanglants : intestins, reins, foie. Il hurla :

– Allons, gentlemen ! Mangez !

Les hommes affamés n'hésitèrent pas.

Perez fut le premier à plonger ses bras jusqu'aux coudes dans le ventre chaud. Il finit par en extraire une masse blanchâtre – les ris – qu'il se mit aussitôt à dévorer.

Quand Miles s'approcha pour se joindre au festin, il

regarda la tête du tigre. Ses yeux étaient ouverts et, pendant un instant, il eut l'impression de croiser un regard presque humain. Mais la faim lui tenaillait l'estomac. Un instant plus tard, il s'associait avec frénésie à la grande curée.

Chacun se jetait les déchets en riant aux éclats, en se peignant de bandes rouges sanglantes, saisi d'une gaieté forcenée, démoniaque. Ils se gorgeaient des chairs du tigre, de son esprit, en se disant qu'ils devenaient à leur tour des voleurs d'âmes : celles que le fauve avait déjà dévorées. Ils emplissaient leurs bouches de morceaux chauds et visqueux au goût de sel et de fer.

Miles aurait juré que le cœur du tigre battait encore lorsque, plongeant les mains dans le ventre béant, il l'exhuma avec fierté avant de le déchirer en deux. Après en avoir tendu une moitié à Jackson, il mordit à pleines dents dans le muscle sanglant, écartant de son esprit une pensée dérangeante, une pensée qui ne cessait de le hanter depuis le début de ce carnage : le tigre était encore vivant quand le colonel lui avait ouvert le ventre.

Mais la pensée disparut car ils n'étaient plus, désormais, des êtres pensants. Juste des créatures issues des limbes du monde, agglomérats de matière élémentaire, noyaux de pur instinct.

Ils n'entendirent pas le bruit du moteur qui approchait. Aucun d'entre eux ne se rappela jamais de la façon dont ils sortirent de la clairière. Perez, Smart, Goldstein et Jackson ne reprirent conscience que dans un lit de l'hôpital militaire de Saigon. Miles, lui, se souvint vaguement d'avoir pris place à bord d'un hélicoptère HH-53. A travers le brouillard de sa conscience, il avait entendu les bribes d'une conversation :

– Jésus ! Qu'est-ce que ces types ont bien pu fabriquer ? Ils n'ont reçu aucune blessure et, pourtant, ils sont couverts de sang !

– Regarde leurs bouches. Ils mangeaient quelque chose...

– Mais qu'est-ce que c'est ? Il n'y avait rien à manger par là...

– Et moi je vous dis que je les ai vus. Ils mangeaient... Seigneur, les gars, ces types-là dévoraient je ne sais quoi à belles dents !

Le téléphone sonna, arrachant Miles Havers à ses souvenirs.

– Désolé, dit Titus. On l'a encore ratée de peu. L'agent venu la récupérer à l'aéroport était un complice. Impossible, pour l'instant, de la localiser.

Miles pinça les lèvres.

– Il va falloir la faire sortir de sa tanière.

– Dès que la CIA apprendra quelque chose, j'en serai averti.

Une promesse à prendre au sérieux puisque, après sa démobilisation, Titus avait travaillé pendant dix-sept ans à la Central Intelligence Agency avant de se retirer pour fonder sa propre entreprise de « sécurité ». Il avait gardé suffisamment d'amis à l'Agence pour l'informer de tout ce qui pouvait se passer d'intéressant.

Comme Miles, Titus Perez avait reçu la puissance du tigre. *Six entrèrent, six sortirent, mais trois, seulement, survécurent.*

– C'est curieux, commença Michaël alors qu'ils descendaient une rue tranquille d'un quartier résidentiel de Washington.

Catherine leva vers lui un visage fouetté par le vent, à demi enfoui sous une grande écharpe de laine. Ils avaient finalement dû quitter leur bed & breakfast – une petite pension tenue par une charmante veuve, Mme O'Toole – pour partir en quête d'un ordinateur. Trois jours s'étaient écoulés depuis l'appel lancé par Catherine sur Internet.

– Je pensais à ce que Sabina écrit à propos du retour de l'âme à la source originelle, reprit Michaël. Jésus a dit quelque chose de semblable, vous savez. Il a dit que nous ne pourrions entrer dans le royaume des cieux que si nous redevenions des petits enfants. (Il leva ses deux mains transies de froid pour souffler dessus.) C'est pourquoi je me demandais...

– Quoi donc ? insista Catherine, impatiente.

– Et si c'était de Jésus lui-même que Sabina tenait cet enseignement ? Si c'était lui qu'elle a entendu prêcher dans le temple d'Alexandrie ?

La jeune femme regarda le prêtre et vit que le vent avait rougi ses joues, donnant à son visage un air rustique. C'est un homme fait pour vivre au grand air, pensa-t-elle, pas pour être reclus dans quelque monastère.

Ils étaient arrivés à Washington la nuit précédente, pour affronter un froid polaire de vingt degrés au-dessous de zéro. Et la température continuait de descendre. Cela faisait à présent onze jours que les hommes de Hungerford avaient exhumé le fragment de papyrus. Onze jours passés à courir, à se cacher, à dormir par bribes dans des lieux sans cesse différents.

Alors qu'ils attendaient au bord d'un trottoir que le feu passe au rouge, Michaël dit soudain :

– Est-ce que vous voyez ce que je vois, Cathy ?

Elle suivit son regard et aperçut, de l'autre côté de Wisconsin Avenue, un grand magasin d'équipement informatique dont la devanture affichait en grand :

DIANUBA 2000
VENEZ ESSAYER LE TOUT NOUVEAU LOGICIEL INTERNET
Entrée libre

– Restez près de moi, Catherine, lança Michaël en pénétrant à l'intérieur du magasin encombré de curieux venus assister à la démonstration.

Partout, ils virent se confirmer la toute-puissance de Miles Havers sur le marché de l'informatique. Des queues interminables de clients attendaient aux caisses, les bras chargés de jeux informatiques et de logiciels. Naturellement, le produit qui remportait le plus de succès était le logiciel Dianuba 2000 prêt à être mis en service le 1er janvier 2000, du moins si le département de la Justice ne s'y opposait pas.

Catherine et Michaël se glissèrent dans la foule et se dirigèrent vers les ordinateurs que le magasin mettait à la disposition de ses clients. Adultes, adolescents et enfants s'amusaient à naviguer plus ou moins maladroitement sur le Net, découvrant le plaisir d'un dialogue en temps réel avec un correspondant habitant à l'autre bout du monde. Catherine repéra une jeune femme initiant sa mère aux vertiges de cet univers virtuel. Le visage de la femme plus âgée s'éclairait à chaque fois qu'elle réussissait à manœuvrer la souris, aussitôt récompensée par l'apparition, sur l'écran, de dessins colorés et animés, souvent accompagnés de musique. Les rôles étaient inversés et, à présent, c'était la fille qui enseignait à la mère une nouvelle facette du monde. En observant la scène, Catherine eut un pincement de cœur.

Oh, Maman, pourquoi n'as-tu pas vécu assez longtemps pour que je puisse, moi aussi, te faire découvrir mes propres connaissances ?

Détournant les yeux, elle vit Michaël qui la regardait. Immédiatement, elle sut qu'il avait compris ce qui se passait en elle. Cet homme était vraiment étonnant. Elle avait de plus en plus l'impression qu'il lisait en elle. Mieux, même, qu'ils parvenaient presque à une sorte de communion télépathique.

Un ordinateur se libéra et Catherine prit place devant le clavier. Le logiciel utilisé était un Scimitar, plus rapide que celui que Danno avait installé dans son portable. L'accès sur l'IRC fut presque instantané.

Après avoir navigué quelque temps à la recherche du groupe BBS de Hawksbill, Catherine réussit enfin à le localiser. Apparemment, certains de ses membres étaient en liste. Elle fut tentée de les contacter immédiatement mais, si Havers avait déjà flairé quelque chose, l'opération risquait d'être dangereuse. L'un de ses agents pouvait très bien figurer sous un quelconque pseudo parmi les connectés, attendant d'exploiter toute information glanée au cours des discussions.

Seule solution : passer à nouveau par son pseudo tiré du roman de Silverberg, se mettre en liste dans un forum vide et espérer qu'un des autres membres du groupe la repère enfin.

Elle entra : */join #janet*, tapa ENVOI et vit son pseudo – *@Janet* – apparaître en haut de l'écran vide. Michaël, lui, s'efforçait de détourner l'attention d'un vendeur un peu trop entreprenant qui s'obstinait à vouloir intervenir, pensant initier la jeune femme aux délices proposées par le logiciel Dianuba 2000.

Les minutes s'écoulaient. Je vous en prie, pensa Catherine, les yeux fixés sur l'écran, ouvrez les yeux. Je suis là, parlez-moi. Oh, Seigneur, pourquoi ne me voyez-vous pas ?

Un autre vendeur s'approcha.

– Eh bien, ma petite dame, qu'en pensez-vous ? Vous connaissez Internet ? (Il regarda l'écran.) Ah, je vois que vous naviguez sur l'IRC. Vous n'y trouverez guère de mouvement aujourd'hui, vous savez. Tout le monde est en train de faire ses emplettes de Noël. D'ailleurs, la plupart des canaux sont européens et, avec le décalage horaire, les connectés sont déjà en train d'ouvrir leurs présents à l'heure qu'il est ! Voulez-vous que je vous montre comment...

Catherine se mit à tousser pour attirer l'attention de Michaël.

– Excusez-moi, dit ce dernier en se frayant un chemin vers eux pour saisir le vendeur par le bras. Je me demandais si vous pourriez me donner quelques renseignements sur le dernier OS-2 ?

L'homme soupira.

– Okay. Suivez-moi, monsieur.

La jeune femme respira, soulagée, et reporta son attention sur l'écran en jetant de temps à autre de petits coups d'œil anxieux à sa montre. Une connexion trop longue risquait de rendre un vendeur ou un client soupçonneux. D'autant qu'il ne manquait pas de candidats impatients de s'offrir, à leur tour, un petit voyage sur Internet.

Brusquement, des lignes se mirent à défiler sur l'écran jusque-là désert.

<SERVEUR>Jean-Luc !^mason@ouray.cudenver.edu est en liste
<SERVEUR>Sugar !-kharvey@scgrad.demon.co.uk est en liste

Catherine faillit pousser une exclamation de joie. Ils étaient là ! Ils l'avaient enfin vue !

<Janet> Hello tout le monde !!!!
<SERVEUR> Maynard !-rismith@alice.brad.ac.us est en liste
[Jean-Luc] Janet, nous espérions de tes nouvelles

[sugar] Hello ! :)))
<Janet> Merci d'être venus me rejoindre
<SERVEUR> Benhur !~George@Sebaka-1.DialUp.Polaris. Telnet est en liste

Catherine s'apprêtait à taper le message : « Avez-vous trouvé des informations sur Tymbos ? » lorsqu'un client vint se placer derrière elle pour regarder ce qui se passait à l'écran. Catherine simula une épouvantable quinte de toux qui fit fuir l'importun.

[Jean-Luc] Janet, nous avons vu ta photo dans les journaux. Tu es un joli brin de fille. On espère tous qu'ils ne t'attraperont pas
<SERVEUR> Carlos !mmongo@dianuba.com est en liste
[BENHUR] Joyeux Noël, Janet
[sugar] Eh, Janet, qu'est-ce qu'il y a d'écrit dans ces fichus manuscrits ???? Est-ce vrai que la fin du monde est imminente ? Dois-je sortir avec mon petit ami Frankie le soir du nouvel an ou attendre chez moi que le ciel me tombe sur la tête ?
<SERVEUR> Trilogy !^tombak@ix-ou1-22.ix.vetcom est en liste
[DOGbert] Je veux pas mourir, moi
<Janet> Les manuscrits disent que nous sommes enfants de Dieu et donc d'essence divine. C'est pourquoi nous possédons nous aussi l'éternité. La mort n'existe pas
[Carlos] :))
[Jean-Luc] Janet, ne reviens plus ici. Le FBI surveille tous les canaux IRC
[spaCeman] Pas sûr. Pas le groupe Hawksbill
[BENHUR] Pas encore, tu veux dire
[Carlos] Mais ça reste risqué
[sugar] Janet, tu as vu l'histoire de cette femme de Seattle qui se faisait passer pour toi ?
[spaCeman] Celle que le FBI est allé arrêter. Ils en ont fait une tête quand ils ont vu leur méprise :)))))
<Janet> Oui, je m'en souviens. C'était votre idée ?
[TrilogY] Un bon plan, tu ne trouves pas ? Pendant que les Feds allaient s'égarer sur une fausse piste, ça te donnait le temps de prendre le large
[Jean-Luc] On a crié « au loup ! » sur tous les tons et les Feds

se sont mis à traquer le mauvais gibier. Maintenant, chaque fois qu'ils entendent parler du Dr Alexander sur le réseau, ils se méfient et mettent plus de temps à réagir, de peur que ce ne soit une nouvelle blague
<Janet> Vous êtes géniaux

Elle jeta un coup d'œil par-dessus son épaule pour s'assurer que personne n'observait l'écran et, très vite, tapa sur le clavier : *Avez-vous du nouveau sur Tymbos ?*

[Jean-Luc] Rien sur Tymbos
[TrilogY] Désolé
[sugar] Pourtant on a cherché :((
[BENHUR] On a cherché partout où on pouvait

Catherine fixa l'écran quelques secondes, envahie par un intense sentiment de découragement. Puis elle reprit le dialogue :

<Janet> OK, les amis. Merci quand même. Quittez le réseau. Ce n'est pas sûr
[DOGbert] Bonne chance, Janet
[TrilogY] On est tous avec toi
[sugar] Prend bien soin de toi. {{{Baisers}}} de nous tous
[Jean-Luc] Est-ce qu'on te recroisera ici ?
<Janet> Probablement pas. Je vous embrasse tous de tout mon cœur. Jamais je n'oublierai ce que vous avez fait pour moi
[Maynard] On l'a fait aussi en mémoire de Barrett. C'est lui qui a créé ce groupe de discussion. C'était notre ami
[BENHUR] Nos pensées t'accompagnent, Janet
[Carlos] Que Dieu te protège

Catherine éprouva un pincement de cœur en voyant les pseudos disparaître de la liste les uns après les autres. Elle ne savait rien de ces gens qui communiquaient ainsi avec elle des quatre coins du pays. Des inconnus qui, pourtant, venaient de jouer un rôle décisif dans son existence. C'était cela aussi, le miracle d'Internet.

Il ne restait plus que deux pseudos à l'écran, maintenant : Jean-Luc et elle-même.

[Jean-Luc] Janet ?
<Janet> Oui ?

[Jean-Luc] Qui a écrit les manuscrits?
<Janet> Une femme du nom de Sabina. Une prophétesse
[Jean-Luc] Non
<Janet> Comment ça : non?

Un long moment s'écoula avant que la réponse n'apparaisse sur l'écran.

[Jean-Luc] C'est TOI la prophétesse, Janet

Puis, avant que Catherine ait eu le temps de réagir, Jean-Luc se déconnecta. L'écran afficha le message */Quitter/serveur déconnecté/plus de porteuse* et redevint noir. Cette fois, les correspondants du groupe Hawksbill étaient partis pour de bon...

Un titre en gros caractères s'affichait à la une du *National Enquirer* : UNE FEMME GUÉRIE DE SON CANCER APRÈS AVOIR TOUCHÉ UNE PHOTO DU MANUSCRIT !

Le cardinal Lefèvre regarda fixement le journal. La folie collective gagnait du terrain. Des milliers d'appels téléphoniques menaçaient de faire sauter le standard du Vatican, des télégrammes arrivaient du monde entier, prétendant que les pouvoirs miraculeux de Jésus étaient à nouveau à l'œuvre grâce aux manuscrits...

Tout en ruminant ses pensées, Lefèvre s'approcha d'une haute porte au-dessus de laquelle une enseigne en bronze indiquait : *Archivio Secreto Vaticano*. Assis à un bureau près de l'entrée, un prêtre pianotait sur le clavier d'un ordinateur. L'informatique et, en 1996, le réseau Internet avaient pénétré au Vatican. Le cardinal Lefèvre se rappela cet étonnant moment lorsque, quatre ans plus tôt, vingt mille pages de manuscrits s'étaient soudain retrouvées projetées dans le cyberespace, offrant à des correspondants du monde entier l'accès à une documentation d'une richesse inouïe : manuscrits anciens, miniatures, gravures, etc.

Il pénétra dans l'une des salles de l'interminable bibliothèque, un univers de près de cinquante kilomètres de rayonnages chargés d'archives. Certes, il était courant d'appeler cet extraordinaire réservoir d'informations séculaires « les archives secrètes ». En réalité, n'importe quel chercheur ou étudiant pouvait accéder à la plupart d'entre elles. Il y avait une autre réserve, celle des documents non catalogués, interdite au public. C'était là, en cet après-midi glacial de décembre, veille de l'anniversaire de la naissance du Christ, que le cardinal Lefèvre se rendait.

Il venait de recevoir par courrier spécial une enveloppe contenant des photographies. Au dos de chacune, on avait inscrit au crayon une date – le 15/12/99 – et les initiales C.A. – Catherine Alexander. D'autres mentions avaient été ajoutées à l'encre : le numéro de dossier et les initiales de l'inspecteur de police chargé du suivi de cette affaire.

Certes, le jeu de photos n'était pas complet, car il avait fallu partager avec le gouvernement des Etats-Unis ainsi qu'avec les autorités égyptiennes. Mais il en restait assez pour que Son Eminence soit à présent persuadée que Catherine Alexander avait découvert au pied du Sinaï quelque chose de très important, quelque chose que personne ne pouvait plus se permettre d'ignorer. Personne, et surtout pas un homme tel que lui, qui avait activement participé à la rédaction d'un nouveau décret publié par la Congrégation pour la Doctrine de la Foi, décret stipulant que tout écrit émanant d'un théologien catholique et divergeant avec l'enseignement officiel de l'Eglise se verrait implacablement condamné. Pire : l'auteur du texte incriminé serait accusé d'hérésie. Cette disposition ne faisait en réalité qu'appliquer à la lettre les nouveaux principes du catéchisme édicté en 1990, selon lesquels « le travail d'interprétation authentique de la Parole de Dieu sera confié exclusivement aux instances pédagogiques officielles de l'Eglise ». En conséquence, tout document ancien pouvant se révéler chrétien devait être confié à la seule autorité vaticane.

Naturellement, de nombreux savants et historiens avaient critiqué ces diktats pédagogiques. Le cardinal soupira tout en arpentant les vastes salles tapissées de livres. A ses yeux, de telles directives s'imposaient. Si l'on permettait à n'importe qui de diffuser sa propre interprétation de la Parole de Dieu, ce serait indubitablement le chaos et la fin de l'Eglise à plus ou moins long terme. Il fallait tracer des lignes, déterminer des règles, fixer des structures. C'était cela, *sa* bataille quotidienne, sa mission au sein de la Congrégation : veiller à ce que les fondations de notre Mère l'Eglise ne soient pas sapées par les élucubrations fantaisistes et irrespectueuses de théologiens dissidents.

Parmi ceux qui s'étaient déclarés hostiles à ce nouveau décret, il y avait eu, naturellement, le Dr Catherine Alexander. Par une lettre adressée à Rome, elle avait vigoureusement protesté contre cette mesure qui faisait un péché de toute divergence d'interprétation d'un texte religieux.

Telle mère, telle fille, pensa Lefèvre sombrement. Après tout, vingt-sept ans plus tôt, il avait dû dépêcher en Californie un représentant du Vatican pour ordonner au Dr Nina Alexander de mettre fin à son enseignement hérétique et à ses interprétations abusives de la Bible. Et voilà que Catherine Alexander reprenait le flambeau en volant des manuscrits qui, s'ils se révélaient être des documents authentiques, risquaient de donner au monde une image très controversée des premiers temps de la chrétienté !

Ses pas le menèrent jusqu'à une petite salle retirée dont un des murs était tapissé de coffres soigneusement verrouillés. Tirant une clé de sa poche, il ouvrit l'un d'entre eux, en sortit des agrandissements photographiques et, saisissant une loupe, commença à les examiner un à un, déchiffrant au fur et à mesure le texte rédigé en grec ancien : *Quand le Sauveur n'était encore qu'un enfant, il fut perdu pendant trois jours. Ses parents le cherchèrent avec angoisse jusqu'à ce qu'ils le trouvent enfin, assis dans le Temple et prêchant aux docteurs et aux prêtres. Alors Isis se réjouit d'avoir retrouvé son fils béni, Horus...*

Mon Dieu, pensa Son Eminence en reposant la loupe. Comment continuer à défendre l'unité et la stabilité des institutions catholiques romaines si l'on voit à présent resurgir du passé d'autres sauveurs dont l'histoire s'apparente presque point pour point à celle du Christ ?

Mieux vaut ne pas se laisser aller à des extrapolations par trop pessimistes, pensa le cardinal en choisissant une autre photographie. Pour l'heure, tout ce qui comptait était de trouver ce qui se cachait sous le nom de *Tymbos*, ce roi mentionné dans le manuscrit rédigé par Sabina. Un nom qui lui avait rappelé un autre papyrus exhumé celui-là au cours de l'année 1932 en Afrique du Nord et que les sables du désert avaient préservé des attaques du temps. Rédigé en grec, il se présentait également sous la forme d'une épître annonçant le retour du Juste et le jour exact de la Fin des Choses. Des études paléographiques au carbone 14 dataient ce fragment de la moitié du IIe siècle après Jésus-Christ. Le nom du Juste y étant mentionné, les archivistes du Vatican l'avaient précieusement conservé, au cas où il pourrait être ultérieurement identifié comme un possible fragment d'évangile.

A présent qu'il le lisait et relisait, le cardinal Lefèvre en était beaucoup moins sûr. S'agissait-il en fait d'une copie du manuscrit de Sabina ? Cette idée le faisait frissonner. Le fragment avait été découvert près de l'ancienne cité de Timgad. Le mot « Timgad » avait-il subi une quelconque altération pour devenir, dans le texte de Sabina, *Tymbos* ? C'était un vrai casse-tête...

Sur Internet, la rumeur courait que le Dr Catherine Alexander ne possédait pas la totalité des manuscrits de Sabina et qu'elle en cherchait un septième. S'agissait-il de ce papyrus dont il contemplait l'agrandissement photographique ?

– La technologie moderne est décidément formidable ! s'exclama Titus après avoir écouté le rapport de son assistant.

Vingt-quatre heures plus tôt, il avait réussi à obtenir un cliché de Catherine Alexander sous son nouvel aspect : blonde platine et les cheveux ultra-courts. Immédiatement, la photographie avait été diffusée à tous les postes de police, aux aéroports, aux gares, aux stations de bus ainsi qu'aux radios et à toutes les chaînes de télévision. Le résultat ne s'était pas fait attendre...

Il saisit le téléphone qui le reliait directement à la ligne de Miles Havers.

– Nous avons de nouvelles informations sur nos deux amis, annonça-t-il, le sourire aux lèvres. Un couple correspondant au signalement de la fille et de son complice a été aperçu en plusieurs endroits. Je mets des hommes à moi sur le coup immédiatement. Ah, au fait, tu sais ce qu'on m'a dit, vieux ? Que l'homme qui accompagnait Alexander est prêtre. Et nous sommes à la veille de Noël. A ton avis ? Où vont *tous* les prêtres le soir de Noël ? Nous les tenons, Miles. Nous les tenons pour de bon.

– Je ne serai pas long, dit Michaël en enfilant son blouson. L'église est à quelques pas d'ici.

Penchée sur le papyrus, les mains protégées par des gants de caoutchouc pour ne pas marquer le fragile parchemin, Catherine releva la tête.

– Désolée, répondit-elle, mais vous irez seul. J'ai encore beaucoup de travail. Je suis parvenue à traduire quatre manuscrits, mais il m'en reste deux. Et toujours pas de nouvelles du septième rouleau.

Il s'approcha et tendit la main, comme pour toucher sa joue. Mais son geste demeura suspendu et, brusquement embarrassé, il abaissa le bras.

La télévision, restée allumée, diffusait un bulletin d'informations. Soudain, un visage qu'ils ne connaissaient que trop bien s'afficha à l'écran. Catherine saisit la télécommande et augmenta le son.

– Grands dieux, Michaël, dit-elle d'une voix tendue, c'est lui...

Miles Havers souriait à la caméra. L'interview était réalisée dans sa villa de Santa Fe.

– La rumeur prétend que je suis mêlé à cette affaire de manuscrits, disait-il de sa voix posée et mélodieuse. Certes, en tant que collectionneur, l'affaire m'intéresse au plus haut point. Mais je n'ai jamais désiré rendre cet intérêt public.

– Mais qu'est-ce qu'il raconte ? s'exclama Catherine, médusée.

– Monsieur Havers, demanda le reporter, êtes-vous en train de nous dire que ces manuscrits *existent* vraiment ? Pouvez-vous le confirmer devant cette caméra ?

– Ces rouleaux ont effectivement été exhumés récemment dans le désert du Sinaï. Et si je souhaite les acquérir, c'est parce que je crains que le Dr Alexander ne les détruise. Ces manuscrits sont un patrimoine qui appartient à l'humanité tout entière. Ils ne doivent pas demeurer entre les mains d'une seule personne. C'est donc dans un but parfaitement désintéressé que j'ai offert au Dr Alexander de les lui racheter pour une somme de cinquante millions de dollars. Mais, jusqu'à ce jour, elle a obstinément refusé mon offre.

– C'est incroyable, dit Michaël. Ce porc ! Maintenant, il veut se faire passer pour un bienfaiteur de l'humanité.

Catherine changea brusquement de chaîne. Mais plusieurs autres programmes diffusaient à peu près le même bulletin d'informations : « Le milliardaire Miles Havers, président de Dianuba Technologies, a révélé aujourd'hui qu'il était en négociation avec le Dr Alexander pour l'achat des anciens manuscrits. La tractation se situerait autour de cinquante millions de dollars... »

Et une autre chaîne d'ajouter : « Cette déclaration fait suite à une information communiquée au *New York Times* par un correspondant assurant être un proche de Miles Havers. Cet informateur assure que les manuscrits proviennent bien de la péninsule du Sinaï et que leur origine est incontestablement chrétienne. Ils auraient bien été introduits aux Etats-Unis de façon illégale par l'archéologue Catherine Alexander, toujours en fuite... »

– Encore un coup monté de Havers, grommela Michaël en observant avec inquiétude le visage soudain très pâle de Catherine. Mais ne vous tourmentez pas trop. S'il monte ainsi au créneau, c'est qu'il commence à être aux abois. Il espérait sans doute récupérer ces manuscrits bien plus tôt. Vous avez réussi à retourner l'opinion publique grâce à Internet, et il joue sa dernière carte.

La jeune femme secoua la tête.

– Sa dernière carte ? Il en a encore d'autres, j'en ai bien

peur. (Elle soupira.) Oh, Michaël, quand donc tout cela va-t-il finir ?

– Tenez bon, Catherine. Havers cherche à vous faire sortir de votre trou en vous provoquant.

Elle éteignit la télévision et massa ses tempes douloureuses.

– Vous feriez mieux d'aller à l'église, dit-elle enfin à Michaël. La messe de minuit est dans moins d'une heure.

– Venez avec moi, Cathy.

– Impossible. Le cinquième manuscrit est en très mauvais état et il est très difficile de le déchiffrer. Il n'y a pas de temps à perdre.

Mais il ne s'en allait toujours pas. Comme elle sentait son regard encore posé sur elle, Catherine dit doucement :

– Je ne peux pas vous accompagner, Michaël.

– Pourquoi pas ?

– Parce que la nuit où ma mère est morte, j'ai maudit l'Eglise et j'ai également renié Dieu. Je ne peux pas revenir en arrière.

– Bien sûr que si, vous le pouvez. On peut toujours revenir en arrière.

Catherine se rappela soudain un passage de la lettre de Sabina qu'elle avait déchiffré deux nuits plus tôt : *Et c'est ainsi que m'apparut la véritable signification de la Voie. Car il ne s'agit pas du chemin qui va vers l'avant mais de celui qui ramène au commencement.* Sabina, elle, avait réussi à trouver la route du retour...

– Même si je le voulais, je ne connais pas le chemin, Michaël, dit-elle tristement.

– Alors laissez-moi vous le montrer.

Mais, se détournant, elle se remit au travail. Quand il sortit dans la nuit glacée, elle ne leva même pas la tête.

CINQUIÈME MANUSCRIT

Tout d'abord, il faut mourir.

Tout comme Osiris, le Bon Berger, l'a fait. Pour parvenir à l'état de grâce, nous devons subir la même mort et la même renaissance que notre sauveur, car ce n'est que par ce chemin que nous obtiendrons la vie éternelle.

Voilà ce que prêchait la prêtresse du temple d'Isis.

A Alexandrie, les disciples d'Isis, Reine du Ciel, sont beaucoup plus nombreux que ceux des autres dieux. Je servais alors auprès des malades de l'hôpital attaché au temple de la déesse. C'est ainsi que je pus observer comment l'on meurt.

Il y avait ceux qui approchaient de la mort avec dignité et calme, et ceux qui devenaient agités et effrayés. Certains la considéraient comme un grand sommeil, d'autres comme un abîme grouillant de démons. Tandis qu'ils rendaient le dernier soupir, je les accompagnais et je regardais leurs âmes s'échapper de leurs corps.

Osiris est appelé le Ressuscité car, au moment de sa mort, le soleil arrêta sa course et la terre sombra dans l'obscurité avant de se mettre à trembler. Osiris descendit alors dans le royaume des ténèbres, d'où il ressortit trois jours après pour revenir à la vie.

Ses disciples croient que ceux qui ont subi les rites de mort et de renaissance enseignés au temple peuvent eux aussi ressusciter. Je désirai voir cela par moi-même et acceptai que Mira, la prêtresse, m'initie aux Mystères.

Les néophytes doivent traverser une période de jeûne et de purification, pratiquer une forme élevée de méditation qui conduit à une union mystique avec l'Etre suprême. Après quoi l'on nous conduisit dans une salle souterraine située sous le temple, où l'on nous revêtit de linceuls blancs avant de nous faire boire la coupe de mort.

C'est ainsi que nous mourûmes selon Osiris, demeurant trois jours en communion avec les esprits des défunts. Ensuite, nous fûmes ramenés à la lumière du jour, baptisés avec du vin, représentant le sang utérin, et conviés à participer à une sainte cène, un repas en commun composé de pain et de vin, symboles du corps et du sang d'Osiris. Après cela, nous fûmes autorisés à lire les anciennes Ecritures rédigées plus de deux mille ans auparavant. Les textes sacrés parlent d'un roi qui doit naître et que l'on appellera le Rédempteur. Il viendra délivrer l'Egypte des guerres et du chaos.

Je demandai alors : Qui donc est ce roi ? Est-il une réincarnation de Krishna, de Mithra, d'Hermès, d'Osiris ? Car j'avais appris entre-temps que de nombreux sauveurs étaient appelés eux aussi « Rédempteur », qu'ils étaient fils de Dieu et nés d'une vierge pour venir mourir en ce monde et racheter les péchés des hommes.

Mira me répondit que ce roi n'était pas encore né et qu'il viendrait au dernier jour pour guider le monde vers la Lumière.

Voilà comment je découvris que la vie ne cesse jamais et que la mort n'est qu'un passage. Il n'y a rien à craindre de Dieu car nous sommes issus de lui, nous possédons en nous une parcelle d'éternité. A cela s'ajoute une autre Vérité, chère Perpetua : le pardon est le premier pas sur la voie qui nous ramène à Dieu, à notre pureté originelle.

Il ne s'agit pas seulement de pardonner à ceux qui nous ont fait du tort. Il faut aussi éliminer de notre cœur toute forme de ressentiment contre les aléas de la vie, du plus petit au plus grand. Il faut pardonner la chaleur suffocante de l'été et la morsure glaciale de l'hiver, le caillou qui déchire le pied, le chien qui mord, les dommages de la maladie ou de la vieillesse, le voisin bruyant, l'offense d'un ami, toutes les souffrances et les déceptions qui s'accumulent au fil du temps.

C'est cela, le vrai commencement : pardonner chaque jour, du fond du cœur, les grands et les petits chagrins occasionnés par la vie dans ce monde. Alors le pardon devient une seconde nature, l'émanation même de la bonté de notre cœur.

C'est d'Isis que j'appris la cinquième Vérité mais, sur le moment, je ne l'ai pas comprise. Il me fallut encore traverser les mers, parcourir d'interminables routes jusqu'à un lointain pays de brume dont je n'avais entendu parler que dans les légendes.

Quand Cornelius Severus m'annonça la fin de son séjour à Alexandrie, je lui demandai si je pouvais encore me joindre à son équipage. Et, ainsi, nous partîmes vers le nord, loin, très loin, vers le pays du Peuple des Nuages.

DOUZIÈME JOUR

Samedi 25 décembre 1999

– Mademoiselle Garibaldi? Etes-vous réveillée, ma chère?

Catherine approcha de la porte mais sans l'ouvrir.

– Oui, madame O'Toole?

– Je me demandais seulement si vous accepteriez de vous joindre à nous tout à l'heure, pour le repas de Noël. J'aimerais savoir dès maintenant combien nous serons à table.

– Je... Eh bien, je ne crois pas pouvoir être des vôtres, madame O'Toole, répondit Catherine tout en respirant à regret les délicieux fumets qui, montant de la cuisine, filtraient sous la porte.

– Tant pis. Dans ce cas, je vous monterai un plateau. Votre frère compte-t-il prendre son repas avec nous?

Votre frère... C'est ainsi qu'elle avait présenté Michaël lorsqu'ils étaient arrivés dans cette petite pension de famille, deux jours plus tôt.

– Je crois qu'il déjeunera avec vous, répondit-elle à travers la porte.

Satisfaite, la vieille dame s'éloigna et Catherine retourna à la table sur laquelle les manuscrits étaient étalés. Le cinquième rouleau était vraiment en piteux état. Elle relut la dernière phrase traduite : *Nous sommes faits de Dieu... nous retournons à Dieu.* Fermant les yeux, la jeune femme vit défiler derrière ses paupières des images fugitives dont elle ne savait si elles provenaient purement de son imagination ou bien s'il s'agissait de visions nées d'une profonde communion d'esprit avec Sabina. Parfois, elle avait même l'impression de voyager à ses côtés dans les rues d'Alexandrie, de sentir la fraîcheur des temples sur son front, de respirer les parfums de jardins antiques. Et de rencontrer, avec la prophétesse, les dieux sauveurs des temps de légende.

Elle travailla encore quelque temps puis, fatiguée, se leva pour aller regarder la rue par la fenêtre. La nuit précédente, des chants de Noël entonnés par des voix enfantines étaient montés jusqu'à la chambre. Le quartier scintillait de guirlandes lumineuses et d'arbres étoilés. Michaël avait assisté à la messe de minuit ainsi qu'au premier office du matin. Elle savait qu'il aurait aimé l'avoir à ses côtés. De plus, il éprouvait un sentiment de culpabilité à l'idée de pouvoir circuler librement dans la ville tandis qu'elle demeurait cloîtrée. Mais, malgré la nostalgie qui lui étreignait le cœur en cette période de fête, Catherine se sentait incapable de se joindre aux libations générales.

Mme O'Toole, accompagnée de sa sœur, s'était rendue à la grand-messe de minuit avec Michaël. Catherine les avait entendus rentrer aux alentours d'une heure du matin. Mme O'Toole avait invité Michaël à partager un verre de sherry pour la circonstance.

Des voix à travers les murs. Des chants montant de la rue... Partout des scènes de liesse et d'espoir. Et elle, seule dans la petite chambre, traduisant avec acharnement le texte de Sabina, espérant découvrir enfin l'énigme de sa vie et de sa mort. Découvrir aussi où se trouvait le septième rouleau.

La traduction du cinquième manuscrit était presque achevée, à présent. Il n'en restait plus qu'un en sa possession après celui-là. Et si elle ne réussissait pas à retrouver le suivant, tout serait fini.

On frappa un coup sec à la porte. C'était Michaël. Catherine le fit entrer et referma vivement la porte derrière lui, frissonnant dans le courant d'air froid qui montait de l'escalier.

– Allumez la télévision, dit-il aussitôt. Vite.

– Pourquoi ?

– J'ai vu quelque chose dans la rue, à travers la vitrine d'un magasin de vidéo. Dépêchez-vous, bon sang !

Elle saisit la télécommande et commença à zapper de chaîne en chaîne jusqu'à ce qu'elle tombe sur un flash d'informations. A sa grande surprise, elle vit sa photographie s'afficher à l'écran, suivie immédiatement par un cliché du fragment de papyrus trouvé dans les tranchées creusées par Hungerford.

– Qu'est-ce qu'ils ont encore inventé ? dit-elle avec impatience.

Michaël retira son chapeau et ses gants. Avec sa soutane et son long manteau noir, il avait l'allure d'un homme d'un autre âge.

« Des tests au radio-carbone ont été effectués à l'Institut technologique de Paris, commentait le speaker, tandis que, parallèlement, des paléographes étudiaient en Angleterre et en Allemagne le fragment retrouvé dans la tente du Dr Alexander lors des fouilles qu'elle effectuait en Egypte. Une première datation situe le papyrus aux alentours des premières années suivant la naissance du Christ. Une analyse spectrographique de l'écriture confirme ce premier diagnostic. »

– Sensationnel ! s'exclama Catherine.

Mais Michaël leva une main prudente.

– Attendez plutôt la suite...

« L'analyse du fragment aux infrarouges, poursuivait le présentateur, a révélé une autre écriture, plus ancienne, sous le texte visible. Il s'agirait d'une lettre de créance que l'on situe aux environs du règne de l'empereur Claude... »

– Ce n'est pas inhabituel, observa Catherine. Les papyrus étaient fréquemment réutilisés car ils coûtaient très cher.

Mais le journaliste n'en avait pas encore terminé :

« A l'occasion de cette étude spectrométrique, une autre découverte a été faite. Le papyrus porterait également le cachet suivant, que vous voyez en détail à l'écran... »

L'image agrandie d'un morceau de papyrus apparut à la télévision, montrant les mots suivants, à demi effacés par le temps : *Musée d'Antiquités, 4.11.45.*

Catherine fronça les sourcils.

– Ce serait un papyrus volé ?

Le journaliste interrogeait à présent un scientifique de l'université de Denver.

« Notre laboratoire a reçu un échantillon du papyrus, disait celui-ci, et nous l'avons examiné au microscope électronique. L'encre contenait de l'anatase, du dioxyde de titane, éléments qui n'ont été découverts que dans les années 1920. Un deuxième examen aux rayons X a confirmé ce premier diagnostic : l'encre utilisée pour ce cachet est de fabrication contemporaine... »

Suivait la retransmission d'un programme de la télévision égyptienne. Un homme à l'air triste apparut en gros plan tandis que son nom s'inscrivait au bas de l'écran : *Nicholas Papazian*. Le commentaire de la chaîne arabe était traduit en voix off par la télévision américaine :

« Cet homme, propriétaire d'une boutique d'antiquités du Caire, s'est présenté la nuit dernière à la police et a fait une confession inattendue. Il a avoué être l'auteur des manuscrits du Sinaï actuellement recherchés dans le monde entier. “ J'ai rédigé moi-même ces faux à la demande expresse du Dr Alexander ”, a assuré Nicholas Papazian... »

– Quoi ? cria Catherine en se levant brusquement. Mais je n'ai jamais vu cet homme !

Elle coupa brusquement le programme et se mit à arpenter la pièce d'un pas nerveux.

– Je connais les Papazian de réputation. Toute la famille s'adonne au commerce d'antiquités et, surtout, à l'exportation illégale d'objets de valeur. Ils ont étendu leur réseau dans le monde entier. Nicholas Papazian est un homme extrêmement riche et il a pignon sur rue. Mais en réalité c'est un escroc, comme tous ses proches.

Michaël secoua la tête, l'air désemparé.

– Je n'y comprends plus rien. Pourquoi avouer un délit qu'il n'a pas commis ?

Catherine se planta devant lui.

– Parce que Havers l'a payé pour ça. Il cherche à me salir par tous les moyens. Papazian est riche mais avide. Il a dû exiger une grosse somme. Mais Havers a les moyens...

L'air soucieux, elle se tourna vers le poste de télévision à présent éteint.

– Croyez-moi, Michaël, j'étais là lorsque les hommes de Hungerford ont découvert le fragment. Et c'est moi, plus tard, qui ai trouvé le panier contenant les manuscrits. Il était enterré profondément dans le sol, enfoui depuis des siècles et des siècles sous le sable du désert. Ils sont *authentiques*, Michaël... Et l'analyse spectrographique que j'ai réalisée moi-même à la Fondation de San José nous l'a confirmé. (Elle soupira.) Si seulement je pouvais avoir une copie du premier fragment que j'ai abandonné dans ma tente...

– Aucun problème, répondit Michaël en saisissant son manteau. Si l'information est arrivée d'Egypte la nuit dernière, la photo de ce fragment doit être dans les journaux de ce matin. Je reviens tout de suite...

Catherine se laissa tomber sur le lit, les pensées en déroute. Elle entendit à peine Michaël revenir dans la chambre, quelques minutes plus tard, rapportant un exemplaire d'un journal trouvé au rez-de-chaussée de la pension, sur la table du salon.

La nouvelle rapportée par la télévision occupait la première page, illustrée par des photos de Catherine, de Papazian et du fragment. MYSTIFICATION ! titrait en gros l'hebdomadaire.

Catherine prit le journal et étudia de près la photographie du fragment.

– C'est bizarre, murmura-t-elle au bout de quelques instants.

Elle alla chercher dans son sac les manuscrits qu'elle déroula avec soin sur la table.

– Regardez ici, dit-elle en désignant la feuille à laquelle manquait le fragment retrouvé par les hommes de Hungerford.

Michaël approcha la lumière et se pencha.

– Vous voyez la déchirure, en bas ? reprit Catherine avec vivacité. Ce n'est pas la même que sur la photo. Michaël... Le fragment photographié dans le journal et analysé par le laboratoire de Denver n'est *pas* celui que j'ai laissé dans ma tente !

Ils se regardèrent un instant en silence, mesurant la portée de cette découverte.

– Papazian a peut-être exécuté ce faux, reprit Catherine, ou bien il l'a fait faire. Il est très possible que le gouvernement égyptien ne soit même pas au courant de cette manœuvre.

– Cela sera difficile à prouver. A moins que vous ne sortiez de votre cachette pour clamer la vérité au grand jour.

– Pas question. C'est justement ce que Havers cherche à me faire faire. (Elle réfléchit quelques instants, puis son visage s'éclaira soudain.) Attendez ! Il y a peut-être une solution. Avant de quitter le Sinaï, j'ai adressé un petit fragment du papyrus à un ami vivant à Zurich, Hans Schuller, un scientifique. Il travaille justement dans un labo spécialisé dans les datations au carbone...

Vivement, elle saisit son agenda et commença à le feuilleter.

– Ah... voilà son numéro...

– Vous allez l'appeler maintenant ?

– On peut lui faire confiance. Je vais tenter de le joindre au labo.

– Mais c'est Noël !

– Vous avez raison, soupira Catherine. Il me semble parfois avoir perdu toute notion du temps.

Elle composa le numéro personnel de Schuller. Heureusement, il était chez lui. La conversation ne dura que cinq minutes. Michaël gardait les yeux fixés sur le visage de Catherine.

Il la vit froncer les sourcils puis répondre d'une voix calme, trop calme :

– Ah, c'est fâcheux, bien sûr... Oui, oui, il se sera égaré, certainement. Ce sont des choses qui arrivent. Comment ? D'où je vous appelle ? (Elle raccrocha précipitamment et jeta un regard tendu à Michaël.) Quelqu'un l'a prévenu...

– Que s'est-il passé ?

– Il a commencé par me dire que le fragment n'était jamais arrivé à destination – ce qui est certainement un mensonge. Puis il a insisté pour savoir où je me trouvais. (Elle secoua la tête, désorientée.) C'est incroyable, Michaël... Schuller était pourtant un homme de confiance. Havers peut-il donc corrompre n'importe qui ? A moins qu'il n'agisse par le biais de la menace. Beaucoup de gens ont des cadavres dans leurs placards. Havers est un malin. Il utilise la peur ou l'avidité qui sommeille en chacun de nous pour parvenir à ses fins.

Accablée, elle se laissa tomber sur le lit.

– Seigneur ! soupira-t-elle au bout d'un moment. Comme je suis fatiguée... J'espère en tout cas que la conversation téléphonique a été assez brève pour qu'on ne puisse localiser mon appel. (Elle fit une pause et ajouta en regardant Michaël :) Il est l'heure d'aller rejoindre Mme O'Toole pour le déjeuner.

– Pas question. Je reste avec vous.

– Elle compte sur vous. Votre absence serait sans doute mal interprétée. C'est une excellente femme. Mais elle doit parfois se demander ce que je fais, toute seule, enfermée nuit et jour dans ma chambre.

Il vint s'asseoir à ses côtés.

– Catherine, je comprends que vous soyez découragée. Mais tenez bon. Personne ne nous trouvera ici. Et bientôt, tout sera fini.

Et alors vous et moi nous nous séparerons, pensa Catherine. Elle se leva pour se diriger vers le petit bureau sur lequel le cinquième manuscrit attendait d'être complètement déchiffré.

– Je vais continuer à travailler, dit-elle. Plus vite nous arriverons au bout de cette traduction, mieux ce sera.

– Est-ce que vous vous sentez bien ?

Elle leva vers lui un regard déterminé.

– Ne vous faites pas de souci, Michaël. Je suis si furieuse contre Havers que la rage me donne des ailes. Jamais je ne le laisserai gagner la partie, soyez-en certain !

Julius appela d'une cabine téléphonique située dans un petit centre commercial de la Pacific Coast Highway.

– Je souhaite laisser un message, dit-il rapidement tout en continuant à observer le trafic du coin de l'œil. Je vais vous épeler le nom de la personne qui viendra le chercher...

Tout en parlant, il posa sur la tablette le journal glissé sous son bras. Un seul mot explosait à la une : MYSTIFICATION ! En découvrant ce nouveau rebondissement médiatique, ce matin, Julius n'avait pu y croire. Il avait vu les manuscrits lui-même et aurait pu jurer qu'ils étaient authentiques. Par ailleurs, Catherine connaissait bien son affaire. Elle ne se serait jamais laissé prendre à un trucage aussi grossier. Cela devait être une nouvelle machination de ceux qui la poursuivaient. Ce qui prouvait qu'elle était encore en danger...

– Voulez-vous me relire le message ? dit-il dans l'appareil.

Quand il se fut assuré que son correspondant avait correctement enregistré ses paroles, Julius raccrocha et consulta sa montre. Camilla Williams, du *Eye Witness News*, lui avait promis que l'interview qu'ils venaient d'enregistrer passerait sur le réseau national. Ce qui augmentait les chances que Catherine puisse saisir l'émission au vol – si toutefois elle regardait la télévision.

Demain, elle apprendrait enfin la vérité, et cette épouvantable affaire serait terminée. Il n'y avait pas de septième manuscrit, pas de conclusion sensationnelle à ces papyrus exhumés des sables du désert. Catherine pourrait réapparaître au grand jour, abandonner ce projet délirant de sauver l'humanité. Elle finirait bien par réduire au silence ses accusateurs.

Et ils pourraient enfin, tous deux, reprendre leur vie normale. Ensemble. Comme avant.

– Puis-je vous demander, révérend Bradshaw, comment vous vous êtes procuré cette photocopie ?

Ils étaient installés dans le bureau ovale et le président ne paraissait guère apprécier cet entretien tardif. Mais son visiteur était un homme influent sur le plan politique.

– Je ne suis pas autorisé à vous le révéler, monsieur le président. Mais j'ai fait cette traduction, et c'est la raison pour laquelle je me suis permis de me présenter à vous le soir de Noël.

Le président soupira.

– Et que dit cette traduction ?

– Que le soi-disant Sauveur auquel le papyrus se réfère constamment n'est pas Notre Seigneur Jésus-Christ mais l'une de ces idoles païennes à tête d'animal qui pullulaient pendant l'Antiquité. Bref, monsieur, il s'agit bel et bien d'un blasphème.

Violemment ému, le révérend sortit un mouchoir pour essuyer son front couvert de sueur.

– Comprenez-moi bien, monsieur le président. Cette œuvre du diable n'a qu'un seul but : faire croire au monde que Jésus-Christ n'était qu'un imitateur, que ses disciples ont répété de lointains rites païens, que la chrétienté n'est que... qu'un vulgaire simulacre, une comédie issue des pires temps de la barbarie !

Il s'arrêta, épuisé, et respira plusieurs fois pour tenter de retrouver son calme. Son interlocuteur l'observait, perplexe.

– Tenez, reprit Bradshaw en posant sur le bureau l'une des photographies des manuscrits. Regardez ce passage. On y écrit que le dieu Mars naquit d'une vierge et fut déposé dans une crèche, tout comme notre Sauveur. Il y est dit aussi qu'on l'appelait « le Rédempteur » et qu'il est mort pour racheter les péchés des hommes ! (De plus en plus énervé, le révérend tournait au cramoisi.) Mars ! grommela-t-il, un sauveur ! Cette idole de pierre adorée par les païens ! Quelle infamie !

Le président toussota.

– Je comprends, mon révérend, mais j'aimerais que vous en veniez à l'objet de votre visite...

– Monsieur, tout le monde sait que vous êtes croyant et que vous respectez l'ordre religieux. Vous ne permettrez donc pas qu'une telle obscénité perdure.

Tout en parlant, Bradshaw glissa sous les yeux du président une liasse de journaux et de magazines. Sur la une de l'un d'entre eux, un titre provocateur annonçait en grosses lettres : JÉSUS-CHRIST N'ÉTAIT PAS LE PREMIER !

– Monsieur le président, nous ne pouvons laisser de tels mensonges se répandre dans le pays ! Sinon, ce sera le chaos, la décadence ! Ce... ce sera Sodome !

Le président laissa échapper un nouveau soupir et repoussa le journal avec une expression de dégoût.

– Que souhaitez-vous que je fasse, révérend ?
– Ne remettez pas les manuscrits aux Egyptiens. Ils les exposeront aux regards de tous ! Il faut *brûler* ces rouleaux ignominieux !
– Avez-vous entendu les informations de ce matin ? Il semblerait que ces manuscrits soient des faux...
Le révérend secoua la tête.
– Je n'en crois rien. Sinon, pourquoi cette femme continuerait-elle de les cacher ? Cette histoire de faux est sûrement un complot manigancé par le gouvernement égyptien pour rentrer en possession des rouleaux. Lorsqu'ils les détiendront, ils déclareront alors qu'ils se sont trompés et qu'ils sont bien authentiques. Puis ils les livreront aux millions de touristes qui afflueront du monde entier ! Ce qui signifiera la mort de la chrétienté !
La véhémence du vieux Bradshaw commençait à fatiguer le président.
– Je comprends votre émoi. Mais rappelez-vous que, pour l'heure, ces manuscrits ne sont toujours pas en notre possession.
– Certes, certes. Mais vous en avez les photographies.
Le président eut un lent sourire.
– Vous êtes bien affirmatif...
Bradshaw s'agita sur sa chaise.
– Monsieur, ce n'est pas le moment de jouer sur les mots. Je sais de source sûre que vos services possèdent ces clichés. C'est pourquoi je vous supplie d'intervenir – sinon en tant que chef d'Etat, du moins en tant que chrétien – et d'accélérer les efforts de votre gouvernement pour récupérer les manuscrits. Ensuite, il faudra les détruire.
Le président se leva, indiquant par là que l'entretien était terminé.
– Au revoir, révérend. Soyez assuré que nous ferons tout ce qui est en notre pouvoir. Pour l'instant, il n'est pas question de détruire quoi que ce soit. Mais de découvrir toute la vérité sur ces rouleaux.

A une douzaine de kilomètres du centre de Washington, le quartier général de la CIA s'étendait sur un terrain de plus de cent vingt hectares. Dans un des nombreux laboratoires situés dans les sous-sols, une équipe d'experts travaillait jour et nuit à la traduction des manuscrits, d'après les photographies trouvées dans l'appartement de Daniel Stevenson.

Ils avaient reçu l'ordre de communiquer immédiatement au président toute nouvelle information susceptible de mettre en péril les relations diplomatiques, déjà fragilisées, avec le gouvernement égyptien.

La nuit était déjà avancée lorsqu'un des chercheurs – un éminent linguiste spécialisé dans le grec ancien – entreprit la traduction de la dernière phrase apparaissant au bas de l'un des manuscrits photographiés.

– Oh mon Dieu ! s'exclama-t-il soudain.

Les autres chercheurs levèrent la tête de concert.

– Vite, dit le savant, appelez tout de suite la Maison-Blanche...

CINQUIÈME MANUSCRIT

(suite)

– Méfie-toi de ce peuple, m'avertit Claudia quand j'arrivai dans le pays de Bretagne.

Elle parlait des Hyperboréens, ceux qui habitent les contrées du Nord, les légendaires Arimaspi qui règnent sur un royaume toujours recouvert de nuages, là-bas, au sommet de la Terre. Elle me mit aussi en garde contre les Lilliputiens, contre le peuple des Sirènes et contre les chats qui volent le souffle des bébés sur leurs lèvres.

Claudia était la femme du centurion romain responsable de ce poste avancé sur la frontière du Nord. En l'écoutant, je compris à quel point elle était tombée sous l'emprise de ce pays étrange et toujours noyé dans les brumes.

Je m'y étais rendue avec un certain pressentiment et pourtant, là-bas, je me mis moi aussi à aimer les nuages et la pluie, le brouillard, les forêts de chênes ensorcelantes, peuplées d'esprits et de fées, les plaines ondulant sous le vent.

C'est ici, chère Perpetua, que mon cœur trouva une âme-sœur.

Lorsque je vivais encore à Antioche, j'avais entendu parler du dieu Esculape, mais jamais encore je n'avais pénétré dans l'un de ses temples. En Bretagne, nous nous trouvions sur une frontière militaire et les premiers bâtiments qui y furent édifiés furent naturellement des postes de garnison et des hôpitaux. On y bâtit aussi un temple dédié à ce dieu. C'était une construction magnifique.

Au-dessus du porche principal étaient écrits ces mots :

Avant tout, ne nuis pas. *J'appris que c'était la première règle des adeptes d'Esculape. Ils étaient médecins, Perpetua. Ils avaient voué leur vie aux malades.*

Ce fut là, dans ce temple, que je tombai amoureuse.

Philos était un homme d'une grande beauté. Il avait une passion pour le savoir et connaissait tous les arcanes de l'art de guérir. Nous nous éprîmes l'un de l'autre et nous nous mariâmes dans cette île brumeuse. L'amour de Philos fut un baume pour mon chagrin, car je n'avais jamais pu oublier le massacre de ma famille à Antioche.

Quand je lui parlai du Juste, il me dit qu'il m'aiderait à le trouver...

TREIZIÈME JOUR

Dimanche 26 décembre 1999

Quelque chose éveilla Erica.

Elle ne sut pas tout de suite ce que c'était. Les aiguilles lumineuses de sa pendulette indiquaient trois heures du matin. Prêtant l'oreille, elle regarda à côté d'elle, dans le lit, et vit que Miles ne s'était pas couché.

Encore une fois.

Durant toutes ces dernières années, quand il était plongé dans une importante transaction commerciale ou qu'il élaborait un nouveau programme informatique, il avait coutume de dormir peu. Mais, à présent, Erica avait l'impression qu'il ne se reposait quasiment plus jamais. Elle avait trouvé le lit vide plus souvent que d'habitude.

Sans doute était-il soucieux, après l'action antitrust entamée par le département de la Justice, désireux de stopper la vente du logiciel Dianuba 2000. Vingt-cinq millions d'exemplaires de ce software étaient déjà en place dans le monde entier, attendant d'être commercialisés le 1er janvier, pour le début du nouveau millénaire. Du moins si tout allait bien.

Mais il n'y avait pas que cela. En y réfléchissant bien, Erica trouvait vraiment bizarre la déclaration faite par Miles à la presse, à propos des manuscrits. Jamais, jusqu'ici, elle n'avait imaginé qu'il se serait intéressé d'aussi près au rachat de ces papyrus. Le FBI était venu la veille pour poser une quantité de questions. Et tout cela pour découvrir finalement que le Dr Alexander avait fait réaliser de faux documents !

Miles doit être horriblement déçu, pensa Erica en se levant. Il faut absolument qu'il se repose, sinon il tombera malade. Elle enfila sa robe de chambre et se dirigea vers la porte. Il fallait obliger Miles à regagner leur chambre. Elle savait comment le consoler...

Miles était assis à son bureau. Son téléphone cellulaire calé au creux de l'épaule, il écoutait Titus faire le point des derniers mouvements du Dr Alexander.

– C'est une maligne. Jusqu'ici, elle ne s'est pas reconnectée sur le Net mais, avec la pression médiatique, elle va finir par craquer. Par contre, j'ai une bonne nouvelle. Comme prévu, elle a cherché à entrer en contact avec Schuller.

– Avez-vous eu le temps de localiser l'appel ?

– Elle s'est méfiée et a raccroché très vite. N'empêche... J'ai l'impression qu'elle commence à s'énerver. Elle ne va pas tarder à donner de nouveaux signes de vie. C'est une question de temps.

Miles réfléchit. *Une question de temps...* Sans doute, mais le temps pouvait aussi jouer contre lui. A l'heure actuelle, Catherine Alexander continuait toujours à chercher le septième manuscrit et, s'il n'agissait pas au plus vite, elle finirait bien par le dénicher. La solution se trouvait peut-être dans le texte des six autres papyrus.

Fronçant les sourcils, il se rappela le passage que son contact du Caire lui avait renvoyé après traduction. On y parlait d'un roi, un certain « Tymbos »... C'était peut-être là que se cachait le secret du septième rouleau. Il fallait accélérer le mouvement.

Sans apercevoir Erica qui, tout doucement, venait de se glisser dans le bureau, il dit :

– Titus, il faut que tout soit réglé dans les jours qui viennent. Cette affaire dure depuis trop longtemps. Débrouille-toi pour trouver la fille et le prêtre. Je ne veux pas savoir comment tu te débarrasseras d'eux. Tout ce que je veux, ce sont les manuscrits et le portable.

Soudain très pâle, Erica recula dans l'ombre et referma la porte sans bruit.

– Michaël ? Ouvrez... C'est moi.

Torse nu, une serviette de toilette autour du cou et les joues couvertes de crème à raser, il obéit. Catherine se glissa rapidement dans la chambre.

– Allumez la télévision. Vite !

– Qu'est-ce qui se passe ?

– C'est Julius...

Apercevant enfin la télécommande, elle fit défiler les chaînes jusqu'à ce qu'elle tombe sur un bulletin d'informations. Il ne fallut pas attendre longtemps pour voir apparaître le visage de Julius Voss à l'écran. Assis dans son bureau du Freers Institute, il donnait une conférence de presse.

« Dr Voss, interrogea une journaliste, pouvez-vous nous dire ce qui vous a poussé à sortir enfin de votre silence ? »

Catherine regardait, médusée. En quelques jours, Julius semblait avoir vieilli de dix ans. Son visage était pâle, tiré, et de grands cernes sombres creusaient ses yeux.

Regardant la caméra en face, il articula lentement :

« Je tenais à dire ceci : Catherine, si tu m'écoutes, arrête cette folie et reviens à la maison. J'ai besoin de toi. Je ne peux poursuivre le projet Meritites tout seul. Souviens-toi, nous avons toujours remarquablement travaillé ensemble. Te rappelles-tu la première fois ? »

Michaël jeta un coup d'œil à Catherine.

– *Meritites* ? N'est-ce pas le nom que vous aviez utilisé pour laisser un message sur le répondeur de Julius ?

– Chut ! fit la jeune femme. Il essaie de m'expliquer quelque chose, j'en suis sûre...

« Souviens-toi de la *première fois*, poursuivait Julius. Ce projet Meritites nous a toujours passionnés. Reviens, Catherine... (Puis, se tournant vers les journalistes, il conclut :) C'est tout ce que j'avais à dire... »

Aussitôt, un concert d'exclamations, de questions et de commentaires fusa du parterre de la presse. Mais Julius, le visage creusé, voûté comme s'il n'avait pas dormi depuis des semaines, se leva et quitta son bureau sans un mot de plus.

Catherine éteignit la télévision et se dirigea vers le téléphone. Tout en composant le numéro des renseignements, elle expliqua :

– Meritites, c'est aussi une référence à notre première rencontre. Rappelez-vous, il a beaucoup insisté sur « *la première fois* ». Je me demande si... Allô ? Ah, je vous remercie...

Elle raccrocha et, cette fois, composa le numéro de l'hôtel Halekulani, à Honolulu. L'oreille sur l'écouteur, elle reprit :

– Julius et moi avons passé notre première nuit dans cet hôtel. Peut-être a-t-il laissé un mot à mon intention ? (Elle s'interrompit, obtint le bureau de réception et demanda :) Ici madame Meritites. Je voudrais savoir si le Dr Julius Voss a laissé un message pour moi ?

Après quelques instants d'attente, elle griffonna quelques lignes sur son bloc-notes, remercia et raccrocha, un sourire aux lèvres.

– J'avais raison ! dit-elle en tendant la feuille à Michaël.

Il lut le message suivant : *Tu trouveras ce que tu cherches à Greensville Abbey. Demande Thomas de Monmouth.*

– Thomas de Monmouth ? Qui est-ce ?

– Aucune idée. Mais l'ordinateur nous permettra de situer Greensville Abbey en quelques minutes. Finissez de vous habiller et rejoignez-moi dans ma chambre.

Cinq minutes plus tard, il la trouva déjà installée devant le portable.

– Cette abbaye, si elle existe, doit figurer dans l'annuaire téléphonique d'Internet.

– N'est-ce pas imprudent ?

– Je vais faire vite...

Elle cliqua sur l'icône GALAXY, entra les données et, bientôt, une liste de noms et d'adresses commença à défiler sur l'écran.

Le téléphone de voiture se mit à sonner et le conducteur décrocha.

– Oui, monsieur Perez. Nous allons agir immédiatement.

Après avoir raccroché, il se tourna vers son compagnon.

– C'est le boss. Il faut se tenir prêts. La fille vient de se connecter sur le Net et ils sont en train de remonter l'appel.

Dans le QG de sa villa de Santa Fe, Havers regardait les signaux électroniques défiler sur les écrans des ordinateurs. Des lignes colorées zigzaguaient entre des points mouvants, représentant chacun un centre téléphonique. Son téléphone cellulaire collé à l'oreille, il restait en contact permanent avec Titus.

Soudain, Yamaguchi s'écria :

– Ça y est, le numéro d'appel a été repéré ! Elle est à Washington. Encore une minute et l'adresse va s'afficher sur l'écran...

– On la tient, annonça Havers au téléphone.

Les yeux rivés à l'ordinateur, il lut à haute voix :

– Pension O'Toole, N Street, Georgetown. Vas-y, Titus, lâche tes chiens...

– Hé ! fit Catherine, qu'est-ce que c'est que ça ?

Une icône se mit à clignoter en haut de l'écran et un message se déroula en ligne zéro : *Psst tu as reçu du courrier :)))*

– Quelqu'un vient de vous envoyer un message, dit Michaël.

Catherine fronça les sourcils.

– Bizarre. Je vais aller voir ce que c'est.

Elle cliqua sur l'icône E-MAIL puis sur NOUVEAUX MESSAGES. Un texte apparut à l'écran :

Date : dimanche 26 décembre 1999
Heure : 6:15:47
De : quelqu'un@dianuba.com
Sujet : URGENT
Message :
IL VOUS A TROUVÉE !

CINQUIÈME MANUSCRIT

(suite)

Cornelius Severus se rendit un jour à Chichester pour rencontrer le chef des Bretons. Mon mari Philos l'accompagna.

Pendant leur absence, Claudia me confia qu'elle était adepte de rituels druidiques secrets. J'avais déjà rencontré des Druides et appris qu'ils adoraient un dieu nommé Myrddin. Ils n'ont ni temples ni sanctuaires mais préfèrent célébrer leurs rites dans la nature, vénérant en particulier le chêne et le gui.

Il existe un lieu sacré dans les plaines du Sud, un lieu que l'on appelle « Les Pierres de Myrddin ». Les Druides prétendent que ces pierres sont tombées du ciel et qu'elles ont le pouvoir de guérir les maux des hommes.

J'aurais voulu les voir mais, entre-temps, j'avais donné le jour à un enfant, un fils que je baptisai Pindar. Je pensai que voyager en compagnie d'un si jeune enfant ne serait pas prudent.

J'entendis alors parler d'un dieu nommé Hesus. Les Druides le considèrent comme un Sauveur et un Rédempteur. Et je sus qu'il fallait malgré tout que je me rende dans les plaines du Sud pour en apprendre plus long sur lui.

Hesus était charpentier et l'arbre son emblème. Il fut crucifié avec un agneau – symbole de son innocence – pour racheter les péchés de l'humanité. Après sa mort, il descendit aux enfers et ressuscita. Il vécut il y a des milliers d'années, quand la terre était encore jeune.

Et ce fut là, Perpetua, que j'appris la cinquième des sept Vérités. Cette révélation ne fut pas soudaine mais se dévoila peu à peu à mon esprit tandis que j'assistais aux cérémonies sacrées des Druides. Je découvris aussi que l'enseignement d'Esculape : « Ne nuis jamais » se retrouvait dans la doctrine des Druides. Selon eux, nous devons respecter toutes les formes de vie créées par Dieu.

Voici ce qu'enseignent les Druides : laisse l'animal aller son chemin, ne détourne pas le cours de la rivière, laisse l'œuf dans le nid, le miel dans la ruche. Cultive ce qu'il te faut pour ta nourriture et laisse le reste à la terre. Ne vole pas, ne mens pas, ne tue pas. Demeure fidèle à ta famille et à tes amis. Honore la vie et la générosité dont elle fait preuve à ton égard. Ne te mêle pas de la vie des autres et cultive la paix entre les hommes.

Voici donc ce que j'appris, Perpetua : il faut respecter l'autre, tolérer ses différences et ses choix, ne pas opprimer sa liberté. C'est à ce prix aussi que nous retrouverons le chemin de notre pureté originelle.

Je ne savais pas encore, ma chère sœur, qu'il me faudrait recevoir une autre Vérité pour accéder enfin à la Lumière. Cette Vérité me fut révélée dans un pays plus étrange encore, après qu'une terrible tragédie eut à nouveau frappé ma vie.

QUATORZIÈME JOUR

Lundi 27 décembre 1999

Quand le train entra en gare, Catherine ouvrit les yeux pour découvrir un paysage d'hiver féerique.

Elle s'était endormie la tête sur l'épaule de Michaël, rassurée de sentir son bras qui l'encerclait tendrement, qui la protégeait. En se frottant les yeux, elle se redressa et regarda approcher la gare de Greensville. Le paysage était recouvert d'une épaisse couche de neige.

Après avoir lu le message anonyme adressé dans le e-mail de Catherine, ils avaient fait leurs bagages sans attendre et quitté la pension de Mme O'Toole. Dans un cybercafé de la ville, ils avaient acheté trente minutes de connexion sur le Net et trouvé enfin où se situait Greensville Abbey, sans risquer, cette fois, d'être repérés à la source. Ensuite, ils étaient montés dans le train de nuit en partance pour Montpellier, dans le Vermont. Après de nombreux détours et mille précautions pour atteindre la gare, ils étaient certains de n'avoir pas été suivis.

Le train s'arrêta le long du quai enneigé et ils descendirent, respirant un air si glacial qu'il leur brûlait les poumons. Michaël s'arrêta pour écarter d'un geste tendre une mèche de cheveux qui balayait la figure rougie de froid de Catherine.

– Pas trop épuisée ?

– Ça va. Et vous ?

Il hocha la tête et lui sourit. A la manière dont il la regardait, elle devina qu'il se remémorait leur fuite dans la nuit, serrés l'un contre l'autre dans un wagon bondé et mal chauffé, regardant défiler à travers la fenêtre les maisons éclairées de guirlandes de Noël. A un certain moment, il avait passé un bras autour des épaules de la jeune femme et, tout naturellement, elle s'était blottie contre lui avant de s'endormir.

– Je vais aller demander comment on peut se rendre à l'abbaye, dit Michaël.

Pendant qu'elle attendait son retour, Catherine repensa une nouvelle fois au mystérieux message reçu la veille dans sa boîte à lettres électronique. L'expéditeur avait préféré rester anonyme, et pourtant son intervention leur avait probablement sauvé la vie. Qui pouvait-il être ? L'un des membres du groupe Hawksbill ? Elle y avait pensé toute la nuit dans le train. L'animateur du groupe de discussion, Jean-Luc, avait été un ami proche de Danno. Mais, s'il s'agissait de lui, comment avait-il su que Havers les avait repérés ?

Elle en était là de ses réflexions lorsque Michaël revint avec une bonne nouvelle :

– J'ai rencontré un voyageur qui a garé sa voiture au parking. Il habite à une dizaine de kilomètres de l'abbaye et propose de nous y conduire. C'est une chance, car il n'y a aucun taxi et je vous vois mal y aller à pied. (Il frissonna et se frotta les mains.) Mon Dieu, quel froid ! Et cette neige... Voilà bien longtemps que je n'en avais pas vu. Je ne suis plus habitué à affronter des hivers aussi rudes...

Blottie dans une vallée des Green Mountains, cernée de profondes forêts, l'abbaye était occupée par une congrégation de bénédictines. Au dire de l'aimable voyageur qui les avait conduits jusque-là, l'ordre respectait une règle contemplative sévère mais acceptait malgré tout de recevoir des hôtes de passage désirant effectuer une retraite spirituelle.

Tandis qu'ils approchaient le long d'un chemin bordé d'arbres séculaires aux branches alourdies de neige, Catherine entendit des chants flotter dans l'air glacé. Les voix féminines étaient si pures, si célestes, qu'elle en fut profondément troublée. Ils se trouvèrent enfin devant un portail de bois perçant un haut mur de pierre. Michaël agita la petite cloche fixée à la porte. Les yeux sur l'enceinte fortifiée, Catherine vit dépasser les tours du couvent. La construction semblait fort ancienne.

Comme rien ne venait, Michaël sonna de nouveau. Tous deux étaient transis de froid. Finalement, des pas résonnèrent de l'autre côté et un volet coulissa sur la petite lucarne.

– Pouvons-nous entrer ? demanda Michaël. Nous désirerions, mon amie et moi, séjourner quelques jours à l'abbaye.

Il y eut un silence puis une clé grinça dans la serrure. La porte massive s'ouvrit et ils aperçurent une religieuse apparemment âgée qui leur faisait signe de la suivre. Elle les conduisit par un sentier pavé jusqu'à un escalier de pierre menant à une vaste salle d'accueil aussi silencieuse et froide qu'une église. Un parfum de cire à la citronnelle flottait dans l'air.

Toujours silencieuse, la religieuse disparut par une porte surmontée d'une ogive de style élisabéthain. Moins de deux minutes plus tard, une autre sœur se présenta devant les deux arrivants. Au vu de l'imposant trousseau de clés qui pendait à sa ceinture aux côtés d'un lourd chapelet de buis, il s'agissait à l'évidence de la mère supérieure.

– Bienvenue à l'abbaye, dit-elle. Je suis mère Elizabeth. Les visiteurs sont plutôt rares à cette époque de l'année. Par ailleurs, je vous précise que nous n'avons pas pour habitude de recevoir des hommes ici. (Elle jeta un regard en direction de Michaël.) Toutefois, nous acceptons les prêtres...

Catherine l'observa. Mère Elizabeth n'était plus toute jeune, mais son visage lisse et serein n'accusait pas les marques de l'âge. Son regard clair, ouvert, sa voix douce et mélodieuse ne masquaient pas pour autant la force et la détermination se dégageant de sa personne. Elle appartenait à cette catégorie de personnes qui ne s'en laissent pas conter.

Catherine préféra aller droit au but :

– A la vérité, ma mère, nous ne venons pas effectuer une retraite. Nous sommes à la recherche d'un manuscrit qui se trouverait dans votre couvent. Il s'agit du livre de Thomas de Monmouth.

Le visage de mère Elizabeth s'éclaira.

– Nous sommes effectivement très fières de posséder ce document. Il est en excellent état et ses illustrations sont splendides. Voilà des années que personne ne s'y intéresse plus et ce sera un plaisir pour moi que de vous le montrer. Suivez-moi.

Ils parcoururent de larges galeries voûtées bordées de statues de saints jusqu'à une bibliothèque aux murs tapissés de livres anciens. Un feu réconfortant brûlait dans la haute cheminée. L'ambiance était à la fois confortable et studieuse.

Michaël aperçut dans un coin de la vaste pièce plusieurs cartons empilés. D'après les étiquettes, il s'agissait de matériel informatique.

– Un don fait à notre abbaye, expliqua la supérieure. Malheureusement, je crains que cet acte généreux ne nous serve à rien. Qu'avons-nous besoin d'ordinateurs, je vous le demande ? Cependant, si nous nous en débarrassions, ce serait offenser notre donateur. Il va nous falloir trouver quelqu'un pour installer tout cela...

Michaël s'approcha et examina les emballages.

– C'est un matériel d'excellente qualité, observa-t-il. On y a même joint le logiciel Dianuba 2000. Je serais heureux de le mettre en place pour vous.

Enchantée, la mère supérieure le remercia puis déverrouilla la porte d'un placard au bas de l'une des bibliothèques. Elle en retira un portfolio de bonnes dimensions protégé par une couverture en cuir gravé.

– Il s'agit d'un parchemin en excellent état de conservation, expliqua-t-elle. Il date du XIIe siècle.

Catherine et Michaël s'approchèrent, fascinés. Mère Elizabeth ouvrit le portfolio. Un papier jauni apparut, recouvert d'une écriture élégante, encore parfaitement lisible. Des illustrations aux couleurs éclatantes ornaient le texte.

– Je vous le confie, dit la religieuse. Examinez-le à votre aise.

Ils s'installèrent, heureux de se retrouver dans cette pièce confortable et chaleureuse. Lisant à haute voix, Catherine commença à déchiffrer le texte rédigé en latin, traduisant au fur et à mesure :

– ... *aux calendes de juin, quand l'heure fut venue, les Romains envahirent les Stanhengues – les Pierres dressées – dans l'espoir de s'emparer d'Uther, le...* (elle fit courir son doigt sur les mots tracés à la plume.)... *dux Bellorum...*

– *Dux bellorum?* répéta Michaël. Cela signifie « chef des guerriers ». S'agirait-il de ce Uther?

– Nous pensons que ce nom désigne le roi Arthur, expliqua mère Elizabeth. Mais, à l'époque, les récits mêlaient étroitement réalité et légende. En réalité, nous ignorons si cette page, manifestement arrachée à un livre, s'inscrit dans le cycle de la légende du Roi Arthur...

Une cloche sonna au loin.

– Je dois vous quitter, reprit-elle. Travaillez sur ce document autant qu'il vous plaira. Je crois que vous feriez mieux de rester ici pour la nuit, car on annonce de nouvelles chutes de neige. Le dîner sera servi dans une heure, après les vêpres. Nous vous conduirons ensuite à vos chambres. Il y en a toujours de prêtes pour les hôtes de passage.

Lorsqu'elle eut disparu, Catherine reprit sa lecture.

– ... *Uther était le chef des Bretons. Les troupes romaines fondirent sur les Druides qui se trouvaient rassemblés ce jour-là dans ce lieu sacré. Ils étaient plus de cinq cents et tous furent égorgés, même les femmes et les enfants. La femme du commandant romain Cornelius Severus figurait au nombre des victimes et il fut éperdu de chagrin lorsqu'il comprit qu'il avait fait tuer sa propre épouse car celle-ci pratiquait le rite druidique à son insu. Elle s'appelait Sabina Fabianus et, après sa mort, on trouva, écrits de sa main, six livres de sorcellerie et de magie qui furent enterrés dans la tombe de la Grande Prêtresse Valeria, dans le Lieu saint.*

– Attendez une minute, intervint Michaël. Autant que je sache, Sabina n'était pas la femme de Cornelius Severus!

– En effet. L'histoire a dû être déformée au cours des siècles. Thomas de Monmouth a écrit ce récit près de mille ans après les événements. Nous savons cependant par les manuscrits du Sinaï que Sabina s'est rendue à Stonehenge – ici appelé Stanhengues – pour assister à une cérémonie druidique.

– Et qui est cette Valeria ?

– Probablement une prêtresse de la communauté des Druides.

Michaël réfléchissait.

– Tout ceci est extraordinaire, je l'avoue. Quant à la tombe dont il est fait mention, se pourrait-il qu'il s'agisse de ce puits que vous avez découvert au pied du Sinaï ?

Catherine secoua la tête.

– A vrai dire, je n'en ai aucune idée. Mais c'est possible. Dans ce cas, le squelette que j'ai aperçu serait celui de Valeria et non de Sabina...

– Que dit la suite du texte ?

Elle reprit sa lecture à haute voix :

– *... Du septième livre de Sabina dont parle la légende, il n'en existe point. Car, à ma connaissance, il ne fut jamais écrit...*

Leurs regards se croisèrent.

– Croyez-vous que cela soit vrai ? demanda Catherine en fronçant les sourcils. Dans ce cas, notre quête s'arrête bel et bien ici !

– Pas si vite. Comme vous l'avez dit tout à l'heure, Thomas de Monmouth a rédigé ces lignes mille ans plus tard. Il peut s'agir d'une erreur. Ne mentionne-t-il pas lui-même que la légende rapportait l'existence du septième livre ?

– Cela ne prouve rien. A l'époque, le merveilleux primait sur le souci de la réalité historique. La légende a très bien pu inventer un septième manuscrit qui, comme le dit de Monmouth, n'existe pas.

Il y eut un silence.

– Catherine, reprit Michaël, croyez-vous que Sabina ait été réellement tuée à Stonehenge ?

La jeune femme laissa échapper un soupir.

– Je ne suis plus sûre de rien. Il est vrai qu'il me reste encore un rouleau – le sixième – à déchiffrer. Il n'en demeure pas moins que tout cela semble très contradictoire. La Sabina auteur de la lettre à Perpetua paraît être au terme de sa vie. Alors que celle dont nous parle Thomas de Monmouth doit avoir aux environs de la trentaine...

Ils étudièrent encore quelques instants le parchemin puis le remirent soigneusement en place. Michaël décida de rejoindre les religieuses pour la cérémonie des vêpres, tandis que Catherine allait faire une promenade dans le parc, avant la tombée de la nuit. Le monastère, construit deux siècles auparavant, était impressionnant avec son architecture gothique, ses nombreuses tours et dépendances, ses statues et sa chapelle. Ici, on était hors du temps. Il régnait une paix réconfortante qui contrastait avec l'agitation du monde à la veille du troisième millénaire. Ici, avait expliqué l'abbesse, il n'y avait même pas de télévision.

Des voix pures s'élevèrent de la chapelle. *Laudate dominum omnes gentes. Laudate eum omnem populi...* On dirait des voix d'anges, pensa Catherine en réprimant un frisson. Tant de sérénité la remplissait à la fois de joie et de mélancolie. Elle se sentit brusquement très lasse. A quoi bon continuer cette folle course alors que tout se compliquait de jour en jour ? Julius lui manquait, Danno lui manquait. Elle pensa à sa mère et au bonheur qu'elle éprouverait à la sentir à ses côtés pour l'aider et la réconforter.

La nuit tombait, enveloppant la forêt d'ombres bleues et mauves. Le ciel lourd menaçait à chaque instant de s'entrouvrir pour déverser de nouvelles chutes de neige. Catherine se hâta en entendant la cloche du dîner résonner dans l'air glacial. Le repas fut servi dans une vaste salle à manger lambrissée de bois. Une douzaine de religieuses s'étaient rassemblées autour d'une longue table et le dîner se déroula dans un silence total. Un simple signe de la main, un claquement de doigts suffisaient à exprimer les besoins les plus ordinaires : verser de l'eau, faire circuler le pain. Le menu se révéla plutôt frugal : une soupe épaisse, une tranche de pain complet, une potée de légumes. Tout en mangeant, Catherine observa ces religieuses habituées à vivre une vie d'un autre âge, loin de l'agitation du siècle. Qu'y avait-il derrière ces visages sereins, ces sourires timides qu'elles lui adressaient parfois lorsque leurs regards se croisaient ? Leur chemin spirituel ne s'était probablement pas déroulé sans heurts, sans tempêtes intérieures. Mais la plupart étaient âgées maintenant, et le désir du monde s'était transformé en pure contemplation. Avaient-elles seulement une pensée pour ce qui se passait au-delà des hauts murs cernant le couvent ?

Comment réagiraient-elles en apprenant que Jésus-Christ, le Sauveur qu'elles adoraient et auquel elles avaient consacré leurs vies, s'inscrivait dans une continuité, une longue suites d'autres Sauveurs ?

Après le dîner, Michaël se joignit à elles pour célébrer les complies, mais Catherine préféra se retirer à la bibliothèque afin d'étudier une nouvelle fois le parchemin de Thomas de Monmouth. Assise près de la cheminée où crépitait un feu accueillant, elle entendait au loin les religieuses entonner des psaumes. La paix, l'amour habitaient ces chants purs, et une sourde nostalgie s'empara du cœur de Catherine. Elle regarda par la fenêtre la nuit envelopper le monde. La neige avait commencé à tomber pendant le dîner, couvrant le paysage d'un silence opaque et figé.

La neige...

Un détail lui revint alors en mémoire et elle se redressa, soudain tendue.

La neige...

Un peu plus tard, l'abbesse réapparut, accompagnée de Michaël, pour conduire ses hôtes à leurs chambres. Des cierges tremblotaient aux pieds des statues de saints nichées dans les murs des longs corridors de pierre.

La mère supérieure leur montra deux chambres simples mais confortables.

– Tout à l'heure, nous vous ferons monter de l'eau chaude, au cas où les tuyaux seraient gelés. Cela arrive lorsque l'hiver est aussi froid. Le petit déjeuner sera servi de bonne heure, juste après prime. Si vous voulez vous joindre à nous, vous serez les bienvenus. Bonne nuit...

Elle se retira et Michaël entra quelques minutes dans la chambre de Catherine.

– Des tuyaux gelés, répéta-t-il en frissonnant. Seigneur ! Voilà des lustres que je n'avais entendu parler de ce genre d'incident. Je ne suis plus guère habitué au froid.

Catherine installa le portable sur la table et déballa les quelques vêtements fourrés à la hâte dans son sac de gymnastique bleu. Elle réfléchissait.

– Michaël, dit-elle soudain en se tournant vers lui, vous avez dit à la gare que vous n'aviez plus vu de neige depuis longtemps. A présent, vous vous étonnez que les tuyaux gèlent en hiver. Je ne comprends pas. Si vous habitez à Chicago, vous devriez être accoutumé à un climat aussi rude.

Il la contempla un long moment en silence.

– Eh bien, ce n'est pas le cas, finit-il par dire.

– Pourtant, vous êtes bien de Chicago, n'est-ce pas ?

Nouveau silence.

– C'est vrai, répondit-il enfin. J'ai grandi là-bas.

La jeune femme fronça les sourcils.

– *Grandi ?* Vous n'y habitez plus ?

Une autre pause.

– Non.

– Depuis combien de temps ?

– Dix-huit ans. J'ai quitté la ville en 1981.

– Mais pourquoi ne m'en avoir rien dit ? (Elle le fixa.) Michaël, vous êtes bien prêtre, n'est-ce pas ?

Il la regarda, l'air soudain très malheureux.

– Mais oui, Cathy. Je suis prêtre...

– Mais alors, où étiez-vous, tout ce temps ? (Elle s'arrêta brusquement et ses yeux s'élargirent.) Oh, mon Dieu, non...

– Catherine...

La jeune femme fit un pas en arrière.

– Ce n'est pas vrai, n'est-ce pas ? Michaël, dites-moi que je me trompe !

– Laissez-moi vous expliquer...

– Vous êtes du Vatican, n'est-ce pas ? Vous avez vécu à Rome tout ce temps, c'est bien ça ?

Sa voix était devenue suraiguë.

– Catherine, je...

– Laissez-moi parler. Vous faites partie du Vatican, oui ou non ?

– Oui.

Elle se mit à trembler. Elle eut à nouveau l'impression que le sol se dérobait sous ses pieds, comme lorsqu'elle se trouvait prisonnière de l'île Atlantis.

– Alors, le jour où nous nous sommes rencontrés soi-disant par hasard à l'hôtel Isis, ce n'était pas une coïncidence ? Sale menteur ! Vous *saviez* qui j'étais...

Il hocha la tête en silence. Hors d'elle, elle le frappa durement au visage.

– Salaud ! Je n'arrive pas à le croire ! M'avoir trompée durant tout ce temps, m'avoir ensevelie sous vos misérables mensonges ! Et moi, idiote que j'étais, j'ai tout cru. Tout !

– Je n'ai jamais menti.

– Ah non ? (Elle lutta pour se contrôler.) Mais vous avez *omis* de dire la vérité. Belle hypocrisie ! Naturellement, vous avez des ordres, vous obéissez à votre hiérarchie. Cela doit vous donner bonne conscience ! Ah ! J'avais bien raison de me méfier de vous, au tout début ! (Elle eut une expression de dégoût.) Un *prêtre*, par-dessus le marché !

– Je vous en prie, laissez-moi vous expliquer, plaida-t-il en faisant un pas dans sa direction.

Aussitôt, Catherine recula comme si elle se trouvait devant un serpent venimeux.

– N'approchez pas ! A la minute où je vous ai vu, je me suis méfiée. J'aurais dû continuer ! Au lieu de cela, j'ai mis mon âme à nu, je vous ai accordé toute ma confiance. Parce que le monde entier était contre moi, j'ai cru avoir trouvé un ami sur lequel compter. Et voilà qu'une nouvelle fois j'ai tout perdu !

Elle criait à présent et sa voix allait résonner contre les voûtes des galeries. Michaël ferma doucement la porte de la chambre.

– Je vous en supplie, calmez-vous.

Le visage de la jeune femme était maintenant aussi dur et froid que du marbre.

– A quelle autorité obéissez-vous ?
– Cela n'a pas d'import...
– Répondez !
Voyant qu'il se taisait, elle le regarda fixement et ses yeux se remplirent de larmes.
– Oh mon Dieu. Vous travaillez pour le Bureau de l'Inquisition, j'en suis sûre. Celui-là même qui a détruit la vie de ma mère...
– Catherine, je ne suis pas rattaché directement à la Congrégation. Il se trouve seulement que...
– L'Inquisition ! répéta-t-elle d'une voix blanche.
– Mais laissez-moi m'expliquer ! Je ne travaille pas en permanence pour eux. Pour l'amour du ciel, Catherine, je ne suis pas Torquemada ! On m'a seulement confié cette mission exceptionnelle parce que le prêtre régulièrement affecté à ce genre d'affaires était tombé malade. Je...
– Et vous croyez que cela suffit à vous justifier ? Qu'étiez-vous censé faire, au juste ? Me voler les manuscrits pour les rapporter au Vatican, qui se serait empressé de les détruire ou de les cacher définitivement afin que le monde en ignore à tout jamais le contenu ? Quand je pense que vous faisiez mine de m'aider !...
– Cela ne s'est pas passé ainsi. On m'a seulement demandé de m'informer sur ce fragment de papyrus exhumé par les hommes de Hungerford. Colportée par les marchands qui désiraient en tirer profit, la nouvelle s'est répandue très vite. L'un d'entre eux a dû alerter Rome dans l'espoir d'une quelconque transaction commerciale. Comme je me trouvais dans la région, le Vatican m'a envoyé près de vous, pour en apprendre un peu plus.
– Dites plutôt qu'on vous a ordonné de m'espionner !
– Pas exactement. Mais tout est allé très vite, *trop* vite. Vous avez brusquement disparu et le cardinal Lefèvre m'a demandé de vous retrouver afin d'éclaircir la situation dans son ensemble. J'avais ordre de garder le secret sur cette mission. Voilà pourquoi je ne vous en ai jamais parlé. Seulement...
– Seulement j'ai été trop maligne, n'est-ce pas ? A quel moment comptiez-vous me voler les rouleaux ?

– Ce n'est pas du tout ça. Ce que je voulais vous dire, c'est que je suis resté auprès de vous pour vous *protéger*. Lorsque j'ai compris que l'on vous traquait, qu'on essayait de vous tuer, j'ai voulu vous aider. Mon Dieu, Catherine, pourquoi ne me croyez-vous pas ? Je souhaite de tout mon cœur vous soutenir dans cette entreprise.

Elle lui jeta un regard ironique.

– Mais naturellement ! Pendant que vous y êtes, pourquoi ne pas continuer vos mensonges ! Vous voilà maintenant transformé en garde du corps ! Décidément, j'aurai tout entendu ! (Elle eut un petit rire désenchanté.) Une fois établi que les manuscrits de Sabina sont bien de source chrétienne, qu'auriez-vous fait ?

– Je l'ignore. Je devais seulement en rendre compte au cardinal Lefèvre. Catherine, essayez au moins un instant de considérer cette affaire sous un autre angle. Le Vatican est très embarrassé. Le gouvernement égyptien réclame les rouleaux à cor et à cri. La Maison-Blanche est également impliquée dans l'affaire. Les autorités catholiques marchent sur la pointe des pieds. Si les manuscrits sont définitivement reconnus comme chrétiens, il est encore possible de négocier leur acquisition. Sans cela, l'Egypte a parfaitement le droit de les récupérer.

Soudain très lasse, la jeune femme se laissa tomber sur le lit. Une migraine atroce lui martelait les tempes.

– Vous m'avez trahie, dit-elle sourdement. Trahie ! A présent, je me retrouve plus seule que jamais. (Elle leva les yeux vers lui.) Allez-vous-en ! Vous entendez ? Allez-vous-en ! Je ne veux plus vous voir une seule seconde.

Tournant le dos, elle se dirigea vers la fenêtre, contemplant sans le voir le paysage enneigé qui luisait faiblement sous la lune. Une porte claqua dans son dos.

Michaël était parti.

Une demi-heure s'était écoulée. Catherine était restée assise sur le lit, prostrée, les pensées en déroute. Trente minutes à essayer de ne pas pleurer, de ne pas laisser cette trahison saper ses dernières forces, et la détourner de sa mission.

On frappa à la porte.

– Allez-vous-en ! cria-t-elle sans même lever la tête.

Mais c'était mère Elizabeth :

– Dr Alexander, vous avez un visiteur.

Un visiteur ? Intriguée, la jeune femme alla ouvrir. Julius se tenait sur le seuil, son regard chaud et tendre posé sur elle.

– Julius ! s'exclama Catherine en se jetant dans ses bras.

Ils s'étreignirent.

– Oh, Julius, comme tu m'as manqué !

L'abbesse s'éclaircit discrètement la gorge.

– Ma mère, dit Catherine, je vous présente mon fiancé, le Dr Julius Voss.

La religieuse inclina la tête.

– Vous vous rappelez sans doute que nous ne recevons, en principe, aucun homme au couvent ? (Voyant la mine défaite de la jeune femme, elle ajouta :) Eh bien... je pense que, dans ce cas précis, nous consentirons à faire une exception. Le Dr Voss s'installera au bout du couloir... (D'une voix catégorique, elle précisa :) En face de la chambre du père Garibaldi.

Catherine la remercia chaleureusement et, quand elle fut partie, attira Julius dans sa chambre pour le serrer dans ses bras.

– Ces derniers jours ont été si horribles, Julius !

Il l'écarta doucement de lui pour contempler sa chevelure d'un air horrifié.

– Mais qu'est-ce que tu as fait ?

– Il le fallait. On avait diffusé mon portrait-robot dans tous les journaux. Je craignais qu'un fanatique n'ait l'idée de me régler mon compte. Sans parler des autres...

Les larmes coulaient sur ses joues. La fatigue, le choc après la trahison de Michaël, la joie de revoir Julius, tout s'accumulait.

Ils échangèrent un long baiser. Lorsqu'ils se séparèrent enfin, Julius dit avec un sourire :

– Il me semble que ce n'est guère un comportement admissible dans un couvent !

Elle le couvait du regard, retrouvant avec bonheur son visage intelligent et régulier, ses yeux sombres et veloutés. Que Michaël retourne à ses inquisiteurs ! Julius était là, maintenant. Il allait l'aider, la réconforter. Elle n'était plus seule.

Essuyant d'une main tremblante ses joues mouillées, elle l'attira à côté d'elle au bord du lit.

– J'ai parfaitement compris le message que tu as diffusé à la télévision. Mais explique-moi comment tu as pu apprendre l'existence du document de Thomas de Monmouth ?

Il caressa tendrement la courbe de sa joue.

– Pour moi aussi, ces derniers jours ont été un véritable cauchemar. Je ne supportais pas de te voir ainsi traînée dans la boue. Alors j'ai tenté de te venir en aide. Pour commencer, j'ai passé des heures à chercher sur Internet des traces de l'existence de ce septième manuscrit. Je savais qu'il te serait difficile de te connecter sans risquer d'être repérée. (Il eut un petit rire.) Et dire qu'il suffisait d'aller consulter la bibliothèque du rabbin Goldmann ! C'est lui qui m'a mis sur la piste de Thomas de Monmouth.

D'un regard, il balaya la chambre monacale, vit le portable posé sur la petite table, le sac de gymnastique bleu que Catherine avait emporté en partant de chez lui, à Malibu. Cela ne faisait que quelques jours et, pourtant, il avait l'impression qu'une éternité s'était écoulée.

Serrant les mains de la jeune femme dans les siennes, il reprit :

– A présent que tu sais que le septième rouleau n'existe pas, nous allons enfin pouvoir reprendre une vie normale, ma chérie. Dès demain matin, je t'emmène avec moi.

Elle le regarda en fronçant les sourcils.

– Tu n'es pas sérieux, n'est-ce pas ? Rien ne prouve que ce septième manuscrit n'existe pas. Thomas de Monmouth a écrit son récit mille ans après la lettre de Sabina. Il faut chercher encore. Par ailleurs, il me reste encore à traduire le sixième rouleau. Je trouverai peut-être des indices utilisables.

– Catherine ! Nous ne pouvons pas rester ici ! Essaie de te faire une raison. Le septième manuscrit *n'existe pas* ! (Il la prit par les épaules pour la forcer à le regarder.) Chérie, tu sais que je suis de ton côté. Mais cette course folle n'a plus de raison d'être. Tu dois rentrer à la maison.

L'air buté, elle secoua la tête.

– Non, Julius. Rien n'est encore sûr. Je n'ai pas entrepris tout cela pour abandonner maintenant. Je sens que j'approche du but.

– Bon sang, Cathy ! Cette histoire tourne à l'obsession ! Ecoute. Il se trouve que j'ai des relations au département des antiquités du Caire. Ils sont disposés à conclure un accord, si tu consens à leur rendre les manuscrits. Naturellement, en échange, tu auras tout loisir de poursuivre des recherches sur le texte. Mais là-bas, en Egypte. Ainsi, tout rentrera dans l'ordre. Il ne te restera plus qu'à faire une mise au point officielle par l'intermédiaire des médias. Les poursuites contre toi seront abandonnées et les rouleaux bien à l'abri, au Musée du Caire. N'est-ce pas merveilleux ?

Elle le regarda sans comprendre.

– Julius, je ne peux – et je ne veux – travailler sous le contrôle de personne.

– Bon sang, reviens sur terre ! C'est ta seule chance de t'en sortir ! A l'heure actuelle, tous les services secrets sont à tes trousses. Sans parler de ce dingue de Havers. Le gouvernement égyptien est prêt à t'accorder son soutien. Que demander de plus ? Ils proposent même de mettre leurs experts à ta disposition, pour t'aider dans ton travail.

Catherine secoua la tête. D'autres experts ? Travailler sous le contrôle des autorités égyptiennes ? Certes, la proposition était tentante. Elle était lasse de vivre ainsi dans la clandestinité, lasse de risquer sa vie à chaque instant du jour et de la nuit. L'idée de retrouver la liberté de travailler suffisait à elle seule à faire fléchir sa résolution.

– Et pour mon chantier de fouilles ? Pourrai-je continuer ?

– Je crains que cela ne soit impossible.

– Pourquoi ?

– Ton autorisation a été suspendue. Du moins jusqu'au total éclaircissement de l'affaire.

La jeune femme soupira.

– Je ne peux leur en faire grief. Après tout, j'ai contrevenu aux lois en emportant avec moi les manuscrits.

– Serais-tu prête à les rendre aux Egyptiens ?

Elle resta pensive un long moment.

– Il faut que j'y réfléchisse encore, finit-elle par dire. Peut-être...

Julius respira, soulagé.

– Enfin ! Te voilà redevenue raisonnable.

– Ne va pas trop vite. Si j'acceptais, ce serait à une seule condition.

– Laquelle ?

– Que l'on m'autorise à entreprendre de nouvelles fouilles.

– Un nouveau chantier ?

– Le puits. Il faut que je sache *qui* y a été enseveli, Julius. Il se peut même qu'on y trouve d'autres papyrus.

Il secoua la tête.

– Cathy, c'est impossible.

– Pourquoi pas ? Si j'accepte de coopérer avec eux et de rendre les manuscrits...

– Ils sont en train de combler le puits.

Elle le regarda, interloquée.

– Quoi ?

– On l'a déclaré dangereux.

– Julius ! Ce n'est pas vrai, n'est-ce pas ?

– Malheureusement, si. Quant au squelette, il a été analysé et le rapport conclut que ces ossements ne présentent aucun intérêt historique.

Catherine se redressa, indignée.

– C'est un mensonge ! Julius, cette femme a bel et bien été enterrée il y a des siècles. Il s'agissait peut-être d'une prêtresse chrétienne et je suis persuadée qu'en cherchant encore on pourrait retrouver auprès de ses ossements des objets ou des documents d'un intérêt considérable ! (Les yeux de la jeune femme s'étrécirent.) Je comprends ce qui se passe. Ce rapport a été truqué parce que le gouvernement égyptien est soumis à des pressions considérables. Venant notamment du Vatican !

Michaël. Toi que je considérais comme mon meilleur ami. Tu es un traître. Un traître au service de l'Eglise !

– Catherine ! s'exclama Julius, stupéfait. Ce discours n'a aucun sens !

Elle s'écarta de lui.

– Bien sûr que si. Ils veulent faire silence sur la femme enterrée au fonds du puits... enterrée *vivante*, Julius, les mains et les pieds liés ! Si je rends les manuscrits aux Egyptiens ou au Vatican, ou à qui que ce soit, ils disparaîtront et plus personne n'en entendra jamais parler. Cette femme aura subi un épouvantable martyre pour rien ! Une femme exceptionnelle, qui a légué au monde un testament spirituel de la première importance ! (Elle posa sur lui un regard dur.) Mais cet aspect des choses ne semble guère te toucher...

Julius la regarda d'un air presque effrayé.

– Catherine ! Es-tu devenue folle ?

Elle recula encore, comme s'il s'était transformé en ennemi.

– Folle ? Oui, peut-être. Mais, à présent, je sais ce qu'il me reste à faire. Tu as bien fait de venir, Julius, et de me raconter tout cela. S'il me restait le moindre doute sur la nécessité de poursuivre ma mission, eh bien ! je n'en ai plus aucun. Je veux continuer à chercher le septième manuscrit, non seulement pour réparer l'injustice que l'Eglise a commise envers ma mère et pour venger la mort de Danno, mais aussi pour cette inconnue, enterrée vivante au fond du puits, et pour Sabina, Perpetua, Aemelia, pour toutes ces femmes que le conformisme religieux a voulu condamner à l'oubli. Je sais qu'il y a dans ces rouleaux un message qui changera bien des choses et je n'ai pas le droit de le cacher à tous ceux dont la vie sera transformée par cette révélation. Oui, j'ai transgressé les lois, Julius, et j'ai défié les autorités, que ce soit à l'étranger ou dans mon propre pays. Je t'ai sans doute perdu, toi aussi. Mais je ne peux plus m'arrêter. Plus maintenant.

– Catherine, je t'en prie, ne fais pas ça !...

– Rentre chez toi, Julius. Regagne la sécurité de ton Institut, de tes règles, de ta morale. Laisse-moi seule.

Elle ajouta en son for intérieur : Et emmène le père Garibaldi avec toi !

Julius se leva, très pâle. Ses yeux paraissaient plus sombres que jamais.

– Si c'est ainsi que tu vois les choses, très bien. Mais je te préviens, Catherine : si je pars maintenant, c'est pour de bon. Je ne reviendrai plus jamais.

Pour toute réponse, elle se leva à son tour et alla ouvrir la porte. Sans un mot, elle le regarda passer devant elle et s'éloigner dans le couloir.

Puis, refermant la porte, elle alla s'asseoir à la table, prit une profonde inspiration et se prépara à lire le dernier manuscrit.

SIXIÈME MANUSCRIT

Il y eut un terrible massacre à l'intérieur du cercle de pierres.

Nous étions pourtant une assemblée pacifique qui ne désirait rien d'autre qu'honorer la magie de ce lieu enchanté, observer le miracle du solstice d'été, quand les rayons du soleil viennent frapper directement l'autel.

Ce furent les Bretons qui nous attaquèrent, car il y avait parmi nous de nombreux Romains dont des femmes et des enfants. Beaucoup périrent ce jour-là. Pourtant, on aurait compté encore davantage de victimes si Cornelius Severus n'était pas arrivé à temps avec sa légion. Mon amie Claudia périt sous le tranchant d'une épée bretonne.

Puis vint le jour où Cornelius Severus annonça qu'il devait se rendre dans la colonie Agrippina, sur le Rhin. Il demanda à Philos, mon époux, de se joindre à sa suite car Severus ne voulait pas entreprendre un aussi long voyage sans la présence d'un médecin. Bien que le souvenir de mon précédent enfant, autrefois massacré à Antioche, m'ait rendue extrêmement protectrice à l'égard de mon fils, j'étais curieuse de connaître le pays des Germains. J'avais entendu dire qu'ils vénéraient eux aussi un dieu sauveur.

Philos étant de nature prudente, nous ne voyageâmes pas ensemble afin de ne pas exposer nos trois vies en même temps. J'embarquai sur l'un des six bateaux affrétés par Cornelius Severus, Philos voyagea sur un autre et notre fils, accompagné de sa nourrice, sur un troisième.

Pendant des jours et des jours, il n'y eut que les gémissements du vent dans les voiles, le craquement des bordages, les plaintes obsédantes de la houle. Enfin, la mer redevint calme. Nous restions aux aguets car des pirates venus du nord infestaient les océans, effectuant des raids sur les côtes de Gaule, pillant les paisibles communautés du littoral. Nous ne rencontrâmes aucun d'eux mais le destin nous exposa à un ennemi encore plus redoutable.

Des nuages noirs s'amoncelèrent rapidement à l'horizon et, bientôt, l'orage fondit sur nous. Des rafales d'une violence inouïe assaillirent les bateaux et les vagues se transformèrent en murs menaçants, bloquant toute visibilité et empêchant l'équipage de gouverner le navire. La mer se confondit avec le ciel en un énorme maelström liquide qui nous emporta vers le sud. La tempête malmenait nos fragiles vaisseaux comme s'ils n'avaient été que de simples bouchons, et elle les poussa vers des îles inconnues bordées de falaises déchiquetées. Le capitaine cria vainement des ordres mais il était trop tard et nous fûmes projetés sur les rochers. De nombreux hommes passèrent par-dessus bord et furent engloutis par les flots. Les mâts se brisèrent, les gréages s'effondrèrent. Les passagers roulaient les uns sur les autres, les marins s'efforçaient d'écoper vainement les torrents d'eau qui submergeaient le pont. Il fallut alléger le bateau et nous jetâmes à la mer les provisions, nos bagages et toute la cargaison. Les chevaux furent sacrifiés, eux aussi. Nous entendîmes leurs hennissements tandis qu'ils disparaissaient dans les flots tumultueux.

Même allégé, le navire continuait de prendre l'eau et les cales se trouvèrent rapidement inondées. Depuis longtemps, nous avions perdu de vue les autres embarcations qui naviguaient avec nous. Pendant un instant, nous aperçûmes l'une d'entre elles à travers le chaos des hautes lames. Le bateau était en feu. On aurait dit l'enfer flottant sur la mer déchaînée. Puis il se brisa net sur un récif et coula en quelques minutes. L'équipage et les passagers périrent tous.

C'était le bateau qui transportait mon mari Philos.

Notre propre navire fut drossé par une force mauvaise sur une côte rocheuse. Je vis une montagne d'eau s'abattre sur le pont pour nous entraîner vers les abîmes tourmentés de la mer. Je me souvins alors de la prophétie prononcée par cette magicienne qui vint rendre visite à mes parents, la nuit de ma naissance. Elle avait parlé d'une montagne d'eau et de la mer qui rejoindrait le ciel...

Quand le bateau coula, ma dernière pensée fut pour mon fils.

QUINZIÈME JOUR

Mardi 28 décembre 1999

L'aube pointait sur le désert, déroulant une immense couverture dorée sur un monde froid, encore ensommeillé. Erica conduisait la voiture sur la piste cahoteuse. Elle n'était pas certaine que Coyote Man serait là, mais sa famille et la police l'avaient cherché partout ailleurs sans le trouver.

Une semaine plus tôt, il l'avait emmenée non loin d'ici, dans un endroit appelé le Plateau des Nuages, et il lui avait dit que ce lieu était secret, que seuls les initiés le connaissaient.

Elle s'était alors sentie touchée par l'honneur qu'il lui faisait à elle, une Américaine, et une femme, de surcroît. A présent, tout en pilotant le 4×4 en direction de la montagne, Erica se demandait si le vieux chaman n'avait pas eu une idée derrière la tête en la conduisant ici.

Lorsqu'elle se retrouva au sommet, elle coupa le contact et regarda autour d'elle. Elle savait que Coyote Man aimait venir ici pour méditer et prier, dans l'espoir que le Kachina du Solstice consentirait enfin à quitter le monde souterrain.

Elle l'aperçut enfin et se dirigea vers lui. Le vieil homme était assis, les jambes croisées, sur une table de pierre dressée au bord de la falaise, face à l'est. Ses longs cheveux blancs flottaient dans le vent. Il était nu, le corps couvert d'argile.

Et il était mort.

Sœur Gabriel courait aussi vite que le lui permettaient ses quatre-vingts ans, tout en marmonnant que, dans toute l'histoire de l'abbaye, jamais on ne s'était permis de sonner aussi violemment au portail.

– Patience ! gémit-elle. J'arrive...

En pénétrant dans la cour intérieure tapissée de neige, elle sentit sur son visage la morsure glacée de l'aube et frissonna. Après avoir fait glisser le volet fermant la lucarne du portail, elle risqua un œil à travers la fente, cherchant à entrevoir les visiteurs si mal élevés qui avaient ameuté tout le couvent.

Sœur Gabriel distingua trois silhouettes qui trépignaient et battaient des bras pour lutter contre le froid. L'une d'entre elles s'approcha de la lucarne et brandit un insigne.

– FBI, ma'am. Nous devons entrer. Ouvrez.

C'était une voix d'homme, brutale, presque hostile. *Benedicite*, murmura Sœur Gabriel. Elle plissa les yeux pour lire le nom inscrit sur l'insigne. *Agent Strickland.*

– C'est à quel sujet, monsieur Strickland ?

– Nous voulons parler à votre supérieure, ma'am. Il semblerait qu'une personne ayant commis un crime se soit réfugiée dans votre abbaye.

– Dieu tout-puissant ! s'exclama sœur Gabriel en se signant.

Des pas crissèrent derrière elle, sur le gravier du chemin.

– De quoi s'agit-il, ma sœur ? demanda mère Elizabeth.

Soulagée, la vieille religieuse courut vers elle.

– C'est la police, ma mère. Ils disent qu'un criminel réside parmi nous !

L'abbesse fronça les sourcils et s'approcha du portail.

– Pardonnez-moi, messieurs, mais *qui* cherchez-vous ?

Cette fois, Strickland sortit une photographie que la sœur eut du mal à identifier dans la lumière grise de l'aube.

– Vous reconnaissez cette femme ?

Sœur Elizabeth fit rapidement un signe de croix.

– Que lui voulez-vous ?

– Elle est impliquée dans une affaire extrêmement sérieuse. Deux hommes ont été assassinés. Vous comprenez ce que cela veut dire ? Des *meurtres*, ma sœur.

– Seigneur !

Les deux religieuses se signèrent de nouveau et la mère supérieure fit tourner la clé dans la grosse serrure du portail.

– C'est bon, fit-elle, entrez.

Elle fit signe aux trois hommes de la suivre dans l'aile partiellement inoccupée. C'était là que, la veille, on avait logé le Dr Alexander, le père Garibaldi et Julius Voss.

Strickland, toujours frissonnant, suivit la religieuse le long des galeries glaciales. Ils parvinrent enfin devant la porte de la chambre de Catherine et mère Elizabeth frappa légèrement.

– Dr Alexander ? Etes-vous réveillée ? Vous avez une visite.

Pas de réponse. L'abbesse frappa un peu plus fort.

– Dr Alexander ? Etes-vous là ?

Strickland regarda autour de lui.

– Il y a une autre sortie ?

– Non.

– Est-il possible qu'elle soit aux toilettes ?

– Depuis 1950, ces chambres d'hôtes possèdent chacune un cabinet de toilette privé. (Elle réfléchit.) Ce couloir est le seul passage du bâtiment. Si le Dr Alexander était parti, nous l'aurions vu.

– Ouvrez cette porte, ordonna Strickland.

L'abbesse chercha dans son énorme trousseau la clé adéquate et finit par la trouver. Bousculant la religieuse, Strickland se rua dans la chambre, l'arme au poing. La pièce était vide. Son occupante avait dû partir à la hâte car elle avait tout abandonné derrière elle. Le sac de gymnastique bleu gisait sur le lit, l'ordinateur était toujours sur la petite table. Un air glacial s'engouffrait par la fenêtre grande ouverte.

Furieux, il se tourna vers la religieuse.

– Quelqu'un l'a avertie, lança-t-il. Mais elle n'ira pas loin. Ses vêtements sont toujours là, ainsi que ses chaussures. Par le froid qu'il fait, je ne lui donne pas deux heures.

SIXIÈME MANUSCRIT

(suite)

Je ne sais comment j'ai survécu ni comment je réussis à atteindre le rivage. Quand je repris conscience, je me trouvais sur une plage de galets. La première chose que je vis en ouvrant les yeux fut un pâle soleil flottant dans un ciel blanc.

Des cadavres étaient dispersés tout le long de la côte : mes compagnons de voyage, des chevaux morts, les corps disloqués de porcs et de chiens. Pendant deux jours et deux nuits, j'ai marché sur la grève sans rencontrer un seul être vivant. Je voyais au large un chapelet de petites îles rocheuses et je me demandais si d'autres naufragés aussi chanceux que moi avaient pu en atteindre les côtes. Tout au long du jour et de la nuit, je scrutais l'horizon, cherchant à apercevoir un filet de fumée signalant leur présence. Mais il n'y en avait pas.

Lorsque Freyda me découvrit enfin, j'étais dans un tel état de faiblesse que la fièvre me faisait délirer. Il fallut des mois pour que je recouvre la santé et, entre-temps, l'hiver était venu. Ma bienfaitrice m'avait recueillie chez elle, dans sa maison, et semblait apprécier ma compagnie. Mais je parlais rarement car le désespoir me terrassait. Je savais que mon époux et mon fils avaient péri dans le naufrage, ainsi que mes chers amis Cornelius Severus et sa femme.

Quand la neige se mit à fondre et que le temps des semailles revint, les hommes du village où habitait Freyda s'égaillèrent dans les champs et les forêts pour chasser. Je retrouvai lentement mes facultés et, un jour, je demandai à ce que l'on me ramène au camp des Romains. Comme nous ne parlions pas la même langue, Freyda communiquait avec moi au moyen de gestes et de dessins qu'elle traçait sur le sol. Elle me fit ainsi comprendre que je me trouvais loin d'un quelconque poste romain et que, pour l'heure, une tribu hostile ravageait le territoire de ce côté-ci de la frontière. Il n'y avait rien d'autre à faire qu'attendre.

Freyda était sage-femme. Le clan auquel elle appartenait la considérait aussi comme une magicienne car elle possédait des dons prophétiques. Fréquemment, les hommes et les femmes du village venaient la consulter et lui demander conseil. Peu à peu, j'appris leur langue et pus avoir avec Freyda de vraies conversations. Elle m'apprit que son peuple vivait de chasse et de pêche et qu'il vénérait un dieu sauveur appelé Odin. Il fut tué d'un coup d'épée dans le flanc et descendit pendant trois jours aux Enfers avant de remonter parmi les dieux.

Les mois passèrent. Chaque jour, je descendais jusqu'au rivage pour scruter la mer. Dans ma douleur, il m'arrivait d'imaginer au loin la silhouette d'une trirème romaine portant les couleurs de Cornelius Severus. J'entendais la voix familière de Philos m'appeler et je croyais voir sa silhouette sur le pont, notre fils Pindar dans les bras.

Quand des visiteurs de passage se présentaient au village, je leur demandais s'ils avaient entendu parler du naufrage mais, à chaque fois, j'étais déçue par leurs réponses. Il fallait me résigner à admettre la terrible réalité : Philos était mort et notre fils aussi. Pour la deuxième fois, je me retrouvais veuve et sans enfants.

Pendant longtemps, mon chagrin et mon désespoir furent si violents qu'aucune autre pensée ne parvenait plus à pénétrer mon esprit. J'avais tout oublié de ma quête et j'errais, tel un fantôme, coulant des jours ternes et sans avenir. Les Barbares qui ravageaient les environs sévissaient encore et le clan m'avait avertie de n'entreprendre aucun voyage, sous peine d'être massacrée. En voyant ma tristesse et mon amertume, Freyda me répétait souvent : « Un jour ou l'autre, tu finiras par accepter ton destin. Sinon, tu ne connaîtras jamais la paix. »

Freyda était aussi conteuse. Elle connaissait toutes sortes d'histoires merveilleuses qu'elle racontait, le soir, à la veillée, quand le clan était réuni autour du feu. J'appris d'elle comment enchanter un auditoire par des récits savamment tissés et, à mon tour, je me mis à prendre la parole, racontant l'histoire du Juste et de ses prodiges. En retour, on me conta les miracles accomplis par le dieu Odin.

Et c'est ainsi, Perpetua, que je découvris une autre grande Vérité. Tu te souviens sans doute qu'en Bretagne j'avais compris un nouveau mystère, enseigné par les Druides : en aucun cas il ne fallait nuire à qui ou à quoi que ce soit, car toute présence en ce monde est une manifestation de Dieu. J'appris que cette règle était suivie par le clan de Freyda car, là-bas, chacun respectait la nature. Chaque arbre, chaque fleur, chaque animal appartenait à la création et avait droit à la vie. Ni dans la chasse, ni dans la pêche on ne tuait plus que ce qui était nécessaire à la survie du village. En cela, je vis bien que ce respect de la vie s'inscrivait dans une longue tradition ancestrale, enseignée par tous les grands sauveurs de cette terre : Tammuz et Zoroastre, Bouddha et Krishna, Hermès, Isis, Esculape et, naturellement, le Juste que mon cœur aimait.

Oui, tels sont les préceptes de la vraie foi, la foi universelle : respecter la vie, pratiquer la bonté, ne pas juger.

Mais, en complément de ces principes, Freyda m'en apprit un nouveau : pour libérer mon cœur de toute forme d'amertume, il me fallait d'abord accepter mon destin. Je me souvins alors des enseignements d'Epicure, encourageant les hommes au pardon et à l'acceptation des vicissitudes du destin. Mais le chemin n'est pas aisé car, dans le cœur humain, la tristesse, la colère, le ressentiment et toutes les passions sont autant de chaînes difficiles à enlever.

Au lieu de me désespérer et de me fermer à la renaissance, je devais accepter la terrible tragédie qui me frappait de nouveau et libérer mon âme du poids de la souffrance. Car c'est ainsi, chère Perpetua, que l'on parvient à la lumière et à la paix. En refusant de se complaire dans la douleur, en retrouvant la joie originelle que Dieu a désirée pour nous.

Puis Freyda accomplit un rite fort ancien à l'aide de pierres sacrées qu'elle étalait sur un linge blanc, symbole de pureté. C'est ainsi qu'elle lisait les présages et pénétrait les secrets de l'avenir. Elle vit que les guerres qui ravageaient la contrée venaient de cesser et que je pouvais regagner la frontière sans être inquiétée.

Je partis donc après l'avoir remerciée de tous les bienfaits que son cœur généreux m'avait accordés. En route, je dus traverser des terres sauvages, des bois profonds. Et ce fut là, au cœur d'une immense forêt, que je rencontrai Sigismund...

SEIZIÈME JOUR

Mercredi 29 décembre 1999

Miles Havers se préparait à ouvrir l'ordinateur portable de Daniel Stevenson quand sa ligne privée sonna. L'appel venait de Washington.

– Désolé d'avoir attendu la dernière minute, Miles, mais tu sais ce que c'est. Il fallait que je fasse semblant d'étudier l'affaire avec la plus grande considération.

– Je comprends...

– Naturellement, le département de la Justice abandonnera les poursuites contre ta compagnie et tu pourras lancer Dianuba 2000 le 1er janvier, comme prévu.

– Merci, Toby. Je te dois une revanche. Fais mes amitiés à Sandi et aux enfants. Bonne année !

– Tous mes vœux à toi aussi, répondit Toby Jackson, le premier Américain de race noire à occuper le poste d'attorney général – et le troisième des trois survivants de l'unité de combat commandée par le colonel.

Lui aussi avait su se servir de la force du tigre pour accéder aux sommets.

Miles raccrocha, le sourire aux lèvres, et se concentra de nouveau sur l'ordinateur de Stevenson. Enfin... Il tenait entre ses mains ce qu'il avait convoité depuis des jours et des jours. Dans sa fuite, Catherine Alexander l'avait transporté partout avec elle. Le portable contenait sans doute des données précieuses qui lui permettraient de la battre sur son propre terrain.

Apparemment, l'ordinateur avait beaucoup servi.

Quand Strickland avait réussi à mettre la main dessus, il l'avait trouvé encore branché, avec, à côté, un bloc-notes sur lequel la jeune femme avait griffonné quelques lignes. Visiblement, elle était en train de travailler à la traduction des manuscrits quand l'arrivée des agents du FBI l'avait forcée à fuir.

Il y avait des jours où Miles se félicitait tout particulièrement de posséder autant d'argent. Un chèque substantiel avait suffi à convaincre Strickland de lui céder le portable. A cette heure, l'agent devait être en route pour le Brésil...

Il lança l'ordinateur et commença à en explorer les ressources. A première vue, le professeur Stevenson l'utilisait surtout pour y stocker les résultats de ses recherches archéologiques et pour communiquer avec les laboratoires de différentes universités. Son logiciel lui permettait de surimposer des photos de fresques sur des montages virtuels afin de les replacer dans leur contexte premier. C'était astucieux. Tandis qu'il faisait défiler les fichiers de l'archéologue, Miles contempla avec intérêt les superbes fresques mayas et les représentations minoennes dont elles s'inspiraient. Il ne put s'empêcher d'éprouver un sentiment d'admiration pour Stevenson. C'était un chercheur de génie, à la fois anticonformiste et d'une immense culture. Dommage qu'il se soit trouvé au mauvais endroit au mauvais moment...

Continuant son exploration, Miles vit que du courrier récent avait été adressé dans l'e-mail. Etrange, pensa-t-il. Catherine Alexander était pourtant une femme intelligente. Il n'aurait jamais imaginé qu'elle soit assez imprudente pour communiquer par le biais d'Internet.

Il cliqua sur l'icône COURRIER et ne trouva qu'un seul message, envoyé trois jours plus tôt : *Il vous a trouvée.* Qu'est-ce que cela pouvait bien signifier?

Examinant une nouvelle fois la date et l'heure de transmission, il constata qu'elles coïncidaient exactement avec le jour où Titus avait enfin repéré l'endroit où se terrait Catherine, une petite pension de famille des environs de Washington. Manifestement, quelqu'un avait prévenu la jeune femme juste à temps pour lui permettre de s'enfuir.

Fronçant les sourcils, il regarda l'adresse électronique de l'expéditeur : *quelqu'un@dianuba.com.* Cela signifiait qu'il s'était servi du programme Dianuba, celui qui fonctionnait avec le logiciel Scimitar.

Qui pouvait bien être ce mouchard ?

Mais le temps pressait. Naviguant parmi les fichiers, Miles chercha où se nichait le journal que Daniel Stevenson tenait quotidiennement. Il savait que le défunt l'avait désigné nommément comme le principal responsable des manœuvres visant à évincer le Dr Alexander. Même mort, Stevenson pouvait encore nuire. Il fallait absolument détruire ce fichier et, le cas échéant, découvrir qui d'autre pouvait en avoir eu connaissance.

Mais il ne le trouva pas.

Jurant entre ses dents, Havers comprit au bout de quelques instants que Catherine Alexander avait extrait le fichier pour l'emporter avec elle. Maudite soit-elle ! Les preuves accumulées par Stevenson étaient donc toujours entre ses mains...

Il n'y avait aucune trace non plus d'une quelconque information concernant les manuscrits. Soudain, un nom retint son attention : *Tymbos* – le même mot que celui figurant sur le fragment exhumé des sables du Sinaï.

Aussitôt, il fit défiler le contenu du fichier. Il s'agissait de notes rédigées par Catherine Alexander : *Pas trouvé d'informations via les programmes Lycos, InfoSeek, UniCom, WebCrawler, Dianuba...* Et, plus loin : *Tymbos pourrait être un pays légendaire, quelque part sur la route de Sheba. Le roi mentionné dans le texte serait alors le roi de Tymbos.*

Miles réfléchit. L'auteur du premier papyrus recommandait aux destinataires de porter le message « au roi ». Et s'il s'agissait enfin de la piste menant au septième rouleau ?

Les dernières lignes du fichier apparurent à l'écran : *Sheba est probablement l'ancien nom donné à l'Ethiopie. Si l'hypothèse se vérifie, Tymbos serait donc un royaume d'Afrique...*

C'était trop beau ! Immédiatement, Miles prit son téléphone pour appeler Teddy Yamaguchi. Il ne devait pas être trop difficile de savoir si Alexander et son complice s'étaient embarqués à destination d'Addis-Abeba au cours des dernières heures... Les yeux fixés sur le portable, il commença à composer le numéro de la ligne de Yamaguchi lorsque sa main s'immobilisa. Lentement, il reposa le téléphone.

Elle l'avait encore joué. Et en beauté!

La petite garce n'avait rien trouvé de mieux que de l'orienter exprès sur une fausse piste. Les preuves du mensonge étaient là, sous ses yeux. Le gestionnaire de fichiers indiquait que la dernière sauvegarde datait de la veille au matin : 6:48 A.M. Exactement l'heure, à quelques minutes près, où Strickland et ses hommes pénétraient dans l'abbaye de Greensville. Comment croire qu'elle aurait abandonné derrière elle des données aussi précieuses après avoir, malgré l'urgence, pris le temps d'en sauvegarder la mémoire?

Un petit tour à la rubrique « Annulation » lui permit de constater qu'un fichier du même nom avait été effacé deux minutes plus tôt. Ainsi, il ne se trompait pas. Catherine Alexander avait délibérément introduit cette fausse information pour l'égarer avant d'abandonner le portable, vidé de tout fichier intéressant.

Il soupira. Comment avait-il pu croire que cela serait aussi facile? Le journal de Stevenson et les manuscrits étaient toujours en sa possession avec, probablement, d'autres informations de première importance.

Cela devenait irritant.

Il se mit à aller et venir dans le vaste bureau en réfléchissant. D'après les agents du FBI, l'abbesse ne savait pas dans quelle direction l'archéologue avait fui. Comment faire pour la retrouver, à présent?

Le fax se mit à sonner, crachant un message. Miles s'approcha. Papazian lui expédiait la traduction partielle du sixième manuscrit, d'après l'un des clichés pris par Catherine et récupérés dans l'appartement de Daniel Stevenson. Malheureusement, la photographie n'était pas très bonne et, de surcroît, le papyrus paraissait en mauvais état.

Nerveusement, Miles arracha la feuille et commença à lire, ignorant le post-scriptum ajouté par Papazian – il réclamait davantage d'argent. Sabina poursuivait le récit de son voyage mouvementé. Le sixième rouleau touchait à sa fin. Si aucun indice intéressant ne figurait dans ce passage, il ne restait plus aucune chance de découvrir où pouvait se trouver le septième manuscrit...

Le milliardaire sursauta lorsque ses yeux tombèrent sur deux mots latins : *Aquae Grani*. Qu'est-ce que cela pouvait bien être ? Une ville ?

Il retourna en hâte à son bureau pour lancer son ordinateur personnel. En quelques minutes, la réponse était là, devant lui. Il y avait même une image.

Aquae Grani. Bien sûr !

Il se mit à sourire.

C'était là, évidemment, que se trouvait Catherine Alexander...

SIXIÈME MANUSCRIT

(suite)

Notre demeure permanente se trouvait à présent à Aquae Grani. Les guerres qui opposaient les clans ennemis et ravageaient le pays du Nord avaient enfin cessé, abandonnant la victoire aux alliés du clan de Freyda.

J'appris cette nouvelle par Sigismund, le bel inconnu rencontré dans la forêt. Il me demanda où je me rendais et je lui répondis que j'avais tout perdu : mon mari, mon enfant, mes amis. Tandis que je lui parlais, je fus frappée par sa beauté et par sa force. Quelle ne fut pas ma surprise lorsqu'il m'expliqua qu'il était le fils de Freyda et qu'il rentrait du combat. Il avait rejoint l'armée des Germains pour attaquer les avant-postes romains situés aux frontières. Au cours d'une terrible bataille, les légions romaines avaient résisté vaillamment avant d'être décimées. Sigismund se distingua par son courage et l'enthousiasme qu'il communiquait à ses troupes. A la fin du combat, il fut reconnu comme un héros, et c'est en héros qu'il regagnait son village.

Lorsque j'appris qu'il n'y avait plus de lieu où me rendre, je le suivis et retournai avec lui auprès de Freyda. Mais la menace de nouvelles guerres avait rendu le pays dangereux. Le clan cherchait un nouveau lieu pour s'établir et nous partîmes vers notre terre d'exil.

En route, Freyda me fit venir un soir auprès d'elle pour me dire qu'elle sentait approcher sa fin. Elle me demanda de devenir la femme de Sigismund, car celui-ci était veuf et n'avait pas eu de descendance.

Tu peux imaginer, Perpetua, ce que ces mots réveillèrent dans mon cœur. Le temps avait guéri mes blessures, même si le souvenir de Philos et de Pindar m'accompagnait toujours. Je sentais la vie sourdre à nouveau en moi et j'aspirais à la renaissance. Sigismund m'avait aimée au premier regard et, je dois le confesser, j'avais été charmée moi aussi. Nous nous mariâmes quelques jours plus tard, dans la liesse générale. Chez les Germains, la fiancée n'a pas de dot. C'est son futur époux qui lui offre un cheval et une bride, un bouclier et une épée. Car, dans le clan, la femme doit tout partager des durs travaux, elle doit aussi savoir se battre.

Lorsque nos corps s'unirent, cette nuit-là, je sus aussitôt qu'une vie nouvelle venait de germer en moi. A présent, je faisais moi aussi partie du clan. J'avais quitté définitivement l'existence civilisée de mes jours passés et pensais ne plus jamais la retrouver. Je considérais Freyda, Sigismund et toute la tribu comme les membres de ma propre famille.

Mon seul et lancinant regret était de n'avoir pas réussi, au long de mes nombreux voyages, à retrouver le Juste. Je crus ne jamais le revoir.

En cela, Perpetua, je me trompais.

DIX-SEPTIÈME JOUR

Jeudi 30 décembre 1999

– *Aquae Grani ?* répéta le concierge du Detmolderhof. Il me semble qu'il s'agit de l'ancien nom latin d'Aix-la-Chapelle. Les Romains aimaient y venir pour y soigner certaines maladies.

Catherine avait parcouru toute la région du Teutoburger Wald avant d'arriver à Aix-la-Chapelle, la ville la plus occidentale d'Allemagne, où, des siècles plus tôt, Charlemagne s'était fait couronner empereur. Située sur la frontière hollandaise, Aix-la-Chapelle réunissait à la fois les charmes d'une ville moderne et ceux d'une cité médiévale.

Tandis qu'elle avançait dans une rue pavée bordée de maisons édifiées au XIIe siècle, Catherine sentait la morsure d'un vent âpre et glacé rougir ses joues. Les flèches de la cathédrale se dressaient au-dessus des toits et, à chaque pas la rapprochant de l'admirable édifice, elle se sentait comme happée par lui.

Sabina était-elle venue ici, accompagnée de Freyda, Sigismund et des autres membres du clan ? C'est ce que le manuscrit paraissait suggérer. Comme Sabina, Catherine se sentait ballottée par le destin, poussée vers des lieux inconnus, rejetée par le monde, arrachée à tout ce qui avait marqué son passé.

Soudain, elle eut peur. Peur de ce qu'elle pourrait trouver. Ou... *ne pas* trouver.

Ses pieds semblaient se mouvoir par eux-mêmes, la

portant vers l'imposante église. Là où, justement, elle avait juré de ne jamais plus entrer.

Sans même comprendre comment c'était arrivé, elle se retrouva à l'intérieur de la cathédrale, étourdie par la hauteur vertigineuse des murs contre lesquels venait se fracasser l'écho des voix et des pas. Les parfums d'encens la grisèrent, réveillant de lointains souvenirs. Ici, le temps imposait ses propres lois, repoussant au-dehors le tumulte du monde présent.

Elle avança jusqu'à l'Octogone et leva les yeux vers les hauts vitraux à travers lesquels filtrait une lumière poudreuse. Au-dessus de sa tête se profilait le dôme d'où plongeait un colossal lustre de cuivre, suspendu à une longue chaîne. Le dessin somptueux d'arches et de colonnades servait d'écrin aux splendides fresques de saints et d'anges qui décoraient les voûtes. Un rai de soleil illuminait la châsse d'or où reposaient les restes de Charlemagne. Cerné de panneaux de bois sculptés relatant la passion du Christ, le majestueux autel luisait doucement dans la semi-pénombre. Au pied de l'un des gigantesques piliers, une statue de la Vierge irradiait, par la seule douceur de son regard, une indicible tendresse.

Saisie d'un vertige, Catherine dut s'appuyer au mur pour ne pas chanceler. Une pluie d'images qu'elle croyait à jamais enfouies la submergea. Elle se revit enfant, vêtue d'une petite robe de mariée blanche, le jour de sa première communion, avançant vers l'autel, un cierge à la main, tandis que son père la couvait d'un regard attendri. Et plus tard, le jour de sa confirmation, lorsqu'on lui avait apposé sur le front l'onction du nouveau baptême, après lui avoir administré une petite tape sur la joue pour lui rappeler que, désormais, elle était devenue un soldat du Christ. Les souvenirs défilaient, vibrants, émouvants, comme autant de témoins des jours heureux, les jours où elle avait encore la foi. Vingt-trois ans de catholicisme fervent refluèrent des fonds de sa mémoire.

C'était une sensation à la fois magique et terrifiante. Elle eut l'impression que le sol se dérobait sous ses pieds, comme sur l'île de l'Atlantide. Ici, elle le savait, allait se jouer l'instant décisif de la réconciliation.

Les yeux rivés sur le beau visage miséricordieux de la Vierge, elle commença, comme malgré elle, à murmurer une prière.

Je vous salue, Marie, mère de Dieu, Ange de douceur, Vous dont le cœur est compassion et bonté, vous écoutez nos pleurs et nos cris de désespoir, vous vous penchez sur nos misères, vous intercédez pour nous au ciel...

Elle se revit, toute petite, dans une jolie robe bleue, déposant un jour du mois de mai – le mois de Marie – un bouquet de fleurs printanières au pied de la statue de marbre blanc de la Vierge de Notre-Dame de Grâce. Elle eut aussi la vision fugitive de ses parents agenouillés à côté d'elle sur le banc, se rappela le sentiment si réconfortant de leur présence.

En quelques minutes, le poids d'années de ressentiment et de colère glissa de son cœur. Les mots de Sabina lui revinrent à l'esprit : *La première et la plus importante des leçons que Jésus enseigna est la félicité du pardon.*

Oh, Mère... J'ai tellement souffert pour toi, tellement haï ceux qui te persécutaient. A ta mort, j'ai cru être à jamais séparée de l'Eglise. Mais je comprends aujourd'hui que je m'en voulais surtout à moi-même. J'aurais dû empêcher le père McKinney de venir te tourmenter jusqu'à ton lit d'agonie, insister pour que vienne un autre prêtre. Quand j'ai vu qu'on te portait dans une terre non consacrée, mon chagrin a été terrible. Dans un même mouvement de rejet, j'ai vu en Dieu un persécuteur, je l'ai accusé de t'avoir abandonnée. Aujourd'hui, tout cela me semble si vain. Je sais bien, Maman, que tu es heureuse. Oui, je le *sais*.

Danno. C'est à cause de moi que tu as été assassiné. Toi qui m'aimais et dont je ne voulais pas reconnaître le véritable attachement. Pourquoi cette culpabilité me poursuit-elle? Je désire tant me libérer...

Et toi, Julius. Dans ma colère, je t'ai accusé à tort, j'ai cru que tu me trahissais. Tu faisais seulement ce que tu croyais juste, mais je n'ai pas compris. Toi aussi, tu m'aimais.

Il faut pardonner. Aux autres... à soi-même. Pour recommencer à croire, à aimer...

Je vous salue, Marie, Mère de Dieu. Vous êtes bénie entre toutes les femmes. Priez pour nous, pauvres pécheurs...

Oui, pensa Catherine en sentant les larmes lui monter aux yeux, priez pour nous, égarés dans le chaos du monde, aveuglés par nos erreurs et nos souffrances.

Seul le pardon libère et donne la paix.

Elle fut soudain envahie par une joie inexprimable. La tête lui tourna et il lui sembla que son corps tout entier devenait aussi léger qu'un souffle d'air. Le visage de la statue paraissait à présent lui sourire et son regard chargé de bonté l'enveloppait d'une indicible chaleur.

Puis, aussi soudainement, elle retrouva le contact du sol sous ses pieds. Pendant un instant d'éternité, elle avait retrouvé l'élan de sa foi d'enfant. Elle avait remonté le courant.

Une silhouette se détacha de la pénombre pour s'approcher d'elle. Lorsqu'elle traversa une flaque de lumière, Catherine sut qui c'était...

– Ne craignez rien, dit doucement Michaël en tendant les mains à sa rencontre. Personne ne sait que vous êtes ici.

Elle ne fut pas vraiment surprise de le voir. L'abbesse, mère Elizabeth, lui avait probablement dit où elle se trouvait. Car c'était elle qui l'avait aidée à fuir.

– J'ai eu très peur, reprit Michaël à voix basse. J'ai vraiment cru que vous vous étiez sauvée dans la neige, en chemise de nuit, quand les agents du FBI sont arrivés. Vous aviez même laissé derrière vous l'ordinateur de Daniel.

– Le FBI ? Mais comment ont-ils retrouvé ma trace ?

– Havers, probablement. Ce diable d'homme sait tout, achète tout le monde.

– Cette fois, pourtant, il a encore échoué, car je suis partie bien avant l'aube. L'abbesse, à qui j'avais expliqué toute l'affaire, m'a accordé son soutien. J'ai quitté l'abbaye en pleine nuit, en taxi, pour me rendre à l'aéroport le plus proche. Si j'ai abandonné le portable de Danno, c'était exprès. J'avais eu le temps de créer un fichier truqué, rempli de fausses informations. Si tout va bien, Havers est peut-être en route pour l'Ethiopie. Mais je ne me fais guère d'illusions. C'est un homme remarquablement intelligent.

Il contempla son visage encore illuminé par l'expérience mystique qu'elle venait de vivre.

– Catherine, vous avez changé. J'étais si inquiet. J'ai pensé que vous vous étiez mise en danger à cause de moi.

Elle s'avança et, d'un geste fugitif, effleura sa joue.

– Je me suis montrée trop dure envers vous, Michaël. Et je regrette de vous avoir frappé. Mais j'étais tellement bouleversée...

– Je ne vous en veux pas. Au contraire, je suis fou de joie de vous avoir retrouvée.

– Comment saviez-vous que j'étais ici, à la cathédrale ?

– Je ne le savais pas. Mère Elizabeth m'avait simplement dit que vous étiez partie pour Aix-la-Chapelle. Une fois arrivé en ville, j'ai éprouvé le besoin de venir ici.

Il se tut et la regarda. Leurs yeux se croisèrent puis se détournèrent. Catherine remarqua qu'il avait le visage creusé de cernes et d'ombres. Il paraissait épuisé. Ici, sous cette monumentale nef gothique, dans la lueur des cierges et des vitraux, l'âme des hommes semblait se mettre à nu. Dans le regard de Michaël Garibaldi se cachaient des passions profondes et refoulées, des chagrins enfouis. Le Pangamot ne vous aidera pas ici, aurait-elle voulu lui dire. Ni aucun art martial. Ici, c'est votre vérité intérieure qu'il vous faut affronter.

– Avez-vous trouvé un indice qui vous mène sur la piste de Sabina ?

Catherine secoua la tête.

– Non. Et je ne sais plus où chercher, maintenant.

– Et le sixième manuscrit ?

– Il me reste encore une page à traduire.

Il la prit par le bras.

– Venez. Il est temps de se remettre au travail...

Le matin de son arrivée, Catherine avait trouvé une chambre dans un hôtel modeste mais confortable de la Markplatz, le Wilferterhof. Situé au cœur des vieux quartiers, ses fenêtres ouvraient sur un entrelacs de ruelles pavées, bordées de maisons médiévales aux murs penchés. Dans cette zone, la circulation automobile était interdite et, hormis quelques rares bicyclettes, on aurait pu se croire revenu sept siècles plus tôt.

Tandis que Michaël réservait une chambre à la réception, Catherine contemplait les toits de la ville par la fenêtre. A force de chercher à pénétrer les énigmes du passé, je suis en train de remonter le temps, pensa-t-elle. C'était une sensation à la fois grisante et affolante. Le présent s'estompait, le monde contemporain la rejetait. Elle finissait par ne plus savoir à quel temps, ou à quelle vie, elle appartenait.

Michaël frappa à la porte et entra. Comme toujours, sa haute taille et l'extraordinaire intensité qui se dégageait de lui envahirent la pièce. En le regardant, Catherine se demanda avec mélancolie si ce jour n'était pas le dernier de leur histoire. Une fois terminée la traduction du sixième manuscrit, ils seraient contraints de se séparer – cette fois définitivement. Il regagnerait le Vatican tandis qu'elle... mon Dieu... où irait-elle?

Il fallait se ressaisir, ne pas céder à la panique.

Elle prit le fragile rouleau et le déplia sur la table, lisant et traduisant à haute voix le texte de Sabina :

Il y a aujourd'hui cinquante ans de cela, chères Perpetua et Aemelia, je mis au monde le premier fils de Sigismund. Nous l'appelâmes Ingomar. C'est alors que Freyda mourut. Nous l'ensevelîmes dans une prairie sereine, recouverte par le chaume doré des moissons. Je pris sa place à la tête du clan car Freyda m'avait enseigné l'art de raconter les sagas. Le soir, autour du feu, je narrais les hauts faits de leurs ancêtres, mêlant à mes récits d'autres contes, d'autres légendes, puisant à la source même de ma vie.

Les années passèrent. Je donnai à Sigismund huit autres enfants, des fils et des filles vaillants et beaux. Quand Ingomar, notre fils aîné, atteignit sa maturité, il reçut son premier bouclier et sa première épée. Malgré moi, je songeais à Pindar, le fils que j'avais eu de Philos, et à l'autre enfant qui m'avait été ravi à Antioche pendant les émeutes religieuses. Ils demeuraient toujours dans mon cœur.

Mon seul regret, au fil du temps, fut de n'avoir pas su convertir ma nouvelle famille à la Voie, celle qui, à mes yeux, demeurait le chemin de la vraie foi.

Et, pourtant, ce fut ici, au cœur de ce pays couvert de forêts sauvages, que j'allais apprendre la septième Vérité et trouver la réponse à la question que, depuis toutes ces années, je désirais poser au Juste.

La tragédie, à nouveau, fondit sur moi. Oh, Aemelia, Perpetua, mes sœurs bien-aimées, fallait-il donc qu'ils meurent tous, mes fils et mes filles, mon mari, mes amis ?

L'ennemi – un envahisseur venu du nord – s'abattit sur nous au plus profond de la nuit, profitant de l'effet de surprise. Il nous massacra presque tous. Dans le chaos général, nous fûmes séparés. Les hommes du clan combattirent vaillamment mais les autres étaient trop nombreux. Quelques-uns, dont je fus, réussirent à s'échapper dans les bois. Une nouvelle fois, je me retrouvais seule, désespérée, incapable de

La voix de Catherine se brisa. Très émue, elle reposa lentement le rouleau sur la table.

– Voilà, dit-elle dans un souffle. C'est la fin du sixième manuscrit. Nous ne saurons jamais ce qu'il est advenu de Sabina.

Michaël s'approcha d'elle.

– Vous êtes déçue...

La jeune femme baissa la tête.

– J'espérais que nous en apprendrions davantage. Toute cette folle aventure pour rien...

– Ne dites pas cela.

– J'aurais tant aimé savoir *qui* elle était vraiment. Oh, Michaël, j'aurais voulu la *voir*...

– Moi, je l'ai vue.

Elle lui jeta un regard surpris.

– Vous l'avez vue ?

– Dans mes rêves, oui. Je peux vous assurer que je m'en serais volontiers passé.

– Que voulez-vous dire ?

Michaël soupira.

– A chaque vision que j'ai d'elle, c'est la même chose.

Elle me fait signe de la suivre. Je sais que c'est important mais je résiste. (Il hésita.) Catherine, dans mon rêve, Sabina a votre visage. Et parce que je ne veux pas l'accompagner là où elle veut m'emmener, j'éprouve alors une angoisse terrible. Mais c'est *son* destin... et le vôtre. Moi, je dois suivre ma propre trajectoire.

Elle le dévisagea puis, doucement, murmura :

– Ne serait-ce pas plutôt que vous avez peur ? Il n'y a rien à redouter, Michaël. Sabina est une femme bienfaisante.

Elle voulut ajouter : et moi aussi, car je ne vous veux aucun mal...

Il lui prit la main et la porta à ses lèvres. Leurs regards se croisèrent, s'accrochèrent l'un à l'autre. Les yeux bleu sombre de Michaël luisaient d'une flamme étrange, passionnée. Catherine sentit la pression de ses lèvres chaudes sur sa main et ce contact la troubla plus que de raison.

– Quand vous m'avez rencontrée dans la cathédrale, reprit-elle, je venais de connaître une expérience unique. Michaël, j'ai enfin compris la leçon que Sabina désire nous donner. Il faut pardonner, aux autres, à son passé, se libérer du poids de la colère, de la peur, de tout ce qui enchaîne l'âme. Je sais, ce n'est pas simple. Et pourtant, lorsqu'on y parvient, c'est une telle sensation de bonheur ! (Sans le quitter des yeux, elle poursuivit :) Vous devez pardonner à ce jeune criminel qui a commis ce meurtre sous vos yeux. Et empêcher ce drame de ternir à jamais votre vie. Vous n'aviez que seize ans, Michaël.

Il fit un pas en arrière.

– Vous ne comprenez pas ! Ce n'est pas à lui ou à moi que je dois pardonner. C'est à l'*autre*. Au vieil homme qui m'a regardé tout en agonisant. C'est *lui* qui m'a condamné !

– Le vieux commerçant ?

– Il attendait que je le sauve. Il me regardait, me suppliait d'intervenir. Lui au moins avait du cran. Il n'a rien fait, rien dit qui puisse laisser deviner qu'il y avait quelqu'un d'autre dans la boutique. Mais, dans le même temps, il espérait que j'agirais. Quand le punk lui a tiré une balle en pleine poitrine avant de filer avec la caisse, il me regardait. Et j'ai lu dans ses yeux un terrible mépris. (Il se passa une main devant les yeux en ajoutant, d'une voix tremblante :) Oh, Catherine, je l'ai tellement *haï*, à ce moment-là. Oui, je l'ai haï de me voir tel que j'étais : un lâche... Le dernier des hommes. J'étais resté là sans bouger, alors qu'on le tuait. Parce que j'avais peur. Et lui fixait sur moi son regard de mourant, son regard qui me pénétrait le cœur...

– Dans ce cas, c'est à lui, aujourd'hui, qu'il faut pardonner. Vous ne pouvez pas continuer à vivre en portant pareil poids. Pendant toutes ces années, vous avez voulu réparer cette tragédie en vouant votre existence au service des autres. Mais peut-être n'aviez-vous pas vraiment la vocation...

Il la regarda.

– Parce que vous croyez peut-être que le pardon peut tout arranger? Et vous? Avez-vous décidé, maintenant, de rejoindre le sein de l'Eglise catholique parce que vous lui avez pardonné d'avoir persécuté votre mère?

– Non. Tout est différent aujourd'hui. La voie spirituelle que j'ai décidé de suivre s'écarte des ordres et des institutions en place. Ce que je veux dire, c'est qu'en cessant d'éprouver de la haine je me suis retrouvée.

Il esquissa un sourire mélancolique.

– Croyez-vous que je n'y ai pas pensé? La prêtrise m'avait paru le seul choix possible pour racheter ma lâcheté. A présent, je vois bien qu'on ne répare jamais rien. Lâche j'ai été, lâche je resterai. En vérité, je ne suis même pas digne de servir Dieu.

– Vous vous trompez. Ce n'est pas en vous haïssant ainsi que vous trouverez le vrai chemin. Il faut vous battre contre vos démons, Michaël. Vous et moi devons affronter les mêmes adversaires, les mêmes tourments.

Il s'approcha soudain d'elle pour la saisir par les épaules.

– Et vous, Catherine? Vous vous battriez pour moi?

Elle soutint son regard.

– Oui.

Alors il l'embrassa. C'était un baiser si violent, si passionné, qu'elle faillit en perdre l'équilibre. Elle s'accrocha à lui, frémissant au contact de ce corps puissant et racé, de cette peau brûlante contre la sienne. Elle comprit alors qu'elle l'avait toujours désiré mais, cette fois, ce désir ne lui sembla plus coupable.

Nouant ses bras autour de son cou, elle lui rendit son étreinte tandis qu'il l'enlaçait de plus en plus fort, de plus en plus désespérément. Comme dans un rêve, Catherine leva une main vers son visage, caressa sa joue, ses cheveux. Quand il s'écarta enfin, elle détacha, un par un, les boutons de sa chemise bleue, découvrant la poitrine nue où l'on voyait encore la cicatrice de la balle qu'il avait reçue deux semaines plus tôt.

Deux vies plus tôt.

– Avez-vous encore mal? chuchota-t-elle.

– Non.

Elle se pencha pour embrasser la blessure. Les bras de Michaël se refermèrent autour d'elle pour la serrer plus fort encore. Elle sentit qu'il la soulevait de terre pour l'emporter vers le lit. Ils roulèrent, enlacés, sur les couvertures, fiévreux et timides en même temps. Par ses caresses, ses baisers, Michaël l'enveloppait de son amour, de sa chaleur. Ses gestes étaient lents, comme ceux d'un homme qui a trop lontemps brûlé de désir et qui craint, maintenant, de le voir se consumer trop vite.

Il n'y eut ni parole, ni peur, ni arrière-pensée. Leurs corps se cherchaient, assoiffés de vérités et de réponses. Tous deux savaient qu'ils n'étaient plus, l'un et l'autre, ce qu'ils avaient été précédemment.

Quand tout avait commencé...

Catherine s'éveilla la première. Elle jeta un regard vers Michaël et vit qu'il dormait paisiblement. Le ciel était devenu sombre, mais une faible lueur annonçait déjà les promesses de l'aube.

Elle effleura d'un doigt tendre le visage de Michaël et sentit les larmes lui monter aux yeux. Cela avait été si beau, si unique. Quoi qu'il arrive, désormais, cette nuit serait à eux pour toujours.

Puis elle se souvint d'avoir rêvé. D'abord, seules des images confuses lui revinrent à l'esprit. Soudain, son cœur s'accéléra.

Le rêve...

Tymbos !

Mon Dieu, pensa-t-elle en se redressant. Je *sais* maintenant où se trouve le septième manuscrit...

LE DERNIER JOUR

Vendredi 31 décembre 1999

Lorsque Catherine pénétra dans la chambre, elle trouva Michaël debout, près de la fenêtre. Vêtu d'un jean et d'une chemise, il contemplait la vieille ville. Le soleil du matin éclairait ses cheveux noirs de reflets brillants.

– Bonjour...

Il se retourna vers elle.

– Cathy !

La jeune femme s'approcha et déposa un baiser sur ses lèvres.

– Je n'étais pas sûre de te trouver encore ici à mon retour...

– Pourquoi ? A cause de la nuit dernière ?

– Peut-être... Comment te sens-tu ?

Il sourit et l'attira contre lui.

– Très bien puisque je t'aime.

– Tu m'aimes... vraiment ?

– Oui, Catherine, *vraiment*.

– Je ne suis donc pas, à tes yeux, l'incarnation du péché ? Celle qui t'a détourné de tes vœux ?

Prenant son visage entre ses mains, il la força à le regarder.

– Croix-tu que je puisse une seule seconde regretter ce que nous venons de vivre ? Oh, Catherine, tu es si belle...

Elle se blottit au creux de son épaule, savourant le bonheur de sentir sa chaleur, sa tendresse. Ils demeurèrent ainsi un long moment, silencieux, réunis. Puis elle se détacha de lui et, gravement, demanda :

– La prêtrise... tu songes à la quitter ? Je ne voudrais pas que ce soit à cause de moi.

– A cause de toi ? (Il sourit.) Oui, Catherine, dans un sens, ce serait à cause de toi si je me décidais à le faire. Parce que, grâce à toi, je me suis libéré des chaînes du passé. J'ai enfin compris qu'il fallait pardonner... et *se* pardonner. Je crois que j'ai retrouvé le chemin de la paix.

Ils se regardèrent. La nuit qu'ils venaient de partager n'était pas le seul fait du désir. Quelque chose de plus fort, de plus profond, les avait réunis. S'ils devaient à présent voir leurs routes se séparer, ce souvenir réchaufferait à jamais leurs cœurs. Le souvenir d'une étreinte rare, si vibrante, si belle.

– C'est le Nouvel An, ce soir, dit-elle doucement. Demain commence le troisième millénaire. Le monde entier doit être en effervescence. (Elle fit une pause et ajouta :) Michaël, je crois savoir où se trouve le septième rouleau.

Elle ôta son manteau et posa sur le lit le petit paquet qu'elle avait apporté.

– Hier, j'avais remarqué une librairie religieuse, à côté de la cathédrale. J'y ai trouvé un livre très intéressant. Mais, avant tout, laisse-moi te montrer les notes que j'ai prises à l'abbaye. Quelque chose me tracassait dans le texte de Thomas de Monmouth. Cette fois, je crois bien que j'ai enfin trouvé la solution.

– Pourtant, tu disais qu'il était bourré d'erreurs historiques...

– Je n'en suis plus si sûre. En réalité, nous n'avons pas su le décrypter. Regarde...

Il s'assit sur le bord du lit à ses côtés tandis qu'elle feuilletait les pages de son bloc-notes, couvertes d'une écriture serrée.

– Thomas de Monmouth affirme que Sabina a laissé six livres de magie qui furent ensuite enterrés avec la grande prêtresse Valeria dans le lieu sacré. J'ai compris ce matin que la traduction du mot « prêtresse » était fausse. Si on le remplace par « diaconesse », le texte s'éclaire.

Quant au passage sur les « six livres », essayons de le comprendre autrement. Et s'il ne s'agissait que d'un *seul* livre ? Les pièces du puzzle commencent alors à s'assembler.

Michaël fronça les sourcils.

– Je ne comprends toujours pas...

– C'était là, devant moi, et je ne le voyais même pas ! poursuivit Catherine en s'animant. Michaël... *tymbos*, en grec, signifie « tombeau ». Ce qui donne un tout autre sens à la phrase. (Elle se mit à lire à voix haute :) *Sabina laissa six livres de magie dont l'un fut enterré dans le tombeau de la diaconesse Valeria...*

Michaël réfléchit.

– Mais Perpetua parle d'un roi...

– Nous nous sommes trompés. Il ne s'agit pas d'un roi mais d'un royaume. Le royaume de Dieu.

– Mais, dans ce cas, de quel lieu saint parle donc Thomas de Monmouth ?

– Pas un lieu saint, mais *le* lieu saint. Si tu étais un chrétien vivant il y a près de deux mille ans de cela, quel aurait été l'endroit que tu aurais considéré comme le plus sacré ?

– Je peux en imaginer plusieurs. La Palestine, bien sûr. Mais aussi... (Il la regarda.) Rome... ?

Elle déballa le paquet posé sur le lit et en sortit un livre rédigé en allemand.

– C'est une histoire des premiers martyrs chrétiens. Regarde à la page 32.

Michaël tourna les pages et lut, traduisant au fur et à mesure :

– Valeria, morte aux alentours de 142 après Jésus-Christ. (Il regarda Catherine.) Je ne vois toujours pas...

– Continue à lire.

Au milieu de la page, trois mots le firent sursauter : *Aemelius Valerius Tochter.*

– Tochter signifie « fille » en allemand. Ce qui voudrait dire...

– Ce qui voudrait dire que Valeria était la fille d'Aemelius Valerius ! A l'époque, les femmes romaines étaient désignées par le premier ou le second nom de leur père. Est-ce que tu comprends enfin ? Valeria n'est autre qu'Aemelia, celle-là même à laquelle s'adresse Sabina. Michaël, le septième manuscrit se trouve peut-être bien à Rome, dans la tombe d'Aemelia ! Dans le lieu saint !

Miles travaillait dans son musée souterrain, l'endroit le plus secret et le plus sûr de son vaste domaine. Ici, la lumière du soleil ne pénétrait pas mais cela ne le dérangeait nullement. Il aimait se retrouver entouré de ses chers objets, de ses collections inestimables. Ici, le temps n'existait plus.

Il savait que, là-haut, Erica commençait à recevoir les nombreux invités de la somptueuse fête organisée pour le nouveau millénaire. Plus de mille convives allaient fondre sur la Casa Havers, impatients de célébrer avec faste le passage à une ère nouvelle. Des écrans géants avaient été disposés autour de la maison pour retransmettre la liesse du monde entier : New York, Paris, Sydney, Bombay, Rome, Londres seraient aussi de la fête. Le champagne coulerait à flots, la musique et les rires envahiraient la tranquille vallée de Sangre de Cristo.

C'était agréable de se sentir en vie.

Et riche.

Il prit son téléphone cellulaire, composa rapidement un numéro et demanda :

– Quelles sont les nouvelles ?

Tandis qu'on lui répondait, il griffonna quelques lignes sur un bloc-notes : *Catherine Alexander a pris le vol de six heures à l'aéroport de Francfort.*

– Pour quelle destination ?

Et, lorsqu'il entendit la réponse, il sut que la jeune femme avait enfin trouvé le septième manuscrit. Sans le savoir, elle le conduirait lui aussi jusqu'à sa cachette.

Satisfait, il raccrocha et appela Titus.

Onze heures du soir. Le compte à rebours avait commencé. Michaël et Catherine se firent déposer par le taxi tout près de la place Saint-Pierre, devenue pratiquement inaccessible à cause des millions de pèlerins qui l'avaient prise d'assaut.

A l'aéroport, Michaël avait revêtu sa soutane et cette tenue leur facilita le passage. Ils plongèrent dans la foule qui emplissait chaque pouce de la place et des ruelles avoisinantes. Tout en se frayant à grand-peine un chemin à la suite de Michaël, Catherine observait les visages autour d'elle. A moins d'une heure du nouveau millénaire, tous présentaient les signes d'une fièvre exceptionnelle. On y lisait de la crainte ou, encore, une joie béate, comme si la seule marche du temps allait changer la face du monde. Certains pleuraient, d'autres riaient hystériquement, d'autres, encore, gardaient leurs yeux fixés sur le balcon de la basilique où, tout à l'heure, le pape viendrait bénir ses fidèles.

Ils furent arrêtés à plusieurs reprises par la police romaine et par les gardes suisses. Mais Michaël possédait un laissez-passer qui leur ouvrit la voie. Parvenus à l'Arco della Campane, sur le flanc gauche de la basilique, ils trouvèrent un ami de Michaël, le père Sebastian, qui les attendait.

– Il faut faire vite, dit celui-ci en sortant un trousseau de clés. Les portes du tombeau de saint Pierre seront ouvertes à minuit pour une durée de trente jours. La moitié de la population de cette ville va défiler ici. Il ne nous reste plus beaucoup de temps...

Catherine consulta sa montre. Dans quarante-cinq minutes, il serait minuit.

Les grottes sacrées s'étiraient en longues salles basses sous le parvis de Saint-Pierre. Chacune était divisée en petites chapelles abritant les restes de générations de papes ou de rois. On y trouvait même les tombes d'un empereur germain du xe siècle, d'Hadrien IV, le seul pape d'origine anglaise, de la reine Christine de Suède ou, encore, du roi Jacques II d'Angleterre.

Ils parcoururent à la hâte les galeries souterraines pavées de marbre.

– Cette nécropole fut découverte en 1939, expliqua le père Sebastian. Alors qu'ils creusaient le sol pour agrandir la chapelle mortuaire du pape Pie XI, des ouvriers découvrirent un mur qui ne semblait pas appartenir à la basilique. Quand on eut constaté que ce mur était vieux de seize siècles, des fouilles furent entreprises.

Tout en parlant, il leur indiquait au passage de modestes autels, des petits bancs de prière et des sarcophages finement sculptés.

– Les archéologues ont fait d'étonnantes trouvailles, reprit-il, dont la moindre ne fut pas celle de la tombe de Pierre, crucifié ici même, à l'endroit où se trouvait le cirque de Caligula.

Quand ils eurent atteint la dernière chapelle – splendide, avec sa voûte bleu et or –, il fouilla à nouveau dans son trousseau de clés. Ouvrant une porte dans le mur voûté, il leur fit signe de le suivre.

– Faites attention à la marche...

Soulevant sa soutane, il s'engagea dans un escalier étroit, éclairant le chemin à l'aide de sa torche électrique. Une odeur de poussière et de décombres flottait dans la pénombre.

– Selon la tradition, les disciples de saint Pierre réclamèrent son corps pour l'enterrer ici, en secret. Trois cents ans plus tard, sous le règne de Constantin, on pouvait encore voir le tombeau d'origine. Voilà pourquoi ce lieu fut choisi pour y édifier la nouvelle basilique. Mais au IVe siècle, une autre basilique existait déjà. A l'époque, la colline du Vatican était beaucoup plus petite qu'aujourd'hui. L'empereur fit donc ériger des murs de soutènement, comblant les fossés pour agrandir le lieu. Voilà comment il enterra cette ancienne nécropole. Regardez...

Le faisceau de la lampe balaya la voûte dont le tracé allait se perdre loin au-dessus de leurs têtes.

– Ce que vous apercevez là-haut est l'envers de la basilique actuelle. Il y a dix-sept siècles, nous nous serions retrouvés ici en plein air.

Tout en avançant, Catherine contemplait avec stupéfaction le décor presque irréel évoquant une antique rue, avec ses places et ses fontaines, ses mausolées gigantesques. Pourtant, il ne s'agissait pas d'une cité de vivants mais d'un lieu de repos pour les morts. Tandis qu'ils parcouraient d'étroites ruelles, ils pouvaient admirer des fresques colorées représentant des prairies et des paysages lointains. On se serait cru dans le labyrinthe du Minotaure. Le rayon lumineux de la torche redonnait vie, l'espace de quelques secondes, à un dauphin bondissant dans les flots, à un vase de fleurs peintes, à un envol d'oiseaux dans le bleu d'un ciel de pierre. L'obscurité les enveloppait, pesante, inquiétante. Catherine chercha la main de Michaël et l'étreignit.

– Toutes ces tombes ont été vidées depuis longtemps, dit le père Sebastian. D'autres sépultures demeurent inexplorées mais on ne peut les dégager sans risquer de miner les fondations de la basilique.

La lampe éclaira un columbarium contenant de nombreuses niches destinées aux urnes funéraires.

– Vous pouvez noter le passage graduel du paganisme au christianisme. Plus nous nous éloignons de la tombe de saint Pierre, plus nous trouvons de références aux dieux païens.

Il pénétra à l'intérieur d'un caveau et balaya de sa lampe une voûte tapissée de mosaïques. Représenté sous les traits d'Apollon, le Christ se tenait debout sur le char du soleil dont les rayons formaient une couronne de lumière autour de sa tête.

– Voici une preuve de cette transition, expliqua Sebastian.

Ils longèrent d'innombrables tombes et Catherine remarqua que la majorité abritait des reliques de femmes. Deux mille ans plus tôt, Tacite avait écrit que « la foi nouvelle était une religion de femmes et d'esclaves ». Parmi elles, pensa Catherine, il y avait eu Perpetua, Sabina... Aemelia.

L'air sentait de plus en plus la moisissure et l'atmosphère devenait oppressante. En frissonnant, Catherine s'imagina tous ces morts se dressant au jour du Jugement dernier, squelettes disloqués, lambeaux de vie avides de retrouver leurs formes premières. Au-dessus de leurs têtes, d'autres vies s'entassaient dans l'agitation et le tumulte, attendant l'avènement de l'ère nouvelle. A travers les voûtes, on entendait l'écho de chants lointains qui venaient mourir dans les souterrains comme des plaintes d'un autre âge.

Minuit allait bientôt sonner, pensa la jeune femme. Et ce serait l'hystérie générale...

– Père Sebastian, êtes-vous certain que la tombe d'Aemelia Valeria se trouve bien ici ?

– Oui. C'est même l'une des plus belles. D'ailleurs... la voilà !

Il braqua sa lampe sur un mausolée aux proportions impressionnantes. On aurait dit une maison patricienne avec sa façade à deux étages peinte en rouge et ornée d'un magnifique fronton triangulaire supporté par des colonnes doriques. A l'intérieur, les murs de stuc blanc étaient creusés de niches en forme de coquillages et décorés de peintures délicates. On pouvait voir des oiseaux, des dauphins, une Vénus sortant des flots.

– Ces niches contenaient autrefois des urnes funéraires. Primitivement, il s'agissait donc d'une tombe païenne. Mais, à un certain moment de son histoire, la famille s'est convertie au christianisme. Nous pensons que ce fut sous l'influence d'Aemelia Valeria. Tenez, la voici, justement.

Sebastian promena sa torche sur une fresque saisissante représentant une famille entourant une orante – une femme vêtue d'une robe blanche, les bras étendus, les yeux levés dans une attitude de prière.

Catherine s'approcha. Aemelia avait été une belle femme. Ses cheveux relevés en boucles à la mode romaine encadraient un visage noble et doux. Elle avait été l'un des premiers chefs de la communauté chrétienne. Le septième manuscrit se trouvait-il réellement ici, enterré avec elle ?

A travers les murs épais, on entendait toujours les chants entonnés par la foule rassemblée sur la place. *Benedictus tu un mulieribus... et benedictus fructus ventri tui... Iesus...*

Tout en examinant le magnifique sarcophage finement sculpté, Catherine demanda :

– A-t-il été ouvert ?

– Non. Seules les tombes païennes ont été fouillées.

Toutes les urnes qui s'y trouvaient sont à présent dispersées dans des musées.

La jeune femme s'approcha et lut, gravé dans le marbre : *dormit in pace, anima dulcis Aemelia.* Dors en paix, douce Aemelia.

Levant les yeux, elle croisa le regard de Michaël.

– Très bien, dit celui-ci. Trouvons un moyen d'ouvrir cette tombe.

A des lieues de là, Miles Havers naviguait au milieu de ses invités, une coupe de champagne à la main. Il s'excusa d'avoir à quitter un instant la fête et gagna son musée souterrain.

Dans quelques minutes, il recevrait un appel de Rome.

Santa Maria, ora pro nobis...

Le chant s'arrêta brusquement et ils perçurent un grondement au-dessus de leurs têtes.

– Qu'est-ce que c'est ? demanda Michaël.

Le père Sebastian leva les yeux.

– Je pense que Sa Sainteté vient de faire son apparition sur le balcon.

Tout à coup, un flot de lumière inonda le mausolée. Catherine poussa un cri en voyant une silhouette décharnée se matérialiser devant elle. C'était le cardinal Lefèvre, en tenue d'apparat : calotte écarlate et longue soutane noire barrée d'une ceinture rouge. Une impressionnante croix en or massif se balançait sur sa poitrine au bout d'une épaisse chaîne.

– Bonsoir, Dr Alexander, dit Lefèvre.

Sa voix sépulcrale résonna jusqu'au fond des galeries obscures.

– Le père Garibaldi ne m'a pas informé de votre venue. De fait... (il jeta un regard de reproche à Michaël)... voilà plusieurs jours que je n'ai eu de ses nouvelles.

– *Quelqu'un* vous a aidé, murmura Catherine. Qui ?

Lefèvre eut un sourire plein d'humilité.

– J'ai reçu un appel téléphonique.

Catherine observa les quatre jeunes gens qui encadraient le cardinal. Ils appartenaient à la Cohors Helvetica, la Garde suisse, créée cinq siècles auparavant pour assurer la protection du pape et de sa suite. Malgré leurs costumes d'un autre âge rappelant celui des conquistadores, la jeune femme savait qu'il s'agissait d'hommes parfaitement entraînés au combat.

– Je vous connais, dit-elle, les yeux fixés sur le cardinal. C'est vous qui avez signé la lettre d'excommunication adressée à ma mère.

Lefèvre toussota.

– Un regrettable incident, ma chère. Que j'aurais sincèrement voulu éviter.

– Vous êtes venu prendre le manuscrit qui se trouve dans le sarcophage d'Aemelia, n'est-ce pas ?

– S'il s'agit d'un document chrétien, c'est mon devoir, en effet. Car il est la propriété de l'Eglise.

– Non. Il appartient à l'humanité. Et même si vous le confisquez maintenant, je veillerai à ce que son contenu soit connu du monde entier.

– Dr Alexander, je sais que vous voyez en moi un ennemi. Mais vous vous trompez. Je suis ici pour éviter le chaos qui suivra la réussite de votre entreprise. En cherchant à prouver qu'il y eut, avant le Christ, des milliers d'autres Messies, vous ne réussirez qu'à saper la foi des chrétiens en notre unique Sauveur, Jésus. Et si vous ébranlez l'Eglise catholique, vous ébranlerez aussi l'équilibre de plusieurs nations...

Catherine eut un petit rire méprisant.

– C'est vous qui le dites ! L'Eglise ne désire-t-elle donc pas connaître le véritable message du Sauveur ? Souhaite-t-elle laisser ses fidèles dans l'ignorance ou, pire, le mensonge ?

– Savez-vous vous-même ce qu'est exactement la vérité, Dr Alexander ? Notre rôle est de semer l'amour et la confiance en Dieu. Il est inutile de compliquer les choses et de brouiller les esprits. A lui seul, l'enseignement des Evangiles suffit à éclairer nos vies.

– Qui vous a dit que j'étais ici ? Miles Havers ?

Le cardinal toussota de nouveau.

– M. Havers a un réel souci de l'Eglise, mademoiselle Alexander. Et il œuvre à nos côtés pour que ces manuscrits blasphématoires ne soient pas publiés.

Ravissante dans un tailleur blanc qui luisait doucement aux derniers rayons du soleil couchant, Erica chercha des yeux son mari dans la foule compacte des invités qui s'égaillaient sur les pelouses et les terrasses du domaine. Dans quelques instants, il serait minuit à Rome.

Où pouvait bien se trouver Miles ?

Les piétinements énervés de la foule ébranlèrent les galeries souterraines. On aurait dit un terrifiant orage dévastant la ville.

Le compte à rebours touchait à sa fin. En chœur, des millions de voix se joignirent en un même cri.

Dieci !

Sur les écrans géants de télévision dispersés un peu partout dans les jardins de la villa, la foule amassée sur le parvis de la basilique ressemblait à une mer déchaînée. Les invités se regroupèrent et, à leur tour, entamèrent le compte à rebours.

Nove !

Lefèvre esquissa un geste en direction de ses gardes. Ils déposèrent leurs hallebardes et s'approchèrent du sarcophage.

Erica se glissa à l'intérieur de la villa et prit l'ascenseur. Elle parvint devant la porte du musée souterrain de Miles.

Otto !

Michaël et le père Sebastian se placèrent de chaque côté du sarcophage et, avec l'aide des gardes, entreprirent de soulever le lourd couvercle scellant la tombe.

Le cardinal entonna un chant funèbre.

Sette !

Erica poussa la porte et entra.

– Tu es là, chéri ?

Pas de réponse. Du regard, elle balaya la salle, ornée de vitrines, surchargée d'objets précieux venus du monde entier.

– Miles ?

Sei !

Catherine regarda le large dos de Michaël se crisper sous l'effort. La dalle de marbre refusait de bouger. Elle retint sa respiration.

Cinque !

Erica remarqua une vitrine qu'elle n'avait pas encore vue. Elle pensa que c'était là que son mari avait abrité quelque nouveau trésor et, intriguée, s'approcha.

Quattro !

La porte du placard n'était pas fermée à clé. La main sur la petite poignée d'ivoire, elle actionna le loquet. A cet instant précis, Miles sortit de son bureau et vit Erica ouvrir la porte.

Tre !

Enfin, le couvercle du sarcophage consentit à glisser sur son socle en grinçant affreusement.

Due !

– Erica ! cria Miles en courant à sa rencontre. Non ! N'ouvre pas...

Uno !

Catherine plongea son regard dans les profondeurs sombres et froides du sarcophage d'Aemelia.

Buon anno !

Erica contemplait la statue du dieu Kachina. Celle-là même qui avait été volée au peuple de Coyote Man.

Bonne et heureuse année à tous !

A travers les voûtes, un fracas terrible leur parvint de la place Saint-Pierre. Les huit personnes réunies autour de la tombe levèrent les yeux en même temps, s'attendant presque à voir les parois du mausolée s'effondrer sur eux.

Mais rien ne se produisit. Ni trompettes, ni anges, ni prodiges, ni tremblement de terre. Juste un bref instant de silence pendant lequel le monde entier retint sa respiration.

Puis vinrent les acclamations. La foule en délire s'était mise à crier et à applaudir.

La fin du monde n'était pas pour maintenant...

Le cardinal Lefèvre se signa et poussa un soupir de soulagement.

– Il semble que l'Apocalypse ne soit pas programmée pour le nouveau millénaire.

– Qu'en savons-nous ? rétorqua Catherine. Il ne fait que commencer...

Décidément, elle n'aimait pas cet homme, ses manières onctueuses, son regard fuyant.

– Votre Eminence, dois-je vous rappeler que la fin du siècle n'est pas aujourd'hui mais dans un an, au 31 décembre de l'an 2000 ?

Il lui adressa un sourire énigmatique.

– Ainsi, Dr Alexander, pour vous, le suspense va durer encore trois cent soixante-cinq jours ?

Sans attendre sa réponse, il se dirigea vers le sarcophage et regarda à l'intérieur en se signant de nouveau.

– *Ora pro nobis*... Qu'est-ce que...

Médusé, il contemplait la cavité vide. Il n'y avait ni squelette, ni manuscrit. Pas même de cendres.

– Je suppose, dit-il en se redressant, que la tombe a été pillée il y a des lustres. Peut-être même avant que Constantin ne crée cette nécropole.

Il soupira encore et Catherine se demanda si c'était de soulagement ou de chagrin. S'approchant à son tour, elle examina les abords du sarcophage, à présent brillamment éclairés. Puis elle fouilla les niches du regard, une par une. Lefèvre avait raison. L'endroit était vide. Toutefois, elle ne pensait pas qu'il avait été profané. En réalité, la tombe était probablement vide depuis le début. Personne n'y avait été enterré.

Où se trouvait donc Aemelia ?

– Dr Alexander, voulez-vous nous remettre les manuscrits qui sont en votre possession ?

– Je regrette, mais je ne les ai pas sur moi. Ils sont en sécurité.

Lefèvre attendait.

– Ils se trouvent dans une consigne, à l'aéroport, précisa Catherine.

– Quel aéroport ?

Comme elle ne répondait pas, il tendit la main.

– Dans ce cas, voulez-vous me remettre la clé de la consigne ?

– Non. Si je dois remettre un jour ces rouleaux, je les donnerai aux Nations unies. Vous pourrez toujours négocier avec eux pour les avoir... Mais je doute que cela soit facile.

Le regard du cardinal se durcit.

– Fort bien. (Il se tourna vers Michaël.) Je dois rendre visite à Sa Sainteté. Père Garibaldi, nous aurons un entretien sous peu.

– Comme vous voudrez, Votre Eminence...

Un peu plus tard, ils émergèrent à la surface, respirant avec bonheur la fraîcheur de l'air nocturne. Le cardinal et sa garde avaient disparu au détour d'une galerie.

– Que vas-tu faire, à présent ? demanda Michaël.

Catherine secoua la tête. Elle se sentait épuisée, amère.

– Je n'en ai aucune idée. Il n'existe même plus de chantier de fouilles auquel je puisse me consacrer. Mais je sais une chose : je passerai le reste de ma vie, s'il le faut, à chercher ce septième manuscrit !

LE NOUVEAU MILLÉNAIRE

Mardi 4 janvier 2000

Retrouver son immeuble lui donna une sensation étrange.

Elle l'avait souvent quitté au cours des dernières années, souvent pour plusieurs mois, mais c'était la première fois qu'en rentrant chez elle Catherine éprouvait le sentiment de pénétrer dans une maison étrangère.

Le service d'entretien hebdomadaire avait rempli sa tâche, laissant les pièces dans un état de propreté impeccable. Le seul désordre provenait du courrier amoncelé sous la porte. Quant au répondeur téléphonique, il n'affichait pas moins de trente messages...

La vie reprenait son cours.

Pourtant, quelque chose avait changé. Il n'était pas question de reprendre une relation amoureuse avec Julius après tout ce qui s'était passé. Et en ce qui concernait sa brève liaison avec Michaël, Catherine préférait ne pas entretenir le moindre espoir. Elle savait qu'il l'aimait mais il lui fallait affronter ses propres choix spirituels. Et pour cela, elle devait le laisser totalement libre de ses décisions.

Alors qu'elle se dirigeait vers la cuisine, elle aperçut un petit paquet posé au sommet de la pile de courrier. Elle contempla le papier kraft brun, ordinaire, et chercha en vain une quelconque mention de l'expéditeur. Lorsqu'elle l'ouvrit, elle trouva juste un livre, sans lettre d'accompagnement ni carte de visite. Sur la couverture de l'ouvrage, on pouvait lire : *Grottes sacrées et excavations sous la basilique Saint-Pierre.* En le feuilletant, elle trouva d'anciennes photos en noir et blanc de la nécropole.

Fronçant les sourcils, la jeune femme réfléchit. Qui donc avait bien pu lui adresser ce livre ? Elle examina plus attentivement le papier d'emballage et découvrit alors, masqué par le dessin des timbres, le cachet de la poste.

Le paquet avait été expédié du Vermont. Le jour même où elle avait quitté l'abbaye de Greensville, en pleine nuit.

Parcourant rapidement le livre, elle vit une petite photographie d'un groupe d'archéologues, prise apparemment plusieurs dizaines d'années plus tôt. Un autre cliché reproduisait la fresque du Christ sous l'aspect d'Apollon, accompagné d'Aemelia Orante.

Catherine approcha le cliché de la lumière pour en étudier les détails. Sept visages souriaient à l'objectif, à peine distincts. Elle n'en connaissait aucun. Puis elle lut leurs noms. Tous inconnus sauf...

Gertrude Majors.

Fronçant les sourcils, la jeune femme réfléchit. Où avait-elle déjà entendu ce nom ?

Une voix résonna dans son esprit. « Je suis maintenant mère Marie Elizabeth. Mais, avant d'entrer dans les ordres en 1966, je m'appelais... »

– Oh, mon Dieu, murmura Catherine.

Elle réalisa qu'elle était en train de contempler le visage de l'abbesse tel qu'il devait être quarante-six ans plus tôt, *lorsqu'elle était encore archéologue et travaillait à un chantier de fouilles sous la basilique Saint-Pierre.*

Retenant un cri, Catherine posa le livre sur la table, les pensées en déroute.

Puis elle courut vers le téléphone et composa le numéro du monastère cistercien des environs de Toronto où Michaël avait choisi de faire retraite quelque temps pour retrouver le fil de sa vraie vocation.

– Je vous en prie, dit-elle très vite, passez-moi le père Garibaldi.

Il lui sembla qu'une éternité s'était écoulée avant qu'il ne vienne enfin lui répondre.

– Michaël... le septième manuscrit *existe* ! Et, cette fois, je sais vraiment où il se trouve !

Miles appela aussitôt Titus.

– Elle a commis l'erreur que j'attendais en oubliant que sa ligne était sur écoute. Je savais bien que ce septième rouleau existait et qu'elle finirait par le dénicher. Il est dans le Vermont, à l'abbaye de Greensville. Combien de temps te faut-il pour expédier des hommes sur place ?

Il eut un sourire en écoutant la réponse.

– Excellent ! J'attends ton appel...

Catherine savait qu'elle était suivie.

Elle avait réalisé trop tard son imprudence en ne prenant pas la peine d'appeler d'une cabine téléphonique. Quels que soient ceux qui la pourchassaient – le FBI, les hommes de Havers ou le Vatican –, il était hors de question d'abandonner la partie. Même au risque de sa vie, elle irait jusqu'au bout.

Tandis que le 747 amorçait sa descente, elle jeta un coup d'œil à travers le hublot, scrutant l'épaisse couche de nuages qui recouvrait New York. D'ici une demi-heure, l'avion atterrirait dans le Vermont.

Fermant les yeux, elle se mit à prier, presque malgré elle.

– Oui, dit mère Elizabeth, je faisais partie de l'équipe d'archéologues chargée des fouilles dans la nécropole Saint-Pierre.

Assis côte à côte, Catherine et Michaël écoutait l'abbesse leur raconter ce qui avait été sa vie avant son entrée dans les ordres, en 1966. Le soleil de janvier filtrait à travers les vitraux de la grande salle et, dans cette quiétude d'un autre âge, ils se sentaient apaisés, confiants.

Ils s'étaient retrouvés à l'aéroport de Montpellier, où Michaël avait loué une voiture pour se rendre à l'abbaye.

L'abbesse les avait accueillis sans manifester la moindre surprise.

– Je savais que vous viendriez après avoir reçu mon livre, expliqua-t-elle. Si je ne vous ai pas parlé plus tôt du septième manuscrit, c'est parce que j'ignorais encore vos véritables motivations.

Elle se tut un instant, en proie à ses souvenirs.

– Vous savez, reprit-elle, je n'avais pas l'intention de dérober quoi que ce soit dans la nécropole. J'ai toujours déploré cette forme de pillage, plus répandue qu'on ne le croit. Mais, quand je l'ai trouvé, j'ai su immédiatement qu'il s'agissait d'une découverte de toute première importance. Dès que j'en connus la teneur, je compris que l'Eglise ferait tout pour le détruire. Curieusement, je me suis sentie instantanément chargée de protéger ce texte, d'en devenir en quelque sorte la gardienne.

– Ma mère, demanda Catherine, savez-vous pourquoi Aemelia n'a pas été enterrée dans le sarcophage ?

L'abbesse ferma les yeux et murmura une prière.

– Que Dieu me pardonne ! Voyez-vous, en même temps que le manuscrit, j'ai trouvé une urne. A l'époque, la crémation était un acte païen et je crus donc être autorisée à répandre les cendres. (Sa voix se brisa.) Je ne savais pas...

– Je ne comprends pas, intervint Michaël. Pourquoi a-t-elle été incinérée ?

– Sans doute parce que les persécutions avaient déjà commencé, suggéra Catherine. Les autorités ont peut-être contraint la famille d'Aemelia à brûler le corps...

L'abbesse soupira.

– Lorsque je pris connaissance du manuscrit, je pensai tout d'abord qu'il s'agissait d'un Evangile perdu. J'ignorais que six autres rouleaux avaient été rédigés avant celui-ci. J'ai passé vingt ans à effectuer des recherches sur Sabina, et c'est ainsi que j'ai fini par découvrir le texte de Thomas de Monmouth. (Elle fit une pause et ajouta :) Ma conscience était extrêmement troublée, alors, surtout lorsque je compris que j'avais disposé des cendres d'une martyre chrétienne. Par la suite, je décidai de devenir religieuse et j'ai passé le restant de ma vie ici... (Elle se tourna vers Catherine.) Le septième manuscrit est ici. Et vous pouvez le lire, si vous le désirez.

– Ma mère, est-ce la fin de l'histoire de Sabina?

L'abbesse sourit.

– Vous en déciderez par vous-mêmes...

Elle se leva, ouvrit un placard et en sortit un papyrus qu'elle déroula précautionneusement sur la table.

– Le voici. Il est à vous.

maîtriser ma terreur. Je me retrouvais une nouvelle fois seule, avec le souvenir d'horribles scènes de massacre. Un chagrin épouvantable me rongeait et j'errai des jours et des jours dans la profondeur miséricordieuse des bois. Jamais plus je ne reverrais mes enfants ni mon cher époux Sigismund. Je pleurai si amèrement que mes larmes se transformèrent en glace sur mes joues blessées par le froid cruel de l'hiver.

A bout de forces, je m'étendis dans la neige, appelant la mort. Au seuil du grand passage, j'adressai une ultime prière au Juste que mon cœur aimait. Soudain, je sentis une présence à mes côtés. Levant les yeux, je vis un homme se pencher au-dessus de moi. Il me releva en me disant :

– Crois.

Je le regardai sans comprendre. Il était vêtu de vêtements frustes et portait une hache de bûcheron. Je me demandai où pouvait bien se trouver sa maison car les lieux étaient inaccueillants et sauvages.

Je lui répondis :

– Croire en quoi?

Il dit :

– Il y a de nombreuses maisons dans le royaume de mon père.

C'est alors que je fus frappée d'une étrange vision. Je vis Sigismund et nos enfants, non pas morts mais vivants, assis autour d'un grand feu, portant du gibier à leurs bouches, buvant des coupes de vin. Leurs visages irradiaient de bonheur. Au-dessus de leurs têtes, le soleil brillait et je compris alors qu'ils habitaient pour l'éternité une demeure accueillante.

Je sus enfin ce que signifiaient les paroles du Prêcheur

lorsqu'il nous enseignait, à Antioche, que le Juste se chargerait de nous après notre mort.

« N'ayez pas peur, répétait-il, car, pour les croyants, le ciel sera ouvert. »

Je demandai :

– Etes-vous le Juste ?

Et il me répondit :

– Oui, je suis celui que tu as cherché tout au long de ta vie.

– Pourquoi n'ai-je pu vous trouver ?

– Mais tu m'as trouvé. Car, partout où tes pas t'ont portée, j'étais là, avec toi.

Je compris alors la septième Vérité : c'est en croyant, en conservant une foi forte et sereine, que l'on voit ses désirs se réaliser. « Comme tu crois, tu seras », dit l'adage. La Voie ne se perd jamais, chère Perpetua. Il suffit, même au cœur de l'orage et de l'obscurité, de continuer à espérer et à croire.

Je posai au Juste la question qui pesait sur mon cœur depuis toujours : Pourquoi ma famille avait-elle été massacrée à Antioche alors qu'elle perpétuait l'enseignement de la Voie ? Pourquoi Dieu avait-il permis cela ? Nous étions-nous trompés ? Au cours de mes voyages, j'avais découvert l'existence de nombreux autres sauveurs. Quelle était donc la vraie foi ?

Il me répondit :

– Toutes sont bonnes, Sabina. Car l'important est de croire. Et d'aimer. De chercher à dépasser la pesanteur de son cœur pour rejoindre l'universel.

– Reviendrez-vous de nouveau parmi nous ?

Il dit :

– Je suis déjà venu et je reviendrai aussi souvent qu'il le faudra. Mais vous ne saurez pas qui je suis si votre cœur s'appesantit en de vaines et vieilles croyances. Croire, c'est ouvrir son esprit, renoncer aux archaïsmes du monde. Il faut sans cesse retrouver l'esprit d'enfance, se baigner à la source de toutes choses. Car les hommes de ce monde sont tous frères et tous enfants de Dieu.

Il me dit aussi que la fin du monde n'adviendrait pas sous la forme d'un quelconque cataclysme, ainsi que le croient nombre de peuples. Chacun d'entre nous connaîtra sa fin personnelle. Mais ce ne sera pas une vraie fin. Seulement un passage, une épiphanie qui nous réconciliera avec la pureté de notre âme originelle.

Chère Perpetua, vous avez cru que j'étais morte puis vous avez vu que mon cœur battait encore. Sans doute avais-je connu les tourments de l'agonie, mais le ciel m'autorisa à revenir encore en ce monde pour lui délivrer ce message.

– Chérie, dit Miles en se dirigeant vers Erica, tu es toujours fâchée à cause du Kachina ? Voyons, c'est ridicule. Je t'ai déjà expliqué que, lorsque je l'ai acheté, j'ignorais qu'il avait été volé. Après tout, je l'ai rendu au Pueblo, non ?

Elle pénétra dans le bureau et regarda autour d'elle. Son visage était dur, fermé.

– Tu te souviens, Miles, des premières années de notre mariage, quand nous n'avions pas un sou et que tu travaillais jour et nuit pour créer de nouveaux programmes informatiques ?

– Naturellement que je m'en souviens. Ce furent les meilleures années de notre vie.

– Tu avais alors un ami, Solly. Ensemble, vous échangiez vos rêves. Et, un jour, il t'a montré ce qu'il venait d'inventer : un nouveau logiciel révolutionnaire qui, il le savait, lui apporterait la fortune et le succès. Ce soir-là, après votre conversation, Solly est rentré chez lui très tard. Le lendemain, dans la journée, on l'a retrouvé électrocuté dans sa baignoire...

Miles soupira.

– C'était un accident, ma chérie. Sa radio avait glissé dans l'eau pendant qu'il prenait son bain...

Ignorant sa réponse, elle poursuivit froidement :

– Je me rappelle fort bien cette nuit-là. Tu n'es rentré qu'à l'aube. Après la mort de Solly, le logiciel s'est retrouvé entre tes mains et c'est *toi* qui l'as exploité et en as retiré d'immenses profits. Tu m'as dit alors que tu le lui avais racheté. (Sa voix se brisa et elle respira profondément avant de reprendre :) Je *sais* maintenant ce que tu fais, Miles. Je sais que, maintenant, tu cherches à récupérer ces manuscrits. Je t'ai entendu dire à quelqu'un qu'il fallait se débarrasser du Dr Alexander.

– Erica ! Voyons... tu as sans doute mal compris...

Elle leva la main.

– Ne te fatigue pas avec de nouveaux mensonges. J'ai la preuve de ce que tu as fait. Teddy m'a tout raconté.

– Yamaguchi ? Mais...

– C'est grâce à lui que le Dr Alexander a pu t'échapper. Il a envoyé un message sur Internet pour la prévenir de tes manigances. Il m'a dit que tu avais transgressé toutes les règles, que tu voulais nuire sans relâche. Alors, il a décidé d'agir.

La mâchoire de Havers se contracta.

– Ce petit morveux ! Je lui ferai payer cela !

Le téléphone sonna et, comme Miles s'apprêtait à répondre, Erica intervint :

– Ne décroche pas. Ce n'est pas l'appel que tu attends. Ce n'est pas Titus, Miles...

Les yeux du milliardaire se rétrécirent.

– De quoi parles-tu ?

Erica sourit lentement.

– Titus n'a envoyé personne dans le Vermont. Nous avons eu une conversation, lui et moi, et il a décidé de mettre fin au contrat qui le liait à toi.

– Pourquoi as-tu fait ça ?

– A cause de Solly et de Coyote Man. Et à cause de tous ceux qui sont tombés, victimes de ta soif démesurée de pouvoir.

– Et tu comptes me dénoncer à la police ?

Elle secoua la tête.

– Tu ne seras jamais reconnu coupable. Grâce à tes amis puissants, grâce à ton maudit argent. Mais je vais laisser le monde te juger, Miles. Je vais dévoiler la vérité à propos de Solly.

Elle désigna l'enveloppe de papier kraft qu'elle tenait à la main et en sortit un jeu de photographies ainsi que les traductions de Papazian.

– J'ai trouvé cela dans ton bureau et je vais m'en servir contre toi. Voilà les preuves de ta culpabilité. Si tu commets de nouveau le moindre méfait, ces documents iront directement à la Maison-Blanche car, moi aussi, j'ai quelques relations. (Elle le contempla, le visage soudain empreint d'une indicible tristesse.) Oh, Miles, que t'est-il arrivé ? Depuis que tu es revenu du Vietnam, tu as tellement changé !

Voyant qu'il tendait vivement la main pour s'emparer de l'enveloppe, elle eut un sourire mélancolique.

– Ne te fatigue pas. Je possède un double de ces documents ainsi que l'enregistrement de certaines de tes conversations téléphoniques. Le tout est en sécurité. Par ailleurs, Teddy Yamaguchi possède lui aussi les traces des piratages qu'il a effectués à ta demande sur le Net. Je te l'ai dit, Miles. C'est fini.

Avant de quitter le bureau, elle se retourna et, d'une voix lasse, lança :

– A présent, je veux continuer à suivre le chemin que m'a enseigné Coyote Man. (Elle hésita.) Et peut-être un jour... parviendrai-je à te pardonner.

Souviens-toi des paroles de celui qui prêchait sur la place du marché. Il disait : « Cherchez et vous trouverez, frappez et l'on vous ouvrira. » Et ce que ces paroles signifient, c'est que tout est donné à celui qui croit.

Le Juste nous dit aussi : « Dans la maison de mon père, il y a de nombreuses demeures. » Et il en prépare une pour chacun de nous, Perpetua, selon ce que nous croyons.

Souviens-toi également de ceci : nous sommes nés croyants et nous devons retrouver le chemin qui nous ramènera à notre âme originelle. Quand nous la posséderons à nouveau, nous recevrons le Don car la foi est créatrice.

J'ai enseigné à mes enfants toutes les merveilles qui nous attendaient dans l'après-vie. Certains d'entre eux sont morts si jeunes qu'ils n'ont pas eu le temps de développer leur foi. C'est pourquoi l'un de nos premiers rôles est de leur apprendre à croire à l'au-delà. Lorsqu'ils m'ont été si douloureusement enlevés, ainsi que mon cher Pindar, je sais qu'ils ne redoutaient pas la mort grâce à toutes les merveilleuses histoires que je leur avais racontées sur le voyage éternel des âmes. Là où ils sont, à présent, ils vivent dans la joie et ils m'attendent.

Mère Elizabeth leva les yeux du manuscrit.

– Qu'est-ce que c'est que ce bruit? demanda-t-elle soudain, les yeux fixés sur la porte de son bureau.

– C'est le signal de votre modem, répondit Michaël. Vous avez un appel.

L'abbesse n'étant pas encore familiarisée avec la nouvelle installation informatique mise en place par Michaël, il fallut lui montrer comment procéder pour recevoir la communication. Immédiatement, le visage de son correspondant se matérialisa sur l'écran de l'ordinateur.

Il s'agissait de Julius Voss.

– Dr Alexander, appela mère Elizabeth en sortant de son bureau, l'appel est pour vous! Votre fiancé...

Absorbée par la lecture du papyrus, Catherine sursauta. Julius ! Elle se souvint alors de l'avoir appelé juste avant de quitter son appartement de Santa Monica pour lui dire que le manuscrit de Thomas de Monmouth recelait d'évidentes erreurs historiques.

– Julius? Où es-tu?

– En Egypte. Je t'appelle du Sinaï.

Elle fut surprise, en regardant l'écran, d'apercevoir Sayeed, le ministre égyptien des Antiquités. Il se tenait à l'arrière-plan, l'air renfrogné, aux côtés de Mylonas, le directeur de l'hôtel Isis, et de Samir, le surveillant du chantier de fouilles.

Malgré l'image légèrement tremblotante, elle constata que Julius appelait directement du site où elle avait entamé ses recherches. Les tentes avaient disparu ainsi que presque tout vestige du campement. Des cordes cernaient le terrain de fouilles pour en empêcher l'accès et, au fond de l'image, elle entrevit ce qui restait du chantier de Hungerford après le dynamitage. C'était là que, vingt-trois jours plus tôt, la découverte des rouleaux au fond du puits l'avait lancée dans cette folle aventure...

Julius se tenait à côté du puits. Les autorités égyptiennes en avaient condamné l'entrée à l'aide d'une toile goudronnée.

– Catherine, commença Julius, je voulais absolument te parler. Quand je suis venu te voir à l'abbaye pour te demander de rentrer à la maison, tu as refusé et j'ai pensé alors que tout serait fini pour toujours entre nous. Mais le lendemain, lorsque nous avons constaté que tu avais disparu, j'ai compris à quel point tu avais engagé ta vie dans cette recherche du septième manuscrit. Quelque chose s'est alors éveillé en moi, quelque chose de profond dont je n'avais pas eu conscience jusque-là. Jamais encore je n'avais réussi, comme toi, à m'impliquer totalement dans une direction quelconque – une croyance, une cause. Tout ce que je désirais dans mon existence, c'était l'ordre et la tranquillité. Et pourtant, ce matin-là, Catherine, je t'ai enviée. J'avais toujours vécu dans le respect des lois, joué la sécurité. Et ce que tu faisais, toi, me terrifiait et me fascinait à la fois. C'est mon admiration pour toi qui l'a emporté sur mon inertie. J'ai décidé qu'il était temps de m'engager à mon tour. Voilà pourquoi je me suis envolé pour l'Egypte. J'y ai retrouvé Samir et quelques ouvriers dévoués. Et je suis descendu dans le puits...

Catherine fixa l'écran, sidérée.

– Tu as accepté de transgresser les règles... *toi?*

Julius eut un sourire heureux.

– Toutes celles auxquelles j'ai pu penser... !

Il fit un large geste et la personne qui tenait la caméra accompagna son mouvement pour faire un panoramique des environs.

– J'ai découvert ce que les autorités tenaient tant à dissimuler, reprit-il.

Il souleva la toile qui recouvrait l'embouchure du puits, alluma une grosse torche électrique et éclaira le fond de la cavité. La caméra filma les parois de pierre et, au bout de quelques secondes, des ossements apparurent à l'écran.

– Oh mon Dieu, souffla Catherine. On dirait... *deux* squelettes.

– Je les ai déterrés moi-même, expliqua Julius. Le premier corps – celui que tu vois maintenant – est celui d'une femme. Il semble bien qu'on l'ait descendue au fonds du puits encore vivante, pieds et poings liés. Quant au second squelette, il appartient à un homme. Il gisait couché sur les restes de la femme. Mais, cette fois, il ne paraît pas qu'on l'ait entravé. C'est un peu comme si... il était tombé dans le puits ensuite.

Catherine sentit sa gorge se nouer. Elle pensa au récit d'Ibn Hassan et frémit au calvaire enduré par les victimes de ce puits.

– Je me demande qui ils pouvaient être... murmura-t-elle.

Julius hocha la tête.

– J'ignore si nous pourrons jamais le découvrir.

Catherine contempla les fragiles ossements et le petit crâne pâle et si fin qui gisait depuis tant de siècles sous les sables du désert. S'agissait-il de la diaconesse dont parlait Sabina ? Avait-elle été la dernière femme ordonnée prêtre ?

Julius disparut de l'écran et se mit à courir sur le sable, obligeant le cameraman à le suivre. Il parvint à une table dressée sous un auvent.

– J'ai également trouvé ceci dans le puits, Cathy...

La caméra se rapprocha pour filmer des morceaux de poterie en terre cuite.

– Elles sont indubitablement juives, reprit Julius. Tu avais raison, il semblerait bien que Moïse et Myriam soient passés par ici !

– Julius ! Je t'adore !

Il hocha la tête avec un sourire.

– *Mazel Tov*, Cathy.

L'image disparut brusquement de l'écran. Catherine demeura immobile un long moment, les yeux toujours fixés sur le rectangle désormais noir du moniteur.

C'est alors qu'un bruyant tintement de cloche résonna dans l'abbaye.

– Nous avons des visiteurs... murmura mère Elizabeth.

Sœur Gabriel avançait prudemment sur le sentier glacé. Au cours des nombreuses années qu'elle avait passées dans les ordres, jamais, à son souvenir, il n'y avait eu autant de visites à l'abbaye.

– *Benedicite*, murmura-t-elle en voyant la tenue du nouvel arrivant.

Elle s'effaça avec respect pour lui libérer le passage.

– Je vous en prie, Votre Eminence. Suivez-moi...

Quelques minutes plus tard, sœur Gabriel frappait à la porte de la bibliothèque.

– Vous avez un visiteur...

Le cardinal Lefèvre entra dans la pièce et jeta un regard aigu et mécontent à Michaël.

– Je sais à présent que vous possédez le septième manuscrit. Je vous ordonne de me le remettre.

– Non, répondit Michaël.

Le cardinal le regarda avec dégoût.

– Est-ce la cupidité qui vous conduit ? Dans ce cas, je suis prêt à vous l'acheter... très cher, s'il le faut.

– Il ne s'agit pas de cela.

Le cardinal regarda Catherine.

– Il n'y a pas que l'argent, reprit-il d'une voix plus douce. Dr Alexander, je sais que vous avez beaucoup souffert de l'excommunication qui a frappé votre mère. Je vous offre de rétablir sa réputation et de la réintégrer dans l'Eglise. Elle sera, si vous le désirez, inhumée dans un cimetière chrétien...

Un silence lourd tomba sur la pièce. Au bout d'un long moment, Lefèvre s'impatienta.

– C'est à vous de décider ce qui est le plus important, insista-t-il. Le manuscrit ou l'honneur de votre mère...

– Mais pourquoi tenez-vous tant à ce manuscrit ? explosa la jeune femme. A présent que les Nations unies ont remis les six premiers rouleaux au gouvernement égyptien, que craignez-vous de plus ? (Elle le dévisagea, brusquement inquiète.) Je vois, reprit-elle après une pause. Les manuscrits ont été détruits, c'est bien ça ? Et je suppose que les photographies aussi... Maintenant, vous voulez détruire le septième rouleau et, ainsi, tout rentrera dans l'ordre...

Mais l'expression du cardinal demeurait indéchiffrable.

– Quelle est votre décision, Dr Alexander ?

– J'accepte la réhabilitation *totale* de ma mère et de ses travaux, répondit-elle. Ainsi que le transfert de son corps aux côtés de mon père.

– Dès mon retour à Rome, je mettrai en route la procédure.

Catherine le regarda un long moment. Puis, sortant de son sac de voyage un bloc-notes, elle le lui tendit.

– Voilà, fit-elle simplement.

– Vous avez pris une sage décision, Dr Alexander.

Catherine esquissa un sourire.

– Croyez-vous ? En tout cas sûrement pas selon vos critères. Sabina nous a enseigné entre autres deux choses importantes : accepter et croire. J'accepte enfin la mort de ma mère et pourtant personne – pas même vous, Votre Eminence – ne pourra effacer ses souffrances et son humiliation.

– Je suis heureux que vous vous soyez réconciliée avec votre passé...

– Vous ne comprenez pas. Regardez donc ceci...

Elle désigna l'ordinateur de l'abbaye installé par Michaël.

– Vous voyez ? Le contenu du septième manuscrit n'attend plus qu'un seul geste pour être délivré à toute la planète. Désormais, il n'appartiendra plus à qui que ce soit. Il sera *à tout le monde*...

Lefèvre s'approcha et regarda l'écran. Son expression s'assombrit aussitôt. Ses connaissances en informatique étaient suffisantes pour comprendre que le texte de Sabina, s'il était envoyé, toucherait l'ensemble des connectés d'Internet. Pour la première fois, son calme légendaire se troubla.

– Comment pouvez-vous faire cela ? lança-t-il d'une voix vibrante. (Il esquissa un geste de rejet.) De toute façon, personne ne vous croira. Un tel témoignage n'a aucune valeur. Sur le réseau, n'importe qui peut prétendre n'importe quoi...

Catherine sourit.

– C'est vous qui le dites. Après tout, qu'importe ? L'important n'est-il pas que le message de Sabina atteigne le maximum de gens ? Sa mission est accomplie. Voyez-vous, à ma manière, je *consolide* la chrétienté...

Le visage pâle et maigre de Lefèvre se tordit en un curieux rictus.

– Dans ce cas, je considère que ma promesse à l'égard de votre mère est purement et simplement annulée.

– Cela n'a plus d'importance, rétorqua Catherine. Car j'ai appris aussi cela de Sabina : il faut pardonner, oublier... renvoyer le passé à ce qu'il est... au néant. Je sais maintenant que ma mère vit toujours... et qu'elle est heureuse.

Elle tendit la main vers le clavier.

– Non! cria le cardinal Lefèvre.

Il fit un pas en avant, aussitôt arrêté dans son élan par Michaël qui se dressait devant lui, le surplombant de sa haute taille.

– Comment osez-vous? suffoqua Lefèvre.

– Votre Eminence, répondit Michaël, la retraite à laquelle vous m'avez forcé m'a éclairé. Je sais aujourd'hui que, durant toutes ces années que je croyais consacrées au service de Dieu, je n'étais préoccupé que de moi-même. Je suis à présent convaincu qu'Il ne m'a jamais appelé à Son service. Je suis devenu prêtre pour de mauvaises raisons. Ma voie est autre. Je ne renonce pas pour autant à ma foi ni à mes principes. Mais je veux répandre le message du Christ à ma manière. C'est-à-dire en apprenant aux hommes le chemin de la foi et de l'espoir et non celui d'un conformisme étriqué.

Le cardinal recula, rouge d'indignation. A cet instant précis, mère Elizabeth, qui avait jusque-là assisté, immobile, à l'entretien, s'avança vers la table. Avant même que Catherine ne comprenne ce qu'elle faisait, elle avait appuyé sur la touche ENVOI, expédiant la totalité du message de Sabina sur les réseaux du monde entier.

Soudain silencieux, ils regardèrent le texte défiler à la vitesse de l'éclair sur l'écran, aussitôt relayé par tous les serveurs de la planète.

– Oh, mon Dieu... murmura Lefèvre. Qu'avez-vous fait?

Mère Elizabeth eut un sourire triste.

– Il le fallait bien...

Les dernières lignes de la traduction du septième manuscrit flottèrent quelques secondes sur l'écran avant de disparaître à leur tour, en route vers des millions de lecteurs à travers le monde.

Ma dernière heure approche, à présent. Ne t'afflige pas, chère Perpetua, car mon corps est vieux et fatigué et je suis prête à m'en aller. Mon âme, elle, se sent légère et curieuse d'accéder au Grand Mystère.

La nuit dernière, le Juste m'est apparu dans mon sommeil. Il m'a dit : « Crois-tu ? » Et j'ai répondu de tout mon cœur : « Oui, mon Seigneur, je crois. » Alors le Juste a dit : « Femme, grande est ta foi ! Qu'il en soit donc fait selon ta volonté. Donne-moi ta main et viens avec moi. »

Et, ainsi, Perpetua, je sais que, bientôt, je suivrai mon Seigneur dans l'au-delà.

ÉPILOGUE

Ils se tenaient debout, tous les trois, devant la tombe des parents de Catherine enfin réunis dans la mort.

– Oh, Dieu créateur et rédempteur de tous les êtres, récita Michaël, accorde aux âmes de Charles et de Nina Alexander, Tes serviteurs défunts, le pardon de leurs péchés et le repos éternel, comme ils l'ont toujours désiré, Toi qui règnes et qui régneras dans les siècles et les siècles. Qu'ils reposent en paix.

– Amen, répondit Catherine.

Elle sentit la main de Julius se glisser dans la sienne et la serra avec reconnaissance. Bien que de confession juive, il avait tenu à assister à la cérémonie. Dans quelques heures, il s'envolerait à nouveau pour Le Caire. Le gouvernement égyptien l'avait invité officiellement à participer aux fouilles qui se poursuivaient dans ce que l'on appelait désormais « le Puits de la Prophétesse ». Si la preuve pouvait être faite que les Hébreux avaient bien séjourné là autrefois, ce lieu deviendrait sacré non seulement aux yeux des Juifs mais aussi à ceux des musulmans et des chrétiens. Des foules de touristes ne manqueraient pas d'accourir. Mais, auparavant, il fallait procéder à une analyse détaillée des ossements des deux martyrs. Par la suite, l'Egypte envisageait d'édifier un mausolée à leur mémoire.

Julius avait demandé à Catherine de l'accompagner là-bas. Mais elle sut que, cette fois, elle n'y retournerait pas.

Une brise légère se leva, faisant tournoyer les feuilles et la poussière du chemin. Les yeux de Catherine rencontrèrent ceux de Michaël et son cœur s'émut de l'amour qui les unissait. Elle lut dans ses yeux qu'il se remémorait leur nuit à Aix-la-Chapelle lorsque, blottie dans ses bras, elle lui avait murmuré : « Nous avons trouvé le chemin de la lumière... »

Cette nuit-là, pendant que Michaël dormait, Catherine avait vu défiler derrière ses paupières closes des visions éblouissantes. Elle avait alors compris qu'à son tour elle voyait enfin le monde de Sabina, ce monde qu'elle avait tant de fois rêvé de contempler.

Le vent poussa vers eux quelque chose qui, de loin, ressemblait à un fragment de manuscrit. Catherine sursauta en le regardant. Mais il ne s'agissait que d'une page de journal jaunie, froissée par le vent et la pluie. On pouvait encore lire le titre en gros caractères qui barrait la feuille : LE NOUVEAU MILLÉNAIRE EST ENCORE À VENIR !

Catherine retint un sourire. Les gens commençaient à présent à se demander si la fin de notre ère et le début de la nouvelle ne se situaient pas, finalement, au 31 décembre de l'an 2000 – donc d'ici neuf mois. Cela promettait encore d'impressionnants mouvements de foule et pas mal d'agitation collective.

Quand tout s'était joué, à l'abbaye, Catherine avait cru que sa mission était enfin achevée, à présent que les manuscrits avaient été recopiés et transmis sur Internet. Mais le monde continuait encore à se poser mille questions, à souffrir mille angoisses. On avait faim de spiritualité, de réponses. Catherine comprit, quelques semaines plus tard, que son travail n'était pas terminé. Elle avait eu une nouvelle vision, une nuit : le monde – continents, océans, villes et déserts – passait successivement du gris au blanc puis par tout un kaléidoscope de couleurs, rose, vert, doré, avant de revenir au gris. Les feuilles des arbres s'étaient mises à tomber, à redevenir poussière avant qu'un nouveau cycle de vie ne réapparaisse. Toutes les saisons se succédèrent à une vitesse étourdissante, passant inlassablement de la mort à la vie puis de la vie à la mort.

Sur le moment, Catherine n'avait pas compris ce que cela signifiait. Mais, plus tard, le sens de ce rêve lui était apparu. C'était le cycle de la foi qui, sans cesse, se répétait. Le monde avait besoin de croire, mais les forces de décadence, le doute, le désespoir minaient sans cesse les progrès de la foi.

Il était temps qu'un nouveau messager revienne...

Oui, rien n'était encore joué. Après le rude chemin qu'elle venait de parcourir, il fallait encore combattre l'ignorance, les préjugés. Les manuscrits seraient attaqués, contestés, leur auteur vilipendé. Quelqu'un devait les défendre et répandre leur message universel.

Quand la cérémonie fut terminée, Julius embrassa tendrement la jeune femme et plongea son regard dans le sien.

– Au revoir, Cathy... Je t'aimerai toujours.

– Que Dieu soit avec toi, Julius, répondit-elle en le serrant dans ses bras.

Elle le regarda se diriger vers sa voiture sous le soleil printanier. Puis elle se tourna vers Michael, qui l'attendait.

Leur mission ne faisait que commencer...

REMERCIEMENTS

Ce livre n'existerait pas sans le soutien et l'aimable assistance des personnes suivantes :

Le lieutenant Rick Albee, du Riverside Police Department.

Le personnel de la Lordston Corporation, pour avoir généreusement partagé avec moi son expérience et sa compétence dans le domaine de l'informatique.

Fredi Frieman, mon éditeur, qui eut la même « vision » que moi et dont les encouragements, les sages avis et les conseils furent toujours si précieux.

Carlos, qui m'a prise par la main pour me guider sur Internet et grâce à qui je suis devenue moi-même une « accro ».

Sharon, qui m'a fourni à un moment étrangement propice une Bible de travail remarquable.

Mon mari, George, dont la patience, tout au long de la rédaction de cet ouvrage, n'a jamais cessé de m'étonner – comme toujours.

Et enfin Harvey Klinger, un ami très cher qui se trouve être aussi mon agent (le meilleur du monde). J'aimerais que tous les auteurs du monde entier aient autant de chance que moi !

A tous, mon affection et ma gratitude.

Cet ouvrage a été réalisé par la
SOCIÉTÉ NOUVELLE FIRMIN-DIDOT
Mesnil-sur-l'Estrée
pour le compte des Presses de la Cité
12, avenue d'Italie, 75013 Paris
en juin 1997

GRAND LIVRE DU MOIS

Imprimé en France
Dépôt légal : avril 1997
N° d'édition : 6550 - N° d'impression : 39028